JN306829

二見文庫

あなたの心につづく道 〈上〉

ジュディス・マクノート／宮内もと子＝訳

Almost Heaven (vol.1)
by
Judith McNaught

編集者のリンダ・マロウに――
長年にわたる息の合った関係に、また、締め切り前に夜更けまでいっしょに仕事をしてくれたことに、そしてなにより、なにをするにもみごとな手腕を発揮し、全力投球してくれたことに感謝します。

ペリー・ノールトンに。エージェントとして――また信用できる友人として――あなたはまさに理想的な人です。あなたが寄せてくれた信頼、貴重な助言、限りない優しさ……これまでの長い年月で、わたしにとってそれ以上に大事なものはなかったのではと思っています。

ダイアナ・ガバルドンに。スコットランドに関するあなたの知識の深さたるや、それをしのぐものはその知識を分け与えてくれたご自身の思いやりしかないように思えます。力になってくれてありがとう。

そして、

星座の見分け方や、どこに見えるかをよく知っているスーザン・プリゴズンに。エリザベス・キャメロンもわたしも、あなたにはほんとうに感謝しています。

あなたの心につづく道
〈上〉

登場人物紹介

エリザベス・キャメロン	ヘイヴンハースト女伯爵。19歳
イアン・ソーントン	謎めいた貿易商
ロバート・キャメロン	エリザベスの異父兄
ジュリアス・キャメロン	エリザベスの後見人である叔父
アレグザンドラ(アレックス)・タウンゼンド	エリザベスの長年の親友。ホーソーン公爵夫人
ジョン・マーチマン	キャンフォード伯爵。エリザベスの花婿候補
フランシス・ベルヘイヴン	年老いた士爵。エリザベスの花婿候補
ルシンダ・スロックモートン＝ジョーンズ	エリザベスの付き添い人をつとめる老貴婦人
ベントナー	キャメロン家の執事
バータ	エリザベスの小間使い
ヴァレリー・ジェイミソン	エリザベスの社交界の友人
モンドヴェイル	エリザベスの熱烈な求婚者
ジェイク・ワイリー	イアンの家の雑役夫
ダンカン	牧師。イアンの伯父

1

キャメロン家の十五人の従僕《じゅうぼく》は、由緒《ゆいしょ》ある青と銀の制服を身につけ、ある明け方にいっせいにヘイヴンハーストを旅立った。十五人はそれぞれ、ヘイヴンハースト女伯爵エリザベス・キャメロンの叔父であるジュリアス・キャメロンの命を受け、イングランド各地の十五の館《やかた》に同じ内容の緊急の書簡を届けようとしていた。

書簡を受けとる人々にはひとつだけ共通点があった。彼らは全員、エリザベス・キャメロンに結婚を申しこんだことがあったのだ。

届けられた書簡を読むと、十五人の紳士はその内容に対しそれぞれ驚きをあらわにした。信じがたいとあきれた者、鼻で笑った者、また意地の悪い喜びを覚えた者もいた。十五人のうち十二人は、ジュリアス・キャメロンの途方もない申し出に早々と断りの返事をしたため、そのあと、この驚くべき極上のゴシップを友人たちに吹聴《ふいちょう》すべくいそいそと出かけていった。

残りの三人は、それとは違う行動に出た。

キャンフォード伯爵ジョン・マーチマンが毎日の楽しみである狩りを終えて帰宅したのは、ヘイヴンハーストの従僕が彼の館に到着したそのときで、書簡は下僕の手を経て彼に渡された。「なんということだ」文面を読んだマーチマンは息をのんだ。ジュリアス・キャメロンは、姪《めい》のエリザベス・キャメロンが彼女にふさわしい男と早急に結ばれることを切望している――書簡はそう告げていた。マーチマンは以前、エリザベスを妻にと申し入れて断られていたが、ジュリアス・キャメロンはみずからの願いを果たすためにその求婚について考え直す用意があると言ってきたのだ。マーチマンとエリザベスが最後に顔を合わせたのは一年半も前のことなので、今回、しかるべき婦人を付き添わせて彼女に貴家を訪問させ、一週間をともに過ごして〝旧交を温める〟機会をもうけるようにしたい。ジュリアス・キャメロンはそう申し出ていた。

一読しただけではどうにも信じられず、マーチマンは部屋のなかをうろうろ歩きながら、さらに二度、全文を読み返し、「なんということだ」とくり返した。砂色の髪を手でかきあげ、気もそぞろにかたわらの壁に目をやる。そこは彼がなにより大事にしているコレクションで埋めつくされていた――ヨーロッパ大陸など国外での狩りでしとめた獲物の頭部だ。霞《かすみ》のかかった目でこちらを見ているヘラジカ。その隣では猪《いのしし》が牙をむいている。マーチマンは腕を伸ばし、ヘラジカの角の後ろをかいてやった。滑稽《こっけい》ではあるが愛情に満ちたそのしぐさには、おまえをしとめたおかげであの日の狩りはすばらしいものになったという感謝の念が表われていた。

まぶたの裏で、エリザベス・キャメロンの姿が誘うようにちらついた。緑の瞳、カメオ細工のような色の肌、笑みを浮かべるしとやかな唇。驚くほどの美人だった。一年半前に出会ったときは、これほど美しい娘は見たことがないと思ったものだ。たった二回会っただけで、愛らしく気さくな十七歳の娘にすっかり心を奪われたマーチマンは、すぐさま彼女の兄のもとにおもむき、エリザベスを妻にと申し入れたのだが、にべもなく断られてしまった。

だが、いまエリザベスの後見人となっている叔父のキャメロン氏は、マーチマンを違う物差しで計っているようだ。

もしかすると、キャメロン氏の決断の陰には、あの愛らしいレディ自身の願いがあるのかもしれない。公園で二回会って話をしたことは、こちらだけでなく彼女の心にも深い印象を残したのかもしれない。

マーチマンはさっきとは別の壁に近づき、そこに掛けられているさまざまな釣り竿のなかから一本を慎重に選びとった。今日の午後、鮭《さけ》はきっと針にかかる。エリザベスのみごとな蜂蜜《はちみつ》色の髪を思い出しながら、そう考えた。彼女の髪が日の光にきらめくさまは、美しい鮭が釣りあげられた瞬間に鱗《うろこ》をきらりと光らせる姿を思わせる。その喩《たと》えはまさに完璧で、なんともいえず詩的に思えたので、マーチマンはみずからが思いついた比喩に酔いしれて足を止め、その場に釣り竿を置いた。キャメロン氏の申し出を承諾《しょうだく》する意向を伝え、エリザベスが来月この館にやってきたときには、この喩えをそのまま使って彼女の髪をほめたたえることにしよう。

ジュリアス・キャメロンの書簡を十四番めに受けとったフランシス・ベルヘイヴン卿は、サテンの化粧着をまとい、寝室で腰をおろしてそれを読んだ。寝室の奥では、愛人がベッドに裸で横たわり、彼を待っていた。

「ねえ、フランシス」長い爪でサテンのシーツをひっかきながら、女は猫なで声を出した。「そんなところにすわりこんでこっちに来ようともしないなんて、その手紙にはよっぽど大事なことが書いてあるのね？」

ベルヘイヴンは顔を上げ、爪が立てる音に眉をひそめた。「こら、シーツをひっかくんじゃない。一枚三十ポンドもするんだぞ」

「わたしのことを大事に思うなら」愚痴《ぐち》っぽく聞こえないよう注意しながら、女は言い返した。「シーツの値段なんて気にならないはずよ」フランシス・ベルヘイヴンがあまりにも金に細かいので、エロイーズはときに、この人と結婚しても年に一、二着ドレスを買ってもらうのがやっとではないかと思うことがあった。

「おまえこそ、わたしを大事に思うなら」彼はすかさず答えた。「わたしの出費にはもっと気をつかってくれてもいいだろう」

五十七歳のベルヘイヴンはずっと独身を通してきたが、女に不自由したことは一度もなかった。女たちにはいろいろと味わい深いところがある――体、顔、そして体……

しかしいま、彼は正式な世継ぎを欲していた。世継ぎを得るには妻が必要だ。去年はずっと、妻を娶《めと》るにあたり、どのような条件にもとづいてその幸運な乙女を選ぶか考えてきたが、その条件はかなり厳しいものになった。彼の妻は、若さと美貌を兼ね備え、彼の財産をむだづかいせずにすむ女、つまり自分の財産を持っている女でなければならない。

ジュリアス・キャメロンの書簡から目を上げると、ベルヘイヴンはエロイーズの胸を食い入るように見つめ、心のなかで、妻選びの条件をもうひとつ付け加えた。彼の妻となる女は、夫の肉体的欲求や、夫が性の営みに幅広い趣向を求めていることを理解しなければならない。彼がちょっと情事を楽しんだというだけで、苦虫《にがむし》を嚙《か》みつぶしたような顔をする女はだめだ。道徳だの貞節だのとうるさいことを言う小娘に、この歳になって指図を受ける気はさらさらなかった。

エリザベス・キャメロンの姿がまぶたに浮かび、目の前の裸の愛人に重なった。一年半前に彼が求婚したときのエリザベスは、このうえなく可憐《かれん》でみずみずしい美しさに満ちていた。胸は豊満で、腰は細くくびれ、顔は……忘れがたい。財産は……充分ある。あの事件のあとにささやかれるようになった噂では、エリザベスの兄が謎の失踪《とつ》を遂げたあと、彼女は生活苦に近い状態にあるという。だが、エリザベスの叔父は、姪が嫁ぐさいには相当な額の持参金を持たせるとほのめかしているのだから、その噂はやはりまちがっていたのだ。

「フランシス!」

ベルヘイヴンは腰を上げ、ベッドに歩み寄ってエロイーズのそばにすわった。片手は彼女の腰をなでまわしはじめたが、もう一方の手は呼び鈴の紐《ひも》に伸びた。「ダーリン、ちょっとごめんよ」愛人にそう断ってから、寝室に飛んできた召使いに書簡を渡して命じた。「承諾の返事を出すよう、秘書に伝えてくれ」

最後となる十五通めの招待状は、イアン・ソーントンのロンドンの町屋敷《タウンハウス》から、モントメインの田舎の別宅《カントリーハウス》へと転送された。別宅のイアンの机には、彼の目にとまるのを待っているビジネスレターや社交関係の手紙が山積みになっていて、件《くだん》の招待状もそこに加わった。イアンは新しい秘書に猛烈な早口で口述筆記をさせながら、ジュリアス・キャメロンの信書を開封し、ジョン・マーチマンやフランシス・ベルへイヴンとはくらべものにならない速さで決断をくだした。

イアンがその招待状をあきれ返って見つめているあいだ、二週間前に雇われたばかりの秘書ピーターズは、ひと息つけたことに感謝して祈りのことばをつぶやくと、また全速力でペンを走らせ、雇い主の口述に追いつこうとする不毛な努力を続けた。

イアンはそっけなく言った。「この手紙は、手違いか、でなければ冗談で送られたものだ。いずれにせよ、内容はおそろしく悪趣味だが」エリザベス・キャメロンの姿が彼の脳裏をかすめた――あの欲得ずくの軽薄な尻軽女《しりがる》。彼の心を惑わせたあの顔、あの体……イアンと出会ったとき、彼女はさる子爵と婚約していたが、どうやらその子爵とは結婚しなかったらしい。きっと、より条件のいい相手を探すことにして、彼を袖《そで》にしたのだろう。イアンはよく知っているが、英国貴族というのは、金と地位のためだけに結婚し、性欲はどこかよそで満たしているものなのだ。エリザベス・キャメロンの親族は、彼女をふたたび結婚市場に売りに出したのだろうか。もしそうだとして、イアンの財産とひきかえに爵位が失われるのもしかたないと親族が思っているのなら、エリザベスを厄介払いしたいという気持ちはよほど強いにちがいない……だが、それはどう考えてもありそうにないことなので、イアンはその仮説をしりぞけた。この手紙はばかげたいたずらとしか思えない。週末のハウスパーティの最中に勃発《ぼっぱつ》したあのスキャンダルを覚えている者のしわざだろう。その仕掛け人は、イアンがこの手紙をおもしろがると踏んだのだ。

いたずらの主とエリザベス・キャメロンのことを断固として頭から追い払うと、イアンはへとへとになって必死に筆記を続けている秘書に目をやった。「これには返事は無用だ」そう言って、手紙を秘書のほうへ放ったが、白い羊皮紙は磨きぬかれたオーク材の机をすべって宙に舞った。ピーターズは受けとめるつもりであたふたと手を伸ばしたが、返信を書きおえた手紙を膝《ひざ》に重ねていたため、体が横にかしいだはずみにそれを全部床にぶちまけてしまった。「し――失礼いたしました」ピーターズは飛びあがり、絨毯《じゅうたん》に散らばった大量の書類を拾いはじめた。「まことに申し訳ございません、ソーントン様」重ねて謝りながら、彼は契約書や招待状や手紙をかき集め、でたらめに積み重ねていった。

イアンは謝罪のことばなど耳に入らないかのように、矢継《やつ》ぎ早《ばや》に指示を出しながら、招待状などの手紙類を机のこちらから向こうへ次々と押しやった。「最初の三通は断って、四通めは承諾、五通めは断れ。これにはお悔み状を出すこと。こっちのには、来週はスコットランドに行くのでそちらにご招待すると返事をして、コテージのほうにも客を迎える用意をするよう伝えてくれ」

書類を胸にかき抱いたピーターズは、机の端から顔をのぞかせた。「かしこまりました、ソーントン様！」その声はいかにも自信ありげだったが、ひざまずいたままで自信を保つのはむずかしい。ましてや、どの指示がどの招待状や手紙に対応するのか、はっきりわかっていない場合には。

そのあともイアンはピーターズとともに夜まで部屋にこもり、てんてこまいしている秘書に山ほど口述筆記をさせた。

夜になると、イアンはじきに自分の義父になるメルバーン伯に会い、伯爵の娘と結ぼうとしている婚姻契約について話し合った。

その間、ピーターズのほうは執事に話を聞いて、主人がどの招待を断りどの招待を受けそうか、あたりをつけようとしていた。

2

ヘイヴンハースト女伯爵エリザベス・キャメロンは、下僕の手を借りて、年老いた牝の愛馬の背から飛びおりた。この下僕は必要な場合には（そういう場合は多々あった）馬丁《ばてい》の役も兼ねることになっている。「ありがとう、チャールズ」エリザベスは古なじみの下僕に温かな笑顔を向けた。

若き女伯爵のそのときの姿は、貴族の婦人の一般のイメージからも、上流の女性のイメージからもかけ離れていた。頭にかぶりうなじのところで縛った青いスカーフ。素朴で飾り気がなく、古くさい感じのドレス。腕には村の市場で買い物をするとき使う編んだ籠《かご》を提《さ》げている。しかし、服装が野暮《やぼ》ったくても、老いぼれ馬に乗っていても、腕に買い物籠を提げていても、エリザベス・キャメロンは〝ありふれた〟女性には見えなかった。スカーフに覆《おお》われた髪は、金色に輝く滝となって肩や背に豊かに流れ落ちている。その髪は束ねずにいるのが常で、目をみはるほど美しい、非の打ち所のない顔を縁《ふち》どっていた。精妙《せいみよう》な形の高めの頬骨。すこやかな輝きを放つクリーム色の肌。ふっくらとしたやわらかな唇。なにより印象的なのはその目だった。広げた翼の形をした優美な眉の下で、カールした長いまつげに囲まれた瞳は、はっとするようなあざやかな緑色をしていた。ハシバミ色でもマリンブルーでもない、純粋な緑色。すばらしく表情豊かなその瞳は、幸せなときはエメラルドのようにきらめき、憂いに沈むときは翳《かげ》りを帯びた。

下僕は籠を覆っている紙の下を期待に満ちた目でのぞきこんだが、エリザベスは悲しげな笑みを浮かべて首を振った。「今日はタルトはないのよ、チャールズ。値段が高すぎたし、ジェンキンズさんはいくら説明してもわかってくれなくて。一ダース全部買うって言ったのに、一ペニーもまけてくれないから、だったら一個も買いませんって言ったのよ――それがわたしの主義だから。ねえ、知ってる？」くすくす笑って教える。「先週、わたしが店に入っていったら、ジェンキンズさん、小麦粉の袋の後ろに隠れちゃったのよ」

「臆病なやつですね！」チャールズがにやっとして言った。というのも、エリザベス・キャメロンが大変な倹約家だというのは商人や店主のあいだではよく知られた話で、こと値引き交渉となると――エリザベスはつねに値引きを求めた――彼女に勝てる者はまずいなかったからだ。そうした駆け引きにおいては、美貌ではなく知性が最大の強みとなった。なぜなら、エリザベスは足し算や掛け算が暗算でできるばかりか、理屈を説くのもうまく、なぜ値引きするのが当然なのか、その理由を次々に思いついて説明するので、相手は根負けするか、わけがわからなくなるかして、最後には彼女の言いなりになるからだった。

金銭的な心配をしなければならないのは、商人を相手にするときだけではなかった。ヘイヴンハーストでは、エリザベスが試していない倹約法はないといってよかったが、彼女がとった方法はみなうまくいっている。先祖伝来のささやかな領地の経営と、九十人から十八人に減った召使いの管理を、十九の若さで双肩に担っている彼女は、叔父がしぶしぶ与えてくれる小額の援助によって、不可能に近い仕事をやってのけていた——ヘイヴンハーストが競売にかけられるのを防ぎながら、屋敷に残った召使いの衣食の面倒を見つづけるという仕事を。エリザベスが自分に許しているただひとつの〝贅沢《ぜいたく》〟は、ミス・ルシンダ・スロックモートン＝ジョーンズだった。以前からエリザベスの付き添い人をしていた女性で、いまはかなりの薄給で話し相手、相談役を務めてくれている。ヘイヴンハーストでひとり暮らしをする自信がないわけではないが、その道を選べば、ただでさえ地に落ちている自分の評判が回復の見こみもないほど傷つくであろうことを、エリザベスはよく承知していた。

エリザベスは籠を下僕に渡すと、明るい声で言った。「タルトはないけど、苺《いちご》を買ってきたわ。サーグッドさんは、ジェンキンズさんより理屈が通じるの。商品をふたつ以上買うなら、単価は安くなるのが当然だってこと、ちゃんとわかってくれたもの」

むずかしい説明をされたチャールズは頭をかいたが、それでもわかったような顔をしてみせた。「そりゃそうです」と言いながら、馬の手綱《たづな》をとって引いていく。「どんなばかでも、そのくらいはわかりますよ」

「ほんと、そうよね」エリザベスは向きを変え、出納簿《すいとうぼ》を見直そうと思いながら正面階段を軽やかに駆けあがった。玄関の扉がさっと開く。開けたのは恰幅《かっぷく》のよい年配の執事、ベントナーだったが、その顔には抑えきれない興奮の色があった。喜びではちきれそうだが軽々しいふるまいはできない、といいたげな声音《こわね》で、執事は告げた。「お客様がいらしています、エリザベス様！」

この一年半、ヘイヴンハーストには絶えて訪問客がなかったので、エリザベスが一瞬、理不尽なほどの喜びを感じたあと、狐につままれた気分になったのは不思議なことではなかった。借金の取りたてに来る人はもういないはずだ。ヘイヴンハーストが所有するすべての貴重品と大部分の家具を抵当に入れることで、各方面への借金はとりあえず片づけたのだから。

「お客さんて、だれ？」玄関広間に入り、スカーフを脱ごうと頭に手をやって尋ねた。

ベントナーは輝くような笑みを満面に浮かべた。「アレグザンドラ・ローレンス様です！あ、いや、タウンゼンド様でしたな」その女性が結婚したのを思い出して、言い直した。

まさかそんな、とうれしい驚きに襲われ、エリザベスはつかのま立ちすくんだが、すぐに身をひるがえすと、貴婦人のつつしみも忘れたように駆けだして、スカーフをむしりとりながら客間へと急いだ。戸口まで来ると、彼女は唐突に足を止め、指先にスカーフをぶらさげたまま、愛らしいブルネットの娘をしげしげと見た。部屋の中央に立つその娘は、赤色の上品な旅行用スーツに身を包んでいる。ブルネットの娘が振り向いた。見つめ合うふたりの顔にすこしずつ笑みが広がり、目は輝きを帯びてきた。エリザベスは、感動と半信半疑の思い、それに純粋な喜びがこもった声でささやいた。「アレックス？　ほんとにあなたなの？」

ブルネットの娘がうなずき、こぼれんばかりの笑みを浮かべた。

ふたりはその場に立ちつくし、揺れる思いのなかで、それぞれ相手の姿にこの一年半におきた劇的な変化を見てとり、その変化があまり深いものでなければよいが、とかすかな不安にとらわれた。静まりかえった部屋のなかで、幼いころの友情と長年にわたる親愛の情が彼女たちをしっかり包みこみ、ふたりは一歩、また一歩とためらいがちに歩み寄ったと思うと、飛びつくようにして熱い抱擁《ほうよう》を交わし、うれしさのあまり笑い泣きした。

「ああ、アレックス、元気そうでなにより！ 会いたかったわ、ほんとに！」エリザベスは歓声をあげ、また相手を抱きしめた。社交界のなかでは〝アレックス〟はホーソーン公爵夫人アレグザンドラだが、エリザベスにとってはもっともつきあいの長い友人の〝アレックス〟だった。その友は長らく新婚旅行に出かけていたので、エリザベスがいまきわめて厄介な立場にあるという話はまだ耳にしていないと思われた。

アレックスの腕を引っぱってソファにすわらせると、エリザベスは矢のように質問を浴びせた。「ハネムーンからはいつ帰ってきたの？ いま幸せ？ なぜうちに来てくれたの？ いつまでいられる？」

「会いたかったのはわたしも同じ」アレックスはくすくす笑って、訊かれた順に答えを返した。「帰ってきたのは三週間前。いまは天にものぼるほど幸せよ。ここに来たのはもちろんあなたに会うためで、そうしてと言うなら何日かは泊まっていけるわ」

「だったら、そうしてよ！」エリザベスははしゃいで言った。「わたしのほうは、予定は全然ないの、今日だけは別だけど。叔父が訪ねてくるから」じつをいえば、エリザベスの社交スケジュールはこの先一年は完全に空《あ》いていたし、叔父のときおりの訪問はひまをもてあますこと以上に苦痛だった。でも、そんなことはもう気にならない。旧友の顔を見られたのが無性にうれしくて、エリザベスは頬がゆるむのを抑えられなかった。

子供のころよくそうしたように、ふたりは靴を脱ぎ捨て脚を折ってすわり、何時間も話しこんだ。それは気心の知れた者同士の気さくなおしゃべりだった。たとえ長いこと離れていても、喜びや悲しみや苦しみをともにした少女時代の思い出によって、ふたりは永遠の絆《きずな》で結ばれていたのだ。「ねえ、覚えてるでしょ」二時間ほど話したところで、エリザベスは笑いながら言った。「メアリー・エレンの家が、家族の誕生日を迎えるたびに開いた模擬競技会のこと」

「忘れっこないわ」アレックスが懐かしそうにほほえみ、しみじみと言う。

「一対一の馬上槍試合のときは、いつもあなたに馬から落とされたっけ」とエリザベス。

「そうだったわね。でも、射撃競争はあなたが百戦百勝だったでしょ。まあ、あなたの場合、最後はご両親にばれて、もう子供じゃないんだし、そんな粗野な遊びはふさわしくないって止められちゃったけど」アレックスはまじめな声になった。「あなたがいっしょに遊ばなくなったのは寂しかったわ」

「寂しかったのはこっちよ。試合がいつあるかはちゃんとわかってたから、その日になると、なんともいえないみじめな気分で、うちでぼんやりしながら、いまごろはみんな楽しんでるんだろうなって思ってた。それで、ロバートとわたしは、わが家で競技会を開こうって決めたの。召使いは全員参加ってことにして」当時の自分と異父兄の様子を思い出し、エリザベスは声を立てて笑った。

そこでふと、アレックスの顔から笑みが消えた。「そのロバートはどこにいるの？　お兄さんの話はいままで全然出なかったじゃない」

「兄は……」エリザベスは言いよどんだ。異父兄が失踪したことを話すなら、その前におきたこともすべて話さねばならないとわかっていたからだ。だが、アレグザンドラの気遣《きづか》わしげなまなざしに気づくと、あの忌まわしい事件の一部始終がすでに耳に入っているのかもしれない、と心が騒いだ。エリザベスはなにげない調子で言った。「ロバートは一年半前に姿を消したの。たぶん、その——借金のせいじゃないかと思うけど」そして急いで付け足した。「その話はやめましょう」

「そうね」アレックスは不自然なほど明るい笑顔で応じた。「じゃあ、なにを話す？」

「あなたのこと」エリザベスはすかさず答えた。

エリザベスより年上のアレックスが花婿《むこ》の話をするうちに、時間は飛ぶように過ぎていった。彼女が夫を慕《した》っているのはその話しぶりでよくわかる。新婚旅行で夫に連れられ世界各地を旅したアレックスは、いろいろな土地の珍しさを語り、エリザベスはその話に聞き入った。

異国の町の話が種切れになったところで、エリザベスは「ロンドンのことを話して」と頼んだ。

「なにが知りたいの？」アレックスは真顔になって尋ねた。

エリザベスは椅子にかけたまま身を乗り出し、いちばん訊きたいことを訊こうとしたが、プライドがじゃまをした。「そうね――特にこれというのはないけど」それは嘘だった。わたしが知りたいのは、友人たちがわたしのことをあざけったりののしったりしているかどうか、いえ、それよりも、わたしを憐れんでいるかどうかってこと。わたしが文なしになったことがみんなに知れわたっているかどうか。なにより知りたいのは、どうしてだれも会いにきてくれないのか、便りひとつくれないのはなぜかってことよ。

一年半前に社交界デビューを果たしたとき、エリザベスはあっという間に花形になり、彼女のもとには記録的な数の求婚者が殺到した。だが、十九になったいまでは、かつて彼女を手本とし、もてはやし、ひいきにした人々から、逆につまはじきにされていた。エリザベスは彼らの掟《おきて》を破ったことでスキャンダルの主人公になり、その噂は社交界のなかで野火のように広がったのだ。

アレックスの顔をおそるおそるうかがいながら、エリザベスは、世間はスキャンダルの部分しか知らないのか、それとも周辺の事情も知られてしまったのだろうかと考えた。噂はまだ続いているのか、それともなんとか治まったのか。事件がおきたとき、アレックスは長旅に出かけた直後で国内にいなかったが、帰国してから噂を耳にしたのではないか。

胸に渦巻く疑問はいまにも口をついて出そうだったが、エリザベスはふたつの理由から尋ねるのを我慢していた。第一に、答えを聞いたら泣いてしまうかもしれない。涙を見せるのはいやだった。第二に、訊きたいことを訊くためには、事件のことを洗いざらい話さねばならない。早い話が、事情を教えればアレックスに見捨てられるかもしれず、これほど心細く途方にくれているときにそんな目にあうのは耐えられないと感じていたのだ。

「どんなことが知りたいの？」アレックスの顔には、うつろな明るい笑みがかたくなに張りついていた。誇り高い友人に、憐れみや情けを感じさせないための笑みだろうか。

「どんなことでもいいわ」エリザベスは急いで答えた。

「じゃあ、これはどう」エリザベスの胸に秘められた問いは部屋に重苦しさを広げていたが、その空気を吹き飛ばす勢いでアレックスが言った。「セシリア・ラクロワが、ついこのあいだ、デューセンベリー卿と婚約したのよ！」

「それはよかったわね」エリザベスは晴れやかな優しい笑顔を見せ、その声には心からの喜びがあふれていた。「デューセンベリー卿はたいそうなお金持ちだし、家柄も申し分ないもの」

「ああいう根っからの浮気者は、結婚してひと月もたたないうちに愛人を作るにきまってるわ」アレックスがこのように歯に衣《きぬ》着せぬもの言いをするたびに、エリザベスはぎょっとしながらも痛快に感じるのだった。

「その予想がまちがいだといいけど」

「まちがいなんかじゃないわ。でも、まちがってると思うなら、予想があたるかどうか賭ける？」友の瞳にふたたび笑いの火が灯ったのがうれしくて、アレックスは調子に乗って続けた。「三十ポンドでどう？」

エリザベスはふいに耐えられなくなった。疑心暗鬼はもうたくさんだ。アレックスがここに来てくれたのは、変わらぬ友情のためなのか――それとも、エリザベスがいまだにロンドンじゅうの男性の人気を集めていると勘違いしているのかを、はっきりさせたい。目を上げてアレックスの青い瞳を見つめると、エリザベスはおだやかな声で悪びれずに言った。「わたし、三十ポンドも持ってないのよ、アレックス」

アレックスは真剣なまなざしで見つめ返し、目をしばたたいて同情の涙を押し隠した。

「わかってる」

容赦なく襲う災《わざわ》いと闘ったり、毅然《きぜん》とした態度で恐れを隠したりするすべは身につけていた。けれども、こうして思いやりと友情を肌身に感じると、絶望のどん底にいてもこらえられた涙が、憎んでやまない涙が、あやうく目からあふれそうになった。エリザベスは涙で詰まった喉から声をしぼり出し、素直に感謝した。「ありがとう」

「お礼を言われるようなことはなにもないわ。例の下世話な噂は全部聞いたけど、わたしはひとことだって信じてない。それどころか、ロンドンが社交シーズンに入ったら、うちに泊まってもらって、社交に加わってほしいと思ってるのよ」アレックスは身を乗り出し、エリザベスの手をとった。「あなた自身の誇りのためにも、堂々とふるまって、みんなを圧倒してやって。わたしも力を貸すわ。それに、もっと頼もしい味方もいるのよ。夫の祖母に頼んで、顔をきかせてあなたを助けてもらうようにするから。わかるでしょ」アレックスは心からの笑顔で、感に堪《た》えたように付け加えた。「ホーソーン公爵未亡人が後ろ盾《だて》とわかれば、あなたを傷つけるような無謀なまねをする人はいやしないわよ」

「お願い、アレックス、もうやめて。あなた、自分の言ってることがわかってないのよ。わたしのほうが乗り気だとしても――実際は違うけど――承知なさるはずないわ。わたしは公爵未亡人を存じあげないけれど、あちらはわたしのことをなにもかもご存じでしょう。わたしのことというより、わたしに関する噂のことを」

アレックスのまなざしは揺るがなかった。「いまの話、半分はあたってるわ。わたしの留守のあいだに、あの噂は公爵未亡人の耳に入ってたから。でも、その件についてこの前話し合ったら、実際にあなたに会ったうえで判断するって言ってくれた。会えば、彼女だってきっとあなたのことを好きになる。そうなったら、天地を動かしてでも、社交界があなたを受け入れるようにしてくれるはずよ」

エリザベスは首を振り、喉をふさぐ塊《かたまり》を、感謝と屈辱が入り混じった思いをのみくだした。「ありがたい話だとは思うけど、あなたにはほんとに感謝してるけど、そんなの耐えられない」

「わたしはもう、そうするって決めたの」アレックスは優しく諭《さと》した。「夫はわたしの判断を尊重してくれる人だから、賛成してくれるのはまちがいないし。パーティ用のドレスだったら、わたし、まだ袖を通してないのがたくさんあるのよ。それを貸してあ――」

「そんなの絶対にだめ！」エリザベスは叫んだ。「お願いだから、アレックス」恩知らずに聞こえるだろうとは思ったが、懸命に頼んだ。「わたしにもすこしはプライドを残しておいて」そして、かすかにほほえんで付け加えた。「それにね、わたしはあなたが思うほど不幸せというわけじゃないのよ。わたしにはあなたがいるし、ヘイヴンハーストもあるんだもの」

「そうね。でも、一生ここに閉じこもっているわけにもいかないでしょう。ロンドンでわたしのうちに泊まるとして、もしいやだったら、みんなと出かける必要はないのよ。わたしとふたりでいればいいんだから。わたし、あなたに会えないのをずっと寂しく思ってたのよ」

「でもあなたは、わたしにつきあってるひまはないんじゃない」エリザベスは、ロンドンの〝シーズン〟ならではの、にぎやかで目まぐるしい社交生活を思い出していた。

「そんなに忙しくはならないわよ」アレックスは謎めいた笑みを浮かべ、目を輝かせた。

「わたし、おめでたなの」

エリザベスは友を強く抱きしめた。「わたし行くわ、ロンドンに！」考え直す間《ま》もなく叫んでいた。「でも、叔父がタウンハウスにいなければ、そっちに泊まることにする」

「うちに泊まるのよ」アレックスは頑固に言いはった。

「まあ、どうするか見てて」負けずに言い返したあと、エリザベスはうっとりとつぶやいた。

「赤ちゃんが生まれるのね！」

「失礼いたします、アレックス様」ベントナーが入ってきて話をさえぎり、エリザベスのほうを向いて気遣わしげに言った。「ただいま、叔父様がご到着になりました。いますぐに、書斎でお話をしたいとおっしゃっています」

アレックスは不思議そうに執事とエリザベスの顔を見くらべた。「ここに着いたとき、なんだかひっそりしてるなと思ったのよ。召使いは何人いるの？」

「十八人」とエリザベスは答えた。「もといた九十人は、ロバートがいなくなる前に四十五人にまで減っていたんだけど、叔父には全員にひまを出すように言われたわ。召使いなんか必要ないって。叔父はうちの出納簿も調べて、召使いを抱えても、住まいと食べ物の保証が精一杯でほかに報酬を与える余裕はないはずだって言った。それでも、十八人がうちに残ってくれたのよ」エリザベスはベントナーにほほえみかけ、付け加えた。「その十八人は、生まれたときからヘイヴンハーストで暮らしてきた人たちなの。ここは彼らの家でもあるのよ」

エリザベスは腰を上げ、突きあげるような不安を抑えこんだ。その不安は、叔父と顔を合わせると思っただけで胸に湧く、条件反射のような感情にすぎなかったのだが。「話はすぐすむと思うわ。ジュリアス叔父様は、どうしても必要という以上にこの家に長居することはないから」

後ろにさがっていたベントナーは、茶器の片づけにいそしむふりをしながら、エリザベスが出ていくのを見ていた。そして、もう声は届かないとわかると、アレックスのほうに向き直った。いまやホーソーン公爵夫人であるアレックスが男の子用の膝丈ズボンをはいて走りまわるおてんば娘だったころから、ベントナーは彼女のことを知っていた。「失礼とは存じますが、公爵夫人」ベントナーはかしこまった声で話しかけ、老いた柔和《にゅうわ》な顔に懸念《けねん》をにじませた。「ここにお越しいただいたことをわたくしがどれほど喜んでいるかおわかりでしょうか？　ことに、キャメロン氏が到着されたいまは」

「あら、うれしいことを言ってくれるのね、ベントナー。わたしも、あなたにまた会えてうれしいわ。キャメロンさんのことで、なにか困ってるの？」

「困ったことになりそうな気がいたします」ベントナーはいったん口をつぐむと、戸口に歩み寄って廊下にすばやく目を走らせ、アレックスの前に戻ってから、思うところを話した。「アーロンも——うちの御者《ぎょしゃ》ですが——わたくしも、今日のキャメロン氏の様子には不審なものを感じております。さらに申しますなら」ベントナーは茶器を載せたトレイを抱えあげた。「いま残っております奉公人のなかには、ヘイヴンハーストに愛着があるから残ったという者はひとりもおりません」白い頬に恥じらうような赤みがさし、彼の声は感きわまってしわがれた。「わたくしどもはみな、エリザベス様のためにとどまったのです。あのかたの手もとに残されたのは、いまやわたくしどもだけなのですから」

女主人への忠誠を明らかにしたそのしゃがれ声を聞いただけで、アレックスは涙が出そうになったが、ベントナーはさらに続けた。「キャメロン氏がエリザベス様を悲しませるのを見過ごすわけにはまいりません。あの御仁《ごじん》はそうするのがお得意ですが」

「やめさせる方法はあるの？」アレックスは微笑した。

ベントナーは居ずまいを正してうなずくと、もったいぶった顔で言った。「わたくしとしましては、ロンドン橋から突き落とすのがよかろうと思っております。アーロンは毒を盛るのがいいと申しておりますが」

執事のことばにはやりきれない怒りがこもっていたが、本気で物騒なことをする気はないようなので、アレックスは調子を合わせていたずらっぽくほほえんだ。「わたしもあなたの言う方法に賛成よ——そっちのほうがすっきりしてるもの」

アレックスの冗談めかした発言に、ベントナーはしゃちほこばったお辞儀を返したが、つかのま顔を見合わせたとき、ふたりはたったいま交わした言外のやりとりを了承し合った。執事が公爵夫人アレグザンドラに伝えたのは、この先へイヴンハーストの召使いの助けを必要とする事態になったときには、彼らの完璧かつ無条件の忠誠心をあてにできますよということだった。それを知った公爵夫人は、執事にこう請け合ったのだ。自分はあなたの話をお節介だと疎《うと》んじるどころか、事情を教えてもらったことに感謝している、万一の場合に備えていまの話を肝に銘じておく、と。

3

書斎に入ってきた姪の姿を見て、ジュリアス・キャメロンは不快そうに眉をひそめた。文なしの孤児同然になったいまでさえ、エリザベスの立ち居ふるまいは気品に満ち、ほっそりしたあごの保ち方には確固としたプライドが感じられる。借金まみれで、月ごとにさらに深みにはまっているのに、それでもこの姪は毅然《きぜん》と胸を張って歩きまわっているのだ――傲岸《ごうがん》で向こう見ずな父親そっくりに。エリザベスの父親は、三十五のときヨットの事故で妻とともに命を落としたが、親から受け継いだ多額の財産はそれ以前に賭け事で使いはたしており、所有地もひそかに抵当に入れていた。それでも気位の高さは変わらず、亡くなるその日まで、特権貴族のような意識を持って暮らしつづけたのだった。

ジュリアスはヘイヴンハースト伯の次男だったため、爵位も財産もまとまった土地も相続できなかったが、骨身を惜しまず働き、倹約を心がけたおかげで、それなりの身代《しんだい》を築くことができた。分《ぶ》の悪い人生をすこしでもましにしようと不断の努力を続けるうちに、彼は必要最低限のものだけで暮らすようになった。社交界の華やかな誘惑をしりぞけてきたのは、途方もない費用がかかるからというだけでなく、貴族社会の周辺に身を置くことに抵抗を感じているせいもあった。

それだけ多くの犠牲を払い、妻ともどもひたすら質素に暮らしてきたのに、運命はなおもジュリアスを裏切る画策をしていた。夫妻は子供に恵まれなかったのだ。かえすがえすも無念なことに、彼には財産や土地をゆずる跡継ぎがいなかった——姪のエリザベスが結婚後にもうけるであろう息子を別にすれば。

姪が机をはさんで向かいに腰かけるのを見ていると、そうした皮肉な巡り合わせがいまさらのようにジュリアスの胸に突き刺さった。そうだ、自分はこれまで一途《いちず》に働き、節約に努めてきた……なのに、その努力がどのように実ったかといえば、無鉄砲な兄の孫息子の財産を増やしてやることになっただけなのだ。それだけでも癪《しゃく》にさわるのに、エリザベスの異父兄のロバートが一年半前に行方をくらましたとき残していった面倒ごとを片づけるのも、ジュリアスの仕事になっている。そのため、エリザベスの父の遺言書の指示に従うのも彼の役目ということになってしまった。その指示とは、できれば爵位と財産を兼ね備えた男にエリザベスを嫁がせよというものだ。ひと月ほど前に、条件に合う花婿を探しはじめたとき、ジュリアスはすぐに見つかるだろうとたかをくくっていた。なにしろエリザベスには、おととし社交界デビューしたとき、その美貌と申し分のない家柄と噂の財産のおかげで、わずか四週間で十五人もの男性に求婚されたという記録破りの実績がある。しかし意外なことに、ジュリアスの打診の手紙に色よい返事をよこしたのはその十五人のうち三人にすぎず、何人かは返信すらしなかった。たしかに、エリザベスが貧乏になったことは秘密でもなんでもないが、ジュリアスは彼女を嫁がせて荷をおろしたい一心で、相当な額の持参金を持たせると約束していた。なにごとも金銭で計るジュリアスに言わせれば、その持参金があるというだけで、彼女は花嫁候補として充分魅力的に見えるはずだった。エリザベスにまつわる一大スキャンダルのことを、ジュリアスはほとんど知らなかったし、気にしてもいなかった。彼は社交界から身を遠ざけると同時に、その世界のゴシップや軽薄さや贅沢さとも縁を切っていたのだ。

憮然《ぶぜん》としてもの思いにふけっていたジュリアスは、エリザベスの問いかけによって現実に引き戻された。「叔父様、お話ってなんでしょうか?」

エリザベスの怒りが爆発するのを予期した苦い思いと、彼女に対する恨みが心のなかで混じり合ったために、ジュリアスはいつも以上に切り口上になった。「今日ここに来たのは、近々に迫っているおまえの結婚について話し合うためだ」

「わたしの――なんですって?」エリザベスは唖然《あぜん》とした。思わぬ話に驚いたせいで、身を守っていた威厳の鎧《よろい》はもろくも崩れ落ち、ほんの一瞬ではあったが、彼女はだまされ、見捨てられ、途方にくれた子供のように見えた。実際の気持ちもまさにそういうものだった。

「聞こえただろう」ジュリアスは椅子に身を沈め、吐き捨てるように答えた。「花婿候補は三人にしぼった。ふたりは爵位があるが、三人めはない。爵位はおまえの父親にとってはもっとも大事な条件だったから、求婚者のなかで最高の位を持つ者を選ぶことにする。まあ、選ぶなどという贅沢が許されればだが」

「いったい――」エリザベスは開きかけた口を閉じ、気を鎮めてから続けた。「いったいどうやって、その三人をお選びになったんです？」

「ルシンダに頼んで、おまえが社交界にデビューしたとき、おまえを妻にしたいとロバートに申し入れた男たちの名を挙げてもらったんだ。名前がわかったあとは、それぞれに使いを出して、彼らをもう一度おまえの花婿候補にする用意があると伝えた。それは本人の意向であり、わたしの――つまり後見人の――意向でもあるとな」

エリザベスは椅子の肘掛けをつかみ、湧きあがる悪寒《おかん》をこらえた。「それはつまり」としぼり出すようにささやく。「わたしを妻にと望む人が彼らのなかにいれば、だれにでもくれてやると、おおっぴらに宣伝したということですか？」

「そのとおり！」ジュリアスはむっとして、噛みつくように言った。そういうやり方は彼やエリザベスのような地位にある者にはふさわしくないと遠回しになじられたのを感じとったのだ。「参考までに言っておくと、おまえには異性をとりこにする強烈な魅力があると評判になっていたが、その魅力はどうやら消えうせたようだ。連絡した十五人のなかで、おまえと旧交を温めたいと言ってきた者は三人しかいなかった」

心の底からくやしさを感じながら、エリザベスは叔父の後ろの壁紙にぼんやりと目をやった。「とても信じられないわ、そんなことをなさったなんて」

ジュリアスは片手で机をばんと叩いた。「わたしは自分に権限があることをやったまでだ。おまえのごくつぶしの父親が指示したとおりのことを。いいか、わたしが死ねば、おまえの夫は、ひいてはおまえの息子は、このわたしの財産を手にすることになるんだぞ。ほかならぬわたしの財産を」

ずいぶん前から、エリザベスは叔父の心情を理解しようと努めていたので、彼の恨みの根にあるものはある程度わかっていたし、同情さえ寄せていた。「叔父様がお子さんに恵まれないことは残念に思っています」エリザベスは声を詰まらせた。「でも、それはわたしのせいではありません。わたしは叔父様になにも悪いことはしていない。こんな仕打ちを受けるほど憎まれるようなことはなにも……」そのことばを弁解ととったのか、ジュリアスは表情を硬くし、それに気づくとエリザベスの声は尻すぼみになった。彼女は頭をそらし、なけなしの自尊心にしがみついた。「その三人というのは、どなたですか?」

「まず、フランシス・ベルヘイヴン卿」ジュリアスは短く答えた。

エリザベスは茫然《ぼうぜん》と叔父の顔をながめ、首を振った。「社交界デビューのとき、初めてお目にかかったかたは大勢いますが、その名前にはまるで覚えがありません」

「それから、キャンフォード伯爵ジョン・マーチマン」

エリザベスはまたもや首を振った。

「名前はどこかで聞いたような気がするけれど、顔が思い浮かびません」

姪の返答にがっかりしたのか、ジュリアスは尖《とが》った声で言った。「おまえはあまりもの覚えがよくないようだな。士爵《ナイト》も伯爵も覚えていないとなれば」いやみたっぷりに締めくくる。

「平民など覚えているはずもないか」

いわれのない非難に傷ついて、エリザベスは声をこわばらせた。「三人めはだれですか？」

「イアン・ソーントン氏だ。彼は――」

その名を耳にしたとたん、エリザベスははじかれたように立ちあがった。燃えるような憎しみと鋭い嫌悪感が一瞬のうちに湧きあがり、体じゅうを駆けめぐる。「イアン・ソーントン！」彼女は両手を机について体を支えた。「イアン・ソーントンですって！」ヒステリックな笑いに憤《いきどお》りが入り混じり、その声はうわずっていた。「叔父様、イアン・ソーントンがわたしと結婚したいと言ったとしても、それはロバートに脅されていたときのことです！あの人は結婚相手としてわたしに興味を持ったわけじゃないし、ロバートが彼の態度に腹を立てたせいでふたりは決闘になったんです。そうよ、彼はロバートに撃たれたんだから！」

優しくなるでも怒るでもなく、平然とこちらを見ている叔父に、エリザベスは食ってかかった。「わからないんですか？」

「わたしにわかっているのは」ジュリアスは顔をしかめた。「ソーントンがこちらの手紙に承諾の返事をよこし、しかもその返事に誠意が感じられたということだ。たぶん、以前のふるまいを反省して、埋め合わせをしたいと思っているんだろう」

「埋め合わせですって！　わたしのことを嫌っているのか、ただ軽蔑しているのかはわかりませんけど、とにかく、あの人はわたしと結婚しようなどと考えたことはないし、いまだってそれは同じです！　そもそも、わたしが社交の場に出られなくなったのは彼のせいなんですから！」

「わたしとしては、ロンドンの退廃的な空気を吸わずにすむのは、おまえにはむしろよいことだと思うがね。まあ、いまはその話をしているんじゃない。彼はこちらの出した条件をのんだんだ」

「条件？」

エリザベスのおののきを目にしてももはや動じることもなく、ジュリアスは淡々と続けた。

「おまえが先方を訪ね、しばらく滞在して、その間に相手が自分にふさわしいかどうか見きわめるということだ。候補者は三人ともその条件に同意した。おまえの付き添い役はルシンダが務める。滞在期間はそれぞれ五日間だ。訪問の順序は、ベルヘイヴン、マーチマン、それからソーントンとなる」

エリザベスは部屋がぐるぐる回っているように感じた。「そんなばかな！」思わず声をあげると、追いつめられた彼女はとるに足りない問題を持ち出した。「ルシンダは久しぶりにひまをとっているところなのに！　彼女はいま、デヴォンのお姉さんのうちにいるんですよ」

「だったら、かわりにバータを連れていけばいい。ルシンダには、あとでスコットランドのソーントンを訪ねるときに同行してもらうことにして」

「バータですって！　彼女は小間使いですよ。付き添いが小間使いひとりしかいないのに、男の人のうちで一週間も過ごしたりすれば、わたしの評判はひどく傷つくことになってしまいます」

「なら、小間使いだと言わなければいい」ジュリアスはぴしゃりと言った。「手紙のなかで、付き添い役としてルシンダ・スロックモートン＝ジョーンズの名を出してしまったから、バータはおまえの叔母だとでも言っておけ。いいか、これ以上の反論は許さん。この件はこれで決まりだ。今日の用事はすんだ。もう行っていいぞ」

「まだ決まりじゃありません！　きっと、なにかとんでもない手違いがあったんだわ。イアン・ソーントンがわたしに会いたがるはずはありません。こっちだってあんな人に会うのはごめんです！」

「手違いなどない」ジュリアスはきっぱりと否定した。「イアン・ソーントンは手紙を受けとり、われわれの申し出を受け入れた。しかも、スコットランドの別荘への道順まで書面で教えてくれたんだ」

「われわれじゃなくて、叔父様の申し出でしょう！」エリザベスは叫んだ。「わたしには関係ないわ」

「エリザベス、わたしは細かい問題をこれ以上話し合うつもりはない。話はこれで終わりだ」

4

エリザベスはのろのろと廊下を進み、角を曲がってアレックスのいる部屋に戻ろうとしたが、膝があまりに激しくふるえるので、途中で足を止め、壁に手をついて体を支えねばならなかった。イアン・ソーントン……もうしばらくしたら、イアン・ソーントンと顔を合わせることになるのか。

その名は胸をかき乱し、反感と屈辱と恐れにいちどきに襲われたエリザベスはめまいを覚えた。やがて壁から離れると、小さな居間に入ってソファにすわりこみ、かつてルーベンスを飾っていた場所の壁紙がそこだけあざやかな色を残しているのを、放心したようにながめた。

イアン・ソーントンがわたしと結婚したがっていたなんて、そんなことは一瞬たりとも思ったことがない。彼が今回、叔父の途方もない申し出を受けたのだとして、その裏にどんな理由があるのか、いくら考えてもわからない……これまでのエリザベスは、ことイアンに関しては、お人好しのうぶな愚か者でしかなかった。

ソファの背に頭を預けて目を閉じる。彼と出会ったあの週末に、自分があれほど向こう見ずだったとは――あるいはのんきだったとは――いま思うと信じられない。未来は明るいと決めこんでいたなんて。けれど、あのときはそういう未来を疑う理由などなかったのだ。

十一のとき両親を亡くし、それからしばらくは暗い日々が続いたが、エリザベスのそばにはいつもロバートがいて、彼女をなぐさめ、あるいは励まし、そのうちなにもかも明るく見える日が来ると請け合ってくれたものだ。ロバートは八つ年上で、兄といっても父違いの兄――エリザベスの母が最初の結婚でもうけた息子――だったが、エリザベスはもの心ついたころからつねにロバートを頼り、慕ってきた。両親は家を空けることが多かったので、親というよりは、年に三、四回、顔を見せてはまたいなくなるすてきなお客さんのように思えた。ふたりはエリザベスにお土産を持ってきてくれ、すこしたつと、じゃあまたね、と笑顔で手を振って消えてしまうのだった。

両親が留守がちということはあったが、子供時代のエリザベスはとても幸せだった。明るい性格のおかげでどの召使いにもかわいがられ、たっぷり甘やかされた。コックにはお菓子をもらったし、執事にはチェスの手ほどきを受けた。御者頭《ぎょしゃがしら》のアーロンはカードゲームのホイストを教えてくれ、もっと大きくなると、万一のとき自分で身を守れるようにとピストルの撃ち方も教えてくれた。

しかし、ヘイヴンハーストにいる〝友だち〟のなかで、エリザベスの相手をしてくれる時間がいちばん長いのは、庭師頭のオリヴァーだった。彼がヘイヴンハーストにやってきたのはエリザベスが十一歳のときだ。優しい目をしたもの静かな人で、温室や花壇の手入れに精を出しながら、よく庭の草木や切り花に小声で話しかけていた。ある日、エリザベスがふらりと温室に入ると、オリヴァーは枯れそうになった菫《すみれ》に励ましのことばをかけていた。そして、彼女にこう説明したのだ。「植物には愛情が必要ってことですよ。人間とおんなじでね。ほら、こっちに来て」オリヴァーはエリザベスを招き寄せ、しおれかけた菫のほうにあごをしゃくった。「このかわいい菫に、がんばれって言っておやんなさい」

ばかばかしいような気もしたが、エリザベスは言われたとおりにした。なぜなら、オリヴァーの庭師としての腕は疑いようもなかったからだ。ヘイヴンハーストの庭は、彼が来てからの数カ月間で、みるみる状態がよくなっていた。そこで、エリザベスは菫のほうに身をかがめ、心をこめて話しかけた。「きっとすぐに元気になって、もとどおりのすてきなあなたに戻れるわよ！」それから一歩さがって、黄色くしおれた葉がお日様に向かって伸びあがるのをいまかいまかと待った。

「この子には秘密の薬をあげたんでね」オリヴァーは病気になった草花を集めた作業台に鉢植えの菫をそっと移しながら言った。「何日かしたら、また来てみなさるといい。彼女はきっと、元気になったところをお嬢さんに見せたくってうずうずしてるはずだ」エリザベスがあとで考えてみると、オリヴァーは花の咲く草木はどれも〝彼女〟と呼び、そうでないものは〝彼〟と呼んでいた。

次の日、エリザベスはさっそく温室に行ってみたが、菫はうなだれたままだった。その五日後、オリヴァーにタルトを分けてあげようと思いたって温室に行ったが、菫のことはほとんど忘れていた。

するとと「お嬢さん、そこのお友だちが会いたがってますよ」と言われた。

そこで病気の草花を集めた作業台に近寄ってみると、あの可憐な菫はほっそりした茎の上で生き生きと花開き、葉もぴんと上向きになっていた。「オリヴァー！」エリザベスは歓声をあげた。「いったいどうやったの？」

「お嬢さんの優しいことばと、あの秘密の薬をちょこっとやったのが効いたんでしょう。それですっかりよくなったってわけだ」とオリヴァーは答えた。相手の興味を本物と見て、いずれ園芸に夢中になると予感したのか――あるいは両親を亡くしたばかりの少女の悲しみをまぎらせてやりたいと思ったのだろうか――彼はエリザベスに温室のなかを案内し、いろいろな植物の名を教えたり、接《つ》ぎ木を試《こころ》みているところを見せたりした。そのあと、自分で小さな庭を作ってみないかと勧めると、エリザベスがうなずいたので、ふたりは温室で育てている苗のあいだを歩きまわり、彼女の庭にどんな花を植えようかと計画を練りはじめた。

その日は、エリザベスが植物を育てる喜びを知った日、いまも続く園芸への恋の始まりの日となった。ドレスを守るエプロンを腰に巻いてオリヴァーのそばで庭仕事をしながら、エリザベスは彼が〝秘薬〟や根覆いや接ぎ木について教えてくれることを片っ端《ぱし》から吸収していった。

オリヴァーに教えることがなくなると、今度はエリザベスが彼の先生になった。彼女には特別な強みがあったのだ。その強みとは、字が読めること、そしてヘイヴンハーストに祖父の自慢の種だった図書室があることだった。オリヴァーと並んで庭のベンチにすわると、エリザベスは植物を丈夫にし生き生きとさせる古来の方法や近代の技術を読み聞かせ、日が暮れて文字が追えなくなるまでそれを続けた。五年とたたないうちに、エリザベスの〝小さな〟庭は主だった花壇の大部分を取り囲むまでになった。彼女がスコップを手にしてひざまずくたびに、そのまわりでいっせいに花が咲きだすかのようだった。「彼女らは、お嬢さんに好かれてるってわかってるんだ」ある日、エリザベスが色とりどりの三色菫《さんしきすみれ》の花壇にひざまずいていると、オリヴァーはたまにしか見せない大きな笑みを浮かべて言った。「だから、あたしたちもお嬢さんのことが好きよって教えるために、いちばんいい格好を見せようとするんですよ」

オリヴァーが体調を崩して暖かい土地に越してしまうと、エリザベスはひどく寂しがり、庭で過ごす時間がさらに増えた。庭に出た彼女は思いつくままに草花の配置をデザインし、図面にして、その図を現実の庭に変えていった。下僕や馬丁に呼びかけて手伝ってもらい、屋敷の裏手一帯を階段状にならしたうえでそこもすべて花壇にした。

庭を造ったり召使いと遊んだりするのもおもしろかったが、アレグザンドラ・ローレンスと過ごす時間は格別に楽しかった。アレックスはエリザベスの同年代の友人のなかでいちばん家が近く、アレックスのほうが年上ではあったが、ふたりとも同じことに同じスリルを味わった。たとえば、夜にベッドのなかで、血も凍るような恐ろしい怪談話を聞かせ合い、しまいにはおののきながらくすくす笑いだすこともあった。また、エリザベスが持っていた樹上の小屋《ツリーハウス》にふたりでこもり、女の子らしい打ち明け話に興じたり、ひそかな夢を語り合ったりもした。

だが、アレックスが結婚し家を離れてしまっても、エリザベスは孤独になったとは思わなかった。彼女にはほかにも愛するものがあって、予定表はその世話だけで埋まり、一日の大半がそれに費やされたからだ。彼女の愛の対象は、ヘイヴンハーストだった。もともとは城であり、濠《ほり》や高い石垣も備えていたこの屋敷は、十二世紀にエリザベスの先祖にあたる女性が寡婦《かふ》用の住居として所有していたものだ。彼女の夫は国王をも動かす実力の持ち主で、その力をうまく利用して、ヘイヴンハーストの限定相続の決まりに異例の補足条項を加えさせた。その条項は、当人たちが望むかぎり、ヘイヴンハーストは彼の妻からその子孫に相続されるとし、相続権は男女ともに認めると定めていた。

そのため、父親が亡くなると、エリザベスは十一歳にしてヘイヴンハースト女伯爵になった。爵位はともかく、華やかな歴史に彩られたヘイヴンハーストは彼女にとってはまさに宝物だった。十七歳になるころには、自分の生い立ちと同じぐらい、ヘイヴンハーストの歴史にもくわしくなっていた。ヘイヴンハーストが耐え忍んだ数々の攻囲《こうい》戦のことは、敵方の名前から、当主だった伯爵や女伯爵が用いた防御戦術にいたるまで、すべてを知りつくしていた。代々のあるじについても、その功績や奇矯《ききょう》な性癖など、伝わっていることは全部知っていた——初代の伯爵は武術の腕前や勇猛な戦いぶりでつとに名高かったが、じつはひそかに妻を恐れていたとか、その息子は若いころ中庭で槍的突きの稽古中に落馬したため、哀れな馬を殺させたといったことを。

濠が何世紀も前に埋められ、城壁が取り壊される一方で、建物は増改築をくり返したため、いまのヘイヴンハーストは古風な趣《おもむき》にあふれる広大なカントリーハウスそのものであり、城だったころの面影はほとんど残っていない。それでも、図書室に残る絵画や古文書のおかげで、エリザベスは濠や石壁などがあった場所をすべて正確に把握し、中庭の位置もここだろうと見当をつけていた。

そんなわけで、十七になるころには、エリザベス・キャメロンは若い貴婦人としてはかなりの変わり種になっていた。人並み以上にもの知りでしっかり者のエリザベスは、日に日に現実的な才覚を表わすようになり、早くもヘイヴンハーストの土地管理人から領地の切り盛りのしかたを教わりはじめていた。そんな彼女は、昔から信頼できるおとなに囲まれて暮らしてきたせいで、世のなかの人はみな自分やヘイヴンハーストの住人のように親切で頼りになる人たちなのだと無邪気に信じこんでいた。

あの運命の日、ロンドンからふいに戻ってきたロバートが、薔薇《ばら》の剪定《せんてい》をしていた妹を屋敷内に引っぱりこみ、おまえは半年後にロンドンで社交界デビューするんだとにこやかに教えたとき、エリザベスがいろいろな苦労を想像することもなく手放しで喜んだのは、その性格からすればむりもないことだった。

「お膳立てはすっかり整った」ロバートははずむ声で告げた。「レディ・ジェイミソンがおまえの後見人になることを承知してくださった――生前の母上と親しかったよしみで。相当な物入りになるが、それだけの見返りはあるはずだ」

エリザベスは驚いて兄の顔を見た。「兄さんは、どんなときでも、費用の話なんてしたことなかったのに。うちはべつにお金に困ってるわけじゃないんでしょう?」

「これからは困らないさ」ロバートは嘘をついた。「いままで気づかなかったが、わが家には宝物があるんだ」

「どこに?」そこまで話を聞いても、エリザベスは胸が騒ぐばかりで、さっぱりわけがわからなかった。

ロバートは声をあげて笑うと、エリザベスを鏡の前に引っぱっていき、両手で彼女の顔をはさんで鏡と向き合わせた。

不思議そうに兄を見やってから、エリザベスは鏡に映る顔をながめて吹き出した。「それならそうと言ってくれればよかったのに」彼女は頬についた小さな泥汚れを指でこすった。

「エリザベス」ロバートは笑いながら言った。「おまえの目に見えるのはそれだけ――ほっぺたの汚れだけか?」

「ううん、顔も見えてるけど」

「その顔はどんなふうに見える?」

「わたしの顔に見えるわ」半ばじれながら、楽しげに答える。

「エリザベス、わが家の宝物というのはおまえのその顔だよ!」ロバートは声をあげた。

「ぼくもきのう初めてそのことに気づいたんだ。バーティ・クランデルから、チェヴァリー卿が彼の妹に求婚したとき、どんなにすばらしい条件を出したか聞いたときに」

エリザベスは茫然とした。「なんの話をしてるの？」

「おまえの結婚の話だよ」ロバートは屈託ない笑顔で説明した。「おまえはパーティの妹の二倍は美人だ。その顔と、ヘイヴンハーストという嫁入り財産があれば、イングランドじゅうが色めきたつような縁組みができる。そういう結婚をすれば、宝石やドレスや何軒もの豪邸がおまえのものになるし、ぼくも、金では買えない貴重な人脈をものにできるってわけだ」そして、からかうように続けた。「それに、ぼくのふところがたまに寂しくなったとしても、おまえが何千ポンドかぽんと恵んでくれるだろ――こづかいのなかから」

「やっぱり、うちはお金に困ってるのね？」エリザベスは心配のあまり、社交界デビューのことも忘れて言った。ロバートは目を伏せると、ものうげにため息をつき、手振りでソファにすわるよううながした。「すこしばかり困ってる」妹が隣に腰をおろすと、ロバートはそう言った。エリザベスはまだ十七歳だが、兄の嘘はすぐに見破れる。彼女はいま、まさに疑いの表情を示していた。「じつをいうと」ロバートはしかたなく言い直した。「ひじょうに困っている。絶体絶命というところだ」

「どうしてそんなことになったの？」エリザベスは恐ろしさに身がふるえそうだったが、しいて落ち着いた声を出した。

ロバートの端正な顔が羞恥心《しゅうち》でうっすらと赤くなった。「第一に、父上の遺《のこ》したとてつもない額の借金がある。その一部は賭け事で作ったものだ。ぼくも同じ理由で少なからぬ人から金を借りたから、その借金もたまっている。この数年というもの、父上の分もぼくの分も、取りたてにくる連中はできるかぎり追い払ってきたが、最近は敵もどんどん荒っぽくなっている。それだけじゃない。ヘイヴンハーストの経営にはおそろしく金がかかるんだよ、エリザベス。収入は出費にまるで追いついていないし、追いついたことは一度もない。おかげで、首まで借金につかることになったんだ。ぼくもおまえも。こうなれば、屋敷にあるものを抵当に入れて、これまでの借金を一部でも返すしかない。でないと、ぼくらふたりともロンドン社交界に顔向けできないだろう。もっと深刻な問題もある。ヘイヴンハーストはおまえの財産であって、ぼくのものじゃないが、おまえが良縁を得ることができなければ、ヘイヴンハーストは競売にかけられてしまう。それも近いうちに」

声はさほどふるえなかったものの、エリザベスの胸の内はとまどいと恐れにかき乱されていた。「さっき兄さんは、社交シーズンをロンドンで過ごすには大金がかかると言ったけど、うちにはそのお金はないみたいね」その指摘はたしかに現実的だった。

「おまえが地位も財産もある男と婚約すれば、借金取りたちはすぐに引きさがるさ。誓ってもいいが、そういう男を見つけるのはけしてむずかしくはないはずだ」

エリザベスには、その計画そのものが計算高く冷酷なように思えたが、そう話すとロバートは首を振った。今度は彼のほうが現実的になる番だった。「おまえは女だ。つまり、いつかは結婚しなきゃならない。わかるだろう――女は結婚すべきものなんだ。ヘイヴンハーストに閉じこもっていたのでは、よい相手には巡り合えない。それに、どんな相手でもいいと言ってるわけじゃないんだ。おまえが長く愛していけるような男を、ぼくが選んでやるよ。それに、妹はまだ若いからと話して、婚約期間を長くしてもらうよう交渉もする」ロバートは真剣な顔で約束した。「礼儀を心得た男なら、十七歳の娘に、心の準備ができていないのに結婚を急がせるようなまねはしないだろう。とにかく、それしか道はないんだ」ロバートは最後にそう釘を刺し、反論しかけたエリザベスの口を封じた。

箱入り娘で世情にはうとくても、エリザベスは兄が彼女に結婚するよう求めるのは理不尽なことではないと知っていた。両親も、健在だったときに、家族の望む結婚をするのがエリザベスの務めだとはっきり言っていた。いまの状況では、エリザベスの相手を選ぶのは異父兄の責任であるわけで、彼女はその兄に全幅の信頼を寄せていた。

「ほんとのところ、おまえだって」ロバートは優しい調子でからかった。「きれいなドレスを着て、美男子たちに求愛されるのを夢見たことがないわけじゃないだろう？」

「たまにはね」エリザベスは横を向いて照れたようにほほえんだが、その答えはいささか控えめにすぎた。彼女は健康で愛情豊かなごくふつうの娘であり、ロマンス小説もそれなりに読んでいた。それだけに、ロバートのことばの最後の部分には充分心をそそられたのだ。

「わかったわ」覚悟が決まると笑いがこぼれた。「わたし、やってみる」

「やってみるだけじゃだめなんだ、エリザベス。この計画はぜひとも成功させなきゃならない。さもないと、おまえは伯爵夫人以上の地位を得て子供を持つかわりに、領地をなくして他人の子の家庭教師をするはめになるぞ。そしてぼくのほうは、債務者用の監獄に入れられてしまう」じめじめした独房に入れられたロバートと、ヘイヴンハーストを失った自分の姿を想像しただけで、エリザベスはそれを防ぐためならなんでも言われたとおりにしようという気になった。「全部ぼくにまかせておけ」とロバートは言い、彼女はそのことばに従った。

続く半年のあいだに、ロバートはエリザベスの社交界デビューの準備に乗り出し、彼女がロンドンの人々にあざやかな印象を残せるよう工夫して、それを妨げる問題を次々に解決していった。まず、ミセス・ポーターという婦人が雇われ、以前の家庭教師も母親も教えなかった複雑な社交術をエリザベスに教えこんだ。ミセス・ポーターの教えによると、エリザベスは利発でもの知りなところを人前で示してはならず、園芸に対する熱意はおくびにも出してはならないのだった。

続いて、ロンドンの高級な仕立て屋が雇われ、ミセス・ポーターが社交シーズンに欠かせないと考えるドレス類を片っ端からデザインするよう命じられた。

ミス・ルシンダ・スロックモートン＝ジョーンズは、話し相手として雇われて面倒を見た娘たちが、社交界デビューのときとりわけ華やかな成功を収めたという実績を買われ、エリザベスの付き添い人になるためヘイヴンハーストにやってきた。歳は五十、灰色のこわい髪を丸く束ね、定規をあてたように姿勢のよいこの女性は、しじゅう眉をひそめていて、なにかいやな匂いがするけれどもそんなことを口にするのはしたないと思っているかのように見えた。見た目が怖そうというだけでなく、ミス・スロックモートン＝ジョーンズには指一本動かさずに何時間もじっとすわっていられるという驚くべき特技があり、エリザベスは初対面のあとほどなくそのことを知った。

エリザベスは付き添い人の堅苦しい物腰に気《け》おされないように努め、彼女の心をほぐす方法を探りはじめた。まず、いたずらっぽく「ルーシー」と呼んでみたが、親しみをこめたその呼びかけに対し、相手は険悪そのもののしかめ面で応じただけだったので、別の手を探すことにした。それはすぐに見つかった。ヘイヴンハーストに来て数日がたったある日、ルシンダは屋敷内の大きな図書室で、エリザベスが椅子に丸くなって本を読みふけっているのを目にした。「本を読むのが好きなんですか？」表紙に打ち出された金文字の題名を確かめながら、ルシンダはそっけなく――そして意外そうに――尋ねた。

「ええ」エリサベスはにっこりした。「あなたはどう？」

「クリストファー・マーロウを読んだことは？」

「あるけど、シェイクスピアのほうが好き」

それ以来、毎晩、食事のあとに、過去に読んだことのあるいろいろな本の美点について話し合うのがふたりの日課になった。まもなく、エリザベスは自分がかろうじてルシンダの敬意を勝ち得たことに気づいたが、愛情まで得られたかどうかは知るよしもなかった。なぜなら、ルシンダは感情というものを一切おもてに出さなかったからだ。それまで例外は一度しかなく、それは村で不届きなふるまいをした商店主に怒りを示したときだった。ただ一度であっても、それはエリザベスに忘れがたい印象を残した。ルシンダはつねに持ち歩いている傘を振りかざすと、不運な男に向かって突進し、相手を当人の店のなかで追いまわしながら、冷ややかな声で、怒りのこもった辛辣《しんらつ》なことばを立て板に水のごとく浴びせかけたのだ。こんなみごとな毒舌を聞いたのは初めてだとエリザベスは思った。

あらかじめ詫びておこうと思ったのか、その事件がおきる前にルシンダはこう話していた。

「癇癪《かんしゃく》持ちであることが、わたくしの唯一の欠点なのです」

エリザベスはひそかに考えた。ルーシーは、ソファや椅子に身動きもせずに何年もすわっているあいだ、心に湧きあがる感情を抑えこんでいるんだろう。たまりにたまったその感情が、ある日火山のように爆発するんだわ。本で読んだところによると、火山は圧力が頂点に達すると溶岩を噴き出すそうだから。

ルシンダと必要なだけの召使いを伴って、兄とともに社交界デビューのためにロンドンにおもむいたときには、エリザベスはもうミセス・ポーターの教えをすべてのみこんでいて、彼女が説明してくれたさまざまな課題をこなすだけの自信がついていた。じつをいえば、行儀作法を覚えるのもさることながら、デビューのためにここまで大騒ぎしなければならないことに、少々とまどいを感じるほどだった。考えてみれば、ダンスは半年の準備期間で覚えられたし、会話にいたっては三つのときからやっていることなのだ。それに、エリザベスが理解したかぎりでは、社交界にデビューするさいの彼女の務めといえば、たわいもないことがらのみを話題にして礼儀正しく会話すること、なにがなんでも知性を隠しとおすこと、そしてダンスをすることだけだった。

エリザベスの一行が賃貸のタウンハウスに入った翌日、彼女の社交界入りを後押しするレディ・ジェイミソンが、娘のヴァレリーとシャリーズを連れて、エリザベスとロバートを訪ねてきた。ヴァレリーはエリザベスよりひとつ年上で、前の年に社交界デビューしていた。五つ年上のシャリーズは若い身空《みそら》で未亡人になっていた。夫のデュモント卿が華燭《かしょく》の典《てん》のひと月後にあの世に行ってしまったため、新婦は裕福な暮らしと完全な自由を心おきなく楽しめる身分になったのだ。

社交シーズンの幕開けまでの二週間に、エリザベスは、今年デビューする裕福な家の娘たちとともにジェイミソン邸の居間で長い時間を過ごした。集まった娘たちは、ありとあらゆる人物やものごとを俎上《そじょう》に載せて噂話に興じた。彼女たちがロンドンに来たことには共通の目的があり、全員が家族のために崇高な務めを果たそうとしていた。家族の望みどおりにいちばん裕福な求婚者と結婚し、それによって実家の富を増やし社会的地位を向上させること、それが彼女たちの務めなのだ。

エリザベスの勉強はこの居間でも続き、そのなかで完了した。だれもが有名人に会ったことを自慢するというのはミセス・ポーターが言っていたとおりで、エリザベスは驚かずにいられなかった。もうひとつわかったのは、他人のふところ具合を話題にするのは上流社会では失礼にあたらないらしいということだ——ことに、未婚の紳士の地位や前途に関する話のなかでは。初めて客間につどった日、エリザベスはめまぐるしく続くやりとりのなかで、ぎょっと息をのんで無知をさらけ出さないようにするのが精一杯だった。「ピーターズ卿は結婚相手としては最高よ。だって、年収は二万ポンドだし、準男爵の伯父様が亡くなればどう考えたって彼が跡目を継ぐはずだもの。その伯父様は心臓がお悪くて、いつ亡くなってもおかしくないらしいわ」ひとりがそう話すと、ほかの娘たちもわれさきにと続けた。「ショーハムはウィルトシャーにすばらしいお屋敷を持っててね、うちの母は彼が早くわたしに告白してくれないかってやきもきしてるの……すごいじゃないの、ショーハム家といえばあの有名なエメラルドよね！……ロブルズリーは青いすてきな四輪馬車を乗りまわしてるけど、父が言うには、あの人は借金で首が回らなくなってるから絶対にだめだって……エリザベス、あなた、リチャード・シプリーに会ったらきっとびっくりするわよ。だけど、なにがあっても、彼の魅力にだまされちゃだめ。あの人はとんでもない悪党だし、いつも贅沢な格好をしてるけど、じつはすかんぴんなんだから！」おしまいの忠告をくれたのはヴァレリー・ジェイミソンで、エリザベスは彼女をグループのなかでいちばんの仲良しと見ていた。

エリザベスはこのグループの友情をありがたく思っていたし、おもて向きは、忠告のほうにも感謝していた。けれども、彼女たちが自分より劣っていると見なす人々にどんな態度をとるかわかると、しだいに居心地が悪くなってきた。それはむりもないことだった――エリザベスは執事や御者を自分の仲間だと思っていたからだ。

その一方で、エリザベスはロンドンに恋してもいた。活気あふれる通り、手入れの行き届いた公園、なにか楽しいことがおきそうな、わくわくする雰囲気。それに友だちができたのもうれしかった。他人の噂をしていないときなら、彼女たちとつきあうのは楽しいことだったのだ。

しかし、初めての舞踏会の夜、エリザベスが感じていた自信と喜びはどこかに消し飛んでしまった。ロバートと並んでジェイミソン邸の階段をのぼっていたとき、エリザベスはふいに、生まれて初めて感じるような強い恐怖感にとらわれた。まじめに覚える気がしなかった、うるさい決まりごとのあれこれが、頭のなかで渦を巻く。わたしはこのシーズンでいちばん評判の悪い壁の花になるにちがいない――そんな恐ろしい考えに襲われた。それでも、会場に足を踏み入れた瞬間、目の前に広がった光景に、エリザベスは気おくれも怯《おび》えも忘れて目を輝かせた。何百本、何千本のろうそくでまばゆく光るシャンデリア。シルクやサテンを身にまとってそぞろ歩く、ハンサムな男性たちと美しく着飾った女性たち。

若い男性が何人も振り返って自分を見ているのには気づかずに、エリザベスは目をきらきらさせて笑顔の兄を見上げた。「ロバート」緑の瞳を輝かせてささやく。「この世のなかに、こんなにすばらしい人たちがいて、こんなに立派な部屋があるなんて、いままで想像したことがあった？」

金色のスパンコールをあしらった白い紗《しゃ》のドレスに身を包み、黄金色の髪に白い薔薇を挿《さ》して、緑の瞳をきらめかせたエリザベス・キャメロンは、まさにおとぎ話のプリンセスそのものだった。

目の前の光景にすっかり心を奪われているエリザベスは、はた目にはえもいわれぬ輝きを放っているように見えた。やがてわれに返ると、エリザベスはヴァレリーやその友だちを見つけて、にこやかに笑いかけた。

その夜が終わるころには、エリザベス自身もおとぎ話の世界に入りこんだような気がしていた。大勢の青年が彼女を取り巻き、名前を尋ねたり、ダンスに誘ったり、パンチを運んできてくれたりした。エリザベスは笑みを絶やさず、ダンスの誘いにも応じたが、ほかの娘とは違って、わざと相手の気を引くようなことはしなかった。そのかわり、話しかけてきた男性には温かい笑みで応え、熱心に話を聞いた。誘われてダンスフロアに出ていくときは、緊張をほぐすようなことを言い、相手を饒舌《じょうぜつ》にさせた。エリザベス自身は、華やかな雰囲気に酔い、美しい音楽にうっとりし、人々にもてはやされてめまいを覚えていたが、そうした心の動きは輝く瞳や愛くるしい笑顔に余さず表われていた。初めての舞踏会でおとぎの国のプリンセスになったエリザベスは、人々の心を奪い、とりこにしながら、きらめくシャンデリアの下でダンスフロアをくるくると舞い、魅惑的なプリンスたちに取り囲まれて、この夜が永遠に続くように感じていた。エリザベス・キャメロンの天使のような美貌と、黄金色の髪と、輝く緑の瞳は、ロンドンに旋風《せんぷう》を巻きおこした。その人気は単なる花形の域を超えていた。彼女は社交界に君臨する、唯一無二の花形になったのだ。

翌朝から、エリザベスのもとにはひきもきらずに客が訪れるようになった。彼女が最大の魅力を発揮したのは、舞踏会の場ではなく、そうして屋敷に客を迎えたときだった。そんなときのエリザベスは、単に美しいというだけでなく、舞踏会に出ているとき以上に気さくで親しみやすかったからだ。それから三週間のうちに彼女に求婚した紳士は十四人にのぼり、ロンドンは前代未聞のできごとに色めきたった。二シーズン連続で社交界を制した美女、ミス・メアリー・グラッドストーンでさえ、求婚者の数はエリザベスに及ばなかったのだ。

エリザベスの求婚者のうち十二人は年若で、結婚相手としてはちょうどよく、彼女に首ったけだった。あとのふたりはずっと年上だったが、首ったけなのは同じだった。プライドは高いが機略に欠けていたロバートは、十四人の求婚者を自慢しながらも、妹には釣り合わない、ふさわしくないとして、無情にも全員を切り捨てた。妹には、彼女を幸せにしてくれる〝理想の〟夫を選んでやると約束している。ロバートはその約束を忠実に守り、眼鏡にかなう男が現われるのを待った。

十五人めの求婚者は、ロバートの考えた条件をすべて満たしていた。きわめて裕福で、顔だちも性格も申し分のない二十五歳のモンドヴェイル子爵が、今シーズン最高の花婿候補であることはまちがいない。そう判断したロバートは、興奮のあまりわれを忘れそうになった。その晩エリザベスに話したように、もうすこしで机を飛び越えて、若き子爵に、きみに決めたよ、おめでとうと言うところだったのだ。

エリザベスにとってはなによりうれしい話で、感慨もひとしおだった。彼女は多くの男性のなかでもモンドヴェイル子爵にとりわけ好意を寄せていたが、意中のその人が求婚してくれたうえ、兄にも選ばれたのだ。「ああ、ロバート、子爵はほんとうにすてきなかただわ。わたしね――ほんとは、あのかたが結婚を申しこむほどわたしを好いてくださっているかどうか、自信がなかったの」

ロバートは愛情をこめて彼女の額《ひたい》にキスした。「お姫様」とからかうようにささやく。「どんな男だって、おまえをひと目見れば夢中にならずにはいられないさ。あとはプロポーズを待っていればいいんだ」

エリザベスは兄の顔を見て小さくほほえみ、肩をすくめた。自分の容貌ばかりが話題になり、内面がまるで無視されていることに、ほとほとうんざりしていたからだ。それに、社交シーズンのにぎわいや浮ついた華やかさには、初めのうちこそ心を奪われたが、その魅力は急速に色あせつつあった。本音をいえば、ロバートの話を聞いていちばん強く感じたのは、とにかく相手が決まってよかったという安堵《あんど》の念だった。

「モンドヴェイルは、今日の午後、おまえに会いにくるそうだ」ロバートは話を続けた。「ただ、プロポーズに対するこちらの返事は一、二週間先まで延ばそうと思う。すこしは待たせたほうがいいんだ。それで向こうの決意はいよいよ固くなるだろう。それに、おまえには、婚約が決まる前に、もうすこし自由を味わわせてやりたいしな」

婚約が決まる……そのことばの響きにエリザベスは奇妙な胸騒ぎを感じ、強い不安に襲われた。そんなふうに感じるのはばかげていると、自分でもわかってはいたのだが。

「ここだけの話だが、おまえの持参金がたったの五千ポンドだというのはじつに言いづらかった。でも、向こうはそんなことは気にならないようだったし、実際にそう言われたよ。おまえが来てくれればあとはなにもいらないと。おまえには、手のひらほどもあるルビーを山ほど贈るつもりだとも言っていた」

「それは……すばらしいわね」エリザベスは力なくつぶやいた。安堵感や、説明のつかない胸騒ぎだけでなく、もっとほかに感じることがあるはずだ。そう思ったが、ほかの感情はなかなか湧いてこなかった。

「すばらしいのはおまえだよ」ロバートは彼女の髪をくしゃくしゃにした。「おまえは父上の名誉を守り、ぼくを、そしてヘイヴンハーストを、窮地《きゅうち》から救ってくれたんだ」

モンドヴェイル子爵は三時に訪ねてきた。エリザベスは黄色の間で彼を迎えた。子爵は部屋に入ってくると、あたりをちょっと見回してから、彼女の両手を自分の手で包み、目を見つめながら優しくほほえんだ。「答えはイエス、ですね？」それは質問というより確認のように聞こえた。

「もう兄とお話しになったんですか？」エリザベスは驚いて尋ねた。

「いえ、まだですが」

「それなら、イエスだなんて、どうしてわかるのかしら？」エリザベスはにっこり笑ってはぐらかした。

「どうしてかといえば」と子爵は答えた。「いついかなるときもあなたのそばで目を光らせているミス・ルシンダ・スロックモートン＝ジョーンズが、ひと月ぶりに姿を消しているからですよ！」そう言うなり、エリザベスの額にすばやくキスしたので、不意をつかれたエリザベスは頬を赤らめた。「あなたは自分がどれほど美しいか、わかっているのかな？」

そのことはみんなにしじゅう言われていたので、わかっているような気はしたが、エリザベスは思わずこう訊きたくなるのをこらえた――わたしがどれほど賢いか、あなたはわかっていらっしゃるの？　エリザベスが賢いというのは嘘でもなんでもなく、実際、彼女は本を読み思索《しさく》にふけるのが好きだったし、さまざまな問題について議論するのもけして嫌いではなかった。けれども、モンドヴェイル子爵が彼女のそういう部分を好ましく思っているかどうかはわからない。彼はどうでもいいような平凡なことがらについてしか意見を述べなかったし、エリザベスに意見を求めたことは一度もなかったからだ。

「あなたはほんとうに魅力的だ」と子爵がささやくと、エリザベスは彼がなぜそう思うのか、本気で理由を知りたくなった。わたしがどんなに魚釣りが好きか、笑うのが好きか、この人は知らないはず。射撃手になれるほどピストルを撃つのがうまいことも。昔、ヘイヴンハーストの庭でひとり乗り二輪馬車のレースを開いていたことも、わたしが育てた花はことのほか美しく咲いてくれるように見えることも知らないだろう。それに、ヘイヴンハーストや、そのあるじだった個性的な人々に関する数々の楽しい話を、彼が喜んで聞いてくれるかどうかもわからない。要するに、モンドヴェイル子爵はエリザベスのことをほとんど知らないのだ。しかも、彼女が子爵について知っていることはさらに少なかった。

ルシンダに相談できたらいいのに、とエリザベスは思った。だが、ルシンダは熱を出し、喉の痛みと消化不良を訴えて、前日から自室で寝こんでいた。

それらの不安をかすかに引きずりながら、翌日の夕方、エリザベスは週末のパーティに出かけた。そのパーティで彼女はイアン・ソーントンと出会い、運命を狂わされることになったのだ。パーティが開かれたのは、ヴァレリーの姉、レディ・デュモントが所有する美しいカントリーハウスだった。エリザベスが到着したときには、敷地内はすでに人でいっぱいで、客たちは庭のあちこちに置かれたクリスタルの噴水型容器が気前よく吐き出すシャンペンを飲みながら、お世辞を言い合ったり笑い合ったりしていた。それはロンドンの基準からすれば小規模なパーティだった。客はせいぜい百五十人ほどで、週末いっぱい滞在するつもりでいるのは、エリザベスと三人の友人を含めて二十五人しかいない。彼女が世間知らずの箱入り娘でなかったら、その晩〝道楽者〟たちを目にしたときに、どういうたぐいの人種かすぐに気づいただろう。このパーティの出席者は、日ごろつきあいのある人々よりずっと年長で、世慣れていて、はるかに奔放《ほんぽう》だと、ひと目で察したにちがいない。そして、さっさと立ち去っていたはずだ。

いまこうして、ヘイヴンハーストの居間にすわりこみ、あの週末にしでかしたおそるべき愚行を思い返してみると、エリザベスはあまりにもお人好しで考えが甘かった自分にあきれずにはいられなかった。

ソファの背に頭をもたせかけて目を閉じ、くやしさで喉にこみあげる涙を必死にこらえる。幸せな思い出は色あせ、ぼやけて、しまいには心からほとんど消えてしまうのに、いやな思い出はいつまでたっても目がくらむほどあざやかで痛烈なのはなぜだろう——暗い気持ちでそんなことを考えた。あの夜のことはいまだに忘れられない。思いおこせば、色や音や匂いまでよみがえってくる……

友人たちを捜しておもてに出ると、幾何学《きかがく》式庭園ではたくさんの花が目もあやに咲きみだれていた。薔薇の庭。そこかしこに心をとろかすような薔薇の芳香が漂《ただよ》っている。舞踏室では楽団が調律を続けていたが、やがて華麗なワルツの出だしの旋律が戸外に流れ出し、庭に音楽が満ちあふれた。夕闇が降りはじめると、召使いたちが庭の階段状の通路に点在するトーチに火を灯してまわった。といっても、すべての通路が明かりに照らされたわけではない。階段をおりきったあたりは、生け垣の迷路や温室に忍んでいこうとするカップルが出てくるのを見越して、彼らの便宜《べんぎ》をはかるためにわざと暗いままにしてある。しかし、エリザベスがそういうことに気づいたのはあとになってからだった。

友人三人を見つけるのには三十分近くかかってしまった。彼女たちは庭の向こう端にかたまってにぎやかに噂話をしていたのだが、その姿はきれいに刈りこまれた高い生け垣の陰に半ば隠れていたからだ。そばに行ってみると、三人は生け垣のそばにただ立っているのではなく、隙間からある人物をのぞき見て、その人のことをかしましく話し合っていた。どうやら、その人を見たことで有頂天になり、あれこれ憶測をめぐらせているらしい。ヴァレリーが生け垣の向こうをのぞきながら、くすくす笑って言った。「うちの姉は、あれこそが〝男の魅力〟だって言ってるわ！」それからしばらくのあいだ、三人はそろって神妙に押し黙り、ヴァレリーのうるわしくも見識に富んだ姉、シャリーズが男らしさの権化《ごんげ》と認めたのはどんな人だろうと、相手をじっくり観察した。エリザベスはといえば、ラヴェンダー色の靴についた草のしみにちょうど目をとめたところで、新しい靴を買うのにどれほどお金がかかることかと憂鬱《ゆううつ》な気分で計算しながら、靴を片方だけ買い替えるのはむりかしら、などと考えていた。「あそこにいるのが彼だなんて、まだ信じられないわ！」ヴァレリーがひそひそ声で言った。「来るかもしれないって姉さんは言ってたけど、とても信じられなかったのよ。ロンドンに帰って、彼を見たって言ったら、みんなひっくり返るわよ、きっと」そこで、ヴァレリーはエリザベスがいるのに気づいて、生け垣のそばに招き寄せた。「ねえ、エリザベス、あの人最高じゃない？ どこかミステリアスで、危険な感じがして」

エリザベスは隠れてのぞき見するかわりに、生け垣の端から屋敷のほうを見わたした。庭には美しく着飾った男女がひしめき、しゃべったり笑ったりしながら屋敷に向かってのんびりと歩いている。舞踏室では、ダンスのあとに遅い夕食が供されることになっていた。エリザベスはぼんやりと視線をさまよわせ、淡い色のサテンの膝丈ズボンに、色とりどりのベストや上着といういでたちの男たちをながめた。彼らのその格好は、孔雀《くじゃく》やコンゴウインコのきらびやかな羽根を思わせた。「だれなの、その人？」

「ばかね、ミスター・イアン・ソーントンにきまってるじゃない！ あ、だめ、見えなくなっちゃったわ。明かりから離れちゃったから」

「イアン・ソーントンって、だれ？」

「そこなのよ。彼の正体はだれも知らないの——ほんとうのところはね！」そう言ったあと、ヴァレリーは一大ニュースを報じるような口ぶりで付け加えた。「スタナップ公爵の孫息子だって言う人もいるのよ」

社交界デビューをめざす娘ならだれでもそうであるように、エリザベスも『英国貴族名鑑』を熟読することを強《し》いられていた。上流社会の人々はこの年鑑に対して、敬虔《けいけん》な長老教会派の信徒が聖書に対して抱くのと同じような強い畏敬《いけい》の念を抱いている。「スタナップ公爵はご高齢で、世継ぎはいないはずよ」エリザベスは慎重に記憶を探ったのちに、そう発言した。

「ええ、それはだれでも知ってるわ。でも、噂によると、イアン・ソーントンは公爵の──」ヴァレリーはそこで声をひそめた。「──法的に認められてない孫息子なんですって」

「つまりね」ペネロピがもったいぶって口をはさんだ。「スタナップ公爵には、息子がひとり、いたことはいたんだけど、その息子は何年も前に勘当《かんどう》されてるの。そのへんのことは母がくわしく話してくれたけど、当時はかなりのスキャンダルになったらしいわ」〝スキャンダル〟ということばに、ほかの三人がそろって好奇心をあらわにしたので、ペネロピは先を続けた。「公爵の息子が結婚したのは、スコットランドの小作人の娘だったのよ。しかも、その小作人はアイルランドの血も引いてたんですって！　要するに、その娘はまったくとるに足りない、卑《いや》しい家の生まれだったわけ。だから、公爵の孫っていうのもありえないことじゃないわ」

「みんなが彼のことを公爵の孫だと思ってるのは、単に苗字が同じだからよ」ジョージーナは彼女一流の実際的な言い方をした。「といっても、ありふれた苗字だから証拠にはならないけど」

「あの人、すごいお金持ちらしいの」ヴァレリーが割りこんだ。「パリの高級賭博場で、一回の勝負に二万五千ポンド賭けたって聞いたもの」

「なに言ってるの」ジョージーナがあざ笑った。「彼がそういう賭け方をしたのは、お金持ちだからじゃなくて、博打《ばくち》打ちだからでしょ！　うちの兄は彼と知り合いなんだけど、その兄が言ってるのよ——イアン・ソーントンは典型的な博打打ちだって。つまり、彼には地位も家柄も有力なコネもないし、もちろんお金もないってこと！」

「たしかに、そういう話もあるけど」と引きさがって、ヴァレリーはまた生け垣の向こうをのぞき見た。「ねえあれ——」と言いかけて口をつぐむ。「あ、また見えるようになったわ。レディ・メアリー・ワタリーったら、彼に抱きつかんばかりじゃないの！」

四人はさらに身を乗り出し、おかげであやうく生け垣に倒れこみそうになった。

「彼に見つめられたら、わたし、きっととろけちゃうわ」とヴァレリーが言う。

「そんなことないでしょう」すこしは話に加わらなければと思って、エリザベスは苦笑しながら言った。

「あら、彼のこと、まだ見てもいないくせに！」

見なくてもわかる。彼女たちをそろって卒倒させるような美青年とはどんなタイプか、エリザベスはよく知っていた。二十一歳から二十四歳までの、ブロンドに青い目の色男だ。

「エリザベスにはお金持ちの求婚者がたくさんいるから、平民には興味がわかないのね、どんなにハンサムで魅力的な人でも」エリザベスがひとり淡然としているのを見て、ヴァレリーが言った。エリザベスには、そのお世辞に妬《ねた》みと悪意がまぶされているように思えた。そう思うのは不愉快なことだったので、彼女はすぐにその考えを打ち消した。ヴァレリーにだって、だれにだって、そんな敵意を買うようなことはしていない。ロンドンに来てから、人がいやがることを口にした覚えはない。悪口で終わる噂話に加わったこともなければ、そこで耳にした噂をよそで言いふらしたこともないのだ。じつはいまも、観察中の相手について友人たちが言ったことを聞いて、エリザベスはなんともいえない居心地の悪さを感じていた。相手に爵位があろうがなかろうが、人としての尊厳は認めるべきだ。といっても、それは上流社会の人々の目から見れば異端ともいえる少数意見なので、彼女は枠からはずれるその考えを自分ひとりの胸に納めていた。

　このとき、エリザベスは友人たちを裏切っているような気がしていた。それに、せっかくみんながミスター・イアン・ソーントンの話で盛りあがっているのに、いっしょになって楽しもうとしないのは天《あま》の邪鬼《じゃく》かもしれない。そこで、場の雰囲気に合わせて、笑顔でヴァレリーに言った。「求婚者はそこまでたくさんいるわけじゃないし、わたしだって、彼と顔を合わせたら、きっとみんなと同じようにうっとりすると思うわ」

　そのことばを聞くと、ヴァレリーとペネロピは、なぜか意味ありげな顔でうれしそうに目を見合わせた。そのあと、ヴァレリーがこう説明した。「よかったわ、そう言ってくれて。というのはね、わたしたち三人は、いまちょっとばかり困ったことになってるの。それで、あなたに助けてもらえるんじゃないかと思ってたわけ」

「困ったこと？」

「そうなのよ、まあ聞いて」ヴァレリーが息をはずませ、浮かれたように話しだすのを見て、エリザベスは、召使いたちが客という客に勧めているワインの酔いが回ったのだろうと考えた。「友だちとそろってこのパーティに出てもいいってお許しをもらうために、わたしは姉さんをさんざん口説かなきゃならなかったの」

そのことは知っていたので、エリザベスはうなずいて続きを待った。

「それでね、今日、パーティが始まる前に、姉さんからイアン・ソーントンがほんとうに来るらしいって聞かされて、みんな舞いあがったわけ。だけど姉さんは、彼はわたしたちには目もくれないだろうって言うのよ。こっちはあまりにも若いし、彼の趣味にも全然合わないからって——」

「そのとおりかもしれないわね」エリザベスはおおらかにほほえんだ。

「でも、それじゃ困るのよ！」応援を求めるようにほかのふたりに目をやりながら、ヴァレリーは言いつのった。「彼にはぜひともわたしたちに声をかけてもらわなきゃならないの。だって、このパーティで彼がわたしたちのひとりにダンスを申しこむかどうかで、姉さんと賭けをしてるんだもの。三人とも、三カ月分のおこづかいを丸ごと賭けてるんだから。でも、あらかじめ興味をそそっておかないと、とてもじゃないけどダンスを申しこんではくれないと思うのよね」

「三カ月分を丸ごと？」エリザベスは友人たちの大胆さにふるえあがった。「でも、あなたはそのお金で、ウェストプール街の宝石店で見たアメジストを買うつもりじゃなかったの？」

「わたしだって同じよ」生け垣の隙間にまた顔を寄せて、ペネロピが言った。「例のすてきな牝馬、父にねだってだめだって言われちゃったから、自分で買うつもりだったの」

「わたし――やっぱり賭けはやめにしようかしら」ジョージーナは賭け金以上に気になることがあるらしく、怯えたように言った。「なんだか――」と言いかけたのを、ペネロピが強い声でさえぎった。「イアンがこっちに向かってきたわ、しかもひとりで！　彼の注意を引くんだったらいましかないわよ、このままこっちに来てくれるなら」

するると突然、このとっぴな賭けが禁じられた遊びのように思えてきて、エリザベスはくすくす笑いだした。「だったら、彼の気を引く役はヴァレリーにまかせましょう。言いだしたのは彼女なんだし、だれより熱をあげてるみたいだから」

「その役はあなたにやってもらうわ」ヴァレリーがはしゃいだ声できっぱりと言った。

「わたし？　どうしてわたしなの？」

「あなたは十四人もの男性に結婚を申しこまれてるじゃないの。成功する見こみがいちばん高いのはあなたよ、どう見ても」エリザベスが尻ごみするのを見て、ヴァレリーは追い討ちをかけた。「それに、イアン・ソーントンが――去年、メアリー・ジェイン・モリソンがしきりにすり寄ったのをあっさり袖にした、あのミステリアスな年長の男性が――あなたにことさらに興味を示したとか、ダンスを申しこんだって聞いたら、モンドヴェイル子爵は知らん顔ではいられないわよ。そうと知ったら、とたんに張りきりだすにきまってるわ！」

エリザベスはどきっとした。上流社会の掟に従って、モンドヴェイル子爵に特別な好意を抱いていることはけしてさとられないように注意していたのに、心の内を友人たちに見抜かれていたなんて……それでも、若くハンサムな子爵にすでに求婚され、婚約が決まりかけていることまでは知られていないはずだった。

「早く覚悟を決めてよ、もう、すぐそこまで来てるんだから！」ペネロピがせっつき、ジョージーナの不安げなくすくす笑いがそれに重なった。「いいでしょ、やってくれるわね？」ヴァレリーがせっぱつまった声でひと押しすると、ほかのふたりは屋敷のほうに向き直り、その場から離れていった。

エリザベスは屋敷に入ってすぐに渡されたワインに初めて口をつけた。そして、迷いを振りきった。「わかったわ、やってみましょう」そう答えて、ヴァレリーに明るくほほえみかけた。

「よかった。いいこと——今夜はなんとしてもイアンと踊ってよ。でないと、わたしたち、おこづかいがなくなっちゃうんだから！」ヴァレリーは笑いながら励ますようにエリザベスをつつくと、サテンシューズのヒールを軸にして身をひるがえし、笑いさざめく友人たちを追って走りだした。

四人がのぞき見をしていた生け垣の陰で、エリザベスは幅の広いレンガの階段をすばやく二段くだって、芝生に降り立った。あたりを見回し、このままここに立っていようか、それとも左手にある小さな白い石造りのベンチに腰かけようかと考える。ベンチに駆け寄り、腰をおろしたそのとき、階段にブーツの足音が響いた。一歩、二歩――見ると、そこに彼がいた。

エリザベスがいるのには気づかなかったらしく、イアン・ソーントンはもう一歩進んで灯火のそばで立ち止まり、上着のポケットから細い両切り葉巻を取り出した。それを見ているうちに、エリザベスの胸には不安とともに、初めて知るときめきが広がった。それは秘密の使命のせいでもあり、彼の容姿のせいでもあった。イアン・ソーントンの姿は想像とはまったく違っていた。思ったより年上のようで――せいぜいで二十七歳と踏んでいたのだ――背丈は驚くほど高く、百八十センチ以上はありそうだ。肩はがっしりしていて、脚は長くたくましい。たっぷりした髪はブロンドではなく、茶色がかった深みのある黒で、軽く波打っている。ほかの男性はみな、明るい色のサテンの上着に白の膝丈ズボンといった決まりきった格好をしているが、彼は上から下まで漆黒で統一していて、そのなかで純白のシャツとアスコットタイだけが暗色にひきたてられて目にまぶしく映った。そんな彼を見ていると、きらびやかな羽根のおとなしい孔雀の群れに交じった獰猛《どうもう》な大鷹、という不穏なイメージが頭に浮かんだ。見つめつづけるエリザベスの前で、彼は葉巻に火をつけようとして、炎を手で囲いながら黒い頭をかがめた。黒いジャケットの袖からのぞく白いカフス。オレンジ色の炎が照らし出した手と顔は、よく日焼けしていた。

無意識のうちに息を止めていたエリザベスがほっと息をつくと、そのかすかな音を聞きつけて、彼はさっと顔を上げた。目が細まっている。それが驚きの表情なのか、不快の表情なのか、エリザベスには判断がつかなかった。待ち伏せして暗がりから見つめていたのを知られてしまった――そう思った瞬間、エリザベスはとっさの思いつきでばかげたことを口走っていた。「男の人が葉巻を吸うところを見たのは初めてだわ。その――吸うときには、みなさん、別の部屋に移るでしょう?」

気のない問いかけをするように、黒い眉がわずかに上がった。「かまわないかな?」彼は火をつけおえてから尋ねた。

そのとき、エリザベスはふたつのことに同時に気づいた。琥珀《こはく》の光を思わせる不思議な色の鋭い目、張りのある豊かな声。すると背筋が妙にぞくぞくした。「かまわないかって?」ぽかんとしてくり返す。

「葉巻のことだよ」

「あ――ええ、どうぞ。ご遠慮なく」あわてて答えたが、エリザベスはそのときひどく奇妙な考えにとらわれていた。この人は、ひとりで葉巻を楽しもうとしてここに来たのではないか。吸っていいかと訊かれていやだと答えたら、葉巻を消して彼女のそばに残ることはせず、即座に背を向けて立ち去っていたのではないか。ふたりは芝に覆われた細長い棚のような場所に立っていたが、その端のほう、五十メートルほど離れたところで、少女っぽい笑い声が響いた。エリザベスが反射的にそちらを見ると、ヴァレリーのピンクのドレスとジョージーナの黄色のドレスが一瞬、明かりのなかに浮かんだが、ふたりはすぐに生け垣のほうへ飛んでいき、その陰に隠れてしまった。

友人たちの子供じみたふるまいに、エリザベスは思わず顔を赤らめたが、振り返ると、相手は両手をポケットに突っこみ、シャツに負けないほど白い歯で葉巻をくわえて、彼女をしげしげと見ていた。彼はそれとわからぬほどかすかにあごをしゃくって、ヴァレリーたちがいた場所を示した。「きみの友だちか？」そう訊かれると、計画の一部始終を見抜かれてしまったような気がして、エリザベスはなんともいえないばつの悪さを感じた。

あたりさわりのない嘘でごまかそうかとも思ったが、やはり嘘をつくのはいやだった。それに、心を騒がせる目は彼女の目を真っ向から見つめている。「ええ、わたしの友だちです」それだけ言って、ラヴェンダー色のスカートをいちばん見栄えのする形に整えると、エリザベスは顔を上げ、彼に向かっておずおずとほほえんだ。考えてみると、おたがいまだ紹介を受けていないが、適当な紹介役がそばにいないので、彼女はその問題を自力でそくさと解決した。「エリザベス・キャメロンと申します」

形ばかりの会釈《えしゃく》をしながら、彼はひとことだけ答えた。「ミス・キャメロン」

エリザベスはしかたなくうながした。「そちらは？」

「イアン・ソーントンだ」

「初めまして、ミスター・ソーントン」エリザベスは作法どおりに手を差し出した。と、突然、イアンは真っ白な歯を見せ、その顔にはっとするほど魅力的なほほえみがゆるやかに広がった。それと同時に、彼はその状況で許される唯一のことをした。一歩前に出て、差し出された手をとったのだ。「こちらこそ」その声にはどこか揶揄《やゆ》するような響きがあった。

こんな計画に賛成するんじゃなかった、と早くも後悔しながら、エリザベスは智恵をしぼって話の糸口を探そうとした。これまでは、のぼせあがった崇拝者《すうはい》のほうが、なんとかして彼女を会話に引きこもうとするのが常だったので、その仕事は相手にまかせておけばよかったのだが。社交界では、知り合いの話をしていればまちがいはない。エリザベスは安心してその手を使うことにした。いましがた友人たちが姿を見せた場所を扇《おうぎ》で示しながら口を開く。

「さっきのお嬢さんたち、ピンク色のドレスを着ていたのがミス・ヴァレリー・ジェイミソンで、黄色のはミス・ジョージーナ・グレインジャーですの」相手がまったく反応しないので、わかりやすいように補足した。「ヴァレリーはジェイミソン卿とレディ・ジェイミソンの娘さんで」それでも、さしたる興味も示さずこちらの顔を見ているだけなので、エリザベスはすこしやけになって言い添えた。「ハーフォードシャーのジェイミソン家よ。ご存じでしょう——子爵家の」

「ほんとうに？」おもしろがって話を合わせるかのような口調だ。

「ええ、そうです」とりとめのない話を続けるうちに、エリザベスの居心地の悪さは刻一刻と強まっていった。「ジョージーナは、ウィルトシャーのグレインジャー家の——グレインジャー男爵夫妻の娘さん」

「ほんとうに？」彼はわざとらしくくり返すと、そのまま沈黙し、考えこむようにエリザベスの顔を見守った。

友人たちが噂していた彼の出自に関する疑惑を、エリザベスはそこで初めて思い出した。

爵位を不当に奪われたのかもしれない人に向かって爵位の話をするなんて、無神経にもほどがある。そう気づくと恥ずかしさに気が遠くなりそうだった。エリザベスは汗ばんだ手のひらを膝にこすりつけ、自分のしていることに気づくと、あわてて手を引っこめた。それから、咳《せき》ばらいをひとつして、扇でせわしなく顔をあおいだ。「わたしたちは――みんな、社交シーズンでここに来ているんです」弱々しい声でそう締めくくった。

そのとき、冷ややかだった琥珀色の瞳が、ふいにユーモラスななぐさめの表情に変わった。よく通る低い声で問いかけたとき、彼の顔にはほほえみが浮かんでいた。「それで、みんな、楽しんでいるのかい？」

「ええ、それはもう」相手がやっと会話に乗ってきたのを見てとり、エリザベスはほっと吐息をもらした。「ここからでは見えませんけれど、ミス・ジョージーナ・グレインジャーはたいそう美しくて、なんともいえず愛嬌《あいきょう》のあるかたですの。求婚者も大勢いらして」

「その求婚者は、全員、爵位を持っているんだろうな？」

この人はやはり自分が継ぎそこねた爵位に未練があるのだろう。エリザベスは唇を噛み、身の置き所のない気分でうなずいた。「そのようですわ」恥じ入って答えると、驚いたことに彼はにっこり笑った。赤銅《しゃくどう》色に日焼けした顔にゆっくり広がっていくまぶしいほほえみは、当人の表情を一変させただけでなく、エリザベスの心にも劇的な変化をもたらした。胸がどきっとして、なぜかいてもたってもいられなくなり、彼女はだしぬけに立ちあがった。

「ミス・ヴァレリー・ジェイミソンもおきれいですのよ」友人のことに話を戻し、おずおずと笑いかけた。

「では、彼女は何人ぐらいの男に求婚されたのかな?」

そこまできて、エリザベスはやっとからかわれていることに気づいた。だれもが真剣に論じる問題を彼が茶化しているのがわかって気が軽くなり、唇から思わず笑いがもれた。「たしかな筋の話によると」相手の調子に合わせて、まじめくさって答える。「彼女のお父上のところには記録的な数の求婚者が押しかけたそうです」

彼の目はなごやかに笑っていた。そこに立ったままほほえみ返すうちに、エリザベスの緊張や不安はどこかに吹き飛んでしまった。ふたりは昔からの友人で、心の底で同じように不謹慎なことを考えている――なぜかわからないが、そんな気がした。ただし、相手が大胆にもその考えを口に出しているのに対し、彼女のほうはまだそこまであけすけにはなれずにいた。

「それで、きみはどうなんだ?」

「どうって?」

「何人の男に求婚されたかってことさ」

思いがけない質問に、エリザベスは小さく笑って首を振った。友人の手柄を誇るのはかまわないとしても、自分のことを鼻高々に話すのは無作法のきわみであり、相手がそれを承知で訊いているのはまちがいなかった。「そういうことを」エリザベスは笑いをこらえてわざと厳しくたしなめた。「本人に訊くものじゃありませんわ」

「これは失礼」口もとに笑みを漂わせたまま、彼はおどけたように小さく頭を下げた。

あたりがすっかり暗くなっているのに気づいて、エリザベスは屋内に戻らなければと思ったが、ふたりを包みこんでいる親密な空気が名残《なご》り惜しく、その場を立ち去りかねていた。後ろに回した手を軽く組み、夜空を仰《あお》いで、またたきはじめた星をながめる。「一日のうちで、この時間がいちばん好きなの」エリザベスはそっとつぶやいた。こんな話は退屈かしらと思い、横目で様子をうかがうと、彼はわずかに横を向いて、同じように興味深げに空を見上げていた。

北斗七星はどこだろう。エリザベスはそれを捜しあてた。「ほら、あそこに」頭を振って、ひときわ明るく光っている星を示す。「金星が見えるわ。それとも木星かしら？　いつも迷ってしまうのよ、わたし」

「木星だよ。あそこに見えるのが大熊座だ」

エリザベスはくすくす笑って首を振ると、夜空から目を離し、横目づかいでいたずらっぽく彼を見た。「あなたやほかの人たちにはあれが大きな熊に見えるんでしょう。でもわたしには、星座はどれもこれもでたらめな星の散らばりにしか見えないわ。春先に獅子座を見つけることはできるけれど、べつにライオンみたいだとは思わないし、秋に射手座を目にしても、ああいうふうに並んだ星がなぜ弓を構えた人の姿に見えるのか、全然わからない。あなたは宇宙のどこかに人がいると思う？」

彼はエリザベスのほうを向き、興味津々《しんしん》といった顔で彼女を見た。「きみの考えはどうなんだ？」

「わたしはいるんじゃないかと思うわ。だって、あれだけたくさんの恒星や惑星があるのに、人類はわたしたちしかいないと考えるのは不遜《ふそん》ですもの。そういう考え方は、地球が宇宙の中心で、ほかの星はみんな地球のまわりを回っているんだっていう昔の説と同じくらい不遜に思えるわ。でも、その説に反対したガリレオは、あまり感謝はされなかったようね。異端審問にかけられて、自分が正しいと信じていることを——しかも、正しいと証明もできることを否定するように強要されたんだから！」

「社交界デビューをめざすお嬢さんたちは、いつから天文学を勉強するようになったんだ？」それに答える前に、エリザベスはワイングラスを置いていたベンチに歩み寄った。

「わたしは、昔からいろいろな本を読んできたんです」エリザベスは素直に答えた。そして、相手が探るような目でじっと彼女を見ているのには気づかず、ワイングラスを取りあげてそちらに向き直った。「そろそろ失礼して、屋敷に戻って着替えをしなくては」

彼は黙ってうなずき、エリザベスはそのそばを通りすぎようとした。が、そこで大事なことを思い出し、つと足を止めた。友人たちは賭けに勝つために彼女を頼りにしているのだ。

「変な話ですけれど、じつはあなたに頼みたいことが——お願いがあるんです」口ごもりながら切り出した。わたしと同じように、彼のほうも、このひとときのうちとけたおしゃべりを楽しんでくれたのだといいけれど……どうかそうでありますように。彼の目にはなにを表わすともつかない表情が浮かんでおり、エリザベスはその目を見ながらおずおずとほほえんだ。「理由は申しあげられないのですが、できれば……」急にいたたまれなくなって、彼女は口をつぐんだ。

「そのお願いとは？」

エリザベスはほうっと息をついた。「今晩、わたしをダンスに誘っていただけませんか？」

彼はその図々しい頼みに驚いたふうでも喜んだふうでもなく、エリザベスはきりっとした唇が返事を告げるのを待った。

「断る」

願いをはねつけられたことはショックでもありくやしくもあったが、それより驚いたのは、相手の声や表情にまぎれもない無念さがにじんでいたことだった。エリザベスは鎧戸を閉ざしてしまった顔を長いこと見つめていたが、ふいに近くから人々の笑い声が響いてきて、魔法の瞬間は過ぎ去った。自分で招いた苦境を悔やみ、そこから逃げ出したい思いで、エリザベスはその場を立ち去ろうとスカートをつまんだ。声に感情を表わさないようことさらに注意して、悠然と挨拶《あいさつ》した。「ごきげんよう、ミスター・ソーントン」

彼は葉巻を捨ててうなずいた。「ごきげんよう、ミス・キャメロン」そう言って歩み去った。

友人たちはすでに階上にあがり、舞踏会用のドレスに着替えていたが、グループの控え室にエリザベスが入っていくと、おしゃべりや笑い声がぴたりと止《や》んだので、一瞬、不安にかられた。みんな、わたしのことを噂していたんじゃないだろうか……

「どうだった？」ペネロピが笑いながら期待をこめて尋ねた。「じらさないで、早く教えてよ。ちゃんと興味を引けた？」

みんなのあけっぴろげな笑顔を見ているうちに、陰で冗談の種にされていたのではないかという不安は消えていった。ただ、ヴァレリーだけは、どこかよそよそしく、とりすましているように見えた。

「たしかに、興味は引けたけど」エリザベスははにかんでほほえんだ。「あまりいい印象は持たれなかったみたい」

「彼、なかなかあなたのそばを離れなかったじゃないの」ジョージーナがエリザベスをついた。「庭のこっちの端から、みんなで見てたのよ。どういう話をしたの？」

日に焼けたハンサムな顔や、まぶしいほどのほほえみ、その笑みに和《やわ》らいだ表情を思い出すと、エリザベスは体がほてり、頰に血がさすのを感じた。「なにを話したかはよく覚えてないわ」それだけはほんとうだった。思い出せるのは、自分の膝がおかしな具合にふるえていたことと、見つめられて胸がどきどきしたことだけだ。

「じゃあ、どんな人だった？」

「それはもうハンサムで」エリザベスは夢うつつで答えてから、はっと気を取り直した。「魅力的な人だったわ。声もすてきだったし」

「これはまちがいないと思うけど」ヴァレリーがやや皮肉めかして言った。「彼はもう、あなたのお兄さんを捜しはじめてるわよ。居所がわかったらすぐに飛んでいって、妹さんをくださいって申し入れるつもりでね」

突拍子もないその意見に、エリザベスは吹き出しそうになった。実際に吹き出さなかったのは、恥ずかしかったせいもあるが、別れぎわの彼の態度に自分でも意外なほどがっかりしていたからだ。「そのたぐいのことで、うちの兄が夜のくつろぎをじゃまされることはないわ。それだけはたしか」彼女は悲しげにほほえんだ。「それに、悪いけど、あなたたちは三人そろって、三カ月分のおこづかいをふいにしたことになるわ。だって、彼がわたしにダンスを申しこむ見こみは万にひとつもないんですもの」申し訳なさそうに手を振ると、エリザベスは三階ですでに始まっている舞踏会に出るために、着替えをしにいった。

割り当てられた寝室でひとりきりになると、みんなの前で見せていた気軽な笑みは消えていき、エリザベスはもの思わしげな顔つきになった。ふらふらとベッドに近づき、腰をおろす。ベッドカバーに金糸で刺繍《ししゅう》された薔薇の花を指先でぼんやりとなぞりながら、イアン・ソーントンの前で感じた気持ちについてよく考えてみた。

庭で彼のそばに立っていたとき、彼女はおじけづきながらも浮き浮きしていた。彼に惹かれる自分をどうすることもできなかった。まるで、強力な磁石に引きつけられているように。ほとんどむきになって彼の歓心を買おうとし、失敗すると縮みあがり、うまくいくと小躍《こおど》りした。あのほほえみを、半ば伏せたまぶたの下からじっとこちらを見ているあの目を思い出しただけで、いまも全身が熱くなったり冷たくなったりする。

下の階の舞踏室から音楽が流れてくると、エリザベスはようやく夢想から覚め、着替えを手伝ってもらうために呼び鈴を鳴らしてバータを呼んだ。

「どう?」三十分後、鏡の前でくるりと回りながら、エリザベスは子守りから小間使いになったバータに自分の姿を見せて意見を求めていた。

後ろに控えていたバータはぽっちゃりした手を揉み合わせた。うら若い女主人の輝くように垢抜けた姿をそわそわと点検するうちに、愛しさがこみあげて、彼女は顔がほころぶのを抑えられなかった。エリザベスの髪は優美なシニョンに結いあげられ、やわらかな巻き毛が顔を縁どり、耳には母親の形見のサファイアとダイヤのイヤリングが光っていた。

エリザベスのほかのドレスはどれも色が淡くハイウエストの切り替えだったが、このときのドレスはサファイア色で、彼女の衣装のなかではとりわけ珍しく見栄えがするものだった。左肩にあしらわれた平たい蝶リボンのところから、青いシルクの飾り布が床まで流れ落ち、右肩はむき出しになっている。シルクの布を筒型にしてすこし手を加えただけという素朴なデザインだが、それがエリザベスの体形をひきたて、豊かな胸を強調し腰のくびれ具合を匂わせていた。「ミセス・ポーターがこういうドレスを注文されたなんて、ほんとにびっくりしてしまいます」バータがようやく口を開いた。「ほかのドレスとは全然違っていますもの」

エリザベスはいたずらっぽくにっこり笑うと、肘まであるサファイア色の手袋をはめた。「ドレスはみんなミセス・ポーターが選んだけれど、これだけは違うの」と打ち明ける。「それに、ルシンダもこのドレスは見ていないわ」

「そういうことでしたか」

鏡のほうに向き直ったエリザベスは、自分の装いを吟味《ぎんみ》しながらむずかしい顔をした。

「ほかの子はやっと十七というところだけど、わたしはもうじき十八になるのよ」話しながら、母のサファイアとダイヤのブレスレットを取りあげ、手袋をしたまま左手首につけた。

「ミセス・ポーターはわかってくれなかったけど、来年には着られなくなるような子供っぽいドレスにそんなにお金をかけるのはもったいないでしょう。このドレスだったら、二十歳《はたち》になっても着られるもの」

バータが目をくるりと上に向けて首を振ったので、キャップについた長いリボンがひらひらと揺れた。「同じドレスを二度も着たりしたら、モンドヴェイル子爵がいやがられると思いますけど。ましてや、すりきれるまで着るなんて、とうていお許しになりませんよ」そう言って身をかがめると、彼女は女主人の青いドレスの裾《すそ》をまっすぐに直した。

バータのことばですでに婚約が決まりかけていることを思い出すと、エリザベスはすっかり落ち着きを取り戻し、その心持ちは階段をおりて舞踏室に向かうあいだも変わらなかった。ミスター・イアン・ソーントンと顔を合わせるのだと思っても、もう脈が速まることはない。わたしとは踊らないと言われたことを残念がるのはよそう、彼のことは考えもすまい、と心に決めた。エリザベスは自然な威厳を漂わせて、舞踏室に通じる階段をおりていった。踊っている人もいないわけではないが、客のほとんどは数人ずつかたまって、楽しげに話をしている。

あと数段で階段をおりきるところまで来ると、エリザベスはしばし足を止め、人々を見わたした。友だちはどこに集まっているのだろうと思っていると、ほんの数メートル先に姿が見えた。ペネロピに手招きされ、エリザベスはにっこりしてうなずいた。

唇に笑みを残したまま視線を移したとき、エリザベスはふいに凍りついた。あのはっとするような琥珀色の目に出会ってしまったのだ。階段をおりきったあたりに集まっているグループに交じって、イアン・ソーントンはワイングラスを口もとに運びかけた手を止め、エリ

5

ザベスをじっと見ていた。その遠慮のない視線はつややかなブロンドの髪から、胸へ、腰へと移っていき、青いサテンシューズにたどり着いたところで一気に上に戻った。エリザベスの顔を見つめる瞳に笑みが宿り、賛美の念をあらわにしてきらりと光る。その思いを伝えるかのように、彼は片方の眉をかすかに上げ、小さく乾杯のしぐさをしてからグラスに口をつけた。

エリザベスはどうにか平静な表情を保ち、そのまま優雅な足どりで階段をおりていったが、そんなうわべとは裏腹に、脈は異常に速まり、心は千々に乱れていた。エリザベスをあのように見つめ、あのような態度をとったのがイアン・ソーントン以外の男性だったら、彼女は憤慨《ふんがい》するか、愉快に思うかしていただろう。あるいはその両方だったかもしれない。けれども、彼の瞳に浮かんだ微笑や、おどけたような乾杯のしぐさを見ていると、ふたりだけに通じる秘密の会話を交わしたような気がして、エリザベスは彼にほほえみ返さずにいられなかった。

階段をおりたところでは、モンドヴェイル子爵のいとこのハワード卿が待ち受けていた。ハワード卿は人をそらさない都会的な男性で、エリザベスに求婚したことはないものの、友だちのような間柄になっていて、彼女に求愛するモンドヴェイル子爵を全面的に応援していた。彼のそばにいるエヴァリー卿は、エリザベスの求婚者のなかでも特に強い意欲を見せている。ハンサムでお調子者のこの青年は、エリザベスと同じく、幼いうちに爵位と領地を相続したが、同時にかなりの財産を相続したという点で彼女とは違っていた。「これはこれは！」エヴァリー卿は大声をあげ、エリザベスに腕を差し出した。「パーティにいらしていることは、われわれも聞いていました。今夜のあなたはじつにお美しい」

「じつにお美しい」ハワード卿がくり返し、トマス・エヴァリーが差し出した腕を見ながらにやりとした。「エヴァリー、ふつうは、エスコートさせてもらえるかどうか、先に訊くものだぞ。レディに向かっていきなり腕を差し出したりするものじゃない」そう言うと、エリザベスのほうへ向き直り、会釈して「よろしいでしょうか？」と尋ねてから腕を差し出した。

エリザベスはくすりと笑った。もう婚約がほぼ決まったのだから、礼儀作法のルールをすこしぐらい破ってもかまわないだろう。「もちろん」と答えて、手袋をはめた腕を両方の男性の腕にそれぞれからめた。「殴り合いの喧嘩にならないように気をつかってさしあげたんですから、おふたりともわたしに感謝していただきたいわ」ふたりのエスコートで歩みを進めながら、エリザベスは茶目っ気たっぷりに言った。「両側から支えられなければ歩けないなんて、よぼよぼのおばあさんだと思われそう！」

ふたりの紳士は笑い声をあげ、エリザベスも笑った。三人はそのときイアン・ソーントンのグループのそばを歩いていて、笑い合う三人の姿は彼の目にも入っていた。エリザベスは彼のほうに目を向けないようにしていたが、グループを完全に通り越す直前に、だれかに呼ばれたハワード卿が返事をしようと足を止めた。そこでエリザベスは誘惑に負け、グループの中心にいるイアン・ソーントンの長身で肩幅の広い姿に、一瞬だけ目を向けた。彼は黒い頭を垂れ、そのグループの紅一点が笑いながら口にした意見に聞き入っているようだった。

エリザベスがそこにいるのに気づいているとしても、そんなそぶりは露《つゆ》ほども示さなかった。

やがてハワード卿はエリザベスのエスコートに戻り、歩きながら言った。「じつは、あなたがいらしていると聞いて、ちょっと驚いたんですよ」

「あら、どうして?」と尋ねながら、エリザベスはイアン・ソーントンのことは二度と考えまいと固く心に誓った。彼のことがこんなに気になるなんてどうしたんだろう。さっき出会ったばかりの人なのに。しかも、こちらはもう婚約が決まったも同然なのに!

「シャリーズ・デュモントは、いわゆる道楽者とつきあいがありますからね」ハワード卿が答えた。

エリザベスはびっくりして、人好きのするブロンドの青年の顔をまじまじと見た。「でも、ミス・スロックモートン＝ジョーンズは——わたしの付き添い人ですけど——ロンドンでデュモント家の人たちを訪ねることには、なんの反対もしなかったのよ。それに、シャリーズのお母さんは、うちの母の友だちだったし」

ハワード卿の笑顔には、懸念と励ましが同時に表われていた。「たしかに、ロンドンにいるときのシャリーズは模範的なもてなし役といえるでしょう。しかし、田舎では、彼女の催す夜会は、なんというか、もっと気楽で奔放《ほんぽう》なものになりがちなんです」彼はシャンペンのグラスを並べた銀のトレイを運んでいる召使いを呼び止め、エリザベスにシャンペンを渡してから続けた。「このパーティに出たせいで、あなたの評判が落ちるなどと言おうとしたわけではありません」そしていたずらっぽく言い添えた。「なにしろ、エヴァリーとぼくだってここにいるんだ。それはつまり、ここには社交界きっての人気者が数人はいるということですからね」

「今夜の客のなかには、そうでない者もいますがね」エヴァリー卿がさげすむように言って、イアン・ソーントンのほうにあごをしゃくった。「ロンドンであれば、上流家庭の客間に足を踏み入れることはけして許されないような連中が！」

好奇心と不安が入り混じって胸の内でふくれあがり、エリザベスは思わず尋ねていた。

「それは、ミスター・ソーントンのこと？」

「まさしく」

エリザベスはシャンペンに口をつけ、そのすきに彼を観察した。背が高く、肌がきれいに日焼けしている彼を。初めてことばを交わした瞬間から、どうしようもなく気になる存在になったその人を。エリザベスの目から見れば、彼はどこをとってもエレガントで落ち着いた紳士そのものだった。濃い赤ワイン色のジャケットとズボンは、ロンドンの一流の職人の腕を示す極上の仕立てによって、幅の広い肩をひきたて、脚の長さやたくましさを強調している。雪のように白いアスコットタイの結び方は非の打ち所がなく、黒髪も完璧に整えられていた。くつろいだ姿勢をとっていても、その長身は円盤投げの選手を思わせる男っぽい力強さを発散しているが、日焼けした顔には貴族然とした冷淡さや傲慢《ごうまん》さがありありと表われていた。「そんなに――そんなに悪い人なの？」横向きになった彫りの深い顔からむりやり目を離して尋ねた。

彼のエレガントな姿にひそかに心を奪われていたせいで、エリザベスにはエヴァリー卿の辛辣な返答の意味がすぐにはぴんとこなかった。「悪いなんてもんじゃない！　あいつは博打打ちで、賊徒で、ならず者で、そんなことばでは足りないぐらいの悪党なんだ！」

「まさか――まさかそこまでひどくはないでしょう」ショックと失望があまりにも強くて、なにか言わずにはいられなかった。

ハワード卿はエリザベスが顔色を変えた理由を勘違いしたらしく、エヴァリー卿をひとにらみして黙らせると、茫然としている彼女をなぐさめるようにほほえんだ。「エヴァリー卿の言うことなど気にしなくていいですよ、エリザベス。二週間前に高級賭博場でソーントンに一万ポンド巻きあげられたのがくやしくて言っているだけなんですから」伯爵が気色ばんで言い返そうとすると、ハワード卿はその口を封じた。「やめないか、トム！　レディ・ヘイヴンハーストが今夜、怖くて眠れなくなったらどうするんだ」

ふたりにエスコートされて友人たちのそばまで来ても、エリザベスはまだイアン・ソーントンのことを考えていたので、彼女たちのおしゃべりが半分しか耳に入らなかった。「男の人たちには人気があるけど、どこがいいのかしら」ジョージーナが話している。「わたしたちのほうがずっときれいなのに」

「ねえ、こう思ったことはない？」ペネロピが哲学を論じるように言う。「男の人って羊にそっくり。ひとりが動くと、みんなそのあとにくっついていっちゃうのよ」

「さっさと結婚相手を決めて、あぶれた男性をこっちに回してくれればいいのにね」とジョージーナ。

「あの子、彼に気があるんじゃないかしら」

「その点では、いくらがんばっても時間のむだよ」ヴァレリーが冷笑し、ローズ色のドレスをつまんで腹立たしげにひねくった。「さっきも話したけど、姉さんが言ってたもの、彼は〝うぶなお嬢さんたち〟には興味ないって」やりきれないというようにため息をつく。「だとしても、彼女が本気で熱をあげてくれたらありがたいわ。一度か二度、彼とダンスして、ものほしそうな目で何度か見てくれたら、彼女の熱烈な求愛者のあいだでその噂が広まって、彼女はあっという間にわたしたちのライバルじゃなくな――あら、エリザベス、あなたそこにいたの！」斜め後ろに立っていたエリザベスに初めて気づいて、ヴァレリーは声をあげた。

「ハワード卿と踊ってるんだと思ってたのに」

「それはいい考えだ」ハワード卿が言った。「レディ・ヘイヴンハースト、先ほど次のダンスのお相手をお願いしましたが、さしつかえなければ、予定を変えて、いまから踊っていただけませんか？」

「彼女をひとり占めにするのは許さんぞ」エヴァリー卿が口をはさみ、ハワード卿をじろりとにらんだ。エヴァリー卿は、ハワード卿もエリザベスに求婚しているものと早合点し、自分の恋がたきだと思いこんでいた。彼はエリザベスのほうに向き直って続けた。「あすはみんなで朝のうちにここを出て、一日がかりで村へ遊びにいくことになっています。どうか、わたしにエスコート役をおまかせいただけませんか？」

友人たちがどこか意地の悪い口調で噂話に花を咲かせていたのを気にかけながらも、エリザベスはエヴァリー卿の申し出をありがたく承諾し、ハワード卿のダンスの誘いも受け入れた。フロアに出ると、ハワード卿はエリザベスにほほえみかけ、「わたしとあなたは、じきにいとこになるそうですね」と言った。正式な話はまだこれからなのにそんなことを言われてエリザベスはびっくりしたが、ハワード卿は彼女の表情を見てとり、説明を加えた。「あなたと結ばれる自分は世界一の果報者だと、モンドヴェイルが打ち明けてくれたんですよ。この縁談がこのまま決まるのはまちがいない——あなたの兄上が、彼には外聞をはばかる秘密があると勘違いなさるようなことでもなければ」

ロバートはモンドヴェイル子爵をしばらく待たせるつもりだと断言していたので、エリザベスはこの時点で言えることとしか言わなかった。「決断は兄にまかせてあります」

「それが当然ですね」ハワード卿は感服したように言った。

一時間ほどたつと、エリザベスはあることに気づいた。ハワード卿が自分につきっきりでいるのは、このパーティの場で彼女の護衛役を自任しているからなのだろう。彼は、若くうぶな娘たちがこの舞踏会に参加することに疑問を感じているのだ。ハワード卿が彼女のためにパンチをとりにいっているあいだに、別のことにも気づいた。舞踏室にいる男性が徐々に減っており、女性も男性ほどではないがやはり減ってきている。彼らが吸いこまれていくのは隣のカード室だった。舞踏会のときにもうけられるカード室は、ふつうは男性のみが立ち入りを許される場所になっている。義理があってしかたなく舞踏会に来たが、軽薄な社交辞令のやりとりには意地でも加わりたくないという男たち(既婚者か年配者であることが多い)のために、女主人がそういう部屋を用意するのだ。イアン・ソーントンが早くからその部屋に消え、いまもそこにいることを、エリザベスは知っていた。見ると、友人三人も熱っぽいまなざしをその部屋に向けている。「カード室で、なにか特別なことをやっているの?」パンチを手に戻ってきたハワード卿に連れられて三人のもとへ向かいながら、エリザベスはそう尋ねた。

ハワード卿は皮肉っぽい笑みを見せてうなずいた。「今夜はソーントンが最初から大負けしていて、いまも負けつづけているんですよ——彼には珍しいことだが」

その発言を聞きつけた友人たちは好奇心を丸出しにし、その表情には期待感すら漂っていた。「ティルベリー卿が言ってたわ、ミスター・ソーントンは全財産をテーブルに載せてるんじゃないかって。チップや約束手形の形で」ペネロピが言った。

エリザベスは胃がよじれるような気がした。「ぜん——全財産を賭けてるですって?」護衛役を買って出た青年に言った。「たったひと勝負に? どうしてまた、そんなことをするのかしら?」

「スリルを求めているんでしょう。ギャンブラーというのは、よくそういうことをするものです」

父にしろ、兄にしろ、ほかの男たちにしろ、運頼みの勝負のようなつまらないものにあえて大金を賭けて喜ぶ人々がいる。その心理はエリザベスには想像もつかなかったが、そうした感想を口にするひまはなかった。ペネロピがジョージーナとヴァレリー、そしてエリザベスにも手招きをして、かわいらしくほほえみながらこう言ったからだ。「ハワード卿、わたしたち三人とも、ゲームを見物したくてたまらないんです。あなたが付き添ってくださるならかまわないでしょう？　とてもおもしろそうですし、お客さんの半分はもうあの部屋に入っていますもの」

愛くるしい顔が三つ並んで、期待をこめてこちらを見ている。そうしたことに不慣れなハワード卿はどぎまぎしたが、それでもいちおうためらいを示し、エリザベスのほうを心もとなげにちらりと見やった。護衛役としての責任感が、勝負の行方をこの目で見たいという彼自身の欲求とせめぎあっているのだ。

「はしたない、なんて言う人はどこにもいないわ」ヴァレリーが口説いた。「ほかのレディも見にいってるんですから」

「いいでしょう」ハワード卿は頼みに負け、しかたないと苦笑した。エリザベスに腕をとらせると、彼は娘たちの一団に付き添って開いたままの戸口をくぐり、カード室という男の聖域に踏みこんだ。

イアン・ソーントンが無一物になるところなど見たくない。そう叫びたいのをこらえ、エリザベスは一切の表情を消すように努めながら、室内を見わたした。オーク材のテーブルのいちばん大きな一台のまわりには人垣ができ、そこで勝負しているプレーヤーの姿を隠している。黒っぽい鏡板と深い赤紫色の絨毯のせいで、部屋のなかは舞踏室よりずっと暗い感じがした。広々とした部屋の中央には大きなシャンデリアがさがり、その下にみごとな彫刻をほどこしたビリヤード台が二台。それをほかの八台のテーブルが囲んでいるが、目下そのあたりは無人で、どのテーブルにも、注意深く伏せたカードと、中央のチップの山が置き去りにされていた。

ほかのテーブルのプレーヤーは、自分のゲームを放り出して、大テーブルの見物客に交じったのだろう。この部屋の熱気はすべてそこから発しているのだから……エリザベスがそう思ったとき、見物客のひとりが、そろそろ自分たちのゲームに戻ろうと声をかけ、四人の男性が大テーブルのそばを離れた。それで場所が空《あ》いたのを見て、ハワード卿は連れの四人をそこへたくみに誘導した。ふと気づくと、エリザベスはいちばん立ちたくない場所に立っていた。イアン・ソーントンの斜め後ろ、彼が財政的に破滅することを示しているとされる場面が、すみずみまではっきり目に入る場所に。

丸いテーブルを囲んでいるプレーヤーはほかに四人いた。そのひとりがエヴァリー卿で、若々しい顔を勝ち誇ったように紅潮させている。プレーヤーのなかで最年少というだけでなく、顔つきや姿勢に心の動きをのぞかせているのも彼ひとりだった。そんなエヴァリー卿とは対照的に、イアン・ソーントンは投げやりな格好で椅子にもたれ、無表情で長い脚をテーブルの下に投げ出し、濃い赤ワイン色の上着をはだけている。あとの三人はそれぞれ手札に集中しているようで、表情は読めなかった。

エリザベスの向かいにすわっているハマンド公爵が沈黙を破った。「ブラフを仕掛けているな、ソーン」公爵の顔を笑みがよぎった。「しかも、今夜のきみはひたすら負けつづけている。五百ポンドのレイズだ」そう言って、五枚のチップを前へすべらせた。

　エリザベスはふたつのことを同時に意識した。イアンはソーンと呼ばれているらしい。そして、あのハマンド公爵閣下が、この国でもっとも古い公爵家の当主が、その呼び名で彼に親しげに話しかけたのだ。しかし、ほかのプレーヤーはなにごともなかったようにイアンを見やり、それぞれベットの順番が来ると、手もとに積んだチップから五枚を抜いてテーブル中央に押しやり、すでに築かれているチップの山に加えていった。

　イアンの番が来たとき、エリザベスは彼の手もとに山積みのチップが見あたらず、白いチップが五枚並んでいるだけなのに気づいてぞっとした。彼がその五枚を集め、中央の山に投げ出したのを見たときは心が沈んだ。無意識のうちに息をのみ、荒々しい気分で考えていた。正気の人間が運頼みの賭け事みたいなつまらないものに全財産を賭けるなんて、いったいどうなっているの、と。

　最後のチップが置かれると、ハマンド公爵が手札を開いた。エースのワンペア。ほかのふたりは、それより手が悪かった。「わたしの勝ちですね！」得意げににんまりしながらエヴァリー卿が公爵に告げ、キングのスリーカードを示す。腕を伸ばしてチップの山をかき寄せようとしたとき、エヴァリー卿はイアンのけだるい声に凍りついた。「それはわたしのものだな」イアンは自分の手札をさらした——九が三枚、四が二枚のフルハウス。

　ほっとしたエリザベスが思わず大きくため息をつくと、ふいにイアンの視線が上がり、彼女の顔をとらえた。彼はそのとき初めてエリザベスの存在に気づき、それと同時に、気遣わしげな緑の瞳と憔悴《しょうすい》しきったほほえみも目にしたのだった。唇のすみをよそよそしい微笑がかすめ、その一瞬が過ぎると、イアンはほかのプレーヤーに目をやり、気軽な調子で言った。「美しいレディたちが来てくれたおかげだろうか、わたしにもやっと運が向いてきたようだ」

レディたち、、。彼はそう言ったが、エリザベスは感じて……いや、知っていた。そのことばは彼女ひとりをさしているのだと。

悲しいことに、運が向いてきたというイアンの推測はまちがっていた。それから三十分というもの、エリザベスはその場に立ちつくし、重い心を抱え、耐えがたい緊張を感じながら、彼女がそばに来た直後に勝ち取った金をイアンがあらかた失ってしまうのを見ていた。その間ずっと、彼は悠然と椅子にすわったまま、顔にはなんの感情も表わさずにいた。けれども、エリザベスのほうは彼が負けつづけるのを見ていられなくなり、この一番がすんだら次が始まる前に出ていこう、それならプレーヤーたちも気にしないだろうと考え、そのときを待った。

勝負がつくやいなや、ハマンド公爵が口を開いた。「このへんでなにか飲めば、われわれもおおいに元気が出ると思うが」公爵がそばにいた召使いにうなずくと、召使いはすぐに紳士たちの手もとの空いたグラスを集めだし、かわりに酒を満たしたグラスを置いていった。エリザベスは急いでハワード卿のほうを向き、「失礼します」と硬い声でそっと挨拶してから、スカートをつまんで立ち去ろうとした。イアンは運が向いてきたと軽口を叩いたあとは彼女のほうを見ようともしなかったので、もう忘れられているものと思っていた。が、挨拶のことばを耳にすると、イアンは顔を上げ、エリザベスをまっすぐに見た。「悲惨な結末を見るのが怖いか？」イアンがさらりと尋ねると、テーブルを囲む者のうち、彼の金をほとんど巻きあげていた三人が大声で笑ったが、その笑い声はけして温かいものではなかった。

エリザベスはためらい、自分はどうかしているにちがいないと思った。イアンがここにいいてくれと呼びかけているのが、心にはっきりと伝わってきたからだ。それとも、わたしが彼にの気持ちを勝手に想像しているだけなのかしら……エリザベスは迷いながら、思いきって彼にほほえみかけた。「ただ、ワインをとりにいこうと思っただけですわ」思いついたことを言ってみた。「わたし、心から信じていますのよ、あなたなら――」急いで適当なことばを探す。「きっと風向きを変えられるって！」ロバートが賭博の話をするとき口にしていた隠語を思い出して、そう締めくくった。エリザベスの声を聞きつけた召使いがあわててワイングラスを持ってきたので、彼女はそのままイアン・ソーントンのそばに残ることにした。

そのとき、屋敷の女主人が颯爽《さっそう》とカード室に現われ、テーブルを囲むプレーヤー全員にとがめるようなまなざしを向けた。そしてイアンのほうを向くと、華やかな笑顔とは裏腹にきつい小言を浴びせた。「いいかげんになさい、ソーン、あなたこの部屋に長居しすぎよ。早くゲームを切りあげて、舞踏室に戻ってきてもらわないと」そう言うと、いかにも名残り惜しげに彼から目を離し、ほかのプレーヤーを見回した。「いいですか、みなさん」楽しそうに注意する。「あと二十分したら、葉巻とブランデーをお出しするのをやめますからね」

彼女が退出すると、一部の見物人がそのあとを追った。客としての礼儀作法を忘れていたのをきまり悪く思ったか、イアンが全財産を失うところを見物するのに飽きたということらしい。

「今夜は充分に遊んだ。もうゲームはいい」ハマンド公爵が言った。

「わたしもだ」ほかのひとりが賛同した。

「もう一番やりましょう」エヴァリー卿が訴えた。「ソーントンの手もとにはわたしの金がまだすこし残っています。次の一番でそれを取り返してやる」

プレーヤーたちはあきらめ顔で目を見交わし、公爵も承諾のしるしにうなずいた。「いいだろう、エヴァリー、あと一番だけだ。それがすんだら舞踏室に戻るぞ」

「最後の勝負だから、賭け金に上限はなしですね？」エヴァリー卿が勢いこんで訊いた。一同は当然だというようにうなずき、イアンがカードをみんなに配った。

オープニング・ベットは千ポンドだった。その後の五分間で、中央のチップの山は二万五千ポンド分にまで達した。プレーヤーがひとり、またひとりと降りていき、最後にはエヴァリー卿とイアンだけが残った。

もうこれ以上見てはいられない。テーブルに群がりゲームを見守っている人々を一瞥《いちべつ》すると、エリザベスは部屋を出ようとしてスカートをつまんだ。そのかすかな動きが注意を引いたのか、イアンは対戦者から目を離し、ゲームを始めて以来三度めにエリザベスの顔を見た。

彼女がそのまなざしに引き止められたのは、その夜二度めのことだった。エリザベスがこわばった顔で悲しげにイアンを見つめると、彼はそれとわからないほどわずかに手を動かして、手札が彼女に見えるようにした。

十のフォーカード。

安堵の念が胸に湧きあがったが、次の瞬間、エリザベスは強い恐怖に襲われた——いまの気持ちが顔色に表われていたらどうしよう。さっと横を向き、急いでテーブルから離れようとしたはずみに、あやうくハワード卿を突き飛ばしかけた。「ちょっと外の空気を吸ってきますわ」と言い訳すると、エヴァリー卿の動きに気をとられていたハワード卿は、特に反対することもなくうなずいて通してくれた。イアンはエリザベスを安心させるために手札を見せてくれたが、それを見た彼女がばかな発言やばかなふるまいをして、彼の手の内をばらしてしまうこともないとはいえない。その危険を冒して、あえて見せてくれたのだと気づいたが、なぜそこまでしてくれたのかは謎だった。それでも、イアンのそばに立っていたときには、こちらが彼を意識するのと同じぐらい、彼のほうもこちらを意識していることがなんとなく感じられた。それに、彼がエリザベスにそばにいてほしいと思っていることも。

うまく逃げ出せたのはいいが、急いで出ていこうとしたくせに部屋に残っているのは不自然だ。そこをどうごまかせばよいかわからなかったので、エリザベスは狩りの場面を描いた絵のほうへのんびりと近づき、それを熱心にながめるふりをした。

ベットが終わってカード交換《ドロー》となり、部屋の空気はぴんと張りつめた。エヴァリー卿は四枚めのカードを拾いあげるとイアンに視線を移し、その目に勝利の光が宿った。彼が発したことばに、エリザベスの心はどん底まで沈みこんだ。「ソーントン、きみがゲームに残ってこのカードを見るためには、一万ポンドでコールする必要がある」

エリザベスは裕福な青年貴族の首を絞めてやりたいという衝動にかられた。テーブルの下でイアンのすねを蹴飛ばしたいという衝動も同じくらい強かった。なんとイアンはエヴァリー卿のベットを受け、しかも五千ポンドをレイズしたのだ！

エリザベスにはイアンの見識のなさが信じられなかった。エヴァリーの顔を見れば、わたしにだって彼の手は最強だとわかるのに！「エヴァリー、そちらの番だぞ」イアンがうながす声がした。

エヴァリー卿がゆったり答えるのを聞いて、エリザベスは身ぶるいした。「二万五千ポンドのレイズだ」

「ばかを言うな！」公爵がエヴァリー卿をいさめた。「一度の勝負にそんな大金を賭けるものじゃない。いくらきみでもだ」

表情を抑える自信がついたので、エリザベスはぶらぶらとテーブルのほうへ戻っていった。「わたしにはそれだけの余裕があります」エヴァリー卿はさらりと言ってのけた。「わたしが気になるのは、ソーントン、きみが負けた場合、賭けた分を払えるのかどうかということだ」

エリザベスは自分が侮辱《ぶじょく》されたかのように身をすくめたが、イアンは椅子に身を沈め、頑として冷ややかに口を閉ざしたまま、エヴァリー卿を見つめるばかりだった。緊張の一瞬が過ぎると、彼はおもむろに口を開き、危険なほど優しい声で言った。「ここで一万レイズしても、充分払える」

「でたらめを言うな、そんな金がどこにあるというんだ」エヴァリー卿が吐き捨てるように言った。「おまえが署名した手形などなんの価値もない。そうとわかっていて賭けをする気はないぞ」

「もういい！」ハマンド公爵が一喝《いっかつ》した。「エヴァリー、きみも口が過ぎるぞ。彼の支払い能力はわたしが保証する。ベットを受けるか降りるか、さっさと決めろ」

エヴァリー卿はけわしい目でハマンド公爵をにらみつけると、イアンを見くだすようにうなずいた。「いいだろう、一万ポンドのレイズだな。さあ、手札を見せてもらおうじゃないか！」

イアンが無言で片手をひと振りすると、カードがひらりと舞い落ち、テーブルの上で四枚の十がきれいな扇形に広がった。

エヴァリー卿が椅子を蹴って立ちあがった。「このいかさま野郎め！　わたしは見たぞ、自分のドローのとき、カードをいちばん下から抜いただろう。はっきり見たが、そのときは自分の目が信じられなかったんだ」

その暴言に室内は騒然となったが、イアンは張りつめたあごの筋肉をぴくりとさせただけで、あとは一切表情を変えなかった。

「さあ、介添え人を選ぶがいい！」ささやくように言うと、エヴァリー卿は丸めたこぶしをテーブルについて身を乗り出し、血相を変えてイアンをにらみつけた。

「この状況からすると」イアンは冷たい声でつまらなそうに答えた。「そういう形で決着をつけるかどうかは、わたしが決めることだと思うが」

「ばかなまねはよせ、エヴァリー！」だれかが小声で言った。「あっという間にやられてしまうぞ」そんな声もエリザベスにはほとんど聞こえなかった。このままでは無意味な決闘が始まってしまう——頭にあるのはそのことだけだった。

「なにもかも大変な誤解ですわ！」エリザベスが声をあげると、部屋じゅうの男が、困惑と驚きをあらわにしていっせいに彼女のほうを向いた。「ミスター・ソーントンはいかさまをしてはいません」エリザベスは急いで説明した。「彼はカードを交換する前に、すでに四枚の十を持っていたんです。すこし前に部屋を出ようとしたとき、わたしはこっそり彼の手もとをのぞいたんですが、たしかに十が四枚そろっていました」

ところが、驚いたことに、その説明に納得するそぶりを示した者はひとりもいなかった。それどころか、まともに耳を貸すことさえなかったようだ。それはエヴァリー卿も同じで、彼はテーブルをぴしゃりと叩いて言いつのった。「さっきはいかさま野郎と呼んだが、こう言い直そう、きさまは卑——」

「どうか聞いてください！」エリザベスは大声でエヴァリー卿のことばをさえぎった。〝卑怯者〟と言われてしまえば、名誉を重んじる人間は決闘に応じざるをえなくなる。「みなさん、わたしの言ったことがわからないの？」エリザベスは周囲の人々に必死で訴えた。第三者である彼らのほうが、エヴァリー卿よりは道理をのみこむのが速いはずだ。「いま言ったとおり、ミスター・ソーントンは最初から十を四枚持っていて――」

男たちの高慢そうな表情は変わる気配すらない。そのとき、目から鱗が落ちたように、エリザベスはすべてをさとった。なぜだれも仲裁に動こうとしないのか、そのわけがわかったのだ。この部屋を埋めつくしている貴族や準貴族は、おたがいの位の高さをいやというほど意識している。ここでは彼らより身分が低いのはイアン・ソーントンだけだ。イアンはよそ者、エヴァリー卿は仲間であり、彼らには仲間を敵に回してよそ者をかばう気などさらさらなかった。しかもイアンは、エヴァリー卿の挑戦をやんわり拒むことによって、彼のような若輩を相手にしてもしかたないと思っていることを暗に示している。彼らのひとりひとりが、それを自分に対する侮辱のように感じているのだ。

エヴァリー卿もそれを承知していて、そのためにいっそう腹を立て、いっそう向こう見ずになっているようだった。彼は恐ろしい形相でイアンをにらみつけた。「きさまがあすの朝、決闘の場に来ないようなら、こちらから捜しにいってやる。いいか――」

「それはむりですわ、エヴァリー卿！」エリザベスが叫ぶと、エヴァリー卿はイアンから目を離し、怒りの治まらぬ顔であっけにとられたように彼女を見つめた。自分でもどこにそんな冷静さが残っていたのかわからなかったが、エリザベスはその場にいるなかでもっともたやすく手なずけられそうな男性を標的にした。彼女に熱をあげているエヴァリー卿ならばきっと心を動かすと踏んで、にっこり笑いながら、明るく、甘えるような調子でこう言ったのだ。「あした決闘をするだなんて、ばかなことをおっしゃってはいけませんわ。あすは、わたしを村へ遊びに連れていってくださるって約束なさったじゃありませんか」

「いや、これは――」

「いいえ、わがままを言うようだけれど、ぜひとも連れていっていただきたいの」エリザベスはとぼけたような無邪気な顔でさえぎった。「わたしのことを、まるで――まるで――どうでもいいと思っていらっしゃるのかしら！」うまいことばを思いつかず、破れかぶれで締めくくった。「そんなふうにぞんざいに扱われるのはほんとうに心外です。とにかく――びっくりしましたわ、わたしとの約束を破ろうとなさるなんて」エリザベスがきらめく緑の瞳と魅惑的なほほえみの力を余すところなく活用すると、エヴァリー卿は熊手の先にひっかけられたように情けない顔になった。

エヴァリー卿は苦しげな声で荒々しく答えた。「この下種《げす》な男との決闘は明け方にすませて、そのあとで村までエスコートしてさしあげますよ」

「明け方ですって？」エリザベスはわざとがっかりしたように言った。「そんなに早起きさせたのでは、くたびれてしまって、わたしを楽しませることなどできないんじゃないかしら。それに、ミスター・ソーントンのほうが申しこまなければ、そもそも決闘にはならないでしょう。彼にはその気はないと思いますわ。なぜって――」そこでイアン・ソーントンのほうを向き、高らかに締めくくった。「エヴァリー卿を撃てばわたしのエスコート役がいなくなるとわかっているのに、わざわざそんな意地悪をなさるとは思えませんもの！」そして、イアンに反論のすきを与えないように、すかさずほかの客のほうを向いて明るく呼びかけた。「これで一件落着ですわね。カードゲームでいかさまをした人はいないし、撃ち合いもなし、ということで」

とりなしに骨折ったエリザベスに対し、部屋にいた男たちは、差し出口はやめろといわんばかりにいっせいに腹立たしげな目を向けたが、そうしなかった者がふたりだけいた。ハマンド公爵は、エリザベスが愚か者なのか如才《じょさい》ない社交家なのか、判断しかねているようだった。イアンのほうはじっと彼女を見るばかりで、なにを考えているのか、その表情からは読みとれなかった。この女は次はどんな突拍子もないことをしでかすのかと思っているのかもしれない。

だれも動こうとしないので、エリザベスは残りの問題も自分で片づけることにした。「エヴァリー卿、いま流れているのはワルツでしょう？　さっき、ワルツを踊ると約束してくださいましたわよね」すると、部屋の奥で男たちがどっと笑い、エヴァリー卿はエリザベスではなく自分が笑われたものと勘違いして真っ赤になった。エリザベスを冷たい目でじろりとにらむと、エヴァリー卿は一同に背を向けて大またで部屋を出ていき、彼女は気抜けすると同時にほっとした。ハワード卿は内心のショックからやっと立ち直り、落ち着いた態度でエリザベスに腕を差し出した。「わたしがエヴァリー卿のかわりを務めましょう」

舞踏室に戻ると、エリザベスはようやく自分を取り戻したが、それでも脚のふるえは止まらず、まっすぐ立っているのがやっとだった。「あなたはまだロンドンに来たばかりだ」ハワード卿が優しく言った。「こう言っては失礼かもしれないが、あなたのさっきのふるまいは——つまり、男同士の問題に口出ししたのは——お世辞にもほめられたことではありませんよ」

「わかっています」エリザベスはため息をついた。「というか、やっとわかったわ。さっきはあとさき見ずにやってしまったの」

「わたしのいとこは」ハワード卿はおだやかな声でモンドヴェイル子爵のことにふれた。「心の広い男です。いまの件については、わたしの口から真相を話しておきますよ。尾ひれのついた噂が彼の耳に入らないうちに」

その回のダンスが終わると、エリザベスはしばらくひとりになりたいと思い、断りを言って客間にさがった。だが困ったことに、そこは数人の女性に占領されていて、カード室での事件が噂の種になっていた。真夜中に供される遅い夕食は食べずに、このまま寝室に逃げこんでしまいたかったが、ここでおじけづいたらおしまいだと理性がささやいた。ほかにどうしようもなかったので、エリザベスはなんでもないふりをして笑顔をとりつくろい、外の空気を吸うためにテラスに出た。

月の光を浴びながらテラスの階段をおり、灯火がともる庭へ出る。心安らぐ至福のひとときが過ぎると、エリザベスはさらなる平安を求めて歩みを進め、道すがら幾組かのカップルに礼儀正しく会釈した。庭の端まで来たところで足を止めて右に折れ、東屋《あずまや》に入る。人々の声も静まって、いまは心なごむ楽《がく》の音《ね》が遠くに聞こえるばかりだ。その場に立ちつくしていると、ふいに、粗いベルベットを思わせるハスキーな声が背後に響いた。「わたしと踊ってくれ、エリザベス」

降ってわいたようなイアンの呼びかけにどきっとして、エリザベスはすばやく振り向き彼を見つめた。片手が思わず喉もとへ上がる。カード室の一件で怒っているものと思っていたが、彼の顔には厳粛《げんしゅく》さと優しさがにじんでいた。軽やかなワルツの調べが漂うなか、イアンは腕を広げて、さっきと同じハスキーな声でくり返した。「踊ってくれ」

エリザベスは夢見心地でイアンの胸に身を寄せた。彼の右腕が腰に回され、抱き寄せられたエリザベスは強靱《きょうじん》な肉体を意識した。左手が彼女の手をとらえ、しっかりと包みこむ。気づいたときには、彼の腕に抱かれてくるくるとやわらかに舞っていた。イアンはいかにも踊りなれている様子で、やすやすと優雅にステップを踏んでいる。

手袋越しに感じる彼の肩は、パッドなしでも厚みがあり、幅広くてがっしりしていた。鋼《はがね》のような腕は、遠慮もなしに彼女の腰をきつく抱いている。そのうえ暗い星空の下とあっては、怖くて逃げたくなってもおかしくないのに、なぜか守られているような安心感があった。とはいえ、すこし気づまりになってきたので、エリザベスはなにか話をしたほうがいいだろうと考えた。「さっきはでしゃばってしまったから、怒っていらっしゃると思っていましたのよ」彼の肩に唇を寄せてそう言った。

イアンがほほえんでいるのは声の調子でわかった。「怒ってはいない。びっくりしただけ

いのはよくわかっていましたもの」

「あなたがいかさま師呼ばわりされるのを放ってはおけなかったの。いかさまなんかしてな

だ」

「もっとひどい呼び方をされたこともないわけじゃない」イアンは遠回しな言い方をした。
「特に、きみの友人である血の気の多いエヴァリー青年には」

いかさま師よりひどい呼び方だなんて、いったいなんと言われたのかしらと思ったが、そういうぶしつけな質問をするのははばかられた。エリザベスは顔を上げ、不安にかられて彼の目をのぞきこんだ。「エヴァリー卿にあとで決闘を申しこむつもりはないのでしょう？」

「そんなことをすれば」イアンは微笑し、からかうように言った。「きみのせっかくの助太刀《すけだち》がむだになってしまう。そこまで恩知らずではないつもりだ。それに、彼を殺すのは失礼にあたるだろう。きみはあした彼にエスコートしてもらう約束だとあれだけはっきり言ったのだから」

エリザベスは小さく笑い、恥ずかしさに頬が熱くなるのを感じた。「なんてばかなことを言うのかとあきれたでしょうけど、あれしか言うことを思いつかなくて。じつは、うちの兄も気が短いの。それで前々から気づいていたのよ、兄が癇癪をおこしたときには、道理を説いて聞かせるより、冗談めかしておだてたほうが、平静に戻るのがずっと速いってことに」

「ただ、ひじょうに残念だが、あしたエヴァリーがきみをエスコートすることはないだろう」

「それは、わたしのお節介を彼が怒っているということ？」

「いまごろは、エヴァリーの従者は気の毒にも叩き起こされて、ご主人様のために荷造りをさせられているだろう。そういうことさ。エリザベス、カード室であんなことがあったからには、彼はもうここにはいられない。きみはエヴァリーの命を救おうとして骨折ったが、それは当人にとっては屈辱的なことだった。わたしが決闘の申しこみを拒んだために、その屈辱はいっそう深いものになってしまったんだ」

エリザベスは目をみはった。緑の瞳が翳るのを見て、イアンはなぐさめるように言った。

「だとしても、プライドを保って死ぬよりは、屈辱に耐えて生きるほうがましだ」

そこがエヴァリー卿のように紳士に生まれついた人と、イアン・ソーントンのように自力で紳士になった人の違いなのだろう、とエリザベスはひそかに考えた。本物の紳士ははずかしめを受けるぐらいなら死を選ぶものだ。少なくともロバートはそう言っている。兄はことあるごとにそうやって自分が属する階級の特徴を並べあげるのだ。

「きみの意見は違うのか？」

自身の考えごとに没頭していたエリザベスは、ついことばを選ぶのを忘れ、うなずいて言ってしまった。「エヴァリー卿は紳士で、貴族でもあります——ですから、屈辱に甘んじるよりは死を選ぶことでしょう」

「エヴァリーはまだ若い」イアンはおだやかに反論した。「カードゲームごときに命を張るのは分別がない証拠だ。命はもっと大事にしなければ。わたしが決闘を断ったことを、彼もいつかは感謝するだろう」

「紳士にとっては名誉を守ることが本分なんです」

「意見の食い違いのために死んでも名誉を守ることにはならない。単に命を粗末にしているだけだ。男は、おのれの信じる大義を守るために、あるいは愛する者を守るために命を投げ出す。それ以外の理由で命を捨てるのは愚《ぐ》の骨頂《こっちょう》だ」

「わたしが口を出さなかったら、あなたは決闘をお受けになりました?」

「いや」

「えっ?」エリザベスは驚いて声をあげた。「いかさま師呼ばわりされたのに、ご自分の名誉や名声を守るために指一本上げる気はないとおっしゃるの?」

「この問題にわたしの〝名誉〟がかかっているとは思わない。仮にかかっているとしても、若者を殺したからといって名誉挽回にはならないだろう。〝名声〟にしても、そんなものがあいつにあるのかという声を幾度となく聞いている」

「それなら、ハマンド公はどうしてみんなの前であなたをかばわれるのかしら? 今夜、公爵はたしかにそうなさったでしょう?」

イアンの目つきが鋭くなり、顔から笑みが消えた。「それはどうでもいいことだろう」

彼の腕に抱かれ、心を惑わす琥珀色の瞳を見つめていると、エリザベスは頭がぼうっとしてまともに考えられなくなった。いまは深く力強い声が耳に響くばかりで、それ以外のことはたしかにどうでもいいように思われた。「そうね」彼女はふるえる声で答えた。

「わたしが臆病者ではない証拠をどうしても見たいというなら、彼を叩きのめしてやってもいいが」そう言ったあと、イアンは静かに付け加えた。「もう音楽は終わっているよ」エリザベスはそこで初めて、自分たちが踊るのをやめ、ただ寄り添って体を揺らしていたことに気づいた。彼に抱かれている理由がなくなったので、エリザベスは後ろ髪を引かれる思いで身を離そうとしたが、その矢先に別の曲が流れてきて、ふたりは抱き合ったままその調べに合わせて動きだした。

やがてイアンが口を開いた。「あした村に出かけるという話だが、わたしのせいでエスコート役はいなくなったのだから、ほかの案に乗ってみる気はないか?」

エリザベスの心は舞いあがった。きっと、かわりにエスコートしてくれるつもりなのだろう。その考えは今度も見抜かれたらしく、彼は話を続けたが、その内容にはがっかりさせられた。

「わたしはエスコート役にはなれない」イアンは淡々と言った。

エリザベスの顔から笑みが消えた。「そんなことはないでしょう」

「ばかを言うものじゃない。社交界にデビューしたばかりの娘がわたしといっしょのところを見られたりすれば、悪い噂が立つだけだ」

エリザベスは懸命に頭を働かせ、出納簿の帳尻を合わせるときのように、彼の主張を打ち消す言い分を探した。なんといっても、イアンはハマンド公爵に気に入られているのだし……でも、公爵の庇護《ひご》が縁談で有利に働いて、母親たちが彼を娘婿にと望んだとしても、奔放な道楽者だという噂を聞けばおじけづくにちがいない。とはいえ、シャリーズ・デュモントは社交界のなかではみなの尊敬を集めているのだから、田舎でのこのパーティも白い目で見られたりはしないはずだ。ただ、ハワード卿の見方はすこし違っている……「最初に会ったとき、わたしと踊るのを断ったのはそのせいなの？」

「それもある」

「ほかにはどんな理由があったのかしら？」エリザベスはそう訊かずにいられなかった。

イアンは苦々しげに笑った。「防衛本能が発達しているからだ、と言っておこう」

「え？」

「きみの瞳は決闘用のピストルより危険だよ」彼は皮肉な調子で言った。「その瞳に見つめられたら、聖人も使命を忘れるだろう」

彼女の美しさをほめたたえる美辞麗句ならこれまでにも何度となく聞かされたし、そのたびに礼儀正しく聞き流してきたが、イアンの無愛想な、いやいや口にしたという感じのほめことばには、思わず笑いがこみあげた。あとで振り返ると、エリザベスが最大のあやまちを犯したのはこのときだった。イアンは自分の同類で、育ちのよい紳士なのだと錯覚し、信頼できる人、いっしょにいてくつろげる人だと思いこんでしまったのだ。「さっきおっしゃったほかの案というのは、どんなものなの？」

「いっしょに昼食をとろう。ふたりきりで話ができて、だれにも見られずにすむ場所で」

男性とふたりきりでピクニックに行きお昼を食べるというのは、ルシンダの目から見れば、ロンドン社交界にデビューしたての娘にふさわしい娯楽とはとうていいえないだろうが、そうとわかっていても、エリザベスはすぐには断れなかった。「おもてで……たとえば湖のほとりとか？」人目のあるところならかまわないだろうと自分に言い訳して、その案を口に出してみた。

「あすは雨になりそうだ。それに、ふたりでいるところを見られてはまずい」

「じゃあ、どこがいいの？」

「森のなかだ。ここの敷地の南の端に小川が流れている。その近くにある木こりのコテージで十一時に会おう。門を出て小道を三キロほど行ったところだ――途中で大通りにぶつかるがそっちには行かないように」エリザベスは途方もない申し出に警戒心をつのらせ、そのせいで、イアン・ソーントンがいつのまに敷地内の地理や隠れ家にそこまでくわしくなったのか、という点には気が回らなかった。

「そんなのだめよ、絶対に」エリザベスは息をのみ、声をふるわせた。世間知らずな彼女にとっても、さすがにコテージで男性とふたりきりになるというのは問題外で、イアンがそのような提案をしたことに心底がっかりした。紳士はそんな申し出はしないものだし、育ちのよいレディはそんな申し出を受けたりはしない。そうした問題に関するルシンダの忠告は、しごくもっともで、賢明なものだと思えた。エリザベスはいきなり身を引き、彼の腕から逃《のが》れようとした。

イアンは彼女を逃さない程度に腕に力をこめ、髪に唇をふれんばかりにして愉快そうにささやいた。「レディたるもの、ダンスが終わらないうちにパートナーから離れるべきではない。そう教えてくれる人はいなかったのか?」

「もう終わりよ!」エリザベスはかすれた声で答えた。それがダンスに限った話でないことはどちらも承知していた。「わたしはあなたが思うほどだまされやすくはないわ」彼女がシャツの胸もとをにらみつけると、白いアスコットタイのひだのあいだからルビーがウインクを返した。

「約束しよう」イアンは静かに言った。「あしたきみに会っても、迫ったりはしない」

エリザベスにはなぜかそのことばが信じられたが、それでも、そのような逢いびきの約束をするわけにはいかなかった。

「これは紳士としての約束だ」イアンがくり返した。

「紳士だったら、そもそもそんな提案はしていないはずよ」エリザベスは胸を疼《うず》かせる失意を忘れようと努めた。

「その理屈には反論のしようもないが」イアンは渋い顔で答えた。「ひるがえって考えれば、われわれにはそれしか道がない」

「冗談でしょう。だいたい、わたしたちはこんなふうに話をしていてはいけないのよ」

「あした、コテージに来てくれ。正午まで待つ」

「わたしは行かないわ」

「正午までは待つ」

「そんなの時間のむだよ。お願いだから、放してください。あなたと踊ったりしたのがまちがいだったわ！」

「どうせまちがったのなら、もう一度まちがってみるさ」荒々しい声でそう言うと、イアンはふいに腕に力をこめ、彼女をさらに強く抱き寄せた。「こっちをごらん、エリザベス」彼がこめかみに唇を寄せてささやくと、温かな息に髪の毛が揺れた。

エリザベスの心のなかで警報ベルが鳴り響いた。遅きに失してはいたが、その音は大きかった。ここで顔を上げればキスされるだろう。「キスはしないで」そう言って制したが、それは必ずしも本心ではなかった。

「だったら、いますぐ別れの挨拶をしてくれ」

エリザベスは頭を起こし、形のよい唇を見つめてから、むりに視線を上げて彼と目を合わせた。「さようなら」声がふるえなかったのが自分でも意外に思えた。

イアンのまなざしは、彼女の顔だちを心に刻みつけるかのようにゆっくりとおりていき、口もとで止まった。エリザベスの肩に両手をかけ、腕をなでおろしたと思うと、彼はふいにその手を離してしりぞいた。「さようなら、エリザベス」

エリザベスはイアンに背を向け、一歩踏み出したが、彼の深い声の寂しげな響きに思わず振り返った。いや、振り返ったのは彼女の心そのものだったのかもしれない。なにか大事なものを——失いたくないものをあとに残しているような気がしたのだ。ふたりのあいだは五十センチしか離れていないが、社会的にははるか遠くにへだてられている。そのへだたりを感じながら、ふたりは無言で見つめ合った。「みんな、わたしたちがいないのに気づいたんじゃないかしら」彼女は力なくつぶやいた。イアンを置き去りにする言い訳をしているのか、行かないでくれと言われるのを期待しているのか、自分でもよくわからなかった。

「そうかもしれないな」無表情な顔、よそよそしい声。イアンは彼女の手の届かないところに戻ってしまったようだった。

「ほんとに、もう戻らないと」

「ああ」

「ねえ、わかってくれるでしょう……」背が高くハンサムなイアンを見つめるうちに、エリザベスの声は途切れた。高貴な家の生まれではないというだけで、社交界は彼をのけ者にしている。そう思うと、社交界のばかげた仕組みが押しつけてくるさまざまな制約が急にいとわしくなった。エリザベスは唾をのみこみ、ことばを継いだ。もう行けとうながすか、ダンスに誘ったときのように腕を広げて迎えるか、どちらかにしてほしいと思いながら。「わかってくれるでしょう、あした、あなたと会うわけにはいかないのよ……」

「エリザベス」ハスキーなささやき声でさえぎったと思うと、イアンの瞳に欲望の影がさした。彼が自分の勝利を知って片手を伸ばしたときには、エリザベスはまだ負けたことに気づいていなかった。「こっちへおいで」

エリザベスの手はひとりでに宙に浮き、彼の手がそれを包みこんだ。気づいたときには、ぐいと引き寄せられ、鋼のような腕に抱きしめられて、彼女の唇は温かく狂おしげな唇にふさがれていた。半ば開いた唇が優しく執拗《しつよう》に彼女の唇をまさぐり、ふたりの口をぴったり合わせようとする。と、突然、口づけはさらに深くなり、力強い両手が背中や肩をわがもののように愛撫しはじめた。かすかなうめき声が静寂を破ったが、エリザベスはそれが自分の声であることに気づかなかった。彼女は両手を上にすべらせ、よりどころを求めるかのように、幅広い肩を夢中でつかんだ。世界はいつのまにか暗くなり、妙なるつやめきを帯びて、そのなかではむさぼるように押しつけられてくる体と唇のことしか考えられなかった。

ようやく唇を離したあとも、イアンはまだ彼女を抱きしめていた。エリザベスはぱりっとした白いシャツに頬を寄せ、彼の唇が頭のてっぺんにそっとふれるのを感じた。「予想以上に大きなまちがいを犯してしまったな」そう言ったあと、イアンは放心したようにつぶやいた。「われわれふたりに、神のご加護がありますように」

最後のことばに思わぬ衝撃を受けて、エリザベスはわれに返った。ふたりは天の助けを求めねばならないほど道を踏みはずしてしまった——イアン自身がそう感じていることを知ると、冷水を浴びせられたような気がした。エリザベスは彼の腕から身を引き、スカートのしわを伸ばした。やがて心の準備ができると、顔を上げて彼と向き合い、口を開いた。あまりの恐ろしさに、彼女の声はかえって淡々としていた。「こんなことはすべきじゃなかったのよ。でも、いまから舞踏室に戻ってほかの人たちに交じるようにすれば、ふたりきりでここにいたことをさとられずにすむかもしれないわ。さようなら、ミスター・ソーントン」

「おやすみ、ミス・キャメロン」

イアンは〝さようなら〟ではなく〝おやすみ〟と挨拶し、そのことばにさりげなく力をこめたのだが、その場から逃れることばかり考えていたせいで、エリザベスはそれを聞き流してしまった。また、彼はレディ・ヘイヴンハーストと呼びかけるべきところでミス・キャメロンと言った。それは爵位があるのを知らないからだが、このときの彼女はそうしたことにも気づかなかった。

エリザベスは舞踏室にじかに通じる入口を避けて、バルコニーの横手の入口に近づいた。ハンドルを押してみるとドアが開いたので、ほっと息をもらした。なかは小さな客間のようで、向かい側にもドアがある。あそこからだれもいない廊下に出られるといいのだけれど。夜の庭の静けさにくらべると、屋敷のなかは笑い声と話し声と音楽の不協和音がうるさいほどに響き、忍び足で客間を横切るあいだも、その騒音にびくびくさせられた。

幸運の女神はエリザベスにほほえんでくれたようで、廊下はひとけがなかった。そこまで来ると気が変わり、いったん寝室に上がることにした。ちょっと休んで元気をつけよう。急ぎ足で階段をのぼり、寝室のある階に着いたとき、下の階から、ペネロピがとまどったように尋ねる声が聞こえてきた。「だれかエリザベスを見なかった？　もうじき夕食が始まるし、ハワード卿は彼女をエスコートしていくつもりなのよ」

エリザベスはとっさに髪をなでつけ、スカートの塵《ちり》を払うと、心ひそかに祈った。さっきまで東屋で禁じられた逢いびきをしていたことが、見た目でばれませんように、と。

「たしか、最後に見たときは」ヴァレリーが涼しげな声で話している。「庭の奥のほうへ行こうとしていたわ。そのころ、ミスター・ソーントンもいなくなったみたいで――」そこでエリザベスの姿を目にして、ヴァレリーはぎょっとしたように口をつぐんだ。エリザベスはさっき駆けあがった階段を悠然とおりていった。

「ほんとに、いやになっちゃう」恥ずかしそうに言うと、エリザベスはまずペネロピに、次いでヴァレリーにほほえみかけた。「今夜はどうしてこんなに蒸し暑いのかしら。庭に出ればすこしは涼めるかと思ったけど、そうでもなかったから、上に行ってしばらく横になってたの」

　娘たちは連れ立って舞踏室を横切り、カード室に入った。そこでは数人の紳士がビリヤードをしていた。入口に近いほうの台のそばで、イアン・ソーントンがキューを手にして身をかがめているのを見ると、エリザベスの脈拍は一気に跳ねあがった。イアンは目を上げ、四人の娘がそこにいるのを認めた。そのうち三人は彼のほうをじっと見ている。イアンは慇懃《いんぎん》な態度で四人に向かって会釈してから、キューをすばやく突き出した。エリザベスの耳は、ボールがころがって木の枠にぶつかり、ポケットに落ちる音をとらえた。それに続いて、ハマンド公爵が感心したように笑い声をあげた。

「彼ってほんとに美男子だけど、どこか影があって、凄《すご》みを感じさせる美しさよね」ジョージーナがささやく。「それに、なんというか――危険な香りもするし」そう言いながら、感きわまったように小さく身をふるわせた。

「それはそうだけど」ヴァレリーが肩をすくめて言った。「あなたが前に言ったことも事実でしょう。彼には家柄も地位も有力なコネもないのよ」

ひそひそ声のおしゃべりのあらすじはわかったが、エリザベスはあまり注意を払わなかった。さっきから続いている奇跡的な運のよさを思うと、神様はたしかにいて、ときにはわたしを見守ってくださることもあるのだ、と感じずにはいられなかった。そこでひそかに神様に感謝の祈りを捧げ、ついでに、ああいう恥をかくようなまねはもう二度といたしません、と誓った。心のなかでアーメン、とつぶやいたそのとき、ボールが次々にポケットに落ちる音がした。ひとつ、ふたつ、三つ、四つ。プレーヤーはイアンだ。ひと突きで四つも！　彼女もロバートとビリヤードをすることがあるが、兄が落とせるのはせいぜい三つ。それでも、ビリヤードの名人と自称している。

ハワード卿のエスコートで夕食の席におもむくあいだも、エリザベスの晴れやかな気分は変わらなかった。だが、同じテーブルの紳士や淑女と話していると、そのはずんだ気持ちがなぜかみるみるしぼんでいった。贅沢な飾りつけをした広間には青いリネンのかかったテーブルが並んでいる。話し声がにぎやかに飛び交ってもエリザベスはうわの空だった。部屋のなかを見回して、イアンがどのテーブルにすわっているのか捜したくてたまらず、その気持ちを抑えるのが精一杯だったのだ。ロブスターを給仕している召使いがそばに立ったので、エリザベスは相手を見上げてうなずいた。そこでついに我慢できなくなり、召使いに合図したついでというような顔をして、ものうげに室内を見わたした。あざやかな色のコルク製の浮きが波に揺られて浮き沈みするように、人の海のなかで宝石を飾った無数の頭がゆらゆら動く。上がったり下がったりするたくさんのグラス。あ、いた――あそこだ。イアンは主賓《しゅひん》用のテーブルにつき、ハマンド公爵と、ヴァレリーの美しい姉、シャリーズのあいだにすわっていた。公爵の話し相手は、目下の愛人と噂されるブロンドの美女だ。イアンはシャリーズの活発なおしゃべりに耳を傾けながら、日焼けした顔にけだるい笑みを浮かべている。シャリーズはイアンをひとり占めするように、彼の上着の袖に手をかけていた。シャリーズのことばにイアンが笑うと、エリザベスは急いで目をそむけたが、みぞおちを殴られたような衝撃が残った。あのふたりはほんとうにお似合いだ――どちらも垢抜けていて、黒髪で、容姿端麗だもの。趣味や好みの共通点もたくさんあるにちがいない。エリザベスは沈んだ気持ちでナイフとフォークを取りあげ、ロブスターをつつきはじめた。

隣の席のハワード卿が彼女のほうに顔を寄せ、おどけた声で言った。「それ、もう死んでいますよ」

エリザベスがぽかんとしてハワード卿の顔を見ると、彼はロブスターのほうにあごをしゃくった。エリザベスはそれをしつこく切り刻んでいた。「もう死んでいるんだから、もう一度殺す必要はないでしょう」

ばつの悪さを隠してほほえむと、エリザベスはため息をひとつつき、それからは同席者たちとうちとけることに全力をつくした。ハワード卿が先に警告したとおり、男性陣の態度は目に見えて冷たくなっていた。カード室での彼女の大胆なふるまいは、すでに彼らのあいだに知れわたっていたのだ。そこでエリザベスはさらに努力を重ねて、精一杯愛嬌を振りまいた。彼女が女性としての魅力を意識的に利用したのは、これが生涯二度めのことで――一度めは庭でイアン・ソーントンに初めて出会ったときだった――その戦略は自分でも驚くほどあっさり成功した。同席した男性たちは、ひとり、またひとりと態度を軟化させ、エリザベスと談笑するようになったのだ。その長くつらい時間を耐え忍ぶあいだ、彼女はイアンがこちらを見ているという奇妙な感覚にたびたび襲われた。食事が終わりに近づいたころ、とうとう我慢できなくなって、イアンのすわっているほうを盗み見ると、彼は琥珀色の目をすがめて、エリザベスの顔をじっと見ていた。彼女の浮ついたふるまいを不愉快に思ったのか、それとも、意外な一面に困惑しているのだろうか。

「いとこはここには来ていませんから、あした、彼のかわりを務めさせてもらってもいいでしょうか？」延々と続いた食事がようやく終わり、客たちが席を立ちはじめると、ハワード卿がそう申し出た。「村までエスコートしてさしあげますよ」

どうしよう。イアンに会いにコテージに行くかどうか、いまここで心を決めなくてはならない。でも、ほんとうは考えるまでもないことだ。エリザベスはわざと明るくほほえんで答えた。「ええ、お願いしますわ」

「出発は十時半で、村に着いたらいつものお楽しみが待っているそうです。買い物をして、地元の酒場兼宿屋でお昼を食べて、そのあとは馬車であちこち回って田舎の景色を楽しむ予定だとか」

いまのエリザベスには、その予定がおそろしく退屈なものに思えた。「とってもおもしろそうね」その口調が熱心すぎたせいか、ハワード卿は驚いたように彼女の顔を見た。

「気分でも悪いんですか？」紅潮した頬や熱っぽく輝く瞳を心配そうにながめて尋ねる。

「いいえ、気分は最高よ」と言いながら、じつは逃げることしか考えていなかった。階上の寝室に、落ち着いて考えられる静かな場所に逃げこみたい。「でも、そろそろ失礼させていただくわ。いつもの頭痛が始まったから、もう休んだほうがいいと思うの」狐につままれたような顔をしているハワード卿を残して、エリザベスはその場を離れた。

階段を半ばまでのぼったところで、自分がなにを口走ったか、ようやくはっきり意識した。次の段にかけようとした足が止まったが、首をひと振りして、そのままのろのろとのぼりつづけた。ハワード卿が――いいなずけの実のいとこが――どう思おうが、かまいはしない。そんなふうに感じるのは問題だが、このときはそれに気づかなかった。気がふさいでいたので、そこまで頭が回らなかったのだ。

「バータ、あしたは八時に起こしてちょうだい」ドレスを脱ぐのを手伝ってもらいながらエリザベスはそう頼んだ。バータは返事もせずにあたふたと動きまわり、化粧台や床に次々とものを落としている。小心者の小間使いがうろたえているのは、その様子を見ただけでわかった。「どうしたの？」エリザベスは髪をとかしていた手を止めて尋ねた。

「ここの使用人のあいだで、お嬢様がカード室でなさったことが大変な噂になっているんです。お嬢様の付き添い人になった、あの怖い顔のご婦人がそれを知ったら、わたしはどんなに責められるでしょう」バータは哀れっぽく答えた。「お目付け役の仕事を休んでお嬢様の世話をわたしにまかせたとたんに、こんな騒ぎに巻きこまれるなんて、とお叱りを受けるにちがいありませんわ！」

「なにがあったのかは、わたしから説明しておくわよ」エリザベスはうんざりしながら請け合った。

「でも、ほんとに、なにがあったんです？」恐るべきミス・スロックモートン＝ジョーンズにたっぷり油をしぼられることを想像したのか、バータはおろおろと手を揉みしぼって叫んだ。

やれやれと思いながらエリザベスがことの次第を語って聞かせると、バータの顔はすこしずつ明るさを取り戻していった。彼女は薔薇の模様を刺繍したベッドカバーを折り返し、女主人が床《とこ》につくのを手伝った。「これでわかったでしょう」エリザベスはあくび混じりに話を終えた。「彼がいかさま師だと思われているのに、黙っているわけにはいかなかったのよ。ほかの人たちはほんとのことを知っても黙っていたでしょうけど、それは彼が仲間じゃないからだわ」

空を走る稲妻が部屋のなかをぱっと照らしたと思うと、雷鳴が轟《とどろ》いて窓が揺れた。エリザベスは目をつぶり、あすの小旅行が取りやめになりませんようにと祈った。イアン・ソーントンとひとつ屋根の下で一日じゅう過ごすなんて――それでいて、彼のほうを見ることも、ことばを交わすこともできないなんて――考えたくもないことだ。彼のことがこんなに気になるなんてどうかしているわ。そう思ったところで、疲れに負けて眠りこんでしまった。

その夜、エリザベスは夢を見た。激しい嵐のなか、たくましい腕に救い出され、引き寄せられたと思うと、今度は荒れ狂う海に放り出される……そんな夢だった。

6

淡い日射しが部屋にあふれると、エリザベスはいやいや寝返りを打ってあおむけになった。たっぷり眠ってもすこししか眠れなくても、目が覚めた直後はいつもぼうっとして頭が働かない。兄のロバートはとても寝起きがよいのだが、エリザベスはといえば、かろうじて身を起こしたあとも、枕にもたれてぼんやり宙を見つめるばかりで、そこからしゃっきり目覚めるまで優に三十分はかかってしまう。その一方で、ロバートは夜の十時にはもうあくびを嚙み殺しているのに、エリザベスのほうは目が冴えきっていて、それから何時間も、カードゲームやビリヤードをしたり本を読んだりする元気がある。その点でいえば、ロンドンの社交シーズンはエリザベスにうってつけだった。その時期には、社交界の人々は昼過ぎまで寝ていて、起き出したあとは明け方まで出かけている。ゆうべは違ったが、それはめったにない例外だった。

がんばって目を開けたものの、頭は鉛の重しのように枕に沈んでいる。枕もとのテーブルには、いつもの朝食がトレイに載せて置いてあった。小さなポットに入ったココアと、バターを塗ったトーストがひと切れ。エリザベスはため息をつき、気力を奮《ふる》って目覚めの儀式を始めた。ベッドに両手をついて身を起こし、そのまま枕に寄りかかって、両手をぼんやりながめる——その手が元気をつけてくれる熱いココアに伸びるようにと念じながら。

その朝はいつにもまして起きるのがつらかった。頭がずきずき痛んだうえに、なにかよからぬことがおきたのではないかという胸騒ぎを感じたのだ。

相変わらず夢うつつのまま、エリザベスは陶製のポットにかかったキルトのカバーをとり、そばに添えられた華奢《きゃしゃ》なカップにココアをそそいだ。そこで急に記憶がよみがえって、胃が重く沈んだ。今日は、木こりのコテージで、黒髪の男性が彼女を待っているはずだ。一時間待ったあと、彼は立ち去る——なぜなら、わたしはそこに行かないからだ。行くわけにはいかない。なにがあろうと、絶対に。

カップを受け皿ごと持ちあげて口もとに運ぶと、手がかすかにふるえた。部屋に駆けこんできたバータをカップの縁越しにながめる。小間使いの気遣わしげな表情が、ほっとしたような笑顔に変わった。「ああ、よかった。お加減が悪いのかと心配していたんです」

「どうして?」エリザベスはカップに口をつけた。冷たい! 熱いはずのココアはすっかり冷めてしまっていた。

「お起こししても、ちっとも目をお覚ましに——」

「いま、何時なの?」エリザベスは叫んだ。

「おおかた十一時になります」

「十一時ですって! 八時に起こすように頼んだじゃないの! どうして起こしてくれなか

ったのよ、おかげで寝過ごしてしまったわ！」エリザベスは眠気で朦朧《もうろう》とした頭を必死に働かせて、どうしたらよいか考えた。急いで着替えて出かければ、まだ追いつけるかもしれない。それでだめなら……

「何度もお起こししたんですよ」エリザベスのいつになく厳しい声に傷ついて、バータは声を張りあげた。「でも、まだ眠そうなご様子でしたので」

「バータ、わたしは寝起きがいい日なんてないのよ。そのくらいわかってるでしょうに！」

「でも、けさはいつも以上にご機嫌が悪かったんですよ。頭が痛いとおっしゃって」

「それもいつものことでしょう。寝ぼけてるときのわたしは、なにを言うかわかったものじゃないわ。もうすこし寝かせてもらえると思えば、どんなことでも言うわよ。長いつきあいなんだから、あなたもわかってるはずよ。それでも、いつもちゃんと起こしてくれてたじゃないの」

「でも、けさはこうおっしゃったんですよ」バータはいじけたようにエプロンを引っぱった。「ゆうべあれだけ雨が降ったから、村に出かけるのはきっと取りやめになるだろう、だから起きなくてもいいんだって」

「なに言ってるのよ、バータ！」エリザベスは大声をあげると、夜具をめくってベッドを飛び出した。目覚めたばかりでそこまで元気を出せるのは、彼女にしては珍しいことだった。

「起こしにきたあなたを追い払おうとして、ジフテリアで死にそうだって言ったこともあるけど、そのときは耳を貸さなかったじゃないの！」

「おことばですが」バータは浴槽に張る湯を運ばせるために呼び鈴の引き綱に突進した。「その言い訳をなさったときは、お顔の色はふつうでしたし、額にさわってもお熱はないようでした。それに、前の夜に、まだ一時半なのにふらふらになってベッドに倒れこまれた、ということもなかったわけですから！」

エリザベスはしゅんとしてベッドに腰をおろした。「わたしは冬眠中の熊みたいによく眠るけど、それはあなたのせいじゃないものね。それに、みんなが村に出かけなかったんなら、べつに寝坊したってかまわないわけだし」大勢の食事客をはさんで部屋の向こうから目を向けられただけで胸がときめいてしまう男と、今日一日、ひとつ屋根の下で過ごさねばならないが、そのことはあきらめるしかない。そう思ったとき、バータが言った。「みなさんは予定どおりお出かけになりましたよ。ゆうべの嵐は音がひどくて恐ろしかったけれど、そのわりに雨はすこししか降りませんでしたから」

一瞬、目を閉じたあと、エリザベスは長いため息をついた。もう十一時を過ぎている。ということは、イアンはすでにコテージに着いて、待ちぼうけを食わされる態勢に入ったことになる。「しょうがないわね。わたしは村まで馬を走らせて、みんなに追いつくことにするわ。べつに急ぐことはありませんからね」エリザベスはきっぱりと言った。バータは戸口に駆け寄ってドアを開け、女主人の入浴用のお湯をバケツで運んできた女中たちを通してやった。

華やかな淡紅《とき》色の乗馬服に身を包み、エリザベスが階段をおりていったときには、すでに十二時半になっていた。髪を覆うボンネットは服とおそろいで、右耳のところに羽根飾りがついている。乗馬用の手袋は手首までの短いものだ。ゲーム室のほうで男性の話し声がしているところからすると、すべての客が村に出かけたわけではないらしい。廊下を歩いていくうちに、エリザベスの足どりはためらうように遅くなった。ゲーム室をのぞいて、イアン・ソーントンがコテージから戻ってきたかどうか見てみようか。いいえ、戻ってきたにきまっている。だったら顔を合わせたくない。彼女はゲーム室とは逆の方向へ向かい、正面玄関から屋敷を出た。

エリザベスは厩《うまや》に行き、馬丁たちが馬に鞍《くら》をつけてくれるのを待ったが、刻一刻と時間がたつのに合わせて、心臓が重く脈打つのがわかった。コテージにひとりたたずみ、いまだ現われぬ女を待ちつづける孤独な男。まぶたに浮かぶその姿が心を苦しめた。

「馬丁をひとり、おつけしましょうかね？」厩番が尋ねた。「ただ、いまは人手が足りんのですよ、村に出かけたお客さんがたの付き添いでみんな出払っちまって。お待ちになってもいいってことなら、一時間かそこらで、何人か戻ってくるはずですが。まあ、村までの道は安全なんで、連れはなくても平気だと思いますがね。ここの奥方様も、馬に乗ってひとりで村に行かれることがしょっちゅうありますから」

エリザベスがいまいちばんしたいのは、がむしゃらに馬を駆って田舎道を駆け抜け、すべての悩みを忘れることだった。「ひとりで行くわ」ヘイヴンハーストの馬丁たちに向けるような心安い笑顔を見せて、そう言った。「村はここに来るとき通ってきたけど——大通りをまっすぐ八キロほど行ったところでしょう？」

「そうです」厩番が答えた。白っぽい空に稲妻が光ったが、場所が遠いのか雷鳴は聞こえない。エリザベスは不安になり、ちらりと空を見た。屋敷にとどまるのは論外だが、夏の激しいにわか雨にあうことを思うと、それはそれで気が重かった。

「今夜までは、天気はもつと思いますよ」エリザベスが迷っているのを見て、厩番が言った。

「ここらじゃ、この時季には、ああいう雷がよくあるんですよ。ゆうべだって、ひと晩じゅうぴかぴかしてたけど、雨はほとんど降らなかったしね」

そうとわかれば、行くしかない。


大通りを二キロも行かないうちに、最初の雨粒がぽつりと落ちてきた。「まったくもう」とつぶやくと、エリザベスは手綱を引いて馬を止め、空をながめた。そして、牝馬の横腹をひと蹴りし、村に向かって猛然と走りだした。ほどなく、木の葉をざわざわと騒がせていた風が、見る間に梢《こずえ》を大きく揺さぶりはじめ、気温が急激に下がってきた。大きな雨粒がぽたぽた落ちてきたと思うと、あっという間に完全などしゃ降りになった。大通りから森に続く小道が見えてきたころには、エリザベスはほとんど濡れねずみになっていた。森に入って雨宿りができそうな場所を探そうと思い、大通りから小道へ馬を乗り入れた。森のなかにいれば、とりあえず、頭上の木の葉が傘がわりになる。ひどく雨漏りする傘ではあるが。

枝分かれした稲妻が空を走るや、雷鳴がまがまがしく轟き、エリザベスは厩番の予想がはずれたことを知った。このままいけば、じきに本格的な嵐になるだろう。牝馬もそれを感じとったようだが、雷に怯えながらもおとなしく手綱さばきに従っている。「おまえはほんとに頼りになるわ」エリザベスはそっと話しかけ、繻子《しゅす》のようになめらかな横腹を優しく叩いたが、思いは小道のつきあたりにあるというコテージに飛んでいた。心を決めかねて唇を嚙み、いま何時だろうと考える。きっと一時を過ぎている。だとすれば、イアン・ソーントンはとっくに帰ってしまったはず。

馬にまたがったまま、ほかにいい案はないかとしばらく考えたあと、エリザベスはごくあたりまえの結論に達した。イアンがわたしに惹かれていると思うなんて、うぬぼれもいいところだ。ゆうべだって、彼は東屋でわたしにキスして一時間とたたないうちに、涼しい顔でシャリーズといちゃついていたじゃないの。わたしに興味を示したのは、一時の気まぐれにすぎなかったのよ。ほんとにばかだったわ、彼がコテージのなかを行ったり来たりして、入口に何度も目をやるところを想像するなんて……そんなお芝居みたいなことがあるわけないのに。だいたい、彼はギャンブラーなんだし――おまけに、手だれの遊び人でもあるらしい。きっと、正午にはコテージを出てさっさと屋敷に戻り、いまごろはもっとなびきやすい女性を探していることだろう。彼だったらお相手は難なく見つかるはずだ。それに、万が一、彼がまだコテージにいるとしても、その場合は外に馬がいるのが見えるだろうから、すぐに回れ右をして屋敷に戻ればいい。

しばらく進むとコテージが見えてきた。雨に煙《けむ》る森の奥深くでその建物が目に入ると、さすがにほっとした。エリザベスは鬱蒼《うっそう》と茂る木々や立ちのぼる霧の向こうに目を凝らし、イアンの馬がいるかどうか確かめようとした。藁《わら》ぶきの小さなコテージの正面に目を走らせるうちに、期待と不安で胸が高鳴りはじめた。だが、期待も不安も無用なのはすぐにわかった。あのコテージに人はいない。彼がいっときわたしに恋したとしても、それはもう終わったんだわ。そう思うとなぜか胸の奥がかすかに疼いたが、その痛みは無視するように努めた。

馬を降り、手綱を引いてコテージの裏に回ると、差し掛けの屋根があったので、その下に馬をつないだ。「ねえ、知ってた？　男の人ってほんとに気まぐれよね」エリザベスは牝馬に話しかけた。「しかも、女はそれが全然わかってないのよ」そう口にしたとき、自分が不思議なほど落胆していることに気づいた。こんなふうに感じるのはまるで理屈に合わない。そもそもここに来るつもりはなかったし、彼に待っていてほしいと思ったわけでもないのに、彼が帰ってしまったと知ったとたんに泣きたいような気持ちになるなんて！

ボンネットのリボンをあごの下で結んでいたのを、邪険《じゃけん》に引っぱってほどいた。ボンネットを脱ぎ、コテージの裏口のドアを押し開ける。そしてなかに踏みこんだ瞬間、エリザベスは棒立ちになった。

小さな部屋の反対側でこちらに背を向けて立っているのは、イアン・ソーントンだった。彼は黒い頭をわずかにうつむけ、暖炉におこした小さな火がぱちぱちと陽気にはぜるのに見入っていた。後ろに回した両手は乗馬用のグレーの膝丈ズボンの腰に突っこみ、ブーツをはいた足を片方火格子《ひごうし》にかけている。上着を脱いでいるので、右手を上げて髪をかきあげると、やわらかなローン地のシャツの下で筋肉が動くのが見えた。幅のあるがっしりした肩、広い背中、引きしまった腰。そのすべてが男の魅力を発散し、エリザベスの目を釘付けにした。

イアンの立ち姿はどこか真摯《しんし》なものを感じさせた。しかも彼は二時間以上もエリザベスを待っていたのだ。わたしが来ようが来まいが、ほんとうはどうでもいいのだろうと思っていたエリザベスも、そんな姿を見るうちに、それがまちがった思いこみであるような気がしてきた。視線を横に移すとテーブルが目に入った。その瞬間、胸がどきっとしたのは、そこに彼の細やかな心づかいが表われていたからだ。白木のテーブルにはクリーム色のリネンがかけられ、青と金で彩色した磁器の食器を並べてふたり分の席が用意してあった。食器はシャリーズの屋敷で借りたのだろう。テーブルの中央には一本のろうそくが灯り、冷肉とチーズの皿のそばに、半ば空いたワインの壜《びん》があった。

男性がピクニックの用意をして食卓を整えられるとは思いもよらぬことだった。それは女性の仕事だ。女性か、あるいは召使いの。とにかく、見ただけで脈が速まるような美男子のすることではない。エリザベスはその場に立ちつくし、そのまま数秒どころか、数分が流れたように思えた。と、彼女の存在に気づいたのか、イアンがふと身をこわばらせた。振り向いた彼の顔には苦笑いが浮かんでいて、そのせいで厳しい表情がいくらか和らいで見えた。

「きみは時間の観念があまりないようだな」

「来るつもりはなかったのよ」エリザベスは平静を取り戻すように努め、心を惹きつける瞳と声の力に負けまいとした。「村に行く途中で、雨に降られてしまったの」

「びしょ濡れだ」

「ええ」

「火のそばにおいで」

エリザベスが不安な面持ちのままイアンを見ていると、彼は火格子から足をおろし、こちらに近づいてきた。エリザベスは根が生えたように立ちすくんだ。男性とふたりきりになるのは危険だとルシンダに諭されたとき、いろいろと聞かされた恐ろしい話が頭のなかを駆けめぐる。「なにをする気なの?」エリザベスは息を殺して尋ねた。背の高いイアンに見おろされると、自分がとても小さくなったような気がする。

「上着を預かろう」

「結構よ――着たままでいるわ」

「脱ぎなさい」イアンが静かに命じた。「濡れてるじゃないか」

「いいって言ってるでしょう!」エリザベスは大声をあげ、上着の端を握りしめて、開いたままのドアのほうへあとずさった。

「エリザベス」イアンがなだめるように言った。「今日ここに来ても、きみの身は安全だと約束したはずだ」

つかのま目を閉じて、エリザベスはうなずいた。「そうね。でも、わたしはここに来ちゃいけなかったのよ。もう、すぐにでも帰らないと。そうでしょう、帰らなきゃだめよね?」

ふたたび目を開け、すがるように彼の目を見た。誘惑される側が、誘惑する側に意見を求めてどうしようというのか。

「こういう場面で、わたしにそれを訊くのは適切ではないと思うが」

「帰るのはやめます」しばらく黙ったあとにそう答えると、イアンの肩から力が抜けたのがわかった。上着を脱いでボンネットといっしょに渡す。イアンはそれを暖炉のそばへ持っていき、壁のフックにかけた。「暖炉の前に立つんだ」と命じて、彼女が言われたとおりにするのを見守りながら、テーブルに近寄ってふたつのグラスにワインをついだ。

ボンネットから出ていた前髪が濡れていたので、エリザベスはなにげなく手を上げて、こめかみの上に挿していた髪留めを抜き、首をひと振りして前髪を広げた。そして、耳の上の髪を指で梳《す》くようにかきあげた――そのしぐさがどれほどなまめかしく見えるか気づかずに。

そこでふとイアンを見ると、彼はテーブルのわきにじっと立ったまま、彼女の動きに目をそそいでいた。その表情が示すものに気づいて、エリザベスは急いで手を下ろした。魔法の瞬間は過ぎ去ってしまったが、彼女に向けられた愛しげなまなざしが不穏な熱を帯びているのを見て、ここにいることでどれほどの危険を冒しているかをあらためてさとり、エリザベスはひそかに動揺した。イアンとはきのう出会ったばかりで、わたしは彼のことをなにも知らない。なのに、彼はもうこんな……遠慮のない目でわたしを見ている。わたしをひとり占めにするかのように。イアンは彼女にグラスを渡し、狭い部屋の大部分を占領しているすりきれたソファのほうにあごをしゃくった。「体が暖まったらすわるといい。汚れてはいないから」ソファの上張りの布は、かつては緑と白のしま模様だったようだが、いまは灰色に色あせている。おそらく、母屋で不要になったものを持ちこんだのだろう。

エリザベスはできるかぎり彼から離れてソファにすわり、脚を暖めるために乗馬服のスカートの下で膝を折り曲げた。イアンは彼女の〝身の安全〟を約束したが、考えてみるとその意味には相当な幅があり、人によって解釈が違ってくる。「わたしがこのままここに残るなら」彼女はそわそわして言った。「ふたりとも、礼儀作法や世間の常識にちゃんと従うようにしなくちゃね」

「たとえばどんなふうに？」

「そうね、まず、わたしをファーストネームで呼ぶのは絶対にやめてもらわないと」

「ゆうべ東屋であああいうキスを交わしておきながら、きみをミス・キャメロンと呼ぶのはいささかばかげているように思えるが」

ミス・キャメロンではなくレディ・ヘイヴンハーストだとここで訂正すればよかったのだが、彼の腕に抱かれた忘れがたいひととき――それは禁断のひとときでもあったが――を引き合いに出されたことで、エリザベスはすっかりうろたえてしまい、それどころではなくなってしまった。「そういう問題じゃないわ」彼女は断固として言った。「ゆうべはたしかにそういうこともあったけど、今日はそのことは忘れてふるまうべきだと思うの。今日は――今日はいつもの二倍正しくふるまうようにするのよ」しゃべっているうちにだんだんやけになり、最後は話が支離滅裂になってしまった。「そうすれば、ゆうべしたことのつぐないになるわ」

「それがきみの考え方なのか？」イアンの目が愉快そうに光りだした。「ゆうべのきみは、いちいち常識を考えて動いているようには見えなかったが」

しがらみも責任もないギャンブラーには、エチケットや常識などは退屈きわまりないものに思えるのだろう。とにかく、ここで肝心なのはイアンを彼女の意見に従わせることだ。

「あら、それは違うわ」と嘘をついて、エリザベスは話を続けた。「キャメロン家の人間は、常識を守ることにかけてはうるさいのよ。ゆうべお話ししたように、わたしは不名誉に甘んじるくらいなら死を選ぶべきだと信じています。わたしたちが信じているものはほかにもあるわ。神とか、国家とか、母性とか、英国国王とか……それに、もちろん礼儀作法も。実際、そういう話をさせると、わたしたちはうんざりするほど平凡なことしか言わないの」

「なるほど」イアンは口もとをぴくりと引きつらせ、回りくどい質問をした。「ならば訊くが、そこまで常識を大事にするきみが、ゆうべ、赤の他人の名誉を守るために、部屋じゅうの男を敵に回して闘ったのはどういうわけだ？」

「ああ、あれね。あれはただ――わたしにとっての常識では、ああするのが正しいことだったのよ」ゆうべのカード室の光景を思い出しただけで、エリザベスの胸に怒りがよみがえった。「それに、あのときは腹が立ってしょうがなかったの。あなたを撃つと言ったエヴァリー卿をだれも止めようとしなかったのは、あなたは彼らと身分が違っていて、エヴァリー卿は同じだからにすぎないってことに気がついたから」

「身分差別が気に入らないのか？」心をとろかすようなものうげな笑みを浮かべて、イアンは彼女をからかった。「きみのように常識的な人の口からそんなことを聞くとは意外だな」

これ以上言い逃れをするのはむりだ。「ほんとを言うと」エリザベスは声をふるわせた。「ここにいるのが怖くてたまらないの」

「だと思った」イアンはまじめな声に戻った。「でも、わたしを恐れる必要はどこにもないんだよ」

そのことばと声音に、エリザベスの膝はふるえ、胸はまたもや早鐘を打ちだした。彼女はあわててワインをあおり、それで昂《たかぶ》る心が鎮まりますようにと祈った。その狼狽《ろうばい》ぶりを見てとると、イアンはさらりと話題を変えた。「ガリレオに対する不公正な仕打ちについては、あれからなにか考えたかい？」

エリザベスはかぶりを振った。「ゆうべは調子に乗って、彼を異端審問にかけるなんてひどいとか、いろいろしゃべってしまったけど、さぞかしばかばかしく聞こえたでしょうね。あんなこと、人に話すべきじゃなかったわ。特に、紳士に対しては」

「退屈な世間話にくらべれば、目先が変わっておもしろかったよ」

「本気で言ってるの？」疑い半分、期待半分で、エリザベスは彼の目を探るように見つめた。彼女自身は気づいていなかったが、自分が気楽にできる話にうまく誘いこまれたせいで、さっきまでの恐怖はいつのまにか忘れていた。

「ああ」

「社交界の人たちも、そういうふうに思ってくれればいいのに」

イアンはわかるよというように微笑した。「自分に知性があることを隠せるようになるまでには、ずいぶん時間がかかっただろうね？」

「四週間かかったわ」エリザベスはその質問にくすくす笑った。「相手が経験したことや知ってることを訊きたくてたまらないのに、それを我慢して、口先だけでつまらない話をしなきゃならないのよ。それがどんなにつらいか想像がつくかしら？　もっとも、相手が男の人だったら、訊いたって答えてはくれないでしょうけど」

「そういうとき、男はなんて言うのかな」

「こう言うのよ」エリザベスは茶目っ気たっぷりに言った。「答えたところで女には理解できないだろうって。でなければ、あなたの繊細な心を傷つけるといけないから、答えるのはやめておきます、とか」

「きみはこれまで、どんな質問をしてきたんだい？」

エリザベスの目に、いらだちと笑いの混じった表情が浮かんだ。「長い旅行から帰ってきたばかりのエルストン・グリーリー卿に会ったとき、植民地には行かれたんですかって訊いたら、行ったって言われたわ。でも、そこの人たちはどんな姿で、どんなふうに暮らしているのか聞かせてくださいって頼んだら、むせたみたいに咳きこんで、〝野蛮人〟の話を女性にするなんて〝とんでもない〟って言うの。そんな話をしたらあなたは気絶してしまいますよ、ですって」

「植民地の人々の格好や生活習慣は、部族ごとに違っているんだ」イアンは彼女の疑問に答えはじめた。「〝野蛮〟に見える部族もあるが、それはわれわれの尺度で測るからであって、彼らの尺度ではそうはならない。それに、だれがどう見ても平和的としかいいようのない部族もあるし……」

エリザベスがイアンに質問を浴びせ、彼の旅行談に夢中で耳を傾けるうちに、あっという間に二時間が過ぎた。その二時間のあいだ、イアンが質問に答えるのを渋ったり、彼女の発言を軽くあしらったりしたことは一度もなかった。話をするさいには彼女を自分と同等の相手として扱い、なにかの見解をめぐって意見が割れたときは必ず論戦に応じ、それを楽しんでいるようだった。ふたりは昼食をとったあと、またソファに戻った。エリザベスはもう帰らねばと思いながらも、ふたりきりで過ごす秘密の午後を惜しんで、そのまま時間が過ぎていった。

人前に出るときは顔や髪を隠すというインドの女性について質問し、イアンの答えを聞いたあと、エリザベスは彼に打ち明けた。「女に生まれたせいでこういう冒険談を聞くことを禁じられたり、行く先を制限されたりすると、そのたびに、こんな不公平なことってあるかしらと思うのよ。旅行をするとしても、行かせてもらえるのは文明が進んだ場所ばかりなんだもの。たとえば――たとえばロンドンみたいに」

「権利の面では、性別によって極端な差が生じることも、たしかにあるだろうな」とイアンも認めた。

「でも、男と女にはそれぞれ本分があって」エリザベスはわざとまじめくさって言った。

「それを果たすことには大変な充実感があると言われているわ」

「きみは、自分たち女性の——その、本分とやらをどう見ているんだい？」エリザベスのおどけた口調に対し、白い歯を見せてものうげにほほえみながら、イアンが訊いた。

「答えは簡単よ。女の本分は、あらゆる面で夫の宝と呼ばれるような妻になること。男の本分は、やりたいことをやりたいときにやること。ただし、男にはいざというときに祖国を守る覚悟が必要だけど、一生のうちにそんな一大事がおきる可能性はほとんどないわよね。男は戦場で命を捧げることによって名を遂げ、わたしたち女は、結婚という祭壇にみずからを捧げるわけ」

その話にイアンは大笑いし、エリザベスも心から楽しくなって笑顔を返した。「でも、そう考えてみると、わたしたちが払う犠牲のほうがはるかに気高いわね」

「どうして？」と訊きながら、イアンはまだ笑っている。

「理由は火を見るより明らかでしょう。戦場での戦いは、数日か数週間、長くても数カ月で終わる。でも、結婚は一生続くのよ！　それで思い出したけど、前から不思議に思ってたことがあるの」心の奥底に秘めていた考えを遠慮なく口にするようになったエリザベスは、嬉々《きき》として話しつづけた。

「というと？」イアンは微笑してうながし、なんでも話してごらんというように彼女を見守った。

「長い歴史のなかで、なぜ女性は〝か弱い性〟と呼ばれるようになったのかしら？」ふたりの楽しげな視線がからみ合ったとき、エリザベスはふと気づいた。これまで話したことのなかにはとんでもない発言に聞こえたものがあったにちがいない。「普段は、ここまで話が脱線することはないんだけど」エリザベスは後悔して言った。「きっと、おそろしく育ちの悪い女だと思っているでしょうね」

「きみはすばらしい人だ」イアンがささやくように言った。「わたしはそう思っている」

深みのあるハスキーな声の真摯な響きに、エリザベスは思わず息が止まった。なにかたわいのないことを言って、いままでしていた友人同士の気さくな話に戻りたい。そう思って必死にことばを探したが、開いた口からこぼれたのはふるえるような長いため息だけだった。

「それに」イアンは静かに語を継いだ。「きみもわたしの思いに気づいているはずだ」

ロンドンで出会った崇拝者たちのおかげで軽薄な決まり文句で言い寄られるのには慣れたが、いま彼が発したことばはそのたぐいのものではない。エリザベスはそのことばに怯え、金色の瞳が示す欲望の色にも怯えた。気づかれないようにわずかに身を引き、ソファの肘掛けに体を押しつけながら、ただのお世辞に過敏に反応してはだめよ、と自分に言い聞かせる。喉がつかえていたが、むりに気軽そうな笑い声をあげて言った。「あなたにとっては、自分のそばにいる女性はみんな〝すばらしい〟人に見えるんでしょう」

「なぜそんなことを言う？」

エリザベスは肩をすくめた。「だって、きのうの夕食のときもそんな感じだったし」外国語を話している人を見るかのように、イアンがけげんそうに眉を寄せたので、エリザベスはさらに踏みこんだ。「パーティのもてなし役のシャリーズ・デュモントのことを忘れたわけじゃないでしょう？　ゆうべの食事の席で、あなたはあの美しいブルネットの女性が話すひとことひとことに、熱心に聞き入っていたじゃないの」

イアンは眉を開き、笑顔になった。「妬《や》いているのか？」

エリザベスはほっそりした優美なあごをつんと上げ、首を振った。「まさか。あなただってハワード卿にやきもちを焼いてはいないでしょう」

イアンのからかうような表情が消えたのを見て、エリザベスはほのかに満足感を覚えた。「きみに話しかけるたびにいちいち腕にもさわっているあの男か？」イアンは絹のようになめらかな声で言った。「あのハワード卿のことだな？　じつをいうと、わたしは食事のあいだじゅう、あいつの鼻を右にへし折ってやろうか、それとも左にしようかと迷っていたんだ」

びっくりしたせいで、エリザベスは思わず鈴を転がすような笑い声をもらしていた。「でも、そんなことはしなかったじゃない」とくすくす笑う。「それに、エヴァリー卿にいかさま師呼ばわりされても決闘しなかったあなたが、わたしの腕にさわったからというだけで気の毒なハワード卿を痛めつけるはずないわ」

「そうかな？」イアンは低い声で言った。「そのふたつはまったく別の問題だと思うが」

イアンの心が読めずに途方にくれたのは、これが初めてではなかった。ふと気づくと、エリザベスはまたもや彼に対して漠然とした恐れを感じていた。ユーモラスな伊達《だて》男を演じているときはいいが、そうでないときの彼は暗い謎に包まれた見知らぬ人になってしまう。エリザベスは額にかかる髪をかきあげ、窓の外を見やった。「もう三時は過ぎてるわね。急いで帰らないと」彼女は勢いよく立ちあがり、スカートのしわを伸ばした。「すてきな午後をありがとう。どうしてここにとどまったのか、自分でもわからないわ。ほんとなら帰るべきだったんでしょうね。でも、帰らなくてほんとうによかった……」

ことばがつきたところでイアンが腰を上げ、エリザベスはびくっとして彼を見つめた。

「わからないのか？」イアンが低い声で尋ねた。

「わからないって、なにが？」

「自分がなぜここに、わたしのそばにとどまったか、わからないのか？」

「わたしには、あなたが何者なのかもわからないのよ！」とエリザベスは叫んだ。「どんなところに旅行したかはわかったわ。でも、あなたの家族や親戚のことはなにも知らない。カードゲームに大金を賭けることもわかったけど、それには賛成できな――」

「わたしは船や貨物にも大金を賭けている。そうと知ったら、わたしに対する評価がすこしは上がるだろうか？」

「ほかにもわかってることがあるわ」イアンのまなざしが危険な熱を帯びてきたのを見ながら、エリザベスは必死に話しつづけた。「そんなふうに見つめられると、どうしようもなく不安になるのよ。それははっきりわかってるわ！」

「エリザベス」イアンは優しさをこめてきっぱりと言った。「きみがいまここにいるのは、きみとわたしがすでに恋に落ちかけているからだ」

「なんですって？」エリザベスは息をのんだ。

「それから、わたしが何者か知りたいということなら、答えは簡単だ」イアンは片手を伸ばし、彼女の青ざめた頰をなでると、その手を耳の後ろへすべらせて頭を支えた。そして、ものやわらかな口調で続けた。「わたしはきみの夫になる男だ」

「ああ、神様！」

「いまさら祈っても遅いんじゃないか」イアンがハスキーな声でからかった。

「あなた——頭がおかしくなったのよ」エリザベスは声をふるわせた。

「自分でもそう思う」とささやくと、イアンはうつむいて彼女の額に唇を押しあて、片腕で体を抱き寄せた。その先に進めば抵抗されると見越しているような、やわらかな抱き方だった。「きみに恋する予定はなかったんだ、ミス・キャメロン」

「ねえ、お願い」エリザベスにはどうすることもできなかった。「お願いだからやめて。どういうことかわからない。あなたがなにを求めているのか、わからないのよ」

「わたしが求めているのはきみだ」イアンはエリザベスのあごをつまんであおむかせ、視線が合うようにすると、彼女の目を見据えながら静かに続けた。「そして、きみもわたしを求めている」

イアンの唇が額から下に向かっておりていくと、エリザベスは全身がわなないた。その先に待ち受けるものを予感し、そうさせないためにどうにかして彼を説得しなければと思った。

「育ちのよいイングランド女性は」ふるえる声でルシンダのお説教を引き合いに出す。「他人に対して友情以上に強い感情を抱くことはないのよ。わたしたちは恋に落ちたりはしないの」

温かな唇が彼女の唇を覆った。「わたしはスコットランド人だからな」ハスキーな声がつぶやく。「スコットランド人は恋に落ちるんだよ」

「スコットランド人ですって！」唇が離れるやいなや、エリザベスは叫んだ。

彼女の愕然《がくぜん》とした顔を見て、イアンが笑った。「わたしはスコットランド人と言ったんだ。斧《おの》を振りまわす殺人鬼と言ったわけじゃない」

スコットランド人で、しかもギャンブラーだなんて！　そんな人と結婚したら、ヘイヴンハーストは競売にかけられ、召使いたちも逃げ出し、世界はばらばらに崩れてしまうだろう。

「あなたとは、なにがあっても、絶対に結婚できないわ」

「そんなことはないよ、エリザベス」ささやきとともに、熱い唇が頬をつたって耳のほうへじりじりと進んでいく。「結婚はできるさ」

イアンの唇が彼女の耳を前に後ろに優しくなぶる。と、舌が耳たぶにふれ、曲線をひとつひとつ丹念になぞったあと、おもむろに耳のなかに入ってきた。戦慄《せんりつ》が体を駆け抜け、エリザベスは思わず身をふるわせた。そのふるえを感じとるやいなや、イアンは抱き寄せる腕に力をこめ、耳のなかを舌で大胆に探った。片手を彼女のうなじにあてがい、じらすように愛撫しながら、燃える唇を首筋から肩へ這《は》わせていく。その唇は狂おしい口づけの軌跡をたどって耳のほうへ戻りはじめた。やがて温かな息が髪を揺らし、イアンはせつないほど優しい声でささやいた。「怖がることはない。やめてほしいと言えばすぐにやめるから」

優しい腕に抱きすくめられ、約束のことばになだめられ、口づけや愛撫に身も心も奪われながら、エリザベスはイアンにしがみつき、彼の周到な導きに従って、欲望の暗い深淵《しんえん》にゆるやかに落ちていった。

イアンの唇が荒々しく頰をかすめ、唇の端にふれると、エリザベスはいつのまにか顔をそちらに向け、キスを受け入れていた。甘やかな唇を捧げられて、イアンの口からうめき声とも笑い声ともつかない声がもれる。イアンに唇をふさがれるうちに、彼のおだやかな飢えがしだいに深まり、身を焦がすような激しい欲求に変わっていくのがわかった。

イアンはいきなり彼女を膝に抱えあげ、そのままソファに寝かせると、猛然と唇を重ねながらのしかかってきた。彼の舌が唇の合わせ目を熱くなぞり、ときにはなだめるように、ときには強引に口を開かせようとする。その執拗さにエリザベスが根負けした瞬間、彼の舌は開いた唇のあいだに忍びこみ、なかを優しくまさぐった。本能的な快感の波が全身を駆けめぐり、そのうねりに合わせて彼女の体は何度となくひきつった。われを忘れたエリザベスはめくるめく背徳のキスに溺《おぼ》れ、筋肉質のたくましい腕を肩から手首まで何度もなでさすり、彼の唇をむさぼっていた。エリザベスが身をゆだねだすと、イアンの飢えはかえってつのり、彼女は知らず知らずのうちに彼の欲望を煽《あお》っていた。

永遠にも思える時間が過ぎたあと、イアンはようやく唇を離し、ふたりのあえぐような吐息が混じり合った。イアンにいざなわれた官能のエデンの園から浮かびあがったいま、エリザベスは抜け殻のようになっていた。重いまぶたをむりに上げ、イアンを見つめる。エリザベスと並んでソファに横たわっていたイアンは、ふたたび彼女に覆いかぶさった。日焼けした顔には暗い情熱がたぎり、琥珀色の瞳は妖《あや》しく翳っている。イアンは片手を伸ばし、彼女の頬から金色の髪をそっと払いのけてほほえもうとしたが、彼の息もまだ乱れたままだった。イアンがおたがいの衝動を抑えようとしているのを知らずに、エリザベスは目を伏せ、彼の形のよい唇が荒い息を吐くのに見とれた。すると、ハスキーな声に優しく注意された。「わたしの唇を見てはいけない。また唇を重ねてほしいというなら別だが」

うぶなエリザベスは内心の思いを隠すすべを知らず、視線を上げて彼と目を合わせたときには、緑の瞳の奥底にキスを求める気持ちがほのかに表われていた。息の乱れが治まったイアンはふたたび誘惑に負け、望みを伝える方法を優しく手ほどきした。「片手をわたしの首筋に回してごらん」彼はそっとささやいた。

長い指がイアンのうなじにふれると、彼は彼女の口に口を近づけ、ふたりの息が混じり合うまでになった。なんとなくわかったような気がして、エリザベスはうなじに添えた指に力をこめた。覚悟はしていたつもりだったが、彼の開いた唇がふたたび唇に重なると、ことばにできないほど甘美な口づけに心が激しく揺さぶられた。さっきとは逆に彼女がイアンの唇を舌でなぞると、彼が身ぶるいしたのが伝わり、このやり方でよかったのだと直感した。

イアンも同じことを思ったらしい。彼はふいに唇を離し、「やめてくれ、エリザベス」と制した。

返事をするかわりに、エリザベスは首にかけた指に力をこめながら、彼の胸にすがりついた。唇を強くふさがれてもあらがわず、弓なりになった体を押しつけ、彼の舌を自分の口に誘いこんだ。イアンの心臓の鼓動を胸に感じていると、彼は堰《せき》が切れたように彼女の唇をむさぼり、舌に舌をからめたと思うと、舌をゆっくりと入れたり引いたりしはじめた。その狂おしく秘めやかなリズムに、エリザベスの耳のなかで血が鳴り騒いだ。脇腹を這いあがったイアンの手がわがもののように胸をつかむと、エリザベスはびくっとして身を引き、抵抗の意を示した。

「だめだ」イアンは口づけしたままささやいた。「逃げちゃだめだ。いまはまだ……」

生々しい欲求がにじんだ声にはっとして、エリザベスは身をこわばらせた。目を上げてイアンの顔を見ると、彼は頭を起こし、彼女の胸のあたりに視線をさまよわせていた。逃げるなと言ったくせに、その手は動きを止めている。エリザベスはとまどったが、すぐに気づいた。彼はさっきの約束を守り、やめてと言われたときにはやめようとしているのだ。こういうときは、やめてもらってよいのか、それとも先をうながすべきなのか。途方にくれたエリザベスは、彼女の白いシャツにふれたまま止まっている日焼けした力強い指を見つめてから、おそるおそる彼の目をのぞいた。その目の奥に炎がゆらめいているのを認めると、エリザベスは心のなかでうめき声をあげ、うなじに添えた指を曲げて、彼の体に溶けこむように寄り添った。

イアンはそれだけで勢いづいた。止まっていた手は胸をまさぐりはじめたが、目と目は合わせたままで、彼女の美しい顔に浮かんだ怯えの色が、愛撫に応えて歓《よろこ》びに変わっていくさまを見守った。これまで、エリザベスにとっては胸は脚と同じようなものだった。胸にも脚にもそれぞれ役割がある。脚は歩くためにあり、胸はドレスの身ごろを支えて張りを持たせるためにあるのだ。その胸が、こんな感覚を秘めていようとは思いもしなかった。気が遠くなるまでキスを続けたあと、エリザベスがおとなしく横たわっていると、イアンの指が彼女のシャツを開き、シュミーズを引きさげて、その下に隠れていた胸を熱いまなざしにさらした。エリザベスは反射的に手で胸を隠したが、イアンはすかさず身をかがめ、指にキスするふりをして気をそらしておいて、いきなり指先をくわえて強く吸った。エリザベスはびくっとして手を引っこめたが、彼の唇はそのまま胸に下りて、今度は乳首を吸った。荒々しい歓びに貫《つらぬ》かれたエリザベスはうめき声をあげ、うなじに添えていた指をやわらかな黒髪に差し入れた。心臓が狂ったように脈打っているのは、もうやめるように頼みなさいという合図なのか。

イアンが反対側の胸に鼻をすり寄せ、尖った乳首を唇できつくはさむと、エリザベスは背中を弓なりにして、彼の首に回した両手に力をこめた。そこで突然、イアンが身を起こした。豊満な胸を目ですばやく愛撫してから、唾をのみこみ、長々と苦しげなため息をつく。「エリザベス、これ以上先に進むわけにはいかない」

夢のなかにいるようなふわふわした気分が、初めはすこしずつ、続いてがくりと落ちこむように消えていき、エリザベスは現実に戻った。自分が男の腕に抱かれて横たわり、はだけたシャツからのぞく胸を彼の視線にさらし、肌にふれることを許したのだと思うと、それまでの歓喜が恐れに変わり、最後には身の縮むような恥ずかしさに襲われた。目をきつくつぶって、こみあげる涙を押し戻すと、エリザベスは彼の手を払いのけ、ふらつきながら背中を起こした。「お願い、立たせてちょうだい」自己嫌悪に襲われ、苦しげに声をしぼり出す。イアンは彼女のシャツのボタンを留めようとし、彼の手にふれられると肌がひりっとした。だが、ボタンを留めるために、彼の腕はエリザベスを抱くのをやめていたので、彼女はそのすきにもがきながら立ちあがった。

エリザベスはイアンに背を向け、ふるえる手でシャツのボタンをかけると、暖炉のそばのフックにかかっていた上着をつかみとった。イアンは足音を立てなかったので、こわばった肩に手をかけられるまで、エリザベスは彼がそばに来たことに気づかなかった。「わたしたちのあいだにおきたことを恐れてはいけない。わたしにはきみに与えたいものが――」

混乱と苦悶が嵐のような怒りを呼び、エリザベスは激しくしゃくりあげたが、彼女は自分に対するその怒りをイアンにぶつけた。肩にかけられた手を振りきってすばやく振り向くと、彼女は大声をあげた。「与えたいものですって？　いったいどんなもの？　き――きっと、スコットランドにある掘っ立て小屋でもくれるつもりなんでしょう。イングランドの紳士に見えるようにめかしこんで、博打で全財産をすってしまうあいだ、そこでわたしに待っていろと――」

「もし思ったとおりにことが運べば」イアンは張りつめた静かな声で彼女のことばをさえぎった。「一年か——遅くとも二年以内には、わたしはイングランドでも指折りの金持ちになっているはずだ。そこまでうまくいかなくても、きみに不自由させることはない」

エリザベスはボンネットをひったくり、あとずさりしてイアンから離れた。それは彼を恐れると同時に、自分自身の弱さを恐れたからだった。「あなたはどうかしてる。そうとしか言いようがないわ」彼女はイアンに背を向け、戸口のほうへ歩きだした。

「そうだな」イアンはおだやかに同意した。エリザベスはドアをぐいっと引き開けたが、後ろから追いかけてきた声に、踏み出しかけた足を止めた。「あすの朝ロンドンに帰ったあとで気が変わったら、水曜まではアッパー・ブルック街のハマンド公のタウンハウスにいるから、そちらに連絡してくれ。そのあとはインドに行き、冬まで戻らないつもりだ」

「ご——ご無事な旅をお祈りします」イアンがいなくなるとわかると、胸に穴が開いたような寂しさを覚えたが、混乱していたエリザベスにはそれ以上考えるゆとりがなかった。

「出発までに気を変えてくれたら」イアンがからかうように言った。「きみもいっしょに連れていこう」

微笑を含んだその声に静かな自信を感じとり、エリザベスは怖くなって逃げ出した。深い霧と濡れた下草をついて猛然と馬を駆るエリザベスは、もはやこれまでの賢明で自信にあふれた若い女性ではなかった。いまの彼女は、山のような責任を背負って怯えきり途方にくれた小娘で、イアン・ソーントンに恋い焦がれながらも、それまで受けてきた教育のおかげで、それが許しがたい恥ずべき思いであることを自覚していた。

エリザベスはバータが荷造りをしているあいだに寝室で夕食をとり、部屋の窓にはできるだけ近づかないようにした。その窓は庭を見おろす場所にあり、二回ほどちらっと外をのぞいたときには、二回ともイアンの姿が目に入った。一度めは、彼はテラスにひとりで立ち、葉巻をくわえて庭をながめていた。その姿はどことなく寂しげで、エリザベスは胸をつかれた。二度めに見たときのイアンは、ゆうべはいなかった五人の女性に囲まれていて――きっとハウスパーティに新たに加わった人たちだろう――その五人が五人とも、彼にたまらない魅力を感じているようだった。そんなことはどうでもいいじゃないの、気にする必要なんかないでしょ、とエリザベスは自分に言い聞かせた。わたしにはロバートとヘイヴンハーストに対する責任があり、その責任はすべてに優先される。あの向こう見ずなギャンブラーがどう思っていようと、わたしの将来を彼の将来と結びつけることはできない。彼はスコットランド男性のなかでいちばんハンサムで、いちばん優しい人なのかもしれないが――

エリザベスは目を閉じ、そうした考えを頭から締め出そうとした。イアンのことをそんなふうに思うなんて、ばかばかしいにもほどがある。いや、そればかりか、危険でさえある。ヴァレリーやほかの人たちは、今日の昼から夕方にかけて、彼女がだれとどこにいたのか不審に思っているようなのだから。屋敷に戻った直後に、みずからの罪悪感のせいで身動きがとれなくなったのを思い出して、エリザベスはわが身を抱きしめ身ぶるいした。

ヴァレリーは戻ってきた彼女を見るなり「あらまあ、びしょ濡れじゃないの」と気の毒そうに声をあげた。「あなたはお昼から出かけていたって、厩番から聞いたわ。まさか迷子になって、いままで雨のなかをうろうろしてたんじゃないでしょうね！」

「そんなことないわ。も——森のなかでたまたまコテージを見つけたものだから、小降りになるまで雨宿りしてたのよ」こう答えておくのがいちばんだろうとエリザベスは思った。万一、だれかがあの場を見ていたとしても、イアンの馬はどこにもいなくて、わたしの馬はちゃんと見える場所にいたのだから。

「それは何時ごろのこと？」

「一時前だったんじゃないかしら」

「もしかして、そのあたりでミスター・ソーントンに会わなかった？」ヴァレリーがにやっとして訊くと、客間にいた人々はいっせいに話をやめてふたりのほうを向いた。「大柄な栗毛の馬に乗った背の高い黒髪の男性が、そのコテージに入るのを見たって、猟場の番人が言ってたの。お屋敷のお客さんだろうと思ったから、ここでなにをしているのかと尋ねることはしなかったんですって」

「か——彼のことは見かけなかったわ。なにしろ……霧が深かったし。事故なんかにあっていないといいけど」

「どうかしらね。彼はまだ戻ってないのよ」話を続けながら、ヴァレリーはエリザベスの顔をしげしげと見ていた。「姉さんも心配してるんだけど、わたしは心配しなくても大丈夫よって言ったの。彼は皿洗い女中にふたり分の昼食を用意させて、それを持って出かけたらしいから」

わきに寄ってふたり連れの客を通したあと、エリザベスはあすまで待たずに今夜のうちに発《た》つことにしたとシャリーズに告げ、濡れた服を着替えたいからと言い訳して、予定を変えた理由を訊かれないうちに急いでその場を離れた。

エリザベスの青ざめた顔をひと目見るなり、バータはなにかひどいことがおきたのだと察した。今夜のうちに連れ帰ってもらうようロバートに伝言を送るとエリザベスが言いはると、バータはさらに不安をつのらせ、その伝言を送ったころには女主人からだいたいの事情を聞き出していた。それから宵《よい》の口にかけて、エリザベスはおろおろする小間使いをつきっきりでなだめるはめになった。

7

「どんなに釈明してもむだでしょう」とバータはエリザベスに言った。「お嬢様のなさったことがミス・スロックモートン＝ジョーンズの耳に入ったら、お嬢様もわたしもみっちり油をしぼられるにきまってます」

「彼女にはだれもなにも言わないわよ」それは意見ではなく、エリザベスの決意の表われだった。彼女は椅子にすわりこみ、明るい緑色の旅行着のスカートをそわそわと引っぱった。ボンネットと手袋はベッドの上にあり、そのそばに置いてある旅行鞄《かばん》はすでに荷造りがすんでいて、ロバートが着き次第、階下に運ばれることになっている。ドアにノックの音がするのを待っていたのに、実際にそれが聞こえると、エリザベスはぎくっとして飛びあがった。ドアの外に立っていた召使いは、ロバートの到着を知らせるかわりに、折りたたまれた手紙を差し出した。

ロバートがつかまらず迎えにくるよう頼めなかったと、ロンドンから知らせてきたのだろうか。そういう知らせではありませんようにと祈りながら、汗ばんだ手で手紙を開いたエリザベスは、一瞬きょとんとし、けげんな思いで眉をひそめた。そこには、大急ぎで書いたのか、ほとんど読めないような字でこう記されていた。〝温室に来てください——話したいことがあります〟

召使いはすでに廊下を戻りはじめていたので、エリザベスは彼の背中に問いかけた。「この手紙はだれから預かったの？」

「ヴァレリー様でございます」

イアンからではなかったとわかってほっとしたのもつかのま、後ろ暗いところのあるエリザベスはある恐れにとらわれた。今日の午後、わたしが姿を消したことについて、ヴァレリーはわたしが話した以上のことを探り出したのではないか。「ヴァレリーが、すぐに温室に来てほしいって言ってきたの」エリザベスはバータにそう話した。

バータの顔から血の気が失せた。「ヴァレリー様は、なにがあったかご存じなんじゃありませんか？　だから会いたいとおっしゃっているのでは？　こう申してはなんですが、わたしはあのかたが好きになれません。あの意地の悪い目つきがいやなんです」

これまで一度も陥《おとしい》れられたりあざむかれたりしたことのないエリザベスには、いまの状況のすべてが耐えがたいほど複雑で、悪意を帯びているように思えた。友人に対するバータの批判には答えずに時計を見ると、まだ六時になったばかりだった。「兄さんはあと一時間は来ないでしょう。だから、いまからヴァレリーに会いにいって、なんの用か確かめてくるわ」

エリザベスは窓辺に歩み寄り、真ん中で合わさったカーテンをわずかに開け、テラスにたたずんだり、庭を散策したりしている客たちに目を凝らした。温室に行くところをイアンに見られ、あとをつけられることだけはなんとしても避けたい。そうなる可能性はかぎりなく低いだろうが、それでもこれ以上危険を冒すわけにはいかない。長身のイアンの姿を眼下のテラスに認めたときには、ほっとするあまり床にすわりこみそうになった。ふたつの灯火があたりをあかあかと照らすなか、彼はしきりにまとわりついてくる三人の女性の相手をしていた。召使いがひとり、その近くをうろつきながら、イアンが気づいてくれるのを辛抱強く待っている。イアンがそちらに目をやると、召使いは彼になにかを手渡した。その場面を見ていたエリザベスは、お酒のグラスを渡したのだろうと思った。

イアンの黒い頭を見おろしていると、その場を離れがたくなったが、後ろ髪を引かれながらも窓に背を向けた。屋敷の裏側の出入口はテラスに面しており、そこにはイアンがいるとわかっているので、横手の戸口から外に出て、明かりのないところを選んで歩いた。

温室の入口で、エリザベスはどうしようかと迷った。「ヴァレリー?」声をひそめて呼びかけ、周囲に目を走らせた。

温室のなかには、屋根の板ガラスを通して月の光が射しこんでいた。返事がないとわかると、エリザベスはなかに入り、あたりを見回した。いたるところに咲きみだれる鉢植えの花——鉢はテーブルやベンチに整然と並んでいるが、とりわけか弱い花は、昼間にガラス張りの屋根から射しこむ直射日光を浴びないように、テーブルの下の棚に飾られている。波立つ心を鎮めるために、エリザベスは通路を歩きまわってさまざまな花を観賞した。

この温室はヘイヴンハーストのより大きいようだわ、とエリザベスは思った。それに、一部分は一種のサンルームとして使われているらしい。そうとわかったのは、鉢植えの木が並ぶそばに、精緻《せいち》な彫刻をほどこした石のベンチが数台据えられ、その上に色とりどりのクッションが置かれていたからだった。

通路をぶらぶら歩いていたエリザベスは、入口に人影が現われ、音もなくこちらに近づいてきたのに気づかなかった。彼女は腰の後ろで手を組み、身をかがめてクチナシの香りを嗅《か》いだ。

「エリザベス?」イアンのきびきびした声が響いた。

エリザベスはさっと振り向いた。心臓が胸のなかで暴れだし、膝の力が抜けていく。手は喉もとに跳ねあがっていた。

「どうしたんだ?」

「い――いきなり呼ばれてびっくりしたのよ」イアンはゆったりとこちらに近づいてきたが、その顔は奇妙なほど無表情だった。「あなたが来るなんて思っていなかったもの」エリザベスはおどおどと言った。

「ほう?」イアンがあざ笑った。「あの手紙があるのに、だれが来ると思っていたんだ――英国皇太子か?」

手紙! さっきの手紙をよこしたのはヴァレリーではなくイアンだと気づいたあと、エリザベスが混乱した頭で真っ先に思ったのは、これほど弁の立つ男性の筆跡にしては、あの手紙の字は妙につたなく、読み書きのできない人がむりに書いたかのように見えた、ということだった。その次に思ったのは、相手がなんらかの理由で立腹しているらしいということだ。あれこれ憶測をめぐらすまでもなく、その理由はすぐに明らかになった。

「ひとつ教えてもらいたいんだが、今日の午後はずっといっしょにいて、言おうと思えばいつでも言えたはずなのに、自分がレディ・エリザベスだと言わなかったのはなぜなんだ？」

エリザベスはうろたえた。わたしがただの貴族の令嬢ではなく、ヘイヴンハースト女伯爵だと知ったら、イアンはどう思うだろう？

「さっさと答えてくれ。とくと拝聴《はいちょう》するから」

エリザベスは一歩あとずさった。

「答えたくないようだな」イアンは吐き捨てるように言うと、彼女の両腕をつかもうとした。

「つまり、きみがわたしに求めているのはこれだけということか？」

「違うわ！」エリザベスはあわてて答え、彼の手が届かないところまで後退した。「わたしは、話をするほうが好きよ」

イアンが一歩踏み出すと、エリザベスはさらに一歩さがって声をあげた。「わたしが言いたいのは、おもしろい話題はいくらでもあるでしょうってことよ。そうじゃない？」

「そうなのか？」また一歩、イアンが前に出た。

「そうよ」エリザベスは今度は二歩さがった。あれこれ考えるひまもないので、とっさの思いつきで、ヒヤシンスの鉢が並んだかたわらのテーブルを指さして言った。「こ――このヒヤシンス、きれいだと思わない？」

「そうだな」花のほうを見もせずに答えると、イアンは両手をエリザベスの肩へ伸ばした。そのまま彼女を抱き寄せるつもりらしい。

エリザベスがすばやく飛びのいたので、イアンの指はドレスの薄い布地をむなしくかすめた。「ヒヤシンスというのは」一歩また一歩と迫ってくるイアンを寄せつけまいとして、エリザベスは必死でしゃべりつづけ、ふたりは三色菫《さんしきすみれ》の鉢のテーブルと、百合《ゆり》の鉢のテーブルを通りすぎていった。「ヒアキンツス属の一種だけど、ここにあるような園芸品種は、ふつうはダッチ・ヒヤシンスと呼ばれていて、ヒアキンツス・オリエンターリスのうちのひとつ――」

「エリザベス」イアンが優しげな声でさえぎった。「わたしは花には興味がないんだ」イアンがまたもや手を伸ばしてきたので、エリザベスはつかまるのをなんとか避けようとして、ヒヤシンスの鉢をつかんで彼の手に押しつけた。

「ヒヤシンスについてはある伝説があるんだけど、そっちのほうが花そのものよりおもしろいかもしれないわ」エリザベスが躍起《やっき》になって話を続けるうちに、半ばあきれ、半ば愉快がりながら、好奇心をかきたてられたような、いわくいいがたい表情がイアンの顔をかすめた。「ヒヤシンスという名は、じつはスパルタの美少年、ヒュアキントスから来ているの。彼は太陽神アポロンと、西風の神ゼピュロスのふたりに愛されていた。ある日のこと、ゼピュロスに円盤投げを教わっていたとき、ヒュアキントスは誤って円盤があたって死んでしまったの。そのとき彼が流した血のなかから花が咲いたんだけど、その花びらの一枚一枚にギリシャ語の悲嘆のことばが刻まれていたんですって」エリザベスはそこでわずかに声をふるわせ、イアンは抱えていたヒヤシンスの鉢をわざとテーブルに戻した。「ほ――ほんとは、そのとき咲いたのは、いまのヒヤシンスじゃなくて、アイリスかヒエンソウだったらしいんだけど、ヒヤシンスという名がついたのはそういうわけなの」

「すばらしい」底知れない光をたたえたイアンの目がエリザベスの目をとらえた。

イアンのそのことばがヒヤシンスの来歴ではなくエリザベスのことをさしているのは、彼女にもわかっていた。彼の手の届かないところに逃げるのよ、と自分に命じたが、足は根が生えたように動かなかった。

「じつにすばらしい」イアンはもう一度つぶやき、彼の手が肩に伸びるのがエリザベスの目にスローモーションのように映った。その手は彼女の肩をそっとなでた。「ゆうべのきみは、部屋いっぱいの男たちがわたしをいかさま師扱いしたというので、彼らと一戦交えるのも辞さないようだった。そのきみが、いまは怖がっている。かわいい人、きみが怖がっているのはわたしなのか？　それとも、なにか別のものなんだろうか？」

イアンの豊かなバリトンで〝かわいい人〟と呼ばれたことは、彼の唇の感触と同じようにエリザベスの心をふるわせた。「あなたの前で揺れ動く自分の気持ちが怖いの」破れかぶれで打ち明けながら、エリザベスはなんとか気を落ち着けてこの場を乗りきろうとした。「今日のことが、ただの――週末の軽いたわむれだったのはわかっているけど――」

「それは嘘だな」からかうように言うなり、イアンはすばやく彼女の唇を奪った。短く甘いその口づけにエリザベスは頭がくらくらしたが、唇が離れるが早いか、恐れをごまかすために猛然としゃべりだした。「ありがとう」なぜだかお礼を言ってしまった。「お――おもしろい由来がある花はヒヤシンスだけじゃないのよ。百合もそうなの。百合もヒヤシンスも、分類上はユリ科の仲間で――」

イアンの端正な顔に心をそそるけだるい微笑が広がったが、その目がこちらの口もとをじっと見ているのに気づいて、エリザベスはおののき、途方にくれた。彼が顔をうつむけると、期待に身がふるえるのを抑えられなかった。頭は冷静になれと諭していたが、心のほうは、これが別れのキスにほかならないのを察していて、それを思うと、爪先立って背を伸ばし、どうしていいかわからないほど彼に惹かれるその気持ちをぶつけるようにキスを返さずにはいられなかった。片手を彼の胸に這わせて心臓の上にあて、もう一方の手を彼の首に回しながら、そうして素直に身をまかせたところは、どんな男の目にも、恋する女性か、経験豊富な尻軽女か、そのどちらかのしぐさにしか見えなかっただろう。エリザベスはとにかく若く、箱入り娘で経験が浅かったため、ひたすら本能にまかせて動いていたが、その動きのひとつひとつが、イアンの目に前者のしぐさと映っていることには気づいていなかった。

とはいえ、自分の行動が生んだ結果に茫然としていても、エリザベスはロバートがじきに迎えにくるのを忘れてはいなかった。ただ、ロバートが彼女の伝言が届く前に出発した可能性があることには、不幸にしてまったく思い及ばなかった。

「ねえ、聞いて」エリザベスは必死にささやいた。「兄がもうじき迎えにくるのよ」

「だったら、わたしからお兄さんに説明しよう。わたしがきみを養《やしな》えて、きみの将来を保証できるとわかっても、お父上は反対なさるかもしれないが――」

「わたしの将来ですって！」イアンのあとさき見ずのもの言いに恐れをなして、エリザベスは話をさえぎった。この無謀さはいかにもギャンブラーらしい――亡くなった父にそっくりだ。貴重な調度品を売り払ってがらんとしているヘイヴンハースト屋敷の部屋や、彼女を頼りにしている召使いのことが頭に浮かぶ。召使いだけでなく、代々の先祖もわたしを頼りにしているにちがいない。このときのエリザベスは、イアンに求愛をやめさせるためならどんなことでも言うつもりだった。このままではずるずると流され、彼の魅力に抗しきれずに心がくじけて思慮分別をなくしてしまいそうだ。そうならないうちに、イアンを止めなくてはならない。エリザベスはふたたび彼の胸に身を寄せ、声のふるえを抑えて平然と楽しげに話すように努めた。「でも、わたしを養うって、どんなことをしてくれるのかしら？　モンドヴェイル子爵みたいに、手のひらほどもあるルビーをあげようと約束する？　それとも、シーベリー卿みたいに、黒貂《てん》の毛皮でわたしの肩を覆い、ミンクの毛皮を床に敷きつめると約束してくれるの？」

「それがきみの望みなのか？」

「あたりまえでしょ」嗚咽《おえつ》を押し殺しながら、エリザベスは妙にはしゃいだ声で言った。

「女性はだれだってそう望むし、男性はだれだってそう約束してくれる。そういうものじゃない？」

イアンは顔をこわばらせ、仮面さながらに表情をなくしていたが、短剣のように鋭いまなざしは彼女の目をのぞきこんで答えを探していた。エリザベスが心よりも宝石や毛皮を大切にしているとは信じられないのだろう。

「ねえ、お願いよ、放して」涙をこらえて叫ぶと、エリザベスは彼の胸を押しやった。あまりに真剣に話していたので、エリザベスもイアンも、通路を突き進んでくる人影が目に入らなかった。「この人でなしめ！」ロバートの大声が響いた。「妹がいやがってるじゃないか！　その穢《けが》らわしい手を離せ！」

エリザベスを守ろうとするように、イアンは抱きしめる腕に力をこめたが、エリザベスは涙をぽろぽろこぼしながら、彼の腕を振りきってロバートに駆け寄った。「お願い、わたしの話を聞いて。兄さんは誤解してるのよ！」ロバートに肩を抱かれると、エリザベスはすぐに話しはじめた。「こちらはミスター・ソーントン。これがうちの――」

「この状況ではそうは見えないかもしれないが」紹介が終わるのを待たずに、イアンが驚くほど落ち着いた声で言った。「わたしは本気でレディ・エリザベスとの結婚を望んでいます」

「なんて図々しいやつだ！」ロバートは怒りと侮蔑《ぶべつ》に声をふるわせて叫んだ。「妹は女伯爵なんだぞ！　おまえのような有象無象《うぞうむぞう》とはわけが違うんだ。それに、紹介など必要ない。おまえのことはなにもかもわかっている。いくら結婚を望んだところで――どうせ望むふりをしているだけだろうが――おまえのようなクズに妹を嫁がせるつもりはない。嫁がせるもなにも、もう結婚相手は決まっているんだ」

そのことばを聞くなりイアンはエリザベスに目を向け、彼女の恥じ入った顔つきから、それが事実であることをさとった。イアンの火を噴くような視線に軽侮の念を感じて、エリザベスは声をあげて泣きたくなった。

「おまえは妹を穢したんだ、この身のほど知らずめが！　この手でかたきを討ってやる！」

イアンはエリザベスからむりに目を離し、ロバートのほうを見たが、そのかたくなな顔からは一切の表情が消えていた。決闘の求めに応じることを示すために、イアンはそっけなくうなずき、慇懃な口調で答えた。「いいでしょう」そして、立ち去ろうとするそぶりを見せた。

「だめよ！」エリザベスは大声をあげてロバートの腕をつかんだ。だれかがイアン・ソーントンの血を流そうとするのを止めに入ったのは、この二十四時間でこれが二度めのことだった。「そんなことはわたしが許さないわ。ロバート、わかるでしょう？　なにも彼ばかりが悪いわけじゃ――」

「エリザベス、おまえは黙ってろ！」憤るロバートは聞く耳を持たず、エリザベスの手を振りきった。「バータはもうぼくの馬車に乗って、敷地内の道で待っている。屋敷から遠いほうの端に停めてあるから、おまえもいっしょに馬車のなかで待ってろ」そして、皮肉たっぷりに言った。「ぼくはこの男とすこしばかり話し合いをする」

「言ったでしょう、絶対に――」エリザベスはもう一度止めようとしたが、イアン・ソーントンの荒々しい声を聞いて、はたと口を閉ざした。

「いいから早く行け！」イアンは声を押し殺して命じた。エリザベスは兄の命令は無視するつもりだったが、イアン・ソーントンに叱咤《しった》されると思わず身がふるえた。激しい恐れに胸を波打たせながら、イアンのこわばった顔やひきつるあごを見つめたあと、彼女はロバートに目を向けた。自分がここにいることが事態を悪くしているのか、逆に災いを防いでいるのか判然としなかったが、もう一度ロバートに訴えた。「お願い——あしたまではなにもしないって約束して。そうすれば兄さんも考えるひまができるし、わたしと話し合うこともできるわ」

エリザベスは、ロバートがこれ以上彼女を怖がらせるのをやめ、その提案をのもうと決めるのを待った。彼はそのために超人的な努力をしているようだった。「わかったよ」ロバートは渋い顔で言った。「ぼくもすぐに追いかけるから、おまえは早く馬車のところに行け。ぐずぐずしてると、一部始終を見ていた野次馬が、見るだけじゃなくて声も聞きたいと思いはじめて、ここに入ってくるぞ」

温室を出たエリザベスは、舞踏室にいた人々が庭に人垣を作っているのを目にして、文字どおり胸が悪くなった。ペネロピもいればジョージーナもいて、知り合いがみんな顔をそろえている。彼らの表情はさまざまで、年長者がおもしろがっているように見えるのに対し、若者は非難するように冷ややかな顔をしていた。

四輪馬車のなかでしばらく待っていると、ロバートが大またで歩いてきて乗りこんだ。さっきとは違って、いまは感情を厳しく律しているようだ。「話はついた」それだけ言うと、あとはエリザベスがどんなに頼んでも、なにも教えてくれなかった。

自分の無力さに打ちしおれて、エリザベスは座席の背に寄りかかり、バータの話を聞いた。バータは、いずれミス・スロックモートン＝ジョーンズに叱責《しっせき》されるものと思いこんでめそめそしていた。「兄さんがわたしの手紙を受けとってから、まだ二時間とたっていないと思うんだけど」すこししてから、エリザベスは小声で尋ねた。「どうしてこんなに早く来られたの？」

「手紙は受けとっていない」ロバートは厳しい声で言った。「今日の午後、ルシンダはかなり具合がよくなって、しばらく一階におりていたんだ。そのとき、おまえがどこに行っているか話したら、おまえの友だちのシャリーズは、田舎でのパーティで客にふらちなふるまいを許していると教えられて仰天した。それで、おまえとバータを早いところ連れ戻そうと思って、三時間前に家を出たんだ。残念ながら、それでも間に合わなかったが」

「兄さんが思うほどひどいパーティじゃないのよ」エリザベスは苦しい嘘をついた。

「その話はあすになってからだ！」ロバートがぴしゃりと言った。ということは、少なくともあすまでは、なにもせずにいてくれるのだろう。エリザベスはほっとして力が抜けた。

「エリザベス、どうしてあんなばかなまねをしたんだ？　あの男がとんでもない悪党だってことぐらい、おまえにだってわかっただろうに！　あんなやつが社交界に――」ロバートはそこでことばを切り、大きく息をついて、癇癪をおこしそうになるのをこらえた。ふたたび口を開いたときには、いくらか落ち着きを取り戻したようだった。「今度のことがどんな害を及ぼすかわからないが、すんでしまったことはしかたない。これはぼくの責任だ――若くて世間知らずなおまえを、ルシンダの付き添いなしに出かけさせたのがいけなかった。あとは、おまえのいいなずけがこの件をぼくと同じように大目に見てくれることを願うだけだ」

ロバートがすでに婚約が決定したかのような言い方をしたのは、これが今夜二度めであることにエリザベスは気づいた。「婚約のことはまだ決まっていないし、発表もしていないんだから、わたしのすることでモンドヴェイル子爵が恥をかくとは思えないわ」それは意見というより願望に近かった。「今度のことがちょっと噂になれば、子爵は婚約発表をすこし遅らせたいとお考えになるかもしれないけど、それほど恥ずかしい思いをなさることはないでしょう」

「ぼくと子爵は、今日、契約書に署名したんだ」ロバートは苦々しげに言った。「夫婦財産契約の条件については、すんなりと合意した。ちなみに、モンドヴェイルはたいそう寛大だったよ。彼はおまえを射止めたことが自慢でならないようで、すぐにでも新聞で婚約を発表したいと言い、こちらも反対する理由はなかった。婚約の知らせは、あすのガゼット紙に載る」

その不穏なニュースを聞くと、バータは声を殺してしゃくりあげてから、またひとしきりすすり泣いて鼻をかんだ。エリザベスはぎゅっと目をつぶって涙をこらえながら、若くハンサムな婚約者はさておき、それ以上に差し迫った問題に頭を悩ませていた。

帰宅して床についても、エリザベスはなかなか寝つけなかった。この週末のことを思い返して悶々《もんもん》としていたうえに、いくら引きとめてもロバートはイアン・ソーントンとの決闘に踏みきるのではないかという不安にさいなまれていたからだ。ロバートはまだやめる気にはなっていないように見える。天井をながめながら、エリザベスはロバートの身とイアンの身をかわるがわる案じた。ハワード卿から聞いた話では、決闘でイアンにかなう者はいないということだが、エヴァリー卿にいかさま師呼ばわりされたときには彼は挑戦を受けて立とうとしなかった――その様子を見て、臆病風に吹かれたのだと思った人も少なくないだろう。もしかしたら、イアンの射撃の腕に関する噂は完全にまちがっているのかもしれない。ロバートの腕前はそんなに悪くはない。たったひとりで堂々と決闘に臨《のぞ》んだイアンが兄の銃弾に倒れるところを想像すると、全身にじわりと冷や汗がにじんだ。いけない。そんなことを想像するのは神経が昂っているせいだわ、とエリザベスは思った。ふたりのどちらかが相手に撃たれるなどというのは、現実的に考えればありえないことだ。

いまの法律では、いわゆる決闘は禁じられている。今回のような場合は、イアンが約束の場所に現われ――これについては、温室にいたとき本人がそうすると請け合っている――そこでロバートが空に向けて銃を撃つことが、決闘の作法で定められている。そうすれば、イアンはロバートの手に命をゆだねることによって罪を認め、ロバートのほうは、血を流すことなしに名誉を回復したと見なされる。昨今では、紳士がこの種の問題を解決するときは、そういう形をとるのがふつうだ。

ふつうはそうかもしれないけれど、とエリザベスはおののきながら考えた。ロバートは激しやすいたちだし、今夜はあまりに腹を立てたせいで、かえって冷ややかになって、気味が悪いほど口数が減っていた……エリザベスにとっては、怒鳴りちらす兄より、むしろそういう兄のほうが恐ろしかった。

夜が明けようとするころ、エリザベスは不安を抱えたまま眠りに落ちたが、うとうとしたと思うとすぐに廊下に響く足音で目が覚めた。召使いだろうと思いながら窓の外を見ると、真っ暗な夜空に淡い灰色の光がにじみつつあった。ふたたび眠りに落ちかけたとき、階下で玄関の扉が開き、また閉じる音がした。

夜明け。まさか決闘？ ロバートは、今日わたしと話し合う、それまではなにもしないと約束してくれたのに、とヒステリックに考える。この朝ばかりは、さすがのエリザベスも起きるのに苦労することはなかった。恐怖に駆りたてられてベッドを飛び出し、化粧着をひっかけながら階段を駆けおりる。玄関の扉を大急ぎで開けると、ロバートの馬車は角の向こうに消えていくところだった。

「ああ、どうしよう！」エリザベスはだれもいない玄関広間に向かって叫んだ。これだけ動揺しているときに、あれこれ考えながらひとりで待つのはいやだったので、階上に戻って、世界がどんなに混乱しても冷静な判断をくだしてくれると期待できる人を起こしにいった。前の夜、ルシンダはエリザベスたちが戻るのを起きて待っていたため、週末の事件のあらましは教えてあった。もちろん、木こりのコテージでのひと幕は別にしてだが。

「ルシンダ」エリザベスがそっと声をかけると、白髪交じりの頭をした婦人はすぐに目を開けた。淡いハシバミ色のその瞳は、油断なく澄みきっていた。「ロバートがたったいま出ていったの。きっと、ミスター・ソーントンと決闘するつもりなのよ」

これまで三人の公爵と十一人の伯爵と六人の子爵の令嬢たちの付き添い人を務め、非の打ち所のない仕事ぶりで名をあげたミス・スロックモートン＝ジョーンズは、枕を背もたれにしてまっすぐにすわり、輝かしい経歴の汚点になった娘をしげしげと見た。「いつもは起きるのが遅いロバートがこんなに早起きしたということは、そう考えるしかないでしょうね」

「わたし、どうしたらいいの？」

「まずは、そうやって見苦しく手を揉むのをやめることです。それから、キッチンに行ってお茶を淹《い》れなさい」

「お茶なんて飲みたくないわ」

「あなたが飲まなくても、わたくしは飲みます——ふたりで下におりて、お兄様が戻るのを待つのであれば。そうするつもりなのだろうと察していますが」

「ああ、ルーシー」エリザベスは愛と感謝をこめた目で無愛想な老嬢を見つめた。「あなたがいなかったら、わたしはどうなってしまうかしら」

「大変な厄介ごとに巻きこまれるでしょうね。もう実際にそうなっていますが」ベッドから降りようとしていたルシンダは、エリザベスの顔がゆがんだのを見て、わずかに口調を和らげた。「こういう場合のならわしでは、ソーントンが約束の場に現われ、ロバートは空に向けて銃を撃つことで決闘を果たしたと見なされることになっています。今回も当然そうなるはずで、それ以外の展開はありえません」

エリザベスの知るかぎりでは、ルシンダの判断はつねに正しかったが、その頼もしい付き添い人が、このとき初めて予測を誤ったのだった。

ロバートがハワード卿とともに帰宅したのは、ちょうど時計が朝の八時を打っていたときだった。居間を突っ切ってきたロバートは、刺繍をしているルシンダの向かいでエリザベスが身を縮めてソファにすわっているのを見ると、足を止めてそのまま一歩さがった。「こんな早くに起き出して、なにをやってるんだ?」彼は厳しい口調で尋ねた。

「兄さんを待ってたのよ」エリザベスは勢いよく立ちあがった。ハワード卿がなぜここに、と一瞬不思議に思ったが、すぐにそのわけに思いあたった。ロバートに決闘の介添え役を頼まれたにちがいない。「兄さんは彼と決闘したのね?」

「もちろんだ!」

エリザベスは喉を詰まらせてささやいた。「彼に怪我《けが》は?」

ロバートはサイドテーブルにのしのしと歩み寄り、グラスにウイスキーをついだ。

「ロバート!」エリザベスは兄の両腕をつかんだ。「いったいなにがあったの?」

「やつの腕を撃ってやった」ロバートは冷たく言い放った。「腐りきった心臓を狙ったんだが、的をはずしてしまったんだ! そういうことさ」エリザベスの手を振り払うと、ロバートはグラスの中身をひと息に空け、二杯めをつぎにかかった。

この話にはまだ続きがあると感じて、エリザベスは兄の顔をうかがった。「それだけ?」

「いいや、それだけじゃない!」ロバートはわめいた。「ぼくに撃たれたあと、あの下種野郎がピストルを構えてじっと立っていたもんで、冷や汗をかかされた。やつはそのあと発砲して、ぼくのブーツの房飾りを吹っ飛ばしたんだ!」

「な――なんですって?」エリザベスはロバートが激怒しているのを感じとったが、その理由がわからなかった。「まさか兄さんは、彼の弾がはずれたのを怒ってるんじゃないでしょうね?」

「おまえってやつは、どうしてそんなに察しが悪いんだ? あの弾ははずれたわけじゃない。あれは侮辱なんだ! あいつは腕から血を流しながらピストルを構えて、ぼくの心臓に狙いをつけた。なのに、土壇場《どたんば》で的を変えて、房飾りを撃った。つまり、その気になれば殺すこともできたってことを示したんだ。しかも、みんなの見ている前で! あれ以上の侮辱はないぞ。なんて陰険な野郎だ!」

「でもあなたは、空に向けて撃つのを拒んだばかりか、合図がある前に発砲したじゃありませんか」ハワード卿が苦々しげに言った。「彼もロバートに負けず劣らず腹を立てているようだ。「そのおかげで、ご自身はもちろん、わたしまで面目を失ったんですよ。それに、このことが噂になったら、関係者全員が決闘に加担したかどで逮捕されてしまいます。けさ、ソーントンは、約束の場に現われながらピストルを構えようとせず、そうすることであなたの名誉を回復した。彼は自分の罪を認めたんです。それで充分だったのではありませんか?」

これ以上あなたの顔を見ているのは耐えられないというように、ハワード卿はロバートに背を向けて歩きだした。困りはてたエリザベスは、彼を廊下まで追いかけていき、兄のためになにかうまい釈明はできないものかと懸命に考えた。「きっと、体が冷えて、疲れていらっしゃるでしょう」そう言って時間を稼ごうとした。「せめて、お茶だけでも召しあがっていらっしゃいませんか」

ハワード卿は首を振り、そのまま歩きつづけた。「馬車をとりに戻っただけですから」

「でしたら、お見送りします」ハワード卿に付き添って玄関まで来たとき、エリザベスは一瞬、彼はいとまも告げずに帰るつもりなのだと思った。開け放した戸口に立ったハワード卿は、すこしためらってから振り向いた。「ごきげんよう、レディ・ヘイヴンハースト」なぜか残念そうな声でそう言うと、ハワード卿は立ち去った。

エリザベスは、その声の調子にも、彼が出ていったことにもほとんど気づかずにいた。おそらく昼までには――もしかすると、いまこの瞬間にも――どこかの医者がイアンの腕から弾丸を取り出していることだろう。そのことが初めて意識にのぼった。自分がイアンに与えた苦しみを思うと吐き気がこみあげ、扉に寄りかかったエリザベスは、とっさに唾をのんで嘔吐《おうと》をこらえた。ゆうべはロバートとイアンが決闘するのではないかと恐れていたので、兄が婚約のことを明かしたときのイアンの気持ちを思いやるゆとりはなかったが、ここでやっとそのことに思いいたり、胃がしこるのを感じた。イアンはエリザベスとの結婚を口にし、彼女を独占するかのように激しく、また優しく口づけして抱きしめ、きみとわたしは恋に落ちかけていると言った。それに対し、ロバートはいきなり彼に食ってかかり、卑しい身分のおまえには妹は高嶺《たかね》の花だとあざ笑ったうえ、妹はすでに婚約していると教えた。そしてけさは、その高望みを罰するためにイアンを撃ったのだ。

エリザベスは頭を扉にもたせかけ、悔悟《かいご》の念でうめきそうになるのを必死にこらえた。爵位を持たないイアンは、上流階級の人々の定義では紳士のうちに入らないかもしれない。それでも、彼が誇り高い人間であることは理屈抜きに察することができた。その誇りは、彼の日焼けした顔や、物腰や、一挙手一投足にありありと表われている。なのに、彼女とロバートはその誇りを踏みにじった。ゆうべは温室でイアンをはずかしめ、今日は決闘に追いこんでしまったのだ。

このとき、エリザベスは本気で思っていた――イアンがいまどこにいるかわかっていたら、わたしはそこに行き、彼の怒りにもひるまずに、ヘイヴンハーストのことや、自分が負っている責任のことを洗いざらい話すだろう。そして、あなたとの結婚を考えられないのは、あなたに欠けたところがあるからではなく、そういう事情のためだと説明し、理解を求めるだろう、と。

やにわに扉から身を離すと、エリザベスはのろのろと廊下を戻り、居間に入った。ロバートは頭を抱えてすわりこんでいる。「今回のことはまだ終わってないんだ！」彼は頭を起こしてエリザベスを見つめ、歯ぎしりして言った。「いつかきっとあいつを殺して、決着をつけてやる！」

「だめよ！」エリザベスは不安にかられて声をふるわせた。「お願いだから、話を聞いて――兄さんはイアン・ソーントンのことがわかってないのよ。彼はなにも悪いことはしていないわ。たぶん。ただ、彼はわたしに――」エリザベスは苦しげに言った。「恋をしてると思ってるの。それで、わたしと結婚したいと――」

ロバートのあざけるような高笑いが部屋に響きわたった。「あいつはそんなことを言ったのか？」口調は冷ややかだったが、家族にそむくような妹の態度を腹に据えかね、彼の顔は紫色になっていた。「だったら、はっきり教えてやろう、愚かなおまえにもわかるように！あいつは、ずばりこう言ったんだ。おまえに求めるものは、ベッドでいちゃつくことだけだとな！」

エリザベスは顔から血が引くのを感じたが、ゆっくりと首を横に振った。「いいえ、それは違うわ。わたしといっしょのところを兄さんに見つかったとき、彼は本気で結婚を望んでいると言ったじゃない。忘れたの？」

「おまえは一文なしだと教えてやったら、ころりと気を変えたのさ」ロバートはそう言い返し、憐れみと軽蔑の混じった目でエリザベスを見た。

体から力が抜け、それ以上立っていられなくなったので、エリザベスは兄と並んでソファにすわりこみ、ことの重大さに打ちひしがれた。すべては自分の愚かしさとだまされやすさが招いたことだが、この始末をどうつけたらいいのかと思うと、責任の重さに押しつぶされそうだった。「ごめんなさい」やりきれない思いでささやいた。「ほんとうにごめんなさい。

兄さんはけさ、わたしのために命を危険にさらしてくれた。それだけ大事にしてもらっていながら、まだお礼も言っていなかったわ」それ以上言うことを思いつかなかったので、エリザベスは悄然《しょうぜん》としている兄の肩に腕を回した。「そのうちなんとかなるわよ――いままではいつもそうだったもの」自信のない声でそう言った。

「今回は違う」ロバートは自暴自棄になって目を怒らせた。「ぼくらはもう終わりだ、エリザベス」

「そこまでひどくはないはずよ。すべてが丸く収まるということだって、ないとはいえないわ」そう言いながら、エリザベス自身もそのことばを疑っていた。「それに、モンドヴェイル子爵はわたしを好いてくださっているようだから、話せばわかってくださるわよ」

「それはそれとして」ルシンダが初めて口を開き、いかにも彼女らしく、現実的な問題を冷静に指摘した。「エリザベスはこれからもふつうに外出しなくてはなりません――つまり、なにごともなかったようにふるまうのです。屋敷に隠れていたら、噂は広がるばかりでしょう。ロバート、あなたはエリザベスをエスコートしておあげなさい」

「そんなことをしたってむださ！」ロバートが叫んだ。「ぼくらはもうおしまいなんだ」

たしかにそうだった。その晩、エリザベスは勇気を奮いおこして、婚約者とともに舞踏会に出席した。モンドヴェイル子爵は週末の大事件をまだ知らないようでのんきな顔をしていたが、エリザベスの行状《ぎょうじょう》に関しては、さまざまな尾ひれがついた噂がすでに野火のように社交界に広がっていた。温室での一件には、エリザベスのほうが手紙で相手を呼び出したらしいという中傷が付け加えられた。だが、それよりはるかに忌まわしいのは、彼女が森の奥のコテージでイアン・ソーントンとふたりだけの午後を過ごしたという扇情的《せんじょう》な噂が流れたことだった。

「こういうデマはあいつが自分で流しているにちがいない」翌日、噂が耳に入ると、ロバートは怒り心頭に発した。「おまえの手紙で温室に呼び出された、おまえにつきまとわれているなどと言って、自分の汚れた手をきれいに見せようとしているんだ。もちろん、あいつにのぼせあがった女はおまえが初めてじゃない。おまえがいちばん若く、いちばん世間知らずだったというだけだ。今年に入ってからだけでも、シャリーズ・デュモントなど数人があいつと浮き名を流している。だが、彼女たちは世故《せこ》に長《た》けているから、ここまで軽はずみで無茶なふるまいをした者はひとりもいなかったんだ」

エリザベスはすっかり恥じ入ってしまい、なにも言い返せなかった。イアン・ソーントンの官能的な魅力の罠を脱したいまならば、彼のふるまいが、女を落とすことに熱中している移り気な放蕩者《ほうとうもの》のそれにほかならないのがよくわかる。知り合って数時間とたたないうちに、イアンは彼女と恋に落ちかけていると言い、結婚したいと言いだした——あれはまさに、色《いろ》事師《ごとし》が狙った女に途方もない嘘をつくときの台詞《せりふ》ではないか。エリザベスも小説はたくさん読んでいたので、金目あての男や奔放な遊び人は、標的の女性に向かってきみに恋していると言いながら、じつは新たな獲物を釣りあげにかかっているだけだということぐらいは知っていた。それなのに、イアンのことを不公平な社会的偏見の犠牲者だと思っていたのだから、これはもうおめでたいとしかいいようがない。

そうした社会的偏見のせいで、イアンはれっきとした上流社会の交流の場から締め出されていたかもしれないが、その偏見はエリザベスを彼のような男から守ってくれてもいたのだ。もはや手遅れではあるが、彼女はようやくそのことに気づいた。

けれども、エリザベスにはひとり悲嘆にくれているひまはなかった。新聞でモンドヴェイル子爵の婚約を知れば、子爵の友人たちは義務感にかられて重い腰を上げ、幸せいっぱいの花婿に、彼が求婚した女性にまつわるスキャンダルを伝えるだろう。

翌朝、モンドヴェイル子爵がリップル街のタウンハウスを訪ねてきて、婚約の解消を告げた。ロバートは外出していたので、エリザベスは子爵を居間に通し、自分で話をした。相手のかたくなな物腰と引き結ばれた唇をひと目見ただけで、足もとの床が崩れていくような気がした。

「この件について不愉快なやりとりをする必要はないでしょう」子爵は硬い声で前置きなしに切り出した。

恥ずかしさと悲しさで涙が喉に詰まり、エリザベスは無言でうなずいた。モンドヴェイル子爵は踵《きびす》を返して部屋を出ていこうとしたが、エリザベスのそばを通りかかったところでふいに振り向き、両手で彼女の肩をつかんだ。「なぜなんだ、エリザベス?」子爵の端正な顔は怒りと無念さにゆがんでいた。「理由を教えてくれ。それぐらいはしてくれてもいいだろう」

「理由？」鸚鵡《おうむ》返しに言いながら、エリザベスは彼の胸に身を投げて赦《ゆる》しを乞《こ》いたいなどとばかげたことを考えていた。

「雨に降られて、森のなかで見つけたコテージに入ったら、そこにたまたま彼がいた、というのはわかる。いとこのハワード卿は、そういうことにちがいないと言っていた。しかし、彼に手紙をやって、温室でふたりきりで会いたいと頼んだのはなぜなんだ？」

「そんな手紙、書いてないわ！」いまやエリザベスを支えているのは強固な自尊心のみで、子爵の足もとにくずおれてすすり泣かずにいられるのもそのおかげだった。

「それは嘘だ」モンドヴェイル子爵は腕を下ろし、きっぱりと言った。「手紙を読んだあと、彼はそれを放り出してきみに会いにいった。ヴァレリーがその手紙を拾って読んでいるんだ」

「彼女は勘違いしてるのよ！」エリザベスは声を詰まらせながら叫んだが、すでに遅く、子爵は部屋を出ていくところだった。

そのときは、これ以上の屈辱はないと思ったものだが、その考えが甘かったことはすぐにわかった。モンドヴェイル子爵に縁を切られたことで、エリザベスの有罪は決まったものと見なされ、それ以後は、リップル街のタウンハウスには一通の招待状も届かず、客の訪問も完全に途絶えてしまったのだ。ルシンダがしつこく勧めたので、エリザベスは勇気を振りしぼり、スキャンダルの噂が広まる前に最後に招待を受けた催しに顔を出した。それは、ヒントン卿夫妻の邸宅で開かれた舞踏会だった。エリザベスは会場に入り、十五分後にそこを立ち去った。もてなし役のヒントン卿夫妻は、立場上しかたなく彼女に声をかけたが、それ以外はみんなに無視されてしまったからだ。

上流社会の人々の目から見れば、エリザベスは恥知らずな尻軽女、傷ものになった女であり、無垢《むく》な令嬢やお人好しの跡取り息子がつきあうのにふさわしい相手ではなく、社交界にはそぐわない人物だった。エリザベスは彼らのあいだで道徳的行動の規範となっているルールを破っていた。しかも、共犯者に選んだのは、自分と同じ階級の人間ではなく、悪評の高い、社会的身分はないに等しい男だった。彼女はただルールを破っただけでなく、そうすることで彼らの顔に泥を塗ったのだ。

決闘から一週間後、ロバートがなんの前ぶれもなしに突然姿を消した。エリザベスは兄の身を案じて気も狂わんばかりになった。自分のしたことのせいで兄に見捨てられたとは思いたくなかったが、それ以外の心休まる理由はひとつも思い浮かばなかった。しかし、ほんとうの理由がわかるのに時間はかからなかった。エリザベスがひとり居間にすわり、祈るような思いで兄の帰りを待っているあいだに、彼の失踪のニュースは町じゅうに広まり、やがて債権者が玄関先に現われるようになった。彼女の社交界デビューのための借金に加え、ロバートや亡き父がギャンブルでこしらえた借金が積もり積もった利子で膨大な額にふくれあがっており、債権者たちはその返済を迫ってきたのだ。

シャリーズ・デュモントのパーティから三週間後のよく晴れた午後、エリザベスとルシンダは借りていたタウンハウスの最後の戸締まりをすませ、馬車に乗りこんだ。公園のそばを通ったときには、かつてエリザベスをほめそやし、追いかけたのと同じ人々が、彼女を見るなり冷ややかに背を向けた。エリザベスは、屈辱の熱い涙にかすむ目で、通りかかった馬車にハンサムな青年ときれいな娘が乗っているのを認めた。モンドヴェイル子爵がヴァレリーを馬車で遠出に連れ出そうとしていたのだ。ヴァレリーがこちらに向けた目には憐れみがこもっていたが、ひとり苦しみに耐えるエリザベスは、その視線にどこか勝ち誇ったようなところがあるのを感じた。ロバートがなにかの事件に巻きこまれたのではないかという不安はすでに消え、いまでは、債務者用の監獄につながれるのを恐れて逃亡したと見るほうがはるかに現実的だと思いはじめていた。

ヘイヴンハーストに帰ると、エリザベスは金目の所持品をすべて売り払い、ロバートと父のギャンブルの借金と、自分の社交界デビューのための借金をきれいに返済した。そして、もとの暮らしに戻った。ヘイヴンハーストを維持して十八人の召使いの生活を守る仕事に、勇気と覚悟を持って新たに専念するようになったのだ。その十八人は、住まいと食べ物、それに年に一度新品の制服が与えられるというだけの見返りで、彼女のもとに残ることを選んだ人々だった。

エリザベスの顔にはすこしずつほほえみが戻り、罪悪感や困惑は徐々に消えていった。社交シーズン中に犯した深刻なあやまちを振り返るのはやめるようにした。一連の事件や、そのあと受けた恐ろしい報いのことを思い出すのはつらすぎたからだ。エリザベスは十七にして家族の庇護なしに生きていくことになったが、こうして戻ってきたわが家は、これまでもつねに心のよりどころとしてきた場所だった。以前の習慣も復活して、執事のベントナーとチェスを楽しみ、御者頭のアーロンとともに射撃練習をするようになった。エリザベスはこのふつうとは違った家族とヘイヴンハーストに惜しみない愛をそそぎ、彼らもそれに報いてくれた。

忙しくも充実した生活を送るなかで、エリザベスはイアン・ソーントンや、自業自得の追放刑の原因となった事件のことを、断固として頭から追い払ってきた。それなのに、叔父のお節介のおかげでイアンのことを思い出すはめになり、それればかりか、彼に会うことを義務づけられてしまった。とはいえ、この先二年は、叔父にささやかな金銭的援助を続けてもらわねばならない。さもないとヘイヴンハーストを手放すことになってしまう。二年あれば、必要なお金を貯めて、ヘイヴンハーストの地所を灌漑《かんがい》のために整備することができるだろう。ほんとうは、そんなことはとうの昔にやっているべきだった。灌漑設備が整っていなければ生産性は上がらず、小作人を呼びこむのも、土地を維持するのもむずかしくなってしまうのだから。

重いため息をつくと、エリザベスは目を開け、がらんとした部屋でぼんやり宙を見つめてから、のろのろと腰を上げた。いまよりもっと大変な問題にぶつかったことだってあったじゃないの――そう考えて元気を出そうとした。どんな問題にも必ず解決策がある。だから、じっくり考えて、最善の策を見つけさえすればいい。それに、いまはアレックスという味方もいる。ふたりで話し合えば、叔父を出し抜く方法がきっと見つかるはずだ。

今回のことは、大きな仕事だと思うようにしよう。そう心に誓いながら、エリザベスはアレックスを捜しにいった。十九になったいまでも、彼女には大仕事にやりがいを感じる覇気《はき》があった。それに、ヘイヴンハーストの暮らしがいささか単調に思えてきたところでもある。小旅行というのは――予定された三回の旅のうち、一回を除けば――いい気晴らしになるかもしれない。

そんなわけで、アレックスが庭にいるのを見つけたころには、エリザベスはかなりの自信を取り戻した気になっていた。

8

　エリザベスを迎えたアレックスは、注意深く平静を装った顔と、硬い笑みを見ただけで、友人の本心をすぐに見抜いた。それはベントナーも同じだった。彼はそれまで、エリザベスが庭造りにどれほど力を入れているかを示すさまざまな逸話を披露して、アレックスを楽しませていた。エリザベスのほうを向いたとき、ふたりの顔はそろって憂慮《ゆうりょ》の表情を浮かべていた。「どうしたの?」と訊きながら、アレックスは不安にかられて早くも立ちあがっていた。

「どう説明したらいいかわからないんだけど」と素直に打ち明けて、エリザベスはアレックスの隣に腰をおろした。ベントナーは薔薇の花殻を摘みとるふりをしてあたりをうろつき、話に聞き耳を立てつつ、必要なときには忠告や手助けをしようと身構えている。エリザベスはアレックスにどう話すべきか考えたが、茫然とした頭で考えれば考えるほど、なんとも奇妙な事態になったものだという気がしてきた。奇妙を通り越して、笑ってしまいそうな話といってもいい。「叔父様は、わたしと結婚する気のある人を探そうとしているの」

「ほんとに?」エリザベスの困惑した顔を探るように見ながら、アレックスが言った。

「ええ。探そうとしている、なんて生やさしい話じゃなくて、なにがなんでもその難事業をなしとげようとしている、といってもいいくらい」

「どういうこと？」

突然、ヒステリックな笑いがこみあげたが、エリザベスはそれを押し殺した。「叔父様は、前にわたしに求婚した十五人の男性全員に手紙を出して、いまでもわたしと結婚する気があるかって尋ねたのよ――」

「なんてとんでもないことを」アレックスがつぶやいた。

「――それで、もしその気があるなら、わたしをその人のお宅にやって、そこで何日か過ごさせるって申し出たの。ルシンダをちゃんと付き添わせたうえで」エリザベスは苦しげな声で叔父の話をそのまま口にした。「そうすれば、いまでもおたがいが伴侶にふさわしいかどうか判断できるからって」

「とんでもないわね」アレックスが語気を強めてくり返した。

「十五人のうち十二人には断られたんだけど」話しながらアレックスを見ると、彼女は困ったように顔をしかめ、同情の意を表わしていた。「あとの三人は話に乗ると言ってきたから、わたしはその人たちを訪ねることになったわけ。でも、ルシンダはデヴォンに行っていて、三番めの――求婚者を訪ねるころまで帰ってこられないの。その人はスコットランドにいるんだけど」イアン・ソーントンのことを〝求婚者〟と言ったとき、エリザベスは声が詰まりそうになった。「だから、最初の二回の訪問では、わたしの叔母ということにしてバータを連れていかなきゃならないの」

「バータを叔母に仕立てる、ですと？」横からベントナーが不満げに言った。「あのぼんくら女は自分の影にさえ怯えるというのに」

笑いの発作がまたもや波のように押し寄せてくるのを感じながら、エリザベスは友人ふたりの顔を見た。「バータのことは、頭痛の種のなかではまだましなほうよ。でも、神のご加護が得られるように祈るのはやめないで。奇跡でもおきないことには、この難関は乗りきれそうにないもの」

「三人の求婚者ってだれなの？」エリザベスが奇妙な笑みを浮かべたのを見て、アレックスはさらに不安をつのらせた。「三人のうちふたりは、会ったことすら覚えてないの」エリザベスはぼうっとした顔で楽しげに話している。「おとなの男性ふたりが、社交界デビューした若い娘に出会うなり、彼女のお兄さんのところに飛んでいって妹さんをくださいと申し入れたのに、当の娘の記憶にあるのは片方の人の名前だけで、あとはなんにも覚えてないなんて……まったく、ひどい話よね」

「そんなことない」アレックスは用心しながら言った。「ひどいなんて思う必要はないわ。あなたは、あのころもいまも、ほんとうにきれいだし、結婚話というのはそんなふうに進めることになっているのよ。女の子が十七歳で社交界にデビューすると、殿方たちは彼女をざっとながめて――たいていは、いいかげんにしか見ないけど――妻にしたいかどうか検討する。それで、この子でいいとなれば結婚を申しこむってわけ。わたしに言わせれば、若い娘を出会ったばかりの人と婚約させて、一生続く愛情は結婚してからゆっくりはぐくめばいい、なんて考えるのは、合理的でもなければ正しくもないわ。でも、上流社会の人たちは、それが縁談をまとめる文明的な方法だと思ってるのよ」

「でも、ほんとはまったく逆なのよね——よく考えると、文明的どころか、野蛮といってもいいくらいだわ」エリザベスは、わが身に降りかかった災難をいっときでも忘れられるなら、どんな話題にも飛びつく構えだった。

「ねえ、その求婚者たちってだれなの？　わたしの知っている人だったら、わたしの話で出会ったときのことを思い出せるかもしれないわよ」

エリザベスはため息をついた。「ひとりめは、フランシス・ベルへイヴン卿——」

「嘘でしょう！」大声をあげたアレックスに、ベントナーがなにごとかと目を向けた。エリザベスはほっそりした眉をわずかに上げただけで、なにも言わずに説明を待っていたので、アレックスはとげとげしい声で話を続けた。「だってあの人は——あの人は、女好きのいやらしい年寄りなのよ。お上品な言い方じゃ、あいつがどんな人間か説明できないわ。でっぷり太ってるし、髪は薄いし、彼の女遊びは社交界では冗談の種になってる。あまりにも破廉《はれん》恥《ち》で分別なしだから。おまけに、これ以上はないってほどのけちんぼなの——つまり、守銭奴ってこと！」

「そこだけはわたしと同じかもね」エリザベスはおどけてみせたが、その目はベントナーに向けられていた。動揺した執事は、まだ元気なひと叢《むら》の薔薇から、しおれてもいない花を残らずむしりとりそうになっていたのだ。彼はわたしの苦境にこんなに心を痛めてくれている。そう思うと胸がいっぱいになり、エリザベスは「ベントナー」と優しく声をかけた。「花びらの色を見れば、枯れた花と元気な花の見分けはつくわよ」

「それで、ふたりめはだれ？」アレックスは警戒心をつのらせ、答えをせかした。

「ジョン・マーチマン」アレックスがきょとんとしているので、エリザベスは説明を加えた。「キャンフォード伯爵よ」

それでようやくわかったらしく、アレックスはのろのろとうなずいた。「知り合いではないけど、噂は聞いたことがあるわ」

「ねえ、じらさないで教えてよ」エリザベスは笑いを嚙み殺した。時とともに、なにもかもがますます不条理になり、ますます現実味をなくしていくように思えたからだ。「どんな噂を聞いたの？」

「そこなんだけど、じつは思い出せなくて。でも、たしか――ああ、わかった！　あの人は――」アレックスはがっかりしたようにエリザベスを見た。「――あの人は、根っからのスポーツマンで、ロンドンにはほとんど近づかないらしいわ。なんでも、自分がしとめた動物の頭とか、釣りあげた魚を剝製《はくせい》にして、うちじゅうの壁に飾ってるんですって。彼が結婚しないのはスポーツに夢中で奥さんを探すひまがないからだって、だれかが冗談を言ってるのを聞いたことがある。そういう人は、あなたには全然似合わないわよね」アレックスはしょんぼりと言い、仔山羊《こやぎ》革の赤い靴の爪先を途方にくれたようににらみつけた。

「似合うとか似合わないとかの問題じゃないわ。しなくてもいいんだったら、わたし、結婚なんかしないもの。あと二年がんばれば、祖母の信託財産がわたしのものになる。そのお金があれば、かなりのあいだ、わたしひとりでこのうちを切りまわしていけると思うの。問題は、それまでの二年間は、叔父の援助なしではやっていけないってこと。なのに叔父には、援助を打ちきるって毎週のように脅されてる。叔父の計画はとんでもないものだけど、せめて協力するふりぐらいはしないと、その脅しをほんとに実行されそうなのよ」

「エリザベス」アレックスはおそるおそる言いだした。「あなたさえ許してくれれば、力になれると思うの。うちの主人に――」

「お願い、やめて」エリザベスは最後まで言わせなかった。「わたし、あなたからお金を借りたことは一度もないでしょう。第一、借りたって返せやしないもの。祖母の信託財産があればヘイヴンハーストにかかる費用はまかなえるけど、それもぎりぎりだから。さしあたっての問題は、叔父が招いたこの混乱からどうやって抜け出すかってことなのよ」

「どうしてもわからないわ。叔父さんはなぜあのふたりがあなたの夫にふさわしいなんて思ったのかしら。実際は、ふさわしいなんてとてもいえないのに!」

「わたしたちには、それがわかってる」エリザベスは皮肉っぽく言って、ベンチの下の敷石の隙間にはえた細長い草を引き抜いた。「でも、わたしの〝求婚者〟たちにはわかってないみたいね。そこが問題なんだけど」話しているあいだに、ある思いつきが頭に浮かび、徐々に形をなしてきた。指先で草の葉にふれると、エリザベスはそれきり口を閉ざした。彼女と並んでベンチにすわっていたアレックスは、なにかを言いかけてやめたときのようにはっと息をのみ、その沈黙の一瞬に、ふたりの創造力に富んだ心には同じアイディアが生まれていた。

「アレックス」エリザベスがささやいた。「やるべきことはただひとつ――」

「エリザベス」アレックスもささやき返した。「思ったほどひどくはないわね。やるべきことはただひとつ――」

エリザベスはゆっくり背筋を伸ばし、アレックスのほうを向いた。

長引く沈黙のなか、幼なじみ同士が薔薇の園に腰をおろしてうっとりと見つめ合ううちに、時間が巻き戻され、ふたりは子供のころに返っていた――暗闇のなかで眠らずに横たわり、夢や悩みを打ち明け合ったあのころに。それらの悩みを解決する方法を思いついたときには、その説明はきまって「もしも……」という文句から始まったものだった。

「もしも」口を開いたエリザベスの顔にほほえみが広がり、アレックスの顔にも同じほほえみが浮かんだ。「わたしとはうまくいかないってことを相手に信じさせられたら……」

「それはむずかしいことじゃないはずよ！」アレックスが力強く言った。「だって、ほんとにそうなんだもの！」

とりあえず打つ手が決まり、さっきまで人生最大の危機のように見えていた状況をなんとか変えられそうだとわかると、ほっとして元気が湧き、エリザベスはぱっと立ちあがった。その顔は笑ったせいでほんのり上気していた。「かわいそうなフランシス卿」エリザベスが顔を輝かせ、くすくす笑いながらベントナーからアレックスに目を移すと、ふたりもにこにこして彼女を見た。「気の毒だけど、彼にはぎょっとして一気に興ざめするのを覚悟してもらわなきゃ。だって彼は、わたしが、えーと——」ことばに詰まったエリザベスは、好色な老人が花嫁候補としてこれだけはごめんだと思うような女性のタイプをあれこれ想像した。

「——ものすごい堅物《かたぶつ》だってことを思い知らされるんだから！」

「それに、湯水のようにお金を使いまくるってこともね！」とアレックス。

「そうそう！」エリザベスははしゃいで躍りあがった。明るい日射しに黄金色の髪がきらめき、緑の目が輝く。彼女はうれしそうに友人たちをながめた。「わたしが堅物で浪費家だってところを、彼にいやというほど見せつけてあげるわ。それから、キャンフォード伯爵のほうは……」

「なんて残念なんでしょう」アレックスがわざと沈んだ声で言った。「釣り竿を持たせたらあなたにかなう人はいないってことを伯爵に見せられないなんて」

「釣りですって？」エリザベスも大げさにふるえるまねをしてみせた。「わたくし、あの鱗だらけの生き物のことを考えただけで気が遠くなりそうですわ！」

「きのうお釣りになった大物は別ということですかな」ベントナーがまじめくさって混ぜ返した。

「そうよ」エリザベスは釣りを教えてくれた執事に温かな笑みを返した。「バータを捜して、わたしの付き添いになってもらうことを話しておいてくれる？　すこしたてば彼女のヒステリーも治まるでしょうから、そしたらわたしからも言って聞かせるわ」命令を受けたベントナーは、燕尾《えんび》服のすりきれた裾をはためかせて足早に立ち去った。

「気をくじかなきゃならない相手はあとひとりね」アレックスが浮き浮きと言った。「三人めはだれ？　どんなことがわかってるの？　わたしの知ってる人？」

恐れていたときがついにやってきた。「すこし前までは、あなたはその人のことをなにも知らなかったはずよ。新婚旅行から帰ってくるまでは」

「え？」アレックスはけげんそうな顔をした。

エリザベスは気を落ち着けるために深呼吸をして、両方の手のひらを青いスカートにそわそわとこすりつけた。「このへんで」とためらいながら切り出す。「一年半前の事件のことをきちんと話しておいたほうがよさそうね――イアン・ソーントンとのことを」

「話すのがつらいんだったら、むりに話すことはないわ。いま考えなきゃいけないのは三人めの求婚者のことで――」

「三人めは」エリザベスは硬い声でさえぎった。「イアン・ソーントンなの」

「なんですって！」アレックスは仰天して息をのんだ。「どうしてなの？　彼は――」

「どうしてかはわからないわ」エリザベスは困惑しながらむっつりと言った。「彼は叔父の申し出に同意したの。とんでもない手違いがあったか、でなければ冗談のつもりなんでしょうけど、どっちにしてもおかしな話で――」

「冗談だなんて！　彼はあなたの人生をめちゃくちゃにした張本人じゃないの。その彼がおもしろ半分にこういうことをしたんだとすれば、そんな残酷なことってないでしょう」

「最後に会ったときは、彼はおもしろがってなんかいなかったわ」エリザベスは腰をおろすと、アレックスに一部始終を語って聞かせた。ふたりで計画をまとめるときにしっかり頭を働かせるために、波立つ心を懸命に鎮めながら。

9

「バータ、着いたわよ」エリザベスは声をかけた。ふたりが乗った旅行用の馬車は、フランシス・ベルヘイヴン卿が所有する広大な屋敷の前に停まったところだった。この一時間というもの、バータはかたくなに目を閉じつづけていたが、浅く速い呼吸に合わせて胸が上下していたので、眠っていないのはわかっていた。数日前に話を聞いたときから、バータは女主人の叔母の役を演じなければならないことにおじけづいていて、エリザベスがなだめてもすかしても、その恐怖心はいっこうに治まらなかった。初めからこの旅行がいやでたまらなかったバータは、目的地に着いてしまったいまでも、役目から解放されることをひたすら願っているのだった。

「バータ叔母様！」エリザベスは語気を強めた。とりとめなく広がった大きな屋敷の正門は、すでに開きかけている。執事が脇にしりぞくと、下僕たちがすばやく進み出てきた。「バータ叔母様！」あせったエリザベスはしかたなく手を伸ばし、小間使いの固くつぶったまぶたをこじ開けて、怯えきった茶色の瞳をひたと見据えた。「頼むからしっかりしてちょうだい、バータ。臆病なねずみみたいなまねはやめて、ちゃんと叔母さんらしくふるまってもらわないと困るのよ。もう、ここの人たちが迎えに出てきてるわ」

バータはうなずき、ごくりと唾をのむと、居ずまいを正して黒い綾織りのスカートのしわを伸ばした。

「わたしの格好はどう?」エリザベスは早口でささやいた。

「ひどいものです」バータは襟《えり》もとの詰まった黒いリネンの野暮ったいドレスを見ながら答えた。そのドレスは、アレックスが女好きの年寄りと評した花婿候補との初顔合わせのために、エリザベスが慎重に考えて選んだものだった。尼僧《にそう》のようなその服に加え、髪はひっつめてルシンダ風のまげに結い、短いベールで覆っている。首にかけた唯一の〝アクセサリー〟は、ここに滞在するあいだは肌身離さず身につけているつもりだ。それは、ヘイヴンハーストの礼拝堂から借りてきた、ごつい鉄製の十字架だった。

「ほんとにひどい格好です、御前様《ごぜん》」バータは力をこめてくり返した。ロバートが姿を消してからは、バータはエリザベスに気安く呼びかけるのをやめ、一家の女あるじに対する礼儀を示すようになっていた。

「狙ったとおりね」エリザベスは相手を力づけるようにほほえんだ。「あなたも負けていないわよ」

下僕が馬車の扉を開け、踏み段をおろしてくれた。エリザベスが先に降り、そのあとに〝叔母〟が続く。エリザベスはバータを先に行かせると、後ろを向いて、御者台にいるアーロンを見上げた。ヘイヴンハーストの召使いは六人まで連れていってよいと叔父に言われたので、エリザベスは智恵をしぼって随行者《ずいこう》を選んでいた。「忘れないでね」言わずもがなではあったが、いちおう念を押した。「ここの召使いで耳を貸してくれる人がいたら、どんどんわたしの噂をするのよ。なにを言えばいいかはわかっているわね」

「はい」アーロンは目を光らせてにやっとした。「エリザベス様は痩《や》せっぽちの鬼婆みたいな女だってふれまわりますよ。おそろしく品行方正で四角張ってて、エリザベス様に会ったら、悪魔でさえふるえあがって清く正しい生活を送ろうとするくらいだって」

エリザベスはうなずき、重い心を抱えて屋敷のほうへ向き直った。運命の女神にこの手札を配られてしまったからには、それを精一杯うまく使って勝負するしかない。彼女は毅然と頭を上げ、膝をがくがくふるわせながら歩きだし、ほどなくバータに追いついた。戸口に立つ執事にぶしつけな目でじろじろ見られたときには、だらりとした黒いドレスのどのあたりに胸が隠れているのか本気で探っているように思えて、あきれずにはいられなかった。執事は後ろにさがってふたりをなかに通した。「フランシス卿はただいま接客中ですが、すぐに参ります。お待ちのあいだに、カーブスがお部屋にご案内いたしますので」執事は視線をバータに移し、肉づきのよいお尻を見ると、しめたといわんばかりに目を輝かせた。それから下僕頭のほうを向き、うなずいて合図した。

蒼白な顔で唇を引きしめているバータと並んで長い階段をのぼりながら、エリザベスは周囲を見回し、陰気な玄関広間や、階段に敷きつめられた緋色の絨毯をもの珍しげにながめた。絨毯はもともとは値の張るものだったと見え、端のほうはふかふかだったが、足が踏んでいる部分はすりきれていて、すぐにでも取り替えたほうがよさそうだった。壁から張り出した燭台《しょくだい》にはろうそくが挿してあったが、火は灯っておらず、階段やその上の廊下は闇のとばりに覆われていた。割り当てられた寝室に着き、下僕に扉を開けてもらってなかに入ると、そこも同様に真っ暗だった。

「レディ・バータのお部屋はすぐお隣で、こちらのドアからお入りになれます」と下僕が説明した。エリザベスが目をすがめて闇を透かし見ると、下僕は壁があると思われるほうへ歩いていた。蝶つがいがきしんだところからすると、そのドアが開けられたのは久しぶりのことらしい。

「こんなに暗いと、なんだかお墓のなかにいるみたい」実際、エリザベスにはものの影しか見えなかった。「ろうそくをつけてくださいな。このおうちにもろうそくはあるんでしょう?」

「はい、こちらに、ベッドのそばにございます」下僕の影が目の前を横切ったあと、エリザベスは奇妙な形をした大きな物体に目を凝らした。大きさからして、それがベッドだろうと見当がついた。

「でしたら、それに全部火をつけていただけません? この——このままでは、なにも見えないわ」

「フランシス卿はどの寝室でもろうそくをつけるのは一本だけとお決めになっています。蜜《みつ》蠟《ろう》がもったいないとおっしゃいまして」

エリザベスはこのみじめな状況に笑いたいような泣きたいような気分になり、暗闇のなかで目をしばたたいた。「そうですか」困惑のあまりそれしか言えなかった。下僕は部屋の端のほうで小さなろうそくに火をつけて退出し、扉を閉めて立ち去った。「御前様？」見通しのきかない陰鬱《いんうつ》な闇の向こうから、バータのささやき声が聞こえてきた。「どちらにおいでですか？」

「ここよ」と答えて、エリザベスはそろそろと歩きだした。行く手にあるものにぶつからないように、両腕を前に伸ばして手探りしながら、外に面する壁があると思われるほうへ進んでいく。そこには窓があるはずで、カーテンを開ければ光が射すはずだ。

「どこです？」バータが小声で怯えたように訊き返し、部屋の真ん中あたりにいるエリザベスにも、戸口にいるバータの歯がかちかち鳴っているのが聞こえた。

「こっちよ――あなたの左のほう」

バータは女主人の声がするほうへ歩きだしたが、幽霊のような人影が腕を突き出して闇を横切る不気味な姿にひいっと息をのんだ。「手を上げていただけますか」バータはせっぱつまった声で言った。「そうすれば御前様だとわかりますから」

バータの小心さは承知していたので、エリザベスはすぐに言われたとおりにした。片手が上がったのを見て哀れなバータは安心したが、エリザベスのほうは、縦溝彫りの細長い台座に載った大理石の胸像に激突してしまい、その像が台座もろとも倒れかかってきた。「まあ、大変！」と叫びながら、エリザベスは台座とその上の大理石の像を抱えこんで守ろうとした。

「バータ！」と必死に呼びかける。「暗闇を怖がってる場合じゃないわ。手を貸してちょうだい。わたし、なにかにぶつかってしまって――たぶん台座に載った胸像だと思うけど――それをどうしたらまっすぐ立て直せるかわからないから、いま手を放すわけにはいかないのよ。こっちに、わたしの目の前に、カーテンがあるの。だから、わたしの声のするほうに来て、カーテンを開けてくれるだけでいい。カーテンさえ開ければ、ここは昼間のように明るくなるわ」

「すぐに参ります、御前様」バータがけなげに答え、エリザベスはほっとして息をついた。

「ありました！」ややあって、バータが小さく声をあげた。「なんて重いこと――ベルベットのカーテンだからだわ。それに、カーテンの後ろには板戸があります」重たい板戸の片方を横に引き開け、もう片方をさらに急いで勢いよく開けると、バータは振り向いて室内の様子を確認した。

「やっと明るくなったわね！」エリザベスは胸をなでおろした。目の前の窓から夕方前のまぶしい陽光が射しこみ、一瞬、目がくらんだ。台座のほうは支えていなくても倒れないことを確かめ、胸像をその上に戻そうとしたとき、バータが叫び声をあげ、エリザベスははたと手を止めた。

「あらまあ、なんということでしょう！」

壊れやすい胸像をしかと抱きしめたまま、エリザベスはすばやく首をめぐらせた。その目に飛びこんだのは、赤と金で統一された、見たこともないほどけばけばしい部屋だった。巨大なベッドの上では丸々と太った六人の黄金のキューピッドが宙に浮かび、ぷっくりした手に弓矢をたずさえ、もう一方の手で、ベッドのまわりにめぐらされた緋色のベルベットのカーテンをつかんでいる。ベッドの頭板にも同じようなキューピッドの飾りがついていた。エリザベスはびっくりして目をみはったが、その驚きはすぐにおかしさに変わった。「バータ」こみあげる笑いを抑えて呼びかける。「見てよ、この部屋、すごいと思わない？」

悪趣味な金ぴかの装飾にめまいを覚えながら、エリザベスはゆっくりと振り向き、今度は完全に部屋のほうを向いた。暖炉の上には金色の額に入った絵が飾ってあるが、絵のなかの女性はすけすけの赤いシルクで腰をわずかに覆っているだけで、あとはなにも身につけていない。裸体画が堂々と飾られていることにショックを受け、エリザベスがあわてて目をそむけると、今度は陽気に跳ねまわるキューピッドの一連隊が目に入った。金色《こんじき》に輝く丸ぽちゃのキューピッドは、炉棚にも、ベッドの脇に並んだテーブルにもいる。そのうちの何人かはベッドの隣に据えられた背の高い大型の枝付き燭台を形作っていて、そこに十二本のろうそくが挿してあった。さっき下僕がつけていったのは、その一本だった。それだけでなく、キューピッドは巨大な鏡にも群がっていた。

「これは……」目を皿のようにまん丸にして部屋を見ながら、バータがつぶやいた。「これは……なんと言ったらよいのでしょう」だが、エリザベスのほうはすでにショック状態を脱して、危険なほど浮かれた気分になっていた。

「ことばに余る？」助け舟を出したエリザベスは、くすくす笑いが喉にこみあげるのを感じた。「そ——想像を絶している？」さらに候補を挙げながら、あまりのおかしさに肩をふるわせた。

バータは首を締められたように喉をひいひい鳴らしていたが、ついにふたりともこらえきれなくなった。何日にもわたって抑えこんでいた緊張が嵐のような笑いとなって噴き出し、エリザベスとバータはいっしょになってその笑いの発作に身をまかせた。ふたりは大声をあげて笑いころげ、涙まで流した。バータは思わずエプロンをつかもうとして、貴婦人となったいまの自分はエプロンなどつけていないのだと気づき、袖からハンカチを引っぱり出して目のすみをぬぐった。エリザベスは胸像を抱えたままなのを思い出し、それを新たに抱きしめると、つるつるの頭頂部にあごを載せ、お腹が痛くなるまで笑った。ふたりはわれを忘れて笑いつづけたため、どちらも屋敷のあるじが入ってきたのに気づかず、フランシス卿の威勢のよい声がいきなり寝室に響きわたった。「レディ・ヘイヴンハーストにレディ・バータ！」

不意をつかれたバータは悲鳴を押し殺し、目にあてていたハンカチですばやく口を押さえた。

サテンの服を着た老人は、彼が愛してやまないキューピッドにどことなく似ていて、その姿をひと目見るなり、エリザベスは自分の苦しい立場を思い出した。現実の厳しさに冷水を浴びせられ、それまでの笑いは嘘のように引っこんだ。床に視線を落とすと、用意した計画を必死になって思い出し、これでうまくいくはずだと自分に言い聞かせた。うまくいってもらわなければ困る。失敗したら、金めっきのキューピッドに目がない好色な老人が夫になるかもしれないのだから。

「おふたりとも、よくいらしてくださった」フランシス卿はそそくさと前に出ながらまくしたてた。「長らく待った甲斐があったというものだ!」挨拶のときは年長の女性を優先するのが礼儀なので、士爵はバータのほうを向いた。バータは片方の手をだらんと脇に垂らしていたが、彼はその手をとって唇を押しあてた。「自己紹介をさせてください。フランシス・ベルへイヴンと申します」

レディ・バータは片脚を引いてお辞儀をしたが、恐怖に見開かれた目は相手の顔に釘付けになったままで、ハンカチも相変わらず口に押しつけられていた。フランシス卿は彼女が返礼しないことに驚いた。初めましてとも言わなければ、お元気ですかと尋ねもしない。そのかわりに、レディ・バータはもう一度お辞儀をした。さらにもう一度。「そこまでしていただくことはありませんよ」フランシス卿は当惑を隠すためにわざと愉快そうに言った。「わたしはただの士爵《ナイト》ですから。公爵どころか、伯爵ですらないわけで」

レディ・バータがまたもやお辞儀をしたので、エリザベスは肘で彼女の脇腹を強く小突いた。「なにをなさいます!」ふくよかなレディがわめいた。

「う——うちの叔母はちょっと人見知りをするもので」エリザベスは弱々しい声で言い訳した。

エリザベス・キャメロンの鈴を転がすような声に耳をくすぐられて、フランシス卿は血が騒いだ。熱い思いを隠しもせずにエリザベスのほうを向くと、未来の花嫁は彼の胸像をさも大事そうに、いとおしむように抱きしめているではないか。彼は喜びを抑えきれなかった。

「ふたりがこうなることはわかっておりました――われわれのあいだには、気どりもなければ、生娘《きむすめ》の遠慮もない」用心深く表情を殺しているエリザベスににこやかに笑いかけると、フランシス卿は自分の胸像を彼女の腕からそっと取りあげた。「しかし、愛しの君よ、生身のわたしが目の前にいるというのに、なにも粘土の塊を抱くことはないでしょう」

エリザベスはあっけにとられ、自分が抱いていた胸像をぽかんとながめた。そのあいだに、フランシス卿はその像を注意深く台座に置くと、向き直って、期待をこめた目を彼女に向けた。そこでエリザベスは、今度は胸像ではなく本人のはげ頭を胸にかき抱くことを求められているらしいと気づいた。恐ろしいことに、その推測はあたっているようだった。フランシス卿の顔を見つめるうちに、エリザベスはいよいよ混乱し、頭のなかが真っ白になった。

「あ――あの、ひとつお願いしてもよろしいでしょうか」彼女はやっと口を開いた。

「どうぞ、なんなりとうかがいましょう」フランシス卿はかすれた声で言った。

「できれば――お夕食まですこし休ませていただきたいのですけれど」

フランシス卿は一歩さがり、がっかりした顔をしたが、礼儀をわきまえねばと思い直して、しぶしぶうなずいた。「この館では田舎風の早寝早起きの習慣には従っておりませんので、夕食は八時半からです」このとき、つかのまではあったが、彼はようやくまともにエリザベスを見た。えもいわれぬ美しい顔や、ふるいつきたくなるような肢体《したい》があまりにも鮮明に頭に残っていたため、これまでは、はるか昔に目にしたレディ・ヘイヴンハーストを見つづけていたのだ。しかしいま、彼は遅まきながら、華やかさに欠ける質素なドレスや、野暮ったい髪型に気づいた。首からさげている武骨《ぶこつ》な鉄の十字架を目にすると、フランシス卿はぎょっとして身をすくめた。「ああ、それから、ほかにも何人か客人を招いておりますので」エリザベスの冴えないドレスをじろじろ見ながら、とげのある声で言う。「もうすこし服装に気をつかわれたほうがよいかと思いますが」

士爵の姿を目にしたときから茫然としていたエリザベスは、その失礼な言いようにも、なにも感じなかった。彼女が動けるようになったのは、相手が部屋を出て扉を閉めたあとだった。「バータ」エリザベスはかたわらの椅子にがっくりとすわりこんだ。「さっきのお辞儀はなんなの――あれでは、あなたが小間使いだってことが今夜のうちにもばれてしまうわ！こんなお芝居、うまくいくわけないわよ」

「そうでしょうとも！」バータはむっとしたように言った。「でも、フランシス卿がいらしたとき、あのかたの胸像を抱きしめていたのはわたしではありませんからね！」

「これからはもっとうまくやりましょう」エリザベスはちらりと振り向き、詫びるような視線を投げた。その声にはもう怯えの色はなく、かわりに固い決意と切迫感がにじんでいた。「なんとしてもうまくやらなきゃ。あしたにはここを出られるようにしたいから。あしたか、遅くともあさってには」

「あの執事、わたしの胸を見てたんですよ」バータがこぼした。「ちゃんと気づいたんだから！」

エリザベスは肩を落として苦笑いした。「下僕のほうは、わたしの胸を見てたわ。ここにいたら、女性はみんな餌食《えじき》になるわよ。わたしたち、舞台を踏んだばかりで、ちょっとあがってしまっていたのね。わたしもあなたも、お芝居をするのには慣れてないけど、今夜はうまくやってみせるわ。見ててごらんなさい。どんなに大変でも、きっとやりとげてみせる」

食堂へと続く階段をおりてきたとき、エリザベスはすでに二時間遅刻していた。もちろん、わざと遅れたのだ。

「おやまあ、遅いじゃありませんか！」フランシス卿が椅子を押しやって駆け寄ってくるあいだ、エリザベスは戸口に突っ立ったまま、なすべきことをする勇気を奮いおこそうとしていた。「どうぞこちらへ。みなさんにご紹介しましょう」ぱっとしないドレスや地味な髪型を一瞥してがっかりしながら、彼はエリザベスを前へ押し出した。「先に始めていてほしいと伝言のメモをいただいたので、そのようにしましたが、いままでなにをなさっていたんです？」

「祈りを捧げておりましたの」エリザベスは彼の目を真っ向から見るように努力した。

フランシス卿は愕然としたが、すぐに立ち直って、テーブルについているほかの三人の客に彼女を紹介した。士爵と年格好の似た男性がひとりと、おそろしく露出度の高いドレスを着た女性がふたり。初めて見るようなそのドレスにエリザベスはショックを受けた。

エリザベスが出された冷肉に手をつけ、抗議の声をあげる胃袋を黙らせているあいだ、ふたりの女性客はあからさまな軽蔑の目で彼女をじろじろ見ていた。「失礼ですけど、ずいぶんと変わったアンサンブルを着ていらっしゃるのね」エロイーズという名の女性が言った。「おうちのほうでは、そういう……飾り気のない格好をするのがならわしになっているのかしら？」

エリザベスは小さく切った肉を品よく口に運んだ。「そういうわけではないんですけれど。ただ、自分の身を飾りたてるのは感心できないと思うものですから」そう言ってから、無邪気な顔でフランシス卿のほうを見た。「ドレスってお高いでしょう。ドレスにお金をかけるのはむだづかいというものですわ」

そう聞くなり、フランシス卿は勢いこんで賛意を示した。エリザベスのその意見は、彼女をできるだけ裸にしておこうという士爵の下心にもかなっていたのだ。「いや、おっしゃるとおり！」彼は顔を輝かせ、ほかのふたりの女性を非難がましく見やった。「ドレスなんぞに大枚をはたくのは愚の骨頂だ。そもそも、買い物というのはくだらないことですからな」

「わたしも同じ気持ちです」エリザベスはうなずいた。「買い物をするお金があったら、それを残らず慈善事業に寄付したいと思っていますの」

「寄付する？」フランシス卿は小さく叫んで椅子から腰を浮かせたが、すぐに気を鎮めてすわり直し、エリザベスと結婚するのは賢いことかどうか再検討を始めた。たしかに美人ではある――記憶にあるよりはおとなびた顔になっているが、髪を引っつめて黒いベールをしていても、色の濃い長いまつげに縁どられたエメラルドグリーンの瞳の美しさに変わりはない。目の下にはくまができている――前に会ったときは、こんなくまはなかったはずだ。きっと、生まじめな性格が災いしたのだろう。持参金はかなりの額だし、このだらりとした黒いドレスに隠された肉体は……体つきをこの目で確かめられればいいのだが。それも、この一年半のあいだに、悪いほうに変わってしまったかもしれない。

「じつをいうと」フランシス卿はエリザベスの手に自分の手を重ね、優しく握りしめた。「食事におりてくるときには、先ほどお勧めしたように、別のドレスに着替えてこられるものと思っていたのですよ」

エリザベスはしれっとして士爵を見た。「ドレスはこれしか持ってきておりませんの」

「これ一着ですか？　し――しかし、うちの下僕がトランクをいくつも運びあげるのをたしかに見ましたぞ」

「あれはみな叔母のものです――わたしのトランクはひとつだけで」エリザベスはあわてて話をでっちあげ、次に来るはずの質問に対し、どう答えれば相手を納得させられるだろうと必死に考えた。

「ほんとうに？」フランシス卿は落胆しきった様子でなおも彼女のドレスをながめていたが、やがて予想どおりの質問を口にした。「ドレスが入っていないとすると、失礼ながら、その唯一のトランクにはなにが入っているんでしょうな？」

そのとき、ふいにひらめいて、エリザベスはにっこりした。「大変な貴重品が入っております。値段のつけようがないほど貴重なものですのよ」

テーブルを囲む人々がいっせいにエリザベスのほうを向き、興味津々といった顔で彼女を見た。そのなかでも、欲深いフランシス卿のはしゃぎぶりはきわだっていた。「いや、参った。じらさないで、早く聞かせてくださいよ。なにが入っているんですか？」

「聖ヤコブの遺骸です」

レディ・エロイーズとレディ・モータンドはそろって悲鳴をあげ、ウィリアム卿はワインにむせ、フランシス卿はぎょっとして目をむいたが、エリザベスの計略はそれで終わりではなかった。彼女は食事がすむのを待って、とどめの一撃をくり出した。みんなが腰を上げたか上げないかのうちに、きちんと感謝の祈りを捧げるまですわっていなくてはいけないと言いだしたのだ。両手を天に向かって差しあげると、エリザベスは食後の短い祈りを肉欲と淫《いん》蕩《とう》の罪に対する非難の大演説に変え、しだいに調子を激しくして、最後の審判の日にすべての罪人《つみびと》の上に裁きの鉄槌《てっつい》がくだされるようにと祈り、ついには、色欲の道に迷いこんだ者を待ち受けている恐ろしい罰を、身の毛もよだつおぞましい例をあげて説明するにいたった。その説明は、ドラゴン伝説に神話を結びつけ、宗教的知識をひとつまみ加えて、彼女自身が想像したあざやかなイメージをふんだんにまぶしたものだった。話を終えると、エリザベスは目を伏せ、今夜かぎりでこの苦しみから解放されますようにと、今度は本気で祈った。これ以上できることはない。自分は与えられた手札を使って精一杯勝負した。全力をつくしてやるべきことをやったのだ。

効果はてきめんだった。夕食のあと、フランシス卿はエリザベスを寝室まで送り、見え透いた演技で残念がるふりをしながら、あいにくだがわたしとあなたはそりが合わない――なにからなにまで合わない――ように思える、と告げた。

翌日の明け方、エリザベスとバータは、フランシス卿の召使いたちが起き出す一時間前に出発した。フランシス卿は化粧着姿のまま寝室の窓から外をのぞき、エリザベスが御者の手を借りて馬車に乗りこむのを見守った。窓辺を離れようとしたそのとき、一陣の風がエリザベスの黒いドレスの裾をあおって、このうえなく形のよい長い脚をあらわにし、士爵の目はその脚に釘付けになった。彼は車回しを進んでいく馬車を目で追った。馬車の窓は開いていて、エリザベスが笑いながら頭に手をやり、ピンを抜いて髪をおろすのが見えた。黄金色の髪が豊かに流れ落ち、開いた窓のなかでひるがえって、彼女の顔を隠している。それを見ながら、フランシス卿は考えこむように唇をなめた。

10

キャンフォード伯爵ジョン・マーチマンのカントリーハウスは、人の手の加わらない自由で素朴な美しさに満ちていたので、車窓から景色をながめていたエリザベスは、つかのま、旅行の目的を忘れかけた。屋敷はこれまで見たなかでいちばん大きく、チューダー様式の、ハーフティンバー（木の骨組みを露出させ、あいだをレンガや漆喰で埋める建築様式）の建物が縦横に広がっていたが、エリザベスの心をとらえたのは周囲の土地のほうだった。屋敷の正面に広がる大庭園に流れる小川、そのほとりに整然と並ぶしだれ柳。その柳の並木に沿ってライラックが思いのままに咲きみだれ、両者のやわらかな色彩が、青いオダマキや野生の百合の花色と溶け合って、自然な華やぎを生み出している。

屋敷の前に到着した馬車がまだ停まりきらないうちに、玄関の扉が勢いよく開き、筋骨たくましい長身の男性が、はずむ足どりで階段を駆けおりてきた。

「ここでは前の訪問先よりも熱烈な歓迎を受けることになりそうね」緊張の名残りでいまもふるえている声に決意をにじませると、エリザベスは手袋をはめ、彼女の幸せと独立を妨げる次の障害に立ち向かうべく勇気を奮いおこした。

蝶つがいがはずれるほどの勢いで馬車の扉が開かれたと思うと、男らしい精悍《せいかん》な顔がなかをのぞきこんだ。「レディ・ヘイヴンハースト！」と叫んだとき、キャンフォード卿の顔は興奮で赤くなっていた。それとも、酔っ払っているのだろうか？　エリザベスにはどちらとも見分けがつかなかった。「ご訪問を心待ちにしていたので、ほんとうにびっくりしました」彼はそう言ったあと、すぐにばかげた言いまちがいに気づき、われながらあきれたというように大きな頭を振って、急いで言い直した。「いや、ほんとうにうれしく思っています、と言いたかったんですよ。びっくりしたのは、お着きになるのが早かったことです」

相手が見るからに恥ずかしそうな顔をしたので、エリザベスはつい同情しそうになったが、その気持ちは断固として抑えこんだ。感じのよい人だという気がしたが、その好印象も心に封じこめた。「突然ご訪問を申し入れたりして、ご迷惑でなければいいのですけれど」「迷惑なんてことはありません。それどころか」キャンフォード卿はエリザベスの見開いた目をのぞきこみ、そのなかで溺れてしまいそうになった。「大歓迎ですよ」

エリザベスはにっこりし、「叔母のバータです」と紹介すると、屋敷の主人が意気揚々《ようよう》と案内するのに従って、玄関先の階段をのぼっていった。その途中で、彼女は隣を歩くバータにいくらか安心したように耳打ちした。「彼もこちらと同じぐらい緊張してるみたい」

明るく日が照る戸外から入ってきたせいで、屋敷のなかは薄暗く陰気に感じられた。家のあるじに案内されて広間や居間を通ったとき、エリザベスは周囲の家具にちらちら目をやった。いずれも暗色の革張りで、かつては海老茶《えびちゃ》色や茶色だったらしい。期待に満ちた目でエリザベスを見守っていたキャンフォード卿は、彼女の目にわが家がどう映っているかを察してはっとしたようだった。家具のみすぼらしさについて釈明するために、彼は急いで言った。「このうちには女手が必要なんです。わたしはずっとひとり身ですし、うちの父もそうなので」

バータはさっと目を上げ、キャンフォード卿をにらみつけた。「まあ、なんてことでしょう！」彼の発言を、自分は私生児だという告白ととったらしく、その声は怒りに満ちていた。「いいえ、違うんです」キャンフォード卿はあわてて誤解を正した。「父は結婚したことがないわけじゃありません。いまの話は――」彼はアスコットタイをそわそわと引っぱり、襟もとをゆるめるようなしぐさをした。「わたしが幼いころに母が亡くなり、父はそのあと再婚していないという意味です。わたしは父とふたりで暮らしています」

二本の廊下の交点から階段が伸びているところに来ると、キャンフォード卿は振り返ってバータとエリザベスの顔を見た。「なにか飲み物でも召しあがりますか、それとも、このまま寝室にお連れしたほうがいいでしょうか？」

エリザベスはすこし休みたかったし、それ以上に、キャンフォード卿といっしょにいる時間をなるべく減らしたいと願ってもいた。「できれば、あとのほうのご提案をお受けしたいのですが」

「でしたら」キャンフォード卿は腕をさっと振って階段をさし示した。「上にあがりましょう」

キャンフォード卿もフランシス卿と大差ないのがいまのやりとりではっきりした、といわんばかりにバータは鼻息を荒くした。「なにをおっしゃいます！　わたくしはこれでもう二十年近くこの娘を寝かしつけてきたのです。あなたのような人の手を借りる必要はございません！」そう言っているうちに、自分のほんとうの身分を思い出したのか、バータはいきなり片脚を引いてお辞儀をし、「……お気にさわりましたらお赦しください、伯爵様」とかしこまった小声で言い添えたので、威厳を示すせっかくの演技が台なしになってしまった。

「気にさわる？　そんなことはありません、わたしはただ――」ジョン・マーチマンは、そこでやっとバータがなにを想像したのかさとり、髪のつけ根まで真っ赤になった。「――お教えしようとしただけなんです――」と言いかけて、一瞬、天を仰いで目をつぶり、これ以上失言をくり返さずにすみますようにと祈った。「――つまりその、寝室までの行き方を」言いおえると、彼はほっとして大きく息をついた。

不器用に誠意を示そうとするキャンフォード卿に、エリザベスは内心、ほろりとした。これほど差し迫った状況でなければ、こちらも気をつかって彼をなぐさめてあげたいと思ったほどだった。

眠い目をむりに開け、エリザベスはあおむけに寝返りを打った。窓からはさんさんと日が射している。伸びをしながら前夜の食事のことを思い出すと、ほのかな笑みが口もとをかすめた。キャンフォード卿は、到着のときの印象どおり、不器用ながら一生懸命人を喜ばせようとする好男子だとわかったのだ。

そこにバータが飛びこんできた。しゃれた葡萄《ぶどう》色のドレスを着ていても、やはり小間使いに見えてしまうのが不思議だ。「あの男ときたら」この家のあるじのことを、彼女は険のある口調でそう呼んだ。「口を開けば、ふたことめには誤解を招くようなことを言うんですから！」貴族に交じることを許されているあいだは、もうすこし上等な人々とつきあえると思っていたのに、といわんばかりだ。

「きっと、わたしたちが怖いのよ」エリザベスはベッドを降りながら答えた。「いま何時かわかる？　七時に釣りに行くから、いっしょにきてほしいと言われていたんだけど」

「十時半です」バータはいくつか抽斗《ひきだし》を開けると、エリザベスのほうに向き直って、彼女がどのドレスを着るか決めるのを待った。「伯爵はさっきまでお待ちでしたが、結局ひとりで出かけました。釣り竿は二本持っていらしたようです。目が覚めたら来てほしい、いっしょに釣りをしましょうとおっしゃってましたよ」

「だったら、ピンクの綿モスリンのドレスにするわ」エリザベスはいたずらっぽい笑みを浮かべた。

花嫁候補がようやく姿を見せ、こちらに向かってくるのを見たとき、キャンフォード卿は思わずわが目を疑った。ピンク色の薄地のドレスに、同じくピンク色の薄地の日傘、ピンク色の華奢なボンネットというでたちで、エリザベスは足どりも軽やかに川べりを歩いていた。気まぐれな女心に驚きながらも、彼は五年越しで釣りあげようとしている大物の鱒《ます》にすばやく注意を戻した。かぎりなく慎重に竿をあやつって、老獪《ろうかい》な魚をだまし、あるいは怒らせて、毛鉤《けばり》に食いつくように仕向けていく。罠と承知しているかのように、大鱒はいったん鉤をよけたが、すぐに身をひるがえして猛然と疑似餌《ぎじえ》に食らいつき、伯爵はあやうく釣り竿を取り落としそうになった。跳ねあがった鱒が空中にみごとなアーチを描いた瞬間、彼の花嫁候補は狙いすましたように金切り声をあげた。「蛇よ!」

キャンフォード卿がぎょっとしてそちらを見ると、エリザベスは悪魔に追われているかのように彼のほうへ突進してきた。「蛇が! 蛇がいるの! 助けてえっ!」そこで一瞬、集中力が途切れて、彼は糸をゆるめてしまい、鱒は鉤を振りきって逃げていった——エリザベスの狙いどおりに。

「あっちに蛇がいたのよ」息をはずませながらでたらめを言うと、エリザベスは彼女を抱きとめようと腕を伸ばした伯爵の手が届く寸前で立ち止まった。抱きとめるのではなく、首を絞めようとしたのかしら、と思い、ゆるみそうになる頰を引きしめる。伯爵が釣りそこねた大物をひと目でも見られたらと、水面に目を走らせるうちに、エリザベスは腕がむずむずしてきた。自分で竿を握って運試しがしたくなったのだ。

キャンフォード卿の不機嫌な声を耳にして、エリザベスはあわててそちらに注意を戻した。「あなたも釣ってみますか? それとも、蛇を見たショックが治まるまで、しばらくすわって見物していたほうがいいかな?」

エリザベスはわざと怯えたふりをして、彼のほうを向いた。「なにをおっしゃるの! わたしは釣りなどいたしません」

「でも、すわるのはかまわないでしょう?」そのことばは皮肉ととれなくもなかった。

伯爵の声がしだいにとげとげしくなってきたのに気づいて、エリザベスはほほえみを隠すためにまつげを伏せた。「もちろん、すわるのはかまいませんわ」つんとすまして答えた。「すわるのは大変レディらしいことですけれど、わたしの考えでは、釣りはレディのすることではありませんの。でも、あなたが釣りをなさるところは、ぜひ拝見させていただきたいわ」

それから二時間というもの、エリザベスは伯爵のかたわらで大きな岩に腰かけ、やれこの岩は固いだの、やれ日射しがまぶしいだの、空気がじめじめしているだのと文句を並べ、文句の種がつきると、今度はやくたいもない話題を次々に思いついてはぺらぺら話しかけ、その合間に、川に石を投げこんで獲物を追い散らしたりして、伯爵の楽しいひとときをぶちこわしにしていた。

そうしてさんざんじゃまされながらも、キャンフォード卿がついに魚を釣りあげると、エリザベスはよろよろと立ちあがって、一歩しりぞいた。「だめよ——苦しんでるじゃないの!」伯爵が魚の口から鉤をはずしているのを見て、エリザベスは声をあげた。

「苦しんでる? 魚がですか?」キャンフォード卿は驚いたように言った。

「そうよ!」

「ばかばかしい」なにを言っているんだという顔でエリザベスを見ると、キャンフォード卿は魚を地面に放った。

「そんなふうにしたら、魚は息ができないでしょう！」ばたばたしている魚を見ながら、エリザベスは悲痛な声で抗議した。

「息はしなくていいんです」キャンフォード卿が言い返した。「これはわれわれの昼食になるんですから」

「そんなこと、許されませんわ！」エリザベスは、残忍な殺人鬼でも見るかのように伯爵を見た。

「レディ・ヘイヴンハースト」キャンフォード卿が厳しい声で言った。「あなたは魚というものを食べたことがないんですか？」

「そんな、食べたことはありますわ、もちろん」

「では、あなたが食べたその魚は、どこから来たと思っているんです？」腹立たしげに問いつめる。

「紙にきちんと包まれてきましたわ」エリザベスはぽかんとした顔で答えた。「お魚というものは、きれいな紙にきちんと包まれてやってくるんです」

「でも、魚たちはそのきれいな紙のなかで生まれたわけじゃありませんよね」エリザベスに対して断固とした態度をとるようになったのも立派だが、それにしても伯爵の辛抱強さには感服するしかなく、彼女はその思いを隠すのに苦労した。この訪問の前に想像したのとは違って、キャンフォード卿は愚鈍《ぐどん》でも軟弱でもなかったのだ。「あなたが食べた魚は」彼は質問を続けた。「紙に包まれる前はどこにいたんでしょう？　そもそも、どうやって市場に来たんだと思いますか？」

　エリザベスはつんと頭をそらし、あばれている魚を不憫《ふびん》そうに見やると、上から見くだすような非難がましい目で伯爵をにらんだ。「網かなにかを使ってつかまえたんでしょうけど、こんなやり方はしなかったはずですわ」

「こんなやり方とは？」

「あなたがなさったようなやり方よ――鱒が水中のわが家にいるところへ忍び寄って、ふわふわしたもので覆い隠した鉤で相手の目をごまかして、かわいそうな鱒を家族から引き離したあげく、地面に放り出して死なせるなんて。そんなの、あまりにもむごすぎますわ！」エリザベスは憤然としてスカートをぐいと引っぱった。

　キャンフォード卿は眉間《みけん》にしわを寄せてあきれ顔でエリザベスを見ると、頭をはっきりさせるようにぶるんと首を振った。そしてほどなく、彼女を連れて帰途についた。

　エリザベスはキャンフォード卿に頼んで、哀れな魚の入ったバスケットを彼女がいる側ではないほうの手で持ってもらうようにした。それでも相手が困った顔をしないので、その手を横に伸ばしておいてほしいとだだをこねた――バスケットをわが身からすこしでも遠ざけたいのだと言って。

　そんなわけで、キャンフォード卿が夕食まで失礼させてもらうと言ったときも、ぎこちない空気が流れる食事の席で彼がむっつりと暗い顔をしているのを見たときも、エリザベスはすこしも驚かなかった。伯爵は黙りこんでいたが、エリザベスがその沈黙を埋め、フランスとイギリスのファッションの違いや、手袋には最上の仔山羊革を用いるのがいちばんだといった話題で熱弁をふるったあと、自分がこれまでに見たすべてのドレスについて、微に入り細をうがつ説明を滔々《とうとう》と続けた。食事が終わるころには、キャンフォード卿はあきれはてて茫然としていた。喉が多少痛んではいたが、エリザベスはその結果に大満足した。

「御前様」翌日、エリザベスとふたりきりで居間に並んですわると、バータはさすがですねというように口もとをほころばせて感想を述べた。「こうなれば、キャンフォード卿は求婚のことを考え直すでしょうね」

「伯爵は、わたしを殺すにはどういう方法をとるのがいちばん楽だろうかと、食事中にこっそり考えていたんじゃないかしら」エリザベスはくすくす笑いながら話を続けようとしたが、そこに執事が現われ、キャンフォード卿がレディ・ヘイヴンハーストとふたりだけで話したいとして書斎で待っていると告げた。

機知を働かせた舌戦――というより無知を見せつけるための舌戦かしら、と内心で苦笑したが――をふたたびくり広げるのを覚悟しながら、エリザベスはおとなしく執事のあとに従い、茶色い家具の並んだ陰気な広間を通って広々とした書斎に入っていった。キャンフォード卿は、右のほうにある机につき、海老茶色の椅子に腰かけていた。

「わたくしにお話があるとうかがいまし――」部屋に入りながら口を開いたとき、壁にかかっているなにかがエリザベスの髪をかすめた。肖像画だろうと思ってそちらを向くと、そこにあったのは巨大な熊の首で、目と目ではなく、目と牙がまともに合ってしまった。エリザベスの口からもれた小さな叫び声は、今度ばかりは本物だったが、それは恐怖ではなくショックから生じたものだった。

「それは完全に死んでいますから」伯爵はうんざり顔であきらめたように言い、自分がいちばん自慢にしているトロフィーと向き合ったエリザベスが、手で口を覆ってあとずさるのを見守った。

エリザベスはすばやく立ち直り、壁を覆いつくしている狩りの戦利品に目を走らせてから、伯爵のほうへ向き直った。

「もう口から手を離されてもよいでしょう」と伯爵が言った。エリザベスはまたも非難がましい目で相手をにらみながら、唇を噛んでほほえみをこらえた。お化けのように大きなその熊をどこで見つけたのか、どうやってそばに忍び寄ったのか、訊いてみたくてたまらなかったが、それは我慢するしかなかった。「伯爵様、このかわいそうな動物たちは、まさかあなたの手で殺されたのではないでしょうね」

「残念ながら、そのとおりです。正確にいうと、手ではなくて、銃でしとめたのですが。どうぞおかけください」キャンフォード卿はあごをしゃくって机の向こう側の革張りの袖椅子を示し、エリザベスは体を包みこむようなその椅子に居心地よく納まった。「よろしければうかがいたいのですが」こちらを見上げたエリザベスの顔に目をとめ、彼はまなざしを和らげた。「わたしとあなたが結婚するとしたら、ふたりの生活はどのようになるとお思いですか？」

そういう正面攻撃は予期していなかったので、エリザベスはうろたえながらその率直さに感心した。深呼吸をひとつして、彼女は伯爵が嫌悪しそうな生活を順序よく説明しはじめた。

「いうまでもなく、生活の場はロンドンになります」すわったまま身を乗り出し、熱心に訴えるようなポーズをとる。「娯楽がいっぱいのあの町ほどすてきなところはありませんわ」

ロンドンで暮らすと聞いて、キャンフォード卿は眉を曇《くも》らせた。「どのような娯楽がお好みなんでしょうか？」

「好きな娯楽ですか？」エリザベスは考えながら明るく言った。「舞踏会に大きな夜会、それにオペラかしら。舞踏会は開くのも出かけるのも大好きですの。ええ、舞踏会にはなにをおいても行くことにしておりますのよ。そうそう、シーズン中に十五回も舞踏会に行った年もありましたわ！　それと、わたくし、賭け事に目がありませんの」嫁入りのさいの持参金では養いきれないほど金のかかる女だという印象を与えるために、そんなことを言ってみた。

「でも、なにしろ運が悪いものですから、借金がかさむばかりなんですけれど」

「なるほど。そのほかには？」

エリザベスはたじろいだ。もっとアイディアが湧いてもいいはずなのにと思ったが、揺るぎない目で探るように見つめられて、彼女は落ち着きを失った。「舞踏会や賭け事や上流社会のかたがたとの交わりのほかに」楽しげな口調を装って訊き返す。「人生ではなにが大事か、ということですか？」

キャンフォード卿は考えこむような顔をした。きっと、勇気を奮いおこして、あなたとは結婚できないと告白しようとしているのだろう。エリザベスはそう期待し、相手の気を散らさないために黙って待っていた。伯爵が口を開くと、その期待は確信に変わった。自分が重要と見なすことについて話そうとすると、彼はいつもしどろもどろになるのだが、いまもそういう口調になっていたからだ。「レディ……えーと……」伯爵は口ごもり、アスコットタイをなでまわした。

「ヘイヴンハーストです」エリザベスは助け舟を出した。

「そうだ――ヘイヴンハーストでしたね」考えをまとめ直すためにしばらく黙りこんでから、伯爵はあらためて口を開いた。「レディ・ヘイヴンハースト、わたしは野暮な田舎貴族なので、ロンドンの社交シーズンを楽しみたいとも、高貴な人々に交じって肩で風を切って歩きたいとも思っておりません。あの町にはなるべく行かないようにしているぐらいです。そう聞いたら、あなたはがっかりなさるでしょうね」

エリザベスは悲しげにうなずいた。

「まことに残念ながら」キャンフォード卿は首まで赤くなっていた。「あなたとわたしはうまくいきそうにありません、レディ……あー……」相手の呼び名を忘れるという失態にどぎまぎして、彼は口を濁《にご》した。

「ヘイヴンハースト」きちんと話を終えてもらうために、エリザベスはまた口添えした。

「ああ、そうでした。ヘイヴンハーストですね。そうそう。わたしが言いたかったのは……

その……」

「わたしたちはうまくいかない、ということですか？」エリザベスは話をうながした。

「そのとおり！」エリザベスのことばは伯爵の思いを代弁するものだったが、それを彼女自身の思いを述べたものと勘違いして、彼はほっとため息をつくと、勢いこんでうなずいた。

「とにかく、意見が合ってよかった」

「もちろん、こういう結果になったのは残念ですけれど」エリザベスは愛想よく付け加えた。釣りに行ったとき彼の心をさんざん苦しめたことを思うと、なにかなぐさめになりそうなことを言ってあげねばという気持ちになったからだ。「叔父もたいそうがっかりすることでしょう」エリザベスは飛びあがって鵞《が》ペンを伯爵の手に押しつけたくなるのをかろうじてこらえた。「ご自分の決断について説明する手紙を、いまこの場で書いていただけませんか？」

「ふたりの決断でしょう」キャンフォード卿が折り目正しく訂正した。

「ええ、でも……」エリザベスは口ごもり、答え方を慎重に計算した。「叔父はほんとうに落胆して、これを――わたしの落ち度にすると思うんです。それで叱られるのかと思うとたまらなくて」フランシス卿は叔父に手紙を出すだろうし、ことのついでに、破談になったのはエリザベスのせいだと書くかもしれない。そのうえにキャンフォード卿から同じような手紙が行ったのでは、彼女の立場は悪くなるばかりだ。ジュリアアス叔父はばかではない。こちらから求婚者にいやがらせをして、わざと計画をふいにしたのを見抜かれたら、彼女はこらしめを受けることになるだろう。その危険を見過ごすわけにはいかなかった。

「わかりました」伯爵は思わずたじろぐような真剣な目で彼女をじっと見ると、鵞ペンを取りあげて先を削った。手紙を書きはじめた伯爵を見ながら、エリザベスは思わず安堵の吐息をもらした。「厄介な仕事が片づいたところで、ひとつお訊きしてもいいですか？」伯爵は書きおえた手紙を脇に押しやって言った。

エリザベスは嬉々としてうなずいた。

「あなたはなぜここにいらしたのですか——つまり、なぜわたしのプロポーズについて考え直すことにされたのですか？」

その質問に、エリザベスははっとして身構えた。こうしてキャンフォード卿に会ってみると、舞踏会で彼と話したという記憶はごくあいまいなものでしかなく、記憶違いかもしれないという気さえしてくる。それに、ここに来なければ叔父に援助を打ちきられるおそれがあったのだと打ち明けるわけにはいかなかった。そうした説明はあまりに屈辱的で、口にするのも耐えがたかったからだ。

キャンフォード卿はエリザベスの返事を待ったが、答えられないらしいと見ると、さらに質問した。「おととし顔を合わせたわずかな時間に、わたしはあなたに対して、自分が都会生活にあこがれていると勘違いさせるようなことを、なにか言ったか、態度に示すかしたのでしょうか？」

「それはなんとも言えませんわ」エリザベスにしてみれば、それが正直なところだった。

「レディ・ヘイヴンハースト、あなたはそもそも、わたしと会ったことを覚えていらっしゃるんですか？」

「ええ、覚えていますとも。それはもう、はっきりと」エリザベスは、そこでようやく、レディ・マーカムの屋敷でキャンフォード卿らしき男性に紹介されたのを思い出した。そうよ、あれが彼だったんだわ！「レディ・マーカムの舞踏会でお会いしたんでしたわね」

キャンフォード卿は彼女の顔から目を離さなかった。「わたしとあなたは、公園で出会ったんです」

「公園で？」エリザベスはばつの悪さにいてても立ってもいられなくなった。

「あなたは足を止めて花をながめていらした。その日あなたをエスコートしていた若い紳士が、あいだに立って紹介してくれたんです」

「そうですか」エリザベスは伯爵から目をそらした。

「次の日にはわたしがあなたを同じ公園にお連れしたのですが、その二日間にわたしたちがどんな話をしたか、お聞かせしましょうか？」

好奇心と羞恥心がせめぎ合い、好奇心が勝った。「ええ、聞かせてください」

「釣りの話です」

「つ――釣りですって？」エリザベスは息をのんだ。

キャンフォード卿はうなずいた。「紹介されたあとすぐに、わたしはこう申しあげたんです。わたしは社交シーズンのためにロンドンに来たとお思いだろうが、そうではない。スコットランドに釣りに行く途中に寄っただけで、あしたにはもうここを発つのだ、と」

記憶がかすかにかきたてられ、エリザベスは不吉な予感に襲われた。「話ははずみました」伯爵はことばを継いだ。「あなたは、前に鱒釣りをしたとき、とりわけ釣るのがむずかしい大物を釣りあげたと言って、そのときのことを熱心に話してくださった」

エリザベスは真っ赤に焼けた石炭のように顔がほてってきたが、伯爵はさらに続けた。「そうしてふたりで釣り談義に花を咲かせて、時間のことも、気の毒なエスコート役のことも忘れてしまったほどでした」

キャンフォード卿はそこで口をつぐみ、反応を待った。エリザベスは重い沈黙に耐えきれなくなり、こわごわ口を開いた。「その話には……まだ先があるんですか？」

「いまのでほとんど終わりです。わたしは次の日にスコットランドに発つのをやめて、あなたをお訪ねした。華やかな夜会かなにかが催されるとかで、五、六人の若者がエスコートの申しこみに来ていたが、あなたは彼らを袖にして、もう一度、公園での気ままな散歩につきあうことにしてくださったんです」

エリザベスは伯爵と目を合わせられず、ごくりと唾をのんだ。

「その日にはなにを話したか、お教えしましょうか？」

「いいえ、結構です」

キャンフォード卿は小さく笑ってその返事を無視した。「あなたは、社交界のから騒ぎに少々うんざりしたと口にされ、今日は田舎に行きたくてしかたないとおっしゃったんです――それで公園に出かけたわけですが。なかなか楽しいときを過ごせたと思いますよ」

キャンフォード卿が口をつぐんだので、エリザベスはしかたなく彼と目を合わせ、観念して尋ねた。「釣りの話をしたんですね?」

「いいえ。この日の話題は猪《いのしし》狩りでした」

エリザベスは穴があったら入りたい気分で目を閉じた。

「昔、お父上が猪を撃ったときの冒険談を話してくださって、自分が狩りの様子を木の上から見ていたら――お許しを得ずにですが――最後にはその木の根もとで猪が倒されたのだとおっしゃっていました」伯爵はそう言うと、ごていねいにもこう付け足した。「木の上に隠れていたのをハンターたちに見つかったのは、思わず歓声をあげてしまったからだったとか。おかげで、お父上に大目玉を食らったということでした」

エリザベスはキャンフォード卿の目に楽しげな光が躍っているのに気づき、ふたりはそろって吹き出した。

「あなたのその笑い声も覚えていますよ」キャンフォード卿は微笑したまま言った。「こんな美しい音がほかにあるだろうかと思ったものです。あまりにも耳に心地よかったので、その笑い声を聞いたり、楽しく話をしたりしていたときは、ほんとうになごやかな気分になれました」自分がお世辞めいたことを言っているのに気づくと、伯爵は顔を赤らめ、アスコットタイを引っぱって、照れくさそうに目をそらした。

相手がどぎまぎしているのがわかったので、エリザベスは彼が落ち着きを取り戻してこちらに目を向けるまで待った。「わたしも、あなたのことを覚えています」伯爵がまたよそを向きそうになると、エリザベスは小首をかしげながらそう言って、彼が目をそらすのを阻《はば》んだ。「ほんとうよ」おだやかな、真摯な声で言った。「ついさっきまで忘れていただけで」

キャンフォード卿は喜びながらも不思議そうな顔をして、椅子に沈みこんでエリザベスをつくづくと見た。「わたしのことはほとんど印象に残らなかったのに、なぜプロポーズについて考え直すことになさったんですか？」

キャンフォード卿の態度はとても誠実で優しかったので、エリザベスもこの人には事実を話すべきだと感じた。それだけでなく、伯爵の頭の回転の速さについても、評価が急速に変わってきていた。ふたりのあいだに恋愛関係が生じることはありえないとわかると、彼の話はじつに的確になり、はっとするほど鋭い意見を述べるようになっていたのだ。

「ここまできたら、すべてを話してくださってもいいのではありませんか」キャンフォード卿はエリザベスの心を見抜いたようにほほえんだ。「こう見えても、わたしはそんなに鈍い男ではありません。ただ……その……ご婦人とのつきあいに慣れていないだけなんです。われわれが夫婦にならないことがはっきりしたとしても」彼の声にはすこしだけ無念さがにじんでいた。「友だちにならなれるのではないでしょうか？」

この人なら、事情を話してもばかにしたりはしないだろう。それに、すべてを聞きだすまでは質問の手をゆるめないだろう。エリザベスはそう直感した。「これは、わたしの叔父が決めたことなんです」彼女は恥ずかしそうにほほえむと、できるだけ体裁をつくろうように心がけながら、なぜ伯爵に迷惑をかけることになったのかを話しはじめた。「叔父には子供がいないので、わたしをなんとかよい人と結婚させようと意地にな――いえ、心を砕いてくれているんです。叔父はわたしに求婚してくださったかたたちのことを聞いて――それで、その……」どう続けていいかわからなくなって、エリザベスは口をつぐんだ。これを説明するのは思った以上にむずかしい。

「わたしを選んだと？」

エリザベスはうなずいた。

「それは意外だ。わたしたちが出会ったシーズンに、あなたは数人の――いや、何人もの男性から求婚されたと聞きました。その噂はよく覚えています。なのに、叔父様はわたしを選ばれた。そのことはたしかに光栄ですが、ひじょうな驚きでもあります。わたしとあなたは、興味関心はもちろん、年齢も相当に差があるのだから、もっと若い人が選ばれてもいいように思うのですが……すみません、こんな詮索《せんさく》がましいことを言って」話しながら、キャンフォード卿はエリザベスの顔色をじっとうかがっていた。

「ほかにはだれが選ばれたんです？」キャンフォード卿にずばり尋ねられ、エリザベスはぎょっとして椅子から飛びあがりそうになった。

唇を嚙んで目をそらしたエリザベスは、胸の内をさとられたことに気づかなかった。エリザベスの苦しげな顔を見て、キャンフォード卿は、彼女が質問にうろたえる一方で、それに答えることをどれほどつらく感じているかを察したのだ。

「その男がだれであれ、彼はわたし以上にあなたにふさわしくない相手なんですね。お顔を見ればわかります」キャンフォード卿は彼女をじっと見つめた。「だれだかあててみましょうか？　それとも、正直に話したほうがいいだろうか。さっき出先から帰宅したとき、あなたの御者と叔母様が、フランシス・ベルヘイヴン卿の屋敷でのできごとを笑い話にしているのを耳にしてしまったんです。もうひとりの候補者はベルヘイヴンですか？」伯爵は優しく尋ねた。

エリザベスの顔から血の気が引き、それが答えのかわりになった。

「なんということだ！」キャンフォード卿は激しく反発し、不快そうに顔をしかめた。「あなたのような純真な人があの老いぼれに求婚されたなんて、考えただけでも――」

「プロポーズはとりさげてもらいました」エリザベスは伯爵を安心させるために急いでそう言ったが、彼女のことをほとんど知らないのに、伯爵が義憤《ぎふん》を示してくれたことには心を打たれずにいられなかった。

「完全に？」

「ええ、たぶん」

キャンフォード卿はすこし考えてからうなずき、椅子に身を沈めると、相手がひるむほど鋭い目でエリザベスの顔を見つめた。そのうちに、彼の顔にはすこしずつ笑みが広がっていった。「いったいどうやったのか、聞かせてもらえませんか？」

「その話はご勘弁願いたいのですが」

キャンフォード卿はまたうなずいたが、ほほえみはさらに広がり、青い瞳は楽しげにきらめいていた。「ここでお使いになったのと同じ策略をベルヘイヴンに対しても使われたのではないかと拝察しますが、そう申しあげたら的はずれになるでしょうか？」

「ご質問の――趣旨がよくのみこめないのですけれど」エリザベスは用心深く答えたが、伯爵の笑顔につりこまれてしまい、気づいたときには、ほほえみ返したくなるのを唇を噛んで我慢していた。

「一年半前のことは、釣りに対する本物の興味をお示しになったか、あるいは、礼儀上、わたしが自分の趣味についてしゃべりやすくなるように気をつかってくださったか、どちらかでしょう。もし前者であれば、きのうあなたが魚に示された恐怖心は……なんというか……わたしに思いこませようとしたほど根深いものではないということになりませんか？」

ふたりはじっと見つめ合った。キャンフォード卿は心得たようにほほえみ、エリザベスのほうはいまにも笑いだしそうだった。「そうですね、それほど根深くはないかもしれませんわ、伯爵様」

キャンフォード卿は目を生き生きと輝かせた。「きのうあなたのおかげでわたしが取り逃がしてしまった鱒を、ご自分で釣ってみてはいかがですか？　彼はまだあそこにいて、わたしをあざ笑っているんじゃないかな」

エリザベスが吹き出すと、キャンフォード卿もいっしょになって笑った。笑いが治まって、机の向こうの伯爵を見たとき、エリザベスは彼とほんとうに友だちになれたような気がした。華奢な靴などはかずに川べりに腰をおろし、竿を構えて自慢の腕前を試せたらどんなに楽しいだろう。そう思ったものの、伯爵の屋敷にこのまま客としていすわるのは気が引けた。それに、ふたりの結婚の可能性について考え直されたりしても困る。「いろいろ考えましたが」エリザベスはゆっくり口を開いた。「やはり、叔母とわたしはあしたおいとまするのがいちばんかと思います。もう一カ所……まだ旅の途中ですので」

翌日の明け方はすっきりと晴れあがり、木立ちからは鳥のさえずりが聞こえ、紺碧《こんぺき》の空には太陽が明るく輝いていた。しかし残念なことに、その日は前夜から持ちこした問題の解決案がひとりでに思い浮かぶような日ではなく、キャンフォード卿の手を借りてバータとともに馬車に乗りこんだときも、エリザベスはまだジレンマを解決できずにいた。もう仕事は片づいたのだからこれ以上ここにとどまるわけにはいかない。かといって、約束より二週間も早く、しかもルシンダではなくバータを連れて、スコットランドのイアン・ソーントン宅を訪ねるのも、けして楽しいこととは思えなかった。あの男と対決するときには、ルシンダにそばにいてほしい。どんな人の前でも臆することがなく、必要なときには助言をしてくれる、あのルシンダに。となれば、考えられる策はひとつしかない。ルシンダと待ち合わせをしている宿屋に行き、そこで彼女の到着を待つのだ。お金は一シリングたりとも粗末にしない主義で、骨の髄まで現実的なジュリアス叔父は、いかにも彼らしく、この旅の〝予算〟なるものを決めていて、余分なお金は緊急時をしのぐ分しか与えてくれていなかった。いまは緊急時なのよ、とエリザベスは自分に言い聞かせ、言い訳を考えるのはあとにして、とりあえずそのお金を使うことにした。

アーロンは行き先を指示されるのを待っている。エリザベスは覚悟を決めた。「キャリントンに行ってちょうだい、アーロン。あそこの宿屋でルシンダを待ちましょう」

エリザベスは首をめぐらせると、心からの親しみをこめてキャンフォード卿にほほえみかけ、馬車の窓から手を差しのべた。「いろいろとありがとうございます」はにかみながらも、真心をこめて礼を述べた。「あなたのようなかたがいてくださって、ほんとうに幸いでした」

そのことばに有頂天になったジョン・マーチマンは、顔を真っ赤にして一歩さがり、敷地内の通路を出ていく馬車を見送った。馬たちが門の外の道に折れこんだのを見届けると、伯爵はのろのろと屋敷に戻り、書斎に入った。机につき、エリザベスの叔父宛てに書いた手紙を前にして、指で机を叩きながらぼんやり思案する。彼の頭に思い浮かんでいたのは、ベルへイヴンに強引なプロポーズをとりさげてもらえたのかと尋ねたときの、心もとない返事だった。エリザベスは「ええ、たぶん」と答えたのだ。そこでマーチマンは心を決めた。

これではまるで、輝く鎧を身につけて、不運な乙女を窮地から救いに馳《は》せ参じる騎士ではないか――そう思うとわれながら間の抜けた気分になったが、マーチマンは新しい便箋《びんせん》を取り出し、エリザベスの叔父宛ての手紙を書き直した。求愛の話がからむといつもそうなるのだが、このときも、マーチマンは自分の意図を明確に伝える能力を失った。手紙の文面は次のようなものだった。

ベルヘイヴンが彼女を求めた場合は、どうかご一報ください。わたくしが先にちょうだいしたいと存じます。

11

イアン・ソーントンは、自分の生家であるスコットランドの大きなコテージの中央に立っていた。いまでは狩猟のときの基地にしているが、そのコテージが持つ意味はそれだけにとどまらなかった。そこは、訪ねれば必ず心の安らぎと現実が見いだせる場所であり、あわただしい日常生活を逃れてしばしのくつろぎを得られる唯一の場所だった。両手を深々とポケットに突っこむと、イアンは周囲を見回し、おとなの視点で新たに部屋をながめた。「ここに戻ると、いつも前に覚えていたより家が小さくなっているような気がするんだ」彼は赤ら顔の中年男に話しかけた。男は食料品を詰めた大きな袋を肩にかついで、おもての入口から大儀そうになかに入っていくところだった。

「自分が小さいときは、なんでも大きく見えるもんですよ」ジェイクはかついでいた袋をほこりの積もった食器棚の上にどさっと投げ出した。「これで全部だ。おれの持ち物を抜かせば」そう言って、ベルトからピストルを抜いてテーブルに載せた。「馬を厩に入れてきます」

イアンはいちおううなずいたが、彼の注意はコテージに向けられていた。子供のころにここで暮らした歳月を思い出すと、懐かしさに胸が締めつけられた。心のなかに響く父の朗々《ろうろう》たる声、それに答える母の笑い声。右手には、こんろが入るまで母が煮炊きをしていた暖炉がある。その暖炉に背を向ける形で、背もたれの高い黄土色の椅子が二脚置いてある。父と母はこの炉辺《ろばた》の椅子に腰かけて、二階で寝ているイアンと妹を起こさないように声を落として語り合い、長い夜をのどかに過ごしたものだった。その椅子と向かい合わせに、黄土色と茶色のタータンチェックの丈夫な布を張ったソファが置かれている。

なにもかもが思い出のとおりだ。横を向いて、ほこりをかぶったテーブルを見おろすと、イアンはほほえみながら手を伸ばし、長い指でその表面をなでて、そこについているはずのひっかき傷を捜した。いくらかほこりをぬぐわねばならなかったが、それは徐々に姿を現わした。I・G・B・T——不器用に彫りつけられた四つの文字。三歳の誕生日を過ぎたころに刻んだ自分の頭文字だ。このいたずらのおかげで大目玉を食いそうになったが、息子がだれにも教わらずにその文字を覚えたことに気づくと、母は出かかった小言をのみこんだのだった。

家での授業は翌日から始まった。かなりの教養の持ち主だった母に教えることがなくなると、父がそのあとを継ぎ、幾何学や物理学など、イートンとケンブリッジで学んだことをそっくりイアンに教えてくれた。ジェイク・ワイリーが雑役夫として家に住みこむようになったのはイアンが十四のときで、彼はジェイクからじきじきに海や船のことを教わり、地球の裏側の神秘的な国々の話を聞かせてもらった。後年《ま》、イアンはジェイクとともに海を越え、身につけた知識を実際に役立てながら、それらの国を目の当たりにすることになった。

三年たって帰国したときには家族に会うのが待ち遠しかったが、イアンを待っていたのは、数日前に全員が事故死したという知らせだった。帰国するイアンを出迎えるために泊まっていた宿が火事にあったのだ。父母を失ったときの胸を引き裂くような悲しみはいまだに癒《い》えていない。誇り高い父は、由緒ある名家を飛び出して、スコットランドの貧しい教区牧師の妹を妻にした。そのために公爵位を失い……いささかも後悔することがなかった。とにかく、自分ではそう言っていた。二年近く遠ざかっていたこの家にこうして戻ってみると、耐えがたいほどのせつなさを感じたが、イアンは天を仰いで目をつぶり、そのほろ苦い痛みをやりすごした。まぶたに浮かぶのは、ジェイクとともに初航海に出る準備をしていたとき、笑顔で握手してくれた父の姿だ。「気をつけて行ってこい」と父は言った。「いいか、どんなに遠くに行っても、わたしたちはいつもそばにいるからな」

イアンはその日のうちに旅立った。勘当されたイングランド貴族の息子はこのとき無一文に近く、財産といえば、十六歳の誕生日に父からもらった金塊を入れた小さな袋ひとつしかなかった。それから十六年たったいまでは、イアンの旗を掲げたいくつもの船団が彼の買いつけた商品を運び、彼の鉱山には銀や錫《すず》があふれ、倉庫には彼が所有する貴重な品物が山積みになっている。だが、イアンを最初に裕福にしてくれたのは土地だった。カード賭博で植民者に勝って、荒野のように見える広大な土地を手に入れたとき、負けた男はその土地にある古い鉱山には金が眠っていると断言した。それは嘘ではなかった。そこで掘り出した金を元手に、彼はほかの鉱山を買い、船を購入し、イタリアとインドに豪邸を構えた。

投機先を見つけてはそこに全財産を賭けるというやり方で、イアンはどんどん資産を増やしていった。かつて人々に博打打ちと呼ばれていた彼は、いまではふれるものすべてを金に変えたという伝説の王のように見られていた。イアンが株を買うと、そのたびに市場で噂が飛び交い、株価が全体的に高騰《こうとう》した。舞踏会の会場に足を踏み入れたときは、執事が大声で彼の来訪を告げるのが常となった。以前イアンがはみだし者扱いされていた場所で、彼を避けていたその人々が、いまは彼に取り入ろうと――正確には、金儲けのアドバイスを求めたり、金と引き換えに娘を差し出したりしようと――躍起になっていた。イアンは富の力によってさまざまな贅沢を味わったが、それで特に喜びを感じたことはなかった。彼がなにより愛したのはギャンブルであり、充実感の源は、儲かる事業を正確に見抜き、それに大金を投じることにあったのだ。しかも、成功には犠牲がついてきた。大富豪になったためにプライバシーの権利が奪われたことを、彼は苦々しく思っていた。

そして、祖父である公爵の行動も、イアンが負わされた悪名をさらに高めることになった。イアンの父親が他界したとき、老公爵は息子家族と疎遠になっていたのを遅まきながら後悔したらしく、それから十一年間はイアンに定期的に手紙を出しつづけていた。初めのうち、公爵はスタナップの屋敷に訪ねてきてほしいと懇願《こんがん》していた。それらの手紙が無視されると、今度は、おまえを正式な跡継ぎにするからと甘い餌で釣りこもうとした。そうした手紙にも返事を出さずにいたところ、その後二年間は音信が途絶えたので、イアンは祖父があきらめたものと思いこんでいた。ところが、四カ月前に、スタナップ家の紋章を冠した手紙がまたもや届けられ、それを読んだイアンは烈火のごとく怒った。

その手紙のなかで、公爵は、おまえに四カ月の猶予《ゆうよ》を与えると高飛車な調子で告げていた。そのあいだにスタナップの屋敷を訪れ、六カ所の領地の譲渡の件についてこちらと話し合うようにというのだ。それらの領地は、公爵に勘当されなければイアンの父が相続していたはずのものだった。また、イアンが姿を見せない場合は、公爵は独断で手続きを進め、彼を世継ぎに定めたことを公表するとも述べていた。

そこでイアンは、生まれて初めて祖父に手紙を書いた。短く断固としたその手紙は、イアン・ソーントンが、実の息子を二十年にわたって拒みつづけた祖父に負けないほど頑固な人間であることを雄弁に物語っていた。

どうぞおやりください、そちらが恥をかくだけですから。わたしはあなたとの関係を一切否定します。どうしても世継ぎにするとおっしゃるなら、爵位も領地も朽ちるにまかせることにします。

それから四カ月が過ぎたいま、祖父からはなんの連絡もなかったが、ロンドンは、スタナップ公爵がじきに世継ぎを決めるという噂で相変わらずかまびすしかった。その世継ぎは実の孫であるイアン・ソーントンらしいという噂も出回っている。いまでは、その昔、イアンを好ましからざる人物として敬遠した人々から、舞踏会や夜会への招待状が殺到するようになっていた。手のひらを返したようなその態度が、イアンにはおかしくもあり、不愉快でもあった。

「ここへ荷物を運ぶのに使ったあの青毛は、どうしようもないへそ曲がりだ」ジェイクがぶつぶつ言いながら腕をさすった。

イアンはテーブルの頭文字から目を上げると、おもしろがっているのを隠そうともせずにジェイクのほうを見た。「嚙まれたのか？」

「そりゃもう、思いっきりね！」年長の男はいまいましげに言った。「ヘイボーンで馬車を降りて、ここに運ぶ荷物の袋をあの馬の背中に積んでからってもの、やつはおれの肉を食いちぎろうとずっと狙ってたんですよ」

「あいつは口の届くところにあるものならなんにでも嚙みつくからと言っておいただろう。鞍をつけるときは、腕を馬の口に近づけないようにしないと」

「狙われたのは腕じゃない、尻なんだ！　がばっと口を開けるなり嚙みつこうとしたんだが、こっちが目のすみっこでそれを見て振り向いたもんで、狙いがはずれたんですよ」イアンが愉快がっているのを見て、ジェイクの眉間のしわはますます深くなった。「なんであんな馬を飼いつづけてるんだか、おれには不思議でしょうがない。あいつをほかの馬がいる厩に入れるのはもったいないくらいだ。あんたが飼ってる馬はどれもすごい馬なんだから――あいつだけは別だが」

「ほかの馬に荷物を背負わせてみれば、なぜわたしがあれを買ったかわかるさ。あの馬は、荷運び用のラバがわりにするにはもってこいなんだ。わたしが飼っているほかの馬はそういうことには使えない」イアンは顔を上げてあたりを見回し、そこかしこに積もっている二年分のほこりに眉をひそめた。

「あいつは荷運び用のラバより足が遅いでしょう。性悪で強情で、おまけにのろまときてる」いたるところに積もったぶ厚いほこりを見て、ジェイクもかすかに顔をしかめた。「たしか、村の女に来てもらって掃除と料理をまかせるように手配したって話でしたよね。こう汚れてたんじゃたまらない」

「ああ、手配はしたよ。秘書のピーターズに管理人宛ての手紙を書かせて、食料品を買っておいてもらうことと、掃除と料理をしてくれる女性をふたり雇うことを頼んだんだ。食べ物はそろっているし、外の小屋には鶏《にわとり》もいる。山の上まで来て住みこみで働いてくれる女性をふたり見つけるのは、そう簡単にはいかないようだが」

「べっぴんだといいけどな」とジェイクが言った。「べっぴんを雇うように言ってくれましたか？」

蜘蛛《くも》の巣だらけの天井を見回していたイアンは、観察をやめておかしそうにジェイクを見た。「七十歳でほとんど目の見えない管理人に、べっぴんを選んで雇ってくれと頼むのか？」

「言うだけ言ってみても損はないでしょう」口ではぶつくさ言いながら、ジェイクは参ったなという顔をした。

「村まではほんの二十キロほどだ。ここにいるあいだにどうしても女が欲しくなったら、村までぶらぶらおりていけばいい。ただし、帰り道は大変だろうが」ほとんど垂直に見えるほど切り立った崖をうねうねと這いあがる小道を、イアンは冗談の種にした。

「まあ、女はどうでもいいや」ふいに風向きが変わり、ジェイクは日に焼けて雨風で肌の荒れた顔を大きくほころばせた。「ここに来たのは、二週間のんびりと釣りをするためで、それで文句を言っちゃばちがあたる。きっと昔みたいになるでしょうね、イアン——静かでのどかで、あとはなんにもない。こっちが口を開くたんびに乙《おつ》にすました召使いが聞き耳を立ててることもなければ、馬車が次から次へやってくることも、取り持ちばばあどもが家に押しかけてくることもない。なにも、ここ一年のあんたの暮らしぶりにケチをつけようってわけじゃないが、あの召使いどもだけはどうにも我慢がならなくてね。あんたのところにあまり顔を出さなかったのもそのせいなんですよ。モントメインの屋敷の執事ときたら、あんだけ鼻を高くしてりゃ息も吸いにくかろうってくらいだし、フランス料理のシェフはもうちょっとで自分の厨房からおれを追い出すとこだった——そうさ、あんたの屋敷にあるのに、やつは〝わたしの〟厨房だと抜かすんだからね。おまけに——」老水夫は急に口をつぐみ、怒った顔が気落ちした顔に変わった。「イアン」彼は不安そうに言った。「おれと会わずにいたあいだに、あんた、料理をするようになりましたか？」

「いや。そっちはどうだ？」

「冗談じゃない、料理なんかするわけないでしょうが！」しばらくは自分が作ったものを食べるしかないと気づいて、ジェイクは愕然としたようだった。

「ルシンダ」エリザベスが謝るのはこの一時間で三度めだった。「こんなことになってしまって、なんとお詫びしたらいいかわからないわ」ルシンダは五日前にスコットランドの境にある宿屋に到着し、そこからエリザベスとともにイアン・ソーントンの家に向かって旅立ったのだった。けさは雇った馬車の車軸が折れてしまったため、情けないことに、ふたりは農夫の持ち物である干し草用の荷馬車の荷台に納まって、トランクや手提げ鞄が前に後ろに危なっかしく揺れるのを見ながら、スコットランドでは道路と呼ばれているらしい轍《わだち》だらけのでこぼこ道を進んでいくことになった。イアン・ソーントンの家に荷馬車で乗りつけるのかと思うと目の前が暗くなったので、エリザベスは自分を責めることにあえて意識を集中した。彼女の人生を狂わせた極悪人との来るべき会見について考えるよりは、そのほうがまだましだった。

「エリザベス、先ほどの謝罪を聞いたときにも言ったはずですが」ルシンダが言った。「こうなったのはあなたのせいではありません。ですから、この野蛮な土地にまともな道や交通手段がないという許しがたい状況について、あなたが謝る必要はないのです」

「それはそうだけど、わたしがいなければあなたはこんなところに来なくてすんだわけでしょう？」

ルシンダがいらだたしげにため息をついたとき、馬車がひときわ激しく揺れ、彼女は荷台のへりをつかんで体勢を立て直した。「これもすでに言ったことですが、あなたの叔父様にだまされて、イアン・ソーントンの名を口にしてしまったのはこのわたくしです。そういうことがなければ、わたくしたちはどちらもここにいることはなかったでしょう。あなたはただ、あの男に会うという不愉快な事態を前にして落ち着きをなくしているだけなのです。ですから、そうやって——」荷馬車が大きくかしいだので、ふたりはともに荷台のへりをつかんで体を支えた。「——そうやって謝りつづけねばならない理由はどこにもありません。そんなことをするひまがあったら、楽しからざる会見に備えて心構えをするほうが身のためだと思いますが」

「たしかに、あなたの言うとおりだわ」

「そうですとも」ルシンダはあっさり同意した。「知ってのとおり、わたくしの言うことはつねに正しいのです。ほとんどつねに」訂正を加えたのは、ジュリアス・キャメロンの口車に乗せられて、エリザベスに求婚した男性のひとりとしてイアン・ソーントンの名を挙げてしまったことを思い出したからだろう。ルシンダは宿に着くとすぐに、そのときのいきさつを説明していた。彼女がイアンを求婚者として引き合いに出したのは、ジュリアスの質問が、社交界デビューしたときのエリザベスの評判はどうだったか、人気があったのかどうか、というところから始まったからだった。エリザベスとイアン・ソーントンの関わりについての忌まわしい噂は叔父の耳にも多少は届いただろう。そう考えたルシンダは、イアンも求婚者のひとりだったと話すことで状況をすこしでもましに見せようとしたのだ。

「あの人と顔を合わせるぐらいなら、悪魔と顔を合わせるほうがましだわ」エリザベスは身ぶるいをこらえて言った。

「そうでしょうね」ルシンダは片手で傘を握りしめ、もう一方の手で荷台のへりをつかんだ。

会見のときが近づくにつれ、エリザベスの怒りと困惑はさらにつのっていった。宿を発ってからきのうまでの四日間は、うねるように続く丘や、ブルーベルやサンザシの花の絨毯が広がる深い谷といったスコットランドの壮大な景色のおかげで、張りつめた気持ちもかなりなごんでいた。けれども、イアンとの対決が間近に迫ったいまは、春の花で美しく装った山々を仰いでも、真っ青な湖を遠くに見おろしても、緊張感はふくれあがるばかりでいっこうに治まらない。「それに、向こうだって、わたしに会いたいとはみじんも思っていないはずよ」

「そうかどうかはじきにわかります」

いちおう道路と呼ばれている曲がりくねったけわしい坂道の上のほうで、丘を歩いていた羊飼いが、古びた木の荷馬車がえっちらおっちら道をのぼってくるのを見て足を止め、あんぐりと口を開けた。「あれを見ろよ、ウィル」彼は弟に声をかけた。「ありゃあえらい見ものだぞ」

ウィルは坂を見おろすと目をみはり、ふたりの婦人の滑稽な姿に歯のない口を開けてにんまりした。ボンネットやら手袋やらで正装した婦人たちは、ショーン・マクリーシュのがたがた揺れる荷馬車の荷台に気どった格好ですわり、棒をのんだように背筋をぴんとさせ、足を荷台から突き出していた。

「いやはやたまげた」ウィルは大笑いし、丘の上から荷馬車を見おろしながら、縁なし帽をさっと脱いで、ふたりの婦人に向かって大仰《おおぎょう》にお辞儀をした。「村で聞いた話じゃ、イアン・ソーントンがうちに戻ってくるってことだった。きっと、もう戻ってるんだな。あのふたりはやっこさんの女で、ベッドをあっためながらかしずく役なんだろう」

ミス・スロックモートン＝ジョーンズは、幸いにして、丘の上でふたりの見物人が勝手な噂をしていることを知らずにいた。彼女は黒いスカートについたほこりを腹立たしげに払ったが、効果はなかった。「このような扱いを受けたのは生まれて初めてです！」彼女が声を殺して怒りをぶちまけたとき、大きな軋《きし》みとともに荷馬車がまたしても激しく揺れ、乗客ふたりの肩がぶつかり合った。「これだけは安心なさい――ミスター・イアン・ソーントンには苦情を申し立ててやります。あの男は、こんな人里離れた荒野に貴婦人をふたり呼んでおきながら、道幅が狭くて旅行用の馬車が通れないことを言わずにいたんですからね！」

エリザベスはルシンダの怒りをなだめようと口を開きかけたが、そこでまたもや荷馬車が歯ぎしりのような音を立てて大きくかしいだので、あわてて木のへりをつかんだ。「ルーシー、わたしの知るかぎりでは」荷馬車がまっすぐになり、エリザベスはやっと話すことができた。「わたしたちがどんな目にあおうが、あの人はまったく気にしないはずよ。とにかく無作法で不親切なんだから――しかも、彼の欠点のなかではそんなのはまだかわいいほうで――」

「どうどう、どうどう」農夫が声を張りあげ、背中の曲がった老いぼれ馬の手綱を引きしぼると、荷馬車はうめき声をあげながら停まった。「あすこの丘のてっぺんにあるのが、ソーントンのうちだ」農夫は指さしながら言った。

生い茂る木々のあいだにかろうじて見えるその家は、大きいことは大きいが造りはいかにも地味だった。ルシンダはいよいよ怒りをつのらせ、家のあるほうをにらみつけると、不運な農夫を頭ごなしに叱りつけた。「あなた、それはなにかのまちがいでしょう」彼女は居丈高《いたけだか》に言った。「地位の高い、あるいは常識ある紳士なら、こんなさびれたところに住むわけはありません。このおんぼろ車の向きを変えて、さっきの村まで戻ってちょうだい。あそこでもう一度道を尋ねるのです。なにか聞き違えたにちがいないんだから」

それを聞くと、農夫と馬は同時に首をめぐらせ、どちらも同じように恨めしそうな顔をしてルシンダを見た。

馬はなにも言わなかったが、ここまでの二十キロの道中にルシンダのきつい小言をさんざん聞かされてきた農夫は、いいかげんうんざりしていた。「あのねえ、奥さん」そう言っただけで、彼はルシンダにさえぎられた。

「〝奥さん〟と呼ぶのはおやめなさい。〝ミス・スロックモートン＝ジョーンズ〟と呼べばいいのです」

「そうかい。まあ、なんでもいいけどさ、これ以上先には連れてけねえし、あれはほんとにソーントンのコテージなんだよ」

「まさか、こんなところに置き去りにするつもりではないでしょうね！」ルシンダはそう叫んだが、くたびれはてた老人は、これで厄介払いができると思うとにわかに元気が湧いたらしく、荷馬車から飛びおりると、帽子の入った丸い箱やトランクを荷台から次々におろして、道路とは名ばかりの土の帯の端に並べはじめた。

エリザベスが年老いた農夫を気の毒に思い、トランクをおろすのを手伝いだすと、ルシンダがあえぐように言った。「留守だったらどうするんです？」

「そのときは、ここに戻ってきて、別の人が通りかかって乗せてくれるのを待てばいいだけよ」エリザベスは強がりを言った。

「それはあんまりあてにできねえと思うが」農夫はエリザベスが差し出した小銭を受けとった。「こりゃどうも、お嬢さん。こいつはありがてえや」農夫は帽子に手をふれ、輝くようなブロンドの髪をした、息をのむほど美しい娘に向かって軽くほほえんだ。

「あてにできないとはどういうことです？」ルシンダが詰問《きつもん》した。

「だってさ」荷馬車に乗りこみながら農夫が言った。「この先一週間か二週間、いや、もっとかな、ここを通る者はいねえと思うんだよ。じきに雨が降るようだし――たぶん、あすか、あさってにはさ。雨がひどいと、この道は荷馬車も通れなくなるんだ」心なしか青ざめている娘を不憫に思いながら、彼は話を続けた。「それに、煙突から煙が出てるとこをみると、あのうちは留守じゃなさそうだよ」

すり切れた手綱をぴしゃりと鳴らして農夫が行ってしまったあと、エリザベスとルシンダは新たに巻きあげられた土ぼこりが治まるまでそこに立ちつくしていた。すこしたつと、エリザベスはわが身を励まし、なんとか事態を収拾しようとした。「ルーシー、そのトランクのそっち側の端を持ってくれたら、わたしはこっち側を持つわ。そうやってあの家まで運びあげましょう」

「いけません！」ルシンダは憤然として叫んだ。「荷物は全部ここに置いておいて、ソーントンの召使いにとりにこさせればよいのです」

「それでもいいけれど、ここは坂がきつくて足場が悪いでしょう。トランクはそんなに重くないんだから、わざわざ上から人を呼んで手間をかけることはないと思うの。わかってよ、ルーシー、わたしもうくたくたで、あれこれ話し合う気になれないわ」

エリザベスの青ざめた不安そうな顔を一瞥すると、ルシンダは反論のことばをのみこんだ。

「たしかにそうですね」彼女はぶっきらぼうに言った。

だが、エリザベスの見方は必ずしも正しくはなかった。坂道はたしかにけわしかったが、トランクのほうは、初めこそ軽く感じられたものの、ひと足歩くごとに一キロずつ重くなっていくようだった。家まであと十数メートルというところでまたひと休みしたあと、エリザベスは意を決してトランクの把手《とって》をつかんだ。「ルーシー、あなたは玄関に行ってて」彼女は息を切らしながら言った。重い荷物をこれ以上運ばせたらルシンダは体を壊すかもしれない。「トランクはわたしが引きずっていくから」

ほこりまみれになった哀れな娘を見ると、自分たちの落ちぶれようがひしひしと身にしみて、ミス・スロックモートン＝ジョーンズははらわたが煮えくり返った。怒れる将軍さながったら、腹立たしげに手袋を引きむしると、彼女はくるっと振り向き、玄関先まで行進していった。そこで傘を構え、その柄《え》を棍棒《こんぼう》がわりにして、扉をどんどんと叩いた。

エリザベスはトランクを引きずってよろよろとそのあとに続いた。「だれもいないってことはないわよね？」最後の数メートルをなんとか乗りきり、息をあえがせながら尋ねた。

「だれかいるとしたら、よほど耳が遠いんでしょう！」ルシンダがふたたび傘を振りあげて扉を叩くと、雷鳴のような轟音がテンポよく家じゅうに響きわたった。「早くここを開けなさい！」と叫んで三度めに傘を打ちおろしたとき、いきなり扉が開いて中年男が顔を出し、その頭を傘の柄が直撃した。

「なんだよ、おい！」くらくらする頭を抱えて、ジェイクがいかつい顔の女をにらみつけると、相手も負けずににらみ返してきた。女の針金のような灰色の髪を覆う黒いボンネットは、滑稽な具合にひん曲がっていた。

「なんだよとはなんです、まったく！」しかめ面をした女はそばにいる娘の袖をつかみ、家のなかに引っぱりこんだ。「わたくしたちはここに呼ばれてきたんです」と女が告げた。まだ頭がぼんやりしていたジェイクは、ほこりにまみれた薄汚い格好の女たちをもう一度ながめ、このふたりは掃除と料理をしに村からやってきたのだと早合点した。彼の表情は一変し、赤ら顔に大きな笑みが広がった。「いやあ、よく来てくれた」愛想よく言うと、ジェイクは片手を大きく振ってほこりだらけの部屋をさし示した。「どこからいこうか？」

「まずは、熱いお風呂です」ルシンダが言った。「それから、お茶と、なにか食べ物を」

そのとき、奥の部屋から、背の高い男が悠然と現われた。その姿を目のすみでとらえた瞬間、戦慄が体を駆け抜け、エリザベスはそのふるえを抑えることができなかった。

「そいつはどうだろう。いまはべつに風呂に入りたいわけじゃないからな」

「ばかをおっしゃい、あなたが入るんじゃありません。こちらのレディがお入りになるんです」

エリザベスはイアン・ソーントンがショックで体をこわばらせたのを見たような気がした。彼はさっとこちらを向き、ボンネットの陰になった顔を見透かそうとするように目を凝らしたが、エリザベスはすっかりおじけづいてしまい、顔をそむけたままでいた。

「おまえさん、風呂に入る気なのか?」ジェイクは茫然として、ルシンダをまじまじと見た。

「そうですよ。もちろん、こちらのレディが先ですけれど。ほら、ぼさっとしてないで」ルシンダはジェイクの腹のほうへ傘を突きつけた。「召使いをさっさと下の道にやって、荷物をとってこさせるのです」ぐるりと振られた傘の先端は扉のほうを意味ありげにさしたあと、ふたたびジェイクの腹部に向けられた。「でもその前に、わたくしたちが到着したことをご主人に知らせてきなさい」

裏の部屋に続く戸口から、苦々しげな声がした。「主人はもう知っている」

その厳しい口調に、エリザベスは思わず振り向いた。悔恨《かいこん》の念にくれてひざまずくイアンを目にするという夢は、彼の顔を見たとたんに崩れ去った。彼の表情は、花崗岩《かこうがん》の彫刻さながらに硬く冷ややかだったのだ。イアンは前に進み出ようともせず、戸口の柱に悠然と寄りかかり、腕組みをして、半眼でエリザベスを見つめていた。このときまで、彼女はイアンの姿を正確に覚えていると思っていたが、それは誤りだった。記憶とはすこし違うところがあったのだ。スエードの上着に包まれた肩は、思っていた以上に幅が広くたくましいし、豊かな髪の色はほとんど黒に近い。不遜さを感じさせる端正な顔に抑制された色気が漂っているところや、形のよい口、はっとするような目はそのままだが、その金色の瞳や、かたくなに食いしばったあごには世のなかをあざ笑うような気配がある。以前のエリザベスはあまりに若く、あまりに未熟だったため、そうしたことを見逃していたのだ。この近寄りがたい冷淡な男が、ほんとうに、彼女を優しく抱きしめうっとりするようなキスをしたのだろうか。その証拠がすこしでも残ってはいないかとイアンの顔をながめたが、全身から発散される荒々しい力強さに圧倒され、逆に心細くなるばかりだった。

「伯爵殿、わたしの顔に、なにかおもしろいことでも書いてあったか？」そのぶしつけな挨拶で受けたショックから立ち直るひまもなく、エリザベスは続くことばに愕然として声を失った。「若い娘にしてはみごとなお手並みだ――こんなところまでわたしを追ってこられるとは、猟犬並みに鼻がきくんだな。わたしの居場所はわかったのだから、もういいだろう。そこのドアが出口だ」

驚きはたちまち消え去り、エリザベスは一気に湧きあがった激しい怒りを抑えるのに苦労した。「いまなんとおっしゃいました？」硬い声で尋ねる。

「聞こえたはずだ」

「わたしは招かれたから来たのです」

「招かれた、か。なるほど」いやみたっぷりに言いながら、イアンははたと気づいた。エリザベスの叔父を差出人とするあの手紙はいたずらなどではなく、ジュリアス・キャメロンは返事がないのを承諾のしるしと受けとったらしい。それはばかばかしいうえに、不愉快きわまりないことだった。イアンがスタナップ公爵の跡継ぎになり相当の財産を手にするだろうという噂が流れてから数カ月になる。その間に、彼はかつて自分を無視していた名士たちに追いまわされるようになっており、もうそれで驚くことはなくなっていた。そうした追従《ついしょう》は、いつもはうっとうしく感じるだけだが、相手がエリザベス・キャメロンだと思うと本気で胸が悪くなった。

イアンは黙ったまま横柄《おうへい》に彼女を見ていたが、記憶のなかの魅力的な気まぐれ娘が、目の前の冷然とした鼻持ちならない娘に変わってしまったことがまだ信じられなかった。ほこりまみれの服を着て、頬に泥の筋をつけていても、エリザベス・キャメロンは驚くほど美しかったが、その変わりようはあまりに激しく――瞳だけは別として――ほとんど彼女とはわからないほどだった。とはいえ、変わらない点がひとつある。この娘はやはり策士であり、嘘つきなのだ。

戸口の柱に寄りかかっていたイアンは、つと身を起こし、前に歩み出た。「こんな茶番はもうたくさんだ、伯爵殿。この家にあなたを招く者などいはしない。それぐらいわかっているはずだ」

目もくらむほどの憤怒《ふんぬ》と恥辱を感じながら、エリザベスは小さなハンドバッグを探り、叔父のもとに届いた手書きの招待状をつかみ出した。その書状には、このコテージを訪ねてイアンに会ってほしいと記されている。彼女はつかつかとイアンに歩み寄り、その招待状を彼の胸に叩きつけた。イアンはとっさにそれを受けとめたものの、開くことはしなかった。

「それがなんなのか説明してください」と要求し、エリザベスは後ろにさがって答えを待った。

「これも手紙のようだな」皮肉たっぷりに答えながら、イアンは温室でエリザベスと会った夜のことを思い返し、この女にのぼせあがった自分はなんと愚かだったことかと考えた。

テーブルのそばに立つエリザベスは、納得のいく説明を聞くまでは出ていくまいと心を決めた。もちろん、彼がなにを言おうがここにとどまるつもりはない。イアンがいっこうに手紙を開こうとしないので、彼女は憤然としてジェイクのほうを向いた。彼はいかにも残念そうな顔をしていた。この女たちがここにいてくれるなら、頼みこんで料理をしてもらうこともできるのに、イアンはそれをわざわざ追い払おうとしているのだ。「声を出して手紙を読むように、あなたから言ってやりなさい！」エリザベスにそう命じられて、ジェイクは飛びあがった。

「あの、イアン」と言いながら、ジェイクはからっぽの胃袋のことを思い、女性たちが立ち去ったあとに待ち受けているみじめな境遇のことを思った。「このご婦人が言ってるように、その手紙を声に出して読んでみたらどうです？」

さい！」

イアン・ソーントンが年長の男の助言に耳を貸そうとしないのを見て、エリザベスは堪忍《かんにん》袋《ぶくろ》の緒《お》が切れた。気づいたときには、テーブルの上のピストルをひったくり、安全装置をはずして撃鉄を起こし、イアンの幅広い胸にぴたりと狙いを定めていた。「その手紙を読みな

相変わらず胃袋の心配をしていたジェイクは、自分が銃口を向けられたかのように両手を上げた。「イアン、なにかの勘違いってこともあるだろうし、このご婦人がたに失礼な態度をとるのはまずいんじゃないですか。あんたがその手紙を読んでくれたら、みんなで腰をおろして――」彼はテーブルに置かれた食料の袋に向かって意味ありげに頭を振った。「――うまい〝夕めし〟にありつけると思うんだが」

「読む必要はない」イアンはぴしゃりと言った。「前にこのレディの手紙を読んだときには、温室で彼女に会うことになり、そのおかげで腕を撃たれるはめになったんだからな」

「なによ、わたしがあなたを温室に呼び出したって言いたいの？」冗談じゃないといわんばかりに、エリザベスは力をこめて言い返した。

イアンはいらだたしげにため息をついた。「ここで茶番劇をどうしても演じたいというのなら、早いところすませてさっさと帰ってもらおう」

「あなたのほうがわたしに手紙をよこしたのに、それを認めないの？」

「あたりまえだ！　そんなことをした覚えはない」

「だったら、あのとき温室でなにをしてたのよ？」

「あそこに行ったのは、きみがよこした、ほとんど読めないような汚い字の手紙がそうしてくれと頼んでいたからだ」イアンはわざとつまらなそうに答え、彼女をあざけった。「失礼ながら、これからは、素人芝居《しろうと》に精を出すひまがあったら、きれいな字を書く練習をしたほうがいいんじゃないか？」彼は銃に視線を移した。「そのピストルを下に置くんだ。怪我をしないうちに」

エリザベスは銃を握ったまま、ふるえる手をさらに高く上げた。「顔を合わせるたびに、わたしはあなたにばかにされ、はずかしめられてきました。もし兄がここにいたら、あなたに決闘を申しこんでいるわ！　でも兄はいないから」彼女はあとさきをほとんど考えずに話しつづけた。「わたしが自分で申しこみます。わたしが男だったら、決闘によって名誉を回復する権利があるはず。女にその権利はないとは言わせません」

「きみはどうかしている」

「そうかもしれない」エリザベスは低い声で言った。「でも、わたしはたまたま射撃の名手でもあるのよ。決闘をするなら、兄よりわたしを相手にしたほうがずっと張り合いがあるわ。さあ、おもてに出る、それとも、ここで――ここで片づけてあげましょうか？」怒りにわれを忘れていたせいで、エリザベスはその脅しがいかに無謀であり、自分がいかに虚勢を張っているかに気づかなかった。御者頭のアーロンの強い勧めで、彼女は自衛のために拳銃の撃ち方を覚えたのだが、静止した的を撃つのは得意でも、生き物を撃ったことは一度もなかったのだ。

「そんな愚かしいまねをする気はない」

エリザベスはさらに銃を上げた。「だったら、いますぐ謝罪してください」

「なにを謝罪しろというんだ」イアンは怒りを抑えた冷静な声を保っている。

「まずは、例の手紙でわたしを温室におびき出したことを謝ってもらいたいわ」

「手紙など書いてはいない。きみからの手紙を受けとりはしたが」

「あなたは、自分が出す手紙と出さない手紙をきちんと仕分けすることができないみたいね」エリザベスは返事を待たずに先を続けた。「次に、イングランドでわたしを誘惑し、わたしの評判を傷つけたことを謝ってもら――」

「イアン！」ジェイクが仰天したように言った。「ご婦人の字の汚さを笑うのはともかく、評判を傷つけるのは許されんでしょう。そんなことをしたら、その人の一生が台なしになるかもしれないのに」

イアンは皮肉な視線を彼に向けた。「癇《かん》にさわる忠告をありがとう、ジェイク。では、彼女が引き金を引くのを手伝ってやってくれるか？」

そのときふと、この珍妙な場面の滑稽さに気づき、それまで激怒していたエリザベスは一転して笑いだしたくなった。自分はこうして、この家のあるじに銃を突きつけていて、気の毒なルシンダは別の男に傘の先を突きつけている――そちらの男はことを丸く収めようとして、うっかり火に油をそそぐようなことを言ってしまい、かえって事態をこじらせたわけだ。

だが、この状況がいかにばかばかしく無意味であるかに思いいたると、つかのま感じたおかしさは消し飛んでしまった。目の前のいまいましい男のせいで、自分はまたしても愚かなふるまいに及んで赤恥をかくはめになったのだ。そう思ったとき、エリザベスの目に新たな怒りの炎が燃えあがり、彼女はその目で相手をにらみつけた。

うわべは泰然《たいぜん》とふるまいながらも、イアンはエリザベスを注意深く観察していた。相手の怒りがなぜかふいに強まったのを感じとって、彼は全身を緊張させた。拳銃のほうにあごをしゃくって口を開いたとき、彼の声からはからかうような調子が消えていた。今度の声は、淡々と響くように計算されたものだった。「それを使う前に、いくつか考えるべきことがあるだろう」

拳銃を実際に使う気はなかったが、エリザベスは彼が淡々と続ける忠告にじっと耳を傾けた。「第一に、一発めでわたしを撃って、そこにいるジェイクに取り押さえられる前に二発めを撃つ用意をするには、相当の冷静さと機敏さが要求される。第二に、公平を期すために注意しておくが、銃を撃てばこの部屋は血だらけになる。べつに文句をつけているわけじゃない。ただ、いま着ている愛らしいドレスが二度と着られなくなるということは、言っておいたほうがいいだろう」エリザベスは胃がよじれるのを感じた。「もちろん、きみは絞首刑になる」イアンはこともなげに言った。「だがその前に、スキャンダルの嵐がきみを襲う。そちらのほうが絞首刑よりはるかにつらいだろう」

自分にもイアンにも嫌気がさしてしまい、最後のあてつけがましい意見に反駁《はんばく》することはできなかったが、エリザベスはあごをつんと上げ、かろうじて威厳を示した。「もうたくさんです、ミスター・ソーントン。初めてお会いしたときのあなたのふるまいは、これ以上卑劣にはなれないと思うほどのものでしたが、今回はそれを超えられましたわね。はばかりながら、わたしはあなたほど育ちが悪くはありませんから、自分より弱い者を攻撃することには良心のとがめを感じます。つまり、丸腰の相手を撃つわけにはいかないのです。ルシンダ、帰りましょう」威嚇《いかく》するように無言で一歩踏み出した敵をちらりと見返すと、彼女は首を振り、わざとらしくことさら慇懃な口調で言った。「いえ、どうぞおかまいなく――お見送りは結構です。必要ありませんから。それに、わたしはいまのあなたをそのまま覚えておきたいのです。不覚をとった、情けないあなたの姿を」このとき、人生のどん底にありながら、不思議なことに、エリザベスは一種の高揚感を覚えていた。それは、運命をおとなしく受け入れるのではなく、自分から行動して、彼女のプライドを傷つけた相手に一矢《いっし》報いることができたからだった。

ルシンダはもうさっさとポーチに出てしまっている。エリザベスは外に出てから拳銃を捨てるつもりだったが、イアンがそれを取り戻さないようにするために、ひとこと言っておかねばと考えた。結局、彼自身の忠告をくり返すことにして、出入口のほうにあとずさりしながら口を開いた。「わたしたちがこんなふうに出ていくのを見るのは不本意でしょうけれど」彼女の声と手は、本人の思いを裏切ってかすかにふるえていた。「あとを追うおつもりなら、どうかその前に、ご自身の貴重な忠告を思い出して、絞首刑を覚悟してまでわたしを殺す意味があるのかどうか、よく考えていただきたいわ」

身をひるがえして駆けだした瞬間、思わぬ痛みに襲われ、エリザベスは悲鳴をあげた。体をつかまれ、前腕を強打されて取り落とした銃が床の上をすべっていくのと同時に、片腕を背中にねじりあげられた。「そうとも」凄みのある声が耳もとで響いた。「きみを殺す意味はあると、本気で思っているよ」

このままではまちがいなく腕が折れると思ったとき、彼女は思いきり突き飛ばされ、よろめきながら庭に出て顔から地面に倒れこんでいた。その後ろで大きな音を立てて扉が閉まった。

「なんてことをするんでしょう！　信じられませんね」怒りに胸を波打たせて、ルシンダが閉まった扉をにらみつけた。

「まったくだわ」スカートの裾についたほこりを払うと、エリザベスはできるだけ堂々と撤退しようと決めた。「この道をくだって、あの家が見えなくなったら、彼がどんなに常軌を逸《いっ》しているかを存分に語り合うことにしましょう。悪いけど、トランクのそっちの端を持ってくれる？」

不機嫌な顔をしつつもルシンダはその依頼に応え、ふたりは小道をくだっていった。そのあいだ、ふたりはともに、できるかぎり背筋を伸ばすことだけを考えるようにしていた。

コテージでは、ジェイクが両手をポケットに突っこみ、窓辺に立って女たちの後ろ姿をながめていた。その顔は半ばあきれ、半ば憤っているように見えた。「まったく驚いたね」とつぶやいてイアンに目をやる。彼は未読の手紙を手にして、苦虫を嚙みつぶしたような顔をしていた。「スコットランドまではるばるあんたを追っかけてくるとはなあ！　あんたが婚約したって話が広まれば、そんなこともなくなるんだろうが」もじゃもじゃの赤毛の頭をのんびりかくと、ジェイクは窓のほうに向き直って小道を見おろした。女たちの姿はもう見えなかったので、彼は窓辺を離れて話を続けたが、その声にはわずかながらも抑えきれない賞賛の念がにじんでいた。「ひとつ言わせてもらうと、あのブロンド娘は肝っ玉がすわってますね。そこは認めてやらないと。これ以上ないってくらい涼しげな顔をして、あんたのことばをそのまま突っ返してあざ笑ったあげくに、あんたを卑劣漢呼ばわりしたもんな。男だってそんな度胸のあるやつはいないよ、まったく！」

「彼女は怖いもの知らずなんだ」イアンはかの小悪魔と知り合ったときのことを思い出していた。同じ年ごろの娘たちが頬を赤らめてひたすらほほえんでいたときに、エリザベス・キャメロンは出会ったばかりのイアンにダンスを申しこんだのだ。そしてその夜のうちに、カード室で居並ぶ男たちに面と向かって盾ついた。さらにその翌日には、自分の評判が傷つく危険を冒して、森のなかのコテージまで彼に会いにやってきた——しかもそれは、本人が言うところの〝週末の軽いたわむれ〟にふけるためにすぎなかったのだ。あのあとも、彼女はそうしたたわむれに何度もふけっていたにちがいない——それも相手を選ばずに。さもなければ、ジュリアス・キャメロンがろくに知りもしない男たちに手紙をよこして、姪を嫁がせたいなどと申し出るはずはない。彼女の叔父がそんな行為に及んだ理由はそのぐらいしか考えられない。イアンに言わせれば、その行為は、思慮やセンスにはなはだしく欠けているという点で、前代未聞のものだった。あとひとつ考えられるのは、裕福な夫を獲得しようと躍起になっているのではということだが、イアンはその目はないと思っていた。初めて会ったとき、エリザベスは値の張りそうな豪華なドレスを身につけていた。それに、カントリーハウスでの例のパーティには、社交界のなかでもよりすぐりの名士ばかりが招かれていたはずだ。また、あの運命の週末が過ぎたあとでイアンが耳にした断片的な噂では、彼女は社交界でも最上位の集団に交じって、自身にふさわしい階級の人々とつきあっているとされていた。

「あのふたりはどこに行くんでしょうかね」ジェイクは軽く眉を寄せた。「ここらへんには狼《おおかみ》が出るし、ほかにもいろんな獣がいるってのに」

「まっとうな狼なら、あの付き添いの婦人や、彼女が振りかざす傘に立ち向かおうとは思わんだろう」そっけなく答えたものの、イアンはなんとなく不安になっていた。

「なあんだ！」ジェイクは大笑いした。「あれは娘の付き添いだったのか。ふたりとも、あんたに結婚してくれと言いにきたんだとばかり思ってましたよ。おれだったら、あの白髪頭のばあさんがベッドで隣にいたりした日にゃ、おっかなくって眠れないだろうな」

イアンは聞いていなかった。ものうげに手紙を開きながら、彼は思った。エリザベス・キャメロンもそれほどばかではないのだから、自分の子供っぽい汚い字でこれを書いてはいないはずだ。きちょうめんな文字が連なる短信に目を通したとき、最初に思ったのは、だれかに代筆を頼んだのだろうということだった……が、そこで、文中の文句に覚えがあることに気づいた。どこかで見たような文章だと思ってよく考えると、それは彼自身が口述したものだった。

ご提案には一考の価値があります。わたくしは来月の一日にスコットランドに発つ予定で、それはもう先には延ばせません。いずれにせよ、あちらでお目にかかるほうがよいと考えております。コテージまでの道順を示した地図を同封いたします。

敬具――イアン

「あの役立たずめ、今度会ったらただじゃおかんぞ!」イアンは声を荒らげた。

「役立たずってだれのことです?」

「ピーターズだ!」

「ピーターズ?」ジェイクはぽかんと口を開けた。「あんたの秘書だったあの男ですか? 手紙をごっちゃにしたっていうんでお払い箱になった?」

「こうとわかっていたら、首を絞めてやるんだった! これはディキンソン・ヴァーリーに宛てた手紙だ。あいつはそれをキャメロンに送ってしまったんだ」

イアンはむしゃくしゃして髪の毛をかきあげた。エリザベス・キャメロンを見えないところに遠ざけ、彼の人生から締め出してしまいたいのはやまやまだったが、あのふたりが訪ねてきたのがこちらの手違いのせいだとしたら、馬車のなかで、あるいはなんであれ彼女たちが乗ってきたもののなかで一夜を過ごさせるわけにはいかない。彼はジェイクに向かって鋭くあごをしゃくった。「あのふたりを連れ戻してこい」

「おれが？　なんでおれに行かせるんです？」

「なぜかといえば」戸棚に歩み寄って銃をしまうと、イアンは吐き捨てるように答えた。「ひとつには、雨が降ってきたからだ。それに、あのふたりを連れ戻さなければ、おまえが料理をすることになるんだぞ」

「あのばあさんを追っかけるんだったら、まず強いやつを一杯やって元気をつけないと。トランクを運んでますから、まだそんなに遠くには行ってないでしょう」

「歩いて帰ろうとしてるのか？」イアンは驚いて尋ねた。

「歩きでなけりゃ、どうやってここまで来たっていうんです？」

「あんまり腹が立って、そこまで頭が回らなかった」


小道の終点にたどり着くと、エリザベスはふたりで運んでいたトランクを下に置き、てっぺんの硬い面にルシンダと並んで力なくすわりこんだ。もう身も心もぼろぼろだ。疲れや怯えや敗北感に、自分を破滅させた男に多少なりとも仕返しできたという満足感の名残りが混ざって、ヒステリックな笑いが喉にこみあげた。イアン・ソーントンは完全に正気を失っている。今日の彼のふるまいを見れば、それ以外に考えようがない。

エリザベスは頭を振り、彼のことはもう考えないようにした。いまは新たな心配ごとが山ほどあって、どれから片づければいいかわからないほどなのだ。ルシンダを横目でちらりと見ると、この頼もしい付き添い人のコテージでの活躍が思い出されて、エリザベスはつい口もとがほころんだ。ルシンダは、人前で感情を表わすのをきわめてはしたないこととして嫌悪している。それは事実なのだが、一方で、エリザベスは彼女ほど痛快に癇癪を破裂させる人を見たことがなかった。ルシンダは自分の激憤《げきふん》を感情のうちに入れていないのかもしれない。彼女はなんのためらいも迷いもなく、ことばの力で不届き者を八つ裂きにし、心理面で相手を地面に蹴倒して、頑丈な靴のかかとでぐいぐい踏みにじることができるのだ。

とはいうものの、エリザベスがいまの絶望的な状況に対してほんのすこしでも気弱なところを見せたりすれば、たちまちルシンダのひんしゅくを買い、厳しい小言を浴びせられるはめになりそうだった。

それがわかっていたので、嵐の先触れである黒雲が近づいてくるのを心細くながめたあとでも、エリザベスは異様なほどおだやかな声で話すように努めていた。「雨が降ってきたみたいよ、ルシンダ」そう言ったときには、冷たい雨が頭上の木の葉にぱらぱらと落ちかかっていた。

「そのようですね」ルシンダは手際よくぱっと傘を開き、ふたりの上にさしかけた。

「あなたが傘を持っててよかったわ」

「傘はいつでも持ち歩いています」

「すこしぐらい降ったからって、溺れることはないわよね」

「そのように思います」

エリザベスは深呼吸して気を落ち着け、周囲にそびえるスコットランドらしい断崖絶壁《だんがいぜっぺき》をながめた。そして、相手の意見を引き出そうとするような口ぶりでひとりごとを言った。

「このへんには狼がいるのかしらね」

「わたくしの見たところ」ルシンダが言った。「いまのわたくしたちにとっては、雨よりも狼のほうが身に及ぼす危険が大きいといえるでしょう」

太陽はすでに沈みつつあり、早春の空気は刺すように冷たかった。暗くなるころにはふたりとも凍えてしまうだろう。エリザベスには、そうなるのはほぼ確実であるように思えた。

「ちょっと肌寒くなってきたわね」

「いくらかは」

「でも、トランクのなかにはいま着ているのより暖かい服も入っているし」

「それを着れば、さほど寒い思いをせずにすむことでしょう」

エリザベスのひねくれたユーモアのセンスが、そこでひょっこり顔を出した。「そうね、狼にまわりを囲まれるころには、わたしたちはとってもぬくぬくしているはずだわ」

「いかにも」

ヒステリーと空腹と疲労が重なって——さらには、こうして泰然自若《じじゃく》としているルシンダが、傘を振りまわしてコテージに突入するという椿事《ちんじ》をおこしたのを思い出したせいもあって——エリザベスは頭がくらくらしてきた。「そうよ、狼だって、こちらがどんなにお腹をすかしてるかわかったら、きっと近づいてはこないわよ」

「なかなか前向きな考え方です」

「焚《た》き火をしましょう」エリザベスは唇をふるわせた。「そうすれば、狼たちを食い止められるんじゃないかしら」ルシンダが黙りこんで考えごとをしているあいだに、エリザベスは突如として胸に湧いた喜びをことばにした。「あのね、ルシンダ。わたし、今日みたいに楽しかったことはないわ」

ルシンダは灰色の薄い眉をつりあげ、エリザベスの顔をいぶかしげに横目で盗み見た。

「とっぴな話に聞こえるでしょうけど、わずかなあいだでも、あの男に銃口を突きつけてやれたときはどんなに胸がすっとしたことか。そんなふうに感じるのは――変かしら？」なにを考えているのか、ルシンダがまっすぐ前をにらんだまま黙りこんでしまったので、エリザベスはそう尋ねてみた。

「わたくしが変だと思ったのは」ルシンダの声には冷ややかな非難と驚きが入り混じったような響きがあった。「あなたに対してあの男が敵意をむき出しにしたことです」

「あの人、頭がどうかしてるのよ」

「というより、恨んでいるのかもしれません」

「恨んでいるって、なにを？」

「そこが問題です」

エリザベスはため息をついた。ルシンダは疑問があれば放ってはおかず、必ず解決しようとする。自分にとって納得のいかない行動を許してはおけないのだ。エリザベス自身は、イアン・ソーントンの心境を推しはかるより、さしあたってどうすべきか考えるのが先決だと思った。叔父は、彼女が規定の時間をここで過ごすあいだ、馬車と御者を遊ばせておくわけにはいかないと言いはった。そのため、エリザベスは叔父の指示に従って、スコットランド国境に着くとすぐにアーロンをイングランドに帰し、自分たちはウエイクリー亭という宿屋で馬車を借りたのだった。アーロンは一週間後に迎えにきてくれることになっているので、ウエイクリー亭に戻ってそれを待っていてもいいのだが、エリザベスにはふたり分の宿代を払えるほど持ち合わせがなかった。

宿で馬車を借りてヘイヴンハーストに戻り、家に着いてから借り賃を払うということもできなくはない。けれども、その方法だと、どんなにうまく値切っても、すぐには払いきれないほどお金がかかるかもしれない。

なにより頭が痛いのはジュリアス叔父のことだった。予定より二週間も早く帰ってきたら――無事に帰りつけるとしての話だが――叔父はかんかんになるにきまっている。いざ家に着いたときに、なにを言われるかわかったものではない。

しかし、それ以上に差し迫った問題もあった。雨降りの寒い夜に、スコットランドの荒野に女ふたりが身を守るものもなく放り出されているのだ。いったいどうすればよいのだろう。

そのとき、砂利道に足を引きずるような音が響き、ふたりの女は背筋を伸ばした。どちらも胸のなかで大きくふくらむ希望を押し殺し、無表情を装うように努めていた。

「いやいや」ジェイクは大声をあげた。「追いつけてよかったよ、だって――」と言いかけて絶句した。なにしろ、人っ子ひとりいない寂しい場所で、ふたりの女が背筋をぴんと伸ばし、黒い傘の下ですましかえって仲良くトランクに腰かけているのだ。こんな滑稽な場面がほかにあるだろうか。「えーと――あんたたちの馬はどこだい？」

「馬などいません」ルシンダが高飛車に言った。そんな獣はふたりきりの話し合いのじゃまになるだけだとでもいうように。

「いない？　じゃあ、どうやってここまで来たんだ？」

「このへんぴな土地に来るときは、車つきの乗り物を使ったのです」

「そうか」ジェイクがたじろいだように黙りこんでしまったので、エリザベスが多少なりとも救いになることを言おうとしたとき、ルシンダがしびれを切らして尋ねた。「あなたは、わたくしたちに戻ってきてほしいと頼みにきたのでしょう？」

「あー――そうだよ。そのとおりだ」

「だったら、早く頼みなさい。こちらはひと晩じゅう待てるほどひまではないのです」ルシンダはそう言ったが、エリザベスには彼女が厚かましい嘘をついているように思えた。どう切り出せばよいのかわからずジェイクがもじもじしていると、ルシンダは立ちあがって助け舟を出した。「ミスター・ソーントンは、先ほどの言語道断なふるまいを心から反省しているのですね？」

「えーと、そうだな、そういうことだと思うよ。いちおうは」

「わたくしたちが戻ったら、彼は自分の口からそう言うつもりなのでしょうね？」

ジェイクはためらった。イアンがそんなことを言うわけはないが、ふたりを連れ戻さなければ、このおれは自分の作った料理を食べて、良心の痛みと胃の痛みに耐えながら眠りにつくことになりそうだ。可能性としてはどちらのほうが高いだろう……「イアンに彼なりのことばで謝らせたらどうです？」ジェイクはあいまいな答え方をした。

ルシンダはコテージにいたる坂道を振り返ると、横柄にうなずいた。「あなたは荷物を運びなさい。参りましょう、エリザベス」

コテージに着くころには、エリザベスの心はふたつに引き裂かれていた。謝罪のことばを聞きたいと思う一方で、このまま逃げ帰りたいという気持ちも強かったのだ。暖炉には火がおこしてあったが、客を迎える気のない主人は姿が見えなかったので、エリザベスはおおいに安堵した。

けれども、彼はすぐに戻ってきた。上着を脱いで、腕一杯に薪《たきぎ》を抱えている。その薪を暖炉のかたわらにどさっと下ろした。

イアンは身を起こすと、エリザベスのほうに向き直った。彼女は慎重に表情を殺したまま相手をながめていた。「手違いがあったようだ」彼はぶっきらぼうに言った。

「それは、返事を出したのを思い出したということですか？」

「あの手紙は誤ってそちらに送られたんだ。このコテージに招こうとしたのは別の人間だった。それを伝える手紙が、不運にも、きみの叔父上のところに届いてしまったんだ」

エリザベスはすでに感じている以上に屈辱を感じることなどありえないと思っていたが、

その見通しは甘かった。この怒りは正当なものだという自己弁護すら成り立たなくなったいま、彼女は一度ならず二度までも自分を笑いものにした相手の家に、望まれない客として滞在しなければならないという事実に直面していた。

「ここまでどうやって来た？　馬のひづめの音は聞こえなかったし、馬車であの道をのぼるのはどう考えてもむりだと思うが」

「車つきの乗り物を使って、この近くまで来たのです」エリザベスはルシンダのさっきの答えをとっさにまねてごまかした。「その乗り物はもう帰してしまいました」それを聞いて、イアンがいまいましげに目を細めたのがわかった。自分が数日かけて彼女たちを宿屋まで送り届けようという気にならないかぎり、厄介払いはできないのだとさとったらしい。目の奥につんとこみあげる涙がこぼれ出ないように、エリザベスは頭をそらしてそっぽを向き、天井や階段や壁など、そのへんにあるものをながめているようなふりをした。そして、涙にかすむ目に映った家の様子から、一年ぐらい掃除をしていないらしいということに初めて気づいた。

そばにいるルシンダも、半眼であたりを見回し、同じ結論に達したようだった。

年配の女がイアンの家をけなしそうだと察したジェイクは、あわてて楽しげな顔をとりつくろい、もめごとを防ぎにかかった。

「さて、それじゃあ」と大声で言って、ジェイクは両手をこすり合わせながら暖炉の前に進み出た。「一件落着したところで、おたがい正式に紹介してもらうってのはどうですかね？

それから、晩めしのことを考えましょうや」彼は期待をこめてイアンに目をやり、みんなが紹介されるのを待ったが、イアンは正式な手順を踏もうとはせず、金髪の美女のほうにそっけなくあごをしゃくって、こう言っただけだった。「エリザベス・キャメロンだ——こっちはジェイク・ワイリー」

「初めまして、ミスター・ワイリー」エリザベスは挨拶した。

「ジェイクでいいですよ」彼はにこやかに言ったあと、仏頂面《ぶっちょうづら》の付き添い人に催促するように目を向けた。「で、そちらは？」

イアンの投げやりな紹介のしかたにルシンダが文句をつけるのではないかと思い、エリザベスはあわてて口を出した。「こちらはわたしの相談役の、ミス・ルシンダ・スロックモートン＝ジョーンズです」

「へえ！　苗字がふたつもあるのかね。まあ、しゃっちょこばることはないな。なにしろ、これから何日かは、いやでもここで顔を突き合わせてなきゃならないんだからね。おれのことは、ジェイクって呼んでくれりゃいい。あんたのことはどう呼ぼうか？」

「ミス・スロックモートン＝ジョーンズで結構です」ルシンダは鷲鼻《わしばな》の上から相手をじろりと見おろした。

「じゃあ——そういうことで」ジェイクは訴えるような目をイアンに向けたが、イアンは場をなごませようとする彼のむだな骨折りを当面は楽しんでいるようだった。ジェイクはおろおろして、乱れた髪に手を突っこみ、作り笑いを浮かべた。そして、きまり悪そうに手を振って汚れた室内を示した。「その、なんだ、こんな……えーと……すご……いやその、すばらしいお客さんが来るとわかってたら、ちゃんと――」

「椅子を拭いておくんだった？」ルシンダが辛辣な調子であとを続けた。「床のごみをシャベルですくって捨てておけばよかった？」

「ルシンダ！」エリザベスは躍起になって耳打ちした。「わたしたちが来るのはわかってなかったんだから」

「品位を備えた者は、こんなところにはひと晩たりともいられません」ルシンダは鋭く言い返した。エリザベスが困惑と賞賛の入り混じった目でこの女傑を見守っていると、彼女はくるっと振り向き、客を歓迎していない主人に矛先を向けた。「手違いであろうとなかろうと、わたくしたちがここに来たのはあなたの責任です！　ですから、隠れている召使いたちを引きずり出して、清潔なシーツをただちに寝室に運ばせるようにしてください。家のなかの汚れも、明朝までには片づけてもらえるでしょうね！　あなたが紳士にほど遠いことは態度でわかりますが、わたくしたちはレディなのですから、それ相応の扱いをしていただかねばなりません」

その間、エリザベスは目のすみでイアン・ソーントンの様子をうかがっていた。ルシンダの話を聞くうちに、彼のあごはこわばり、首筋の筋肉が危険信号のようにぴくぴくふるえだしていた。

その変化に気づかないのか、あるいは気づいても気にしていないのか、ルシンダはスカートをつまみあげて階段のほうを向き、ジェイクに命じた。「寝室に案内しなさい。わたくしたちはもう休みます」

「休むだって！」ジェイクは愕然とした。「だけど――だけど、晩めしはどうするんだ？」と大声でまくしたてた。

「部屋に運んでもらえば結構です」

エリザベスはジェイクのぽかんとした顔に気づき、仰天している赤毛の男のために、怒れるルシンダのことばを礼儀正しく言い替えてやることにした。

「ミス・スロックモートン＝ジョーンズが言っているのは、わたしたちは長旅で疲れていて、楽しい話し相手にはなれそうにないので、部屋で食事をとらせてもらったほうがいいだろう、ということです」

「食事をとりたければ」イアン・ソーントンの凄みのある声に、エリザベスは身をこわばらせた。「自分で料理して食べてもらおう。清潔なシーツがいるなら、自分で戸棚から出すんだ。きれいな部屋がいいんだったら、きれいにすればよかろう！　わたしの言っていることがわかるか？」

「もちろんですわ！」エリザベスは憤然として先を続けようとしたが、ルシンダの怒りにふるえる声がそれをさえぎった。

「あなたはわたくしたちに、召使いの仕事をしろと言っているのですか？」

エリザベスやその他の上流階級の人々と交わってきたイアンは、なるべく少ない努力でなるべく多くのドレスや宝石を手に入れることを人生唯一の目標にしている、浅はかで貪欲《どんよく》な甘ったれの娘たちに、強い軽侮の念を抱くようになっていた。そのため、彼の攻撃の矛先はエリザベスに向けられた。「きみのくだらない無意味な人生では初めての経験だろうが、自分のことは自分でやれと言っているんだ。そうすれば、見返りに、わたしがきみたちを村に送っていくまでのあいだ、住まいを提供し、食料を分けてやる。そんな大仕事はむりだというなら、いちばん初めに教えたとおり、そこのドアが出口だ」

理不尽なことを言う相手に、かっとなって言い返してもしかたないので、エリザベスはルシンダのほうを向いた。「ルシンダ」その声には疲れとあきらめがにじんでいた。「自分の手違いで人に迷惑をかけたのはミスター・ソーントンのほうであって、その逆ではないけれど、それを彼にわからせようとしていきりたつのはおよしなさい。時間のむだでしかないから。育ちのよい紳士なら、怒鳴ったりわめいたりしないで謝るべきだってことはちゃんとわかるはずだけど、ここに来る前に話したとおり、ミスター・ソーントンは紳士なんかじゃないもの。要するに、彼は人に恥をかかせるのが楽しいのよ。だから、わたしたちがここに立っていたら、彼はさらにわたしたちに恥をかかせようとするでしょう」

エリザベスはつんとして、さげすむような目でイアンを見ながら言った。「おやすみなさい、ミスター・ソーントン」それから向きを変え、口調をすこし和らげて続けた。「おやすみなさい、ミスター・ワイリー」

女性ふたりが寝室にひきとってしまうと、ジェイクはぶらぶらとテーブルに近づき、食料の入った袋をかきまわした。パンとチーズを取り出しながら、二階のふたりが戸棚を開けたりベッドを整えたりする足音が木の床に響くのに耳をすます。簡素な食事を終えると、ジェイクはマデイラ酒を二杯つぎ、友人に目をやった。「あんたもなにか食べないと」

「腹がへってないんだ」イアンは短く答えた。窓の外の闇に目を凝らしている謎めいた男のかたくなな横顔をながめるうちに、ジェイクの目に当惑の色が広がった。

三十分ほど前から階上の物音はすっかりやんでいたが、ジェイクは女性たちが食事をしていないのを申し訳なく思い、おずおずと言った。「ここにあるものを、すこし上に持っていってやりましょうか？」

「だめだ」イアンは答えた。「食べたければ、自分たちが下におりて食べればいい」

「イアン、それはちょっとつれなくないですか」

「つれない、だって？」イアンは首をめぐらせ、肩越しに皮肉な視線を投げながらくり返した。「気づいていないなら言っておくが、あのふたりは寝室をふたつ占領しているんだぞ。それはつまり、わたしたちのどちらかが今夜はソファで寝るはめになるということだ」

「ソファじゃ足がはみ出ちまう。おれは納屋で寝ますよ、昔みたいに。それでちっともかまわないんだ。干し草は匂いがいいし、ふわっとしてるからね。連絡の手紙にあったとおり、管理人が牝牛一頭と鶏を何羽か連れてきてくれたから、新鮮な牛乳や卵が手に入る。やっこさんがやってくれなかったのは、人をよこして部屋を掃除させることだけなんじゃないかな」

イアンが返事をせず、まだ暗闇をにらんでいるので、ジェイクはおそるおそる尋ねた。

「あのご婦人がたがどうしてここに来たのか、教えてもらえませんか？　というより、あのふたりは何者なんです？」

イアンはいらだたしげに長々と息をつくと、顔をあおむけ、首の後ろの筋肉をぼんやりと揉みほぐした。「エリザベスと出会ったのは、一年半前、あるパーティでのことだ。彼女は社交界にデビューしたばかりだったが、そのときすでにどこかの不運な貴族と婚約していた。そして、自分の手管《てくだ》がわたしにどこまで通じるか試そうとしたんだ」

「自分の手管がどこまで通じるか試そうとした？　でも、ほかの男と婚約してたって言いませんでしたか？」

友人の素朴な反応にやれやれと嘆息《たんそく》し、イアンはつっけんどんに言った。「社交界にデビューする娘というのは、おまえが知っている女たちとはまったく種類が違うんだ。彼女たちの母親が娘をロンドンに連れていって社交界デビューさせる機会は、年に二回ある。社交シーズンのあいだは、娘たちは競《せ》りに出された馬みたいに自分を見せびらかして歩き、最高値をつけた男に両親が娘を売り渡して婚約となる。落札者を決める方法はじつに効率がよくて、いちばん爵位が高く、いちばん裕福な者が自動的に選ばれるんだ」

「なんて野蛮なんだ！」ジェイクが憤った。

イアンは皮肉っぽい目でジェイクを見た。「同情することはないさ。あの娘たちはそれで満足なんだ。彼女たちが結婚で得ようとしているのは、宝石にドレス、それにめでたく世継ぎをもうけたあとお好みの相手と密通する自由だけだ。あの連中に貞節とか真心などという観念はない」

ジェイクは眉を上げた。「おれの見たところ、あんたもべつに女嫌いってわけじゃなさそうだったけどな」彼はこの二年間にイアンのベッドを暖めた女性たちの顔を思い浮かべていた。そのなかには自身の爵位を持つ者もいたのだ。

「社交界デビューした娘といえば」イアンがなにも言わないので、ジェイクは用心深く続けた。「二階にいる彼女はどうなんです？　あの人のことが特に嫌いなのか、それとも、ああいう人種が気に食わないってことなんですか？」

イアンはテーブルに歩み寄り、スコッチをついでひと口あおってから、肩をすくめて言った。「エリザベス・キャメロンは、彼女のつまらない友人たちよりは才覚があった。パーティのとき、庭でわたしに声をかけてきたんだ」

「さぞ困ったでしょう」ジェイクは冗談を言った。「男どもが夢に見るような美女が、女の魅力を武器にして迫ってきたとあっちゃ。向こうの計略は成功したんですか？」

グラスをどんとテーブルに置いて、イアンはぶっきらぼうに答えた。「成功したよ」心を鬼にしてエリザベスの面影を追い払うと、彼はテーブルに載せていた鹿革の鞄を開け、見直しの必要がある書類を取り出して、暖炉の前に腰を据えた。

ジェイクは好奇心にはやる心を鎮めるために、しばらく待ってから尋ねた。「それからどうなったんです？」

すでに手もとの書類に没頭していたイアンは、顔も上げずにうわの空で答えた。「わたしは彼女に結婚してくれと頼んだ。彼女は手紙をよこし、温室で会おうと言ってきた。わたしはそのとおりにした。そこに彼女の兄が乗りこんできて、妹は女伯爵で、すでに婚約していると告げた」

その話題を頭から締め出すと、イアンはそばの小卓から鵞ペンを取りあげ、契約書の余白に覚え書きをした。

「それで？」ジェイクは興味津々で尋ねた。

「それでとは？」

「それで、そのあとどうなったんですか――お兄さんが乗りこんできたあとは？」

「彼は、わたしが彼女との結婚を考えたのは身のほど知らずだと腹を立て、わたしに決闘を申しこんだ」イアンは気のない声で答え、また契約書に書きこみをした。

「じゃあ、あの人はここになにしにきたんです？」上流階級の人間のすることはわからないと思い、ジェイクは頭をかいた。

「知るか」イアンは小声で怒ったように言った。「わたしに見せた態度から察するに、淫《みだ》らな情事をくり返すうちに現場を見られてしまって、取り返しのつかないほど評判が傷ついたというところじゃないのか」

「それがあんたになんの関係があるんです？」

イアンはうんざりしたように長々と嘆息し、質問に答えるのはこれで終わりだと宣言するような顔でジェイクのほうを見やった。「おそらく」と吐き捨てるように言う。「一年半前にわたしが彼女に愚かしいほど執着したのを、向こうの家族が思い出したんだろう。それで、もう一度その気になって彼女を引き受けてくれないかと思っているんだ」

「それは、公爵が実の孫であるあんたを跡継ぎにしたいと言ってることと関係あるんでしょうかね？」ジェイクはもっと話を聞き出そうとして待っていたが、イアンはこちらには目もくれず書類に読みふけっている。もう打ち明け話は聞けそうにないし、ほかにどうしようもないので、ジェイクは納屋に行こうとろうそくを取りあげ、毛布を何枚かかき集めた。彼は部屋を出るところで足を止め、ふと思い出して言った。「あの人は、温室で会ってほしいという手紙は出さなかったと言ってましたよね」

「彼女は嘘つきで、しかもなかなか演技がうまい」イアンは書類に目を落としたまま、冷ややかに言った。「あすになったら、彼女をここから追い出して厄介払いする方法をなんとか考えるつもりだ」

イアンの顔に浮かんだ表情を見て、ジェイクは思わず尋ねていた。「なんでそんなに急ぐんです？　あの人の手管にまた乗せられるんじゃないかと心配してるんですか？」

「まさか」

「だったら、あんたは木石《ぼくせき》だよ」ジェイクは軽口を叩いた。「あんなにきれいな娘だったら、どんな男もふたりきりで一時間もいればころりと参っちまうだろう――このおれでもね。知ってのとおり、おれは女に弱いほうじゃないんだが」

「ひとりでいるところを彼女につかまらないようにしろよ」イアンは意味深長な答え方をした。

「こっちは望むところだけどな」ジェイクはからからと笑って立ち去った。


二階では、廊下のつきあたりの、台所の真上にあたる寝室で、エリザベスがよろよろと服を脱ぎ、ベッドにもぐりこんで、疲労感のなかでうとうとしていた。

ふたりの男がいる居間の上の、廊下に面した寝室では、ルシンダ・スロックモートン＝ジョーンズが、就寝前のいつもの儀式に当然のごとくとりかかっていた。荷馬車の荷台に揺られ、汚いコテージから雨のなかに放り出されて面目を失い、その雨のなかで肉食獣の食習慣について思いをめぐらせたあと、ひとかけらのパンすら口にしないうちに寝床に追いやられるという失礼な扱いを受けたからといって、疲れに負けるようなことがあってはならない。そう思った彼女は、一日じゅう刺繡をしていた日とまったく同じように寝支度をすることにした。黒い綾織りのドレスを脱いでたたむと、髪をまとめていたピンを抜き、決まりに従っててていねいに百回ブラッシングしたあと、その髪をきちんと編んで白いナイトキャップに押しこんだ。

けれども、ベッドに入ってちくちくする毛布をあごまで引きあげても、ふたつの問題が気になって、眠ることができなかった。なにより気になったのは、粗末な寝室に水差しとたらいが備わっていないため、いつもは寝る前に顔と体を洗うのにそれができなかったことだ。

もうひとつは、その細い体を休めることになったベッドがでこぼこだらけということだった。

そのふたつの問題のせいで、階下のふたりが話を始めたときもルシンダはまだ目を覚ましていた。床板の隙間から聞こえてくる声はかすかだったが、なにを言っているかはわかった。そのため、彼女は心ならずも盗み聞きをするはめにおちいった。ルシンダ・スロックモートン＝ジョーンズは、これまでの五十六年の人生で、盗み聞きなどという卑しいまねをしたことは一度もなかった。ルシンダは盗み聞きという行為を忌み嫌っており、彼女が住みこんだ家の召使いはみなそのことをよく知っていた。召使いがドアの前で立ち聞きしたり、鍵穴からなかをのぞいたりしているのを見つけると、彼女はその事実をすぐに報告し、その人物の使用人としての地位がどれほど高くても容赦しなかったのだ。

それなのに、ルシンダはいま、そういう召使いと同じレベルに身を落としていた。なにしろ、ここでやっていることは盗み聞きにほかならないのだ。

彼女は話を聞いた。

そしていま、ルシンダはイアン・ソーントンが口にしたことばを頭のなかで総ざらいして、それが事実かどうかを考えながら、彼女を雑役婦とまちがえたあの粗野な男に彼が話したことをひとつずつ吟味していた。内心の葛藤にもかかわらず、硬いベッドに横たわったルシンダは身動きひとつせず、その姿は冷静そのものだった。目は閉じられ、やわらかな白い手は平たい胸を覆う上掛けの上できちんと組まれている。もじもじしたり、上掛けをつまんだりすることもなければ、しかめ面で天井をにらむこともない。あまりにじっとしているので、だれかが月明かりの射す部屋をのぞいて、そこに寝ている彼女を見れば、ベッドの裾に並ぶろうそくや、手に握らされた十字架を連想してしまうかもしれなかった。

けれども、そうした外見の印象は、彼女の頭の活動にはなんら影響を及ぼさなかった。ルシンダは自分の聞いたことを科学的な正確さをもって逐一《ちくいち》分析し、なにかできること、あるいはすべきことがあるとしたら、それはなんだろうかと考えた。イアン・ソーントンが自分を実際よりましに見せようとして、ジェイク・ワイリーに嘘をついた――つまり、エリザベスに心を惹かれ、結婚したくなったと話したのは口先だけのことだった――という可能性もないわけではない。ソーントンはふらちな放蕩者であり、財産目あてで結婚をもくろむ不逞《ふてい》の輩《やから》なのだ、というのがロバート・キャメロンの主張だった。しかもロバートによれば、ソーントンは、エリザベスを口説いたのは彼女をなぐさみものにするためにすぎなかったと自分で認めたという。しかし、いまのルシンダには、ロバートのほうが、決闘のときの自分の恥ずべきふるまいには理由があるのだと言いたくて嘘をついたのではないかと思えた。それに、ロバートがエリザベスに兄らしい心づかいを示すのを見たことがないとは言わないが、イングランドから姿を消したのは彼が卑怯者である証拠ではないか。

そうして一時間あまり、ルシンダはまんじりともせずに横たわり、自分が耳にしたことが事実か否かを順に検討していった。ルシンダが初めから無条件で信じたことは一点しかなかったが、それは彼女ほど知識も洞察力もない人々が長年疑問に思い、否定してきたことだった。イアン・ソーントンはスタナップ公爵の直系の親族である――彼女自身はそのことを一瞬たりとも疑わなかった。

よく言われることだが、階級を詐称《さしょう》して高級クラブに入りこんだ者が貴族のふりをし、ほかの紳士がそれにだまされることはあるとしても、その人物が紳士の自宅を訪ねた場合はそうはいかない。なぜなら、目利きの執事が彼の出自《しゅつじ》をたちどころに見破ってしまうからだ。

そういう詐欺師の手から自分の監督下にある娘を守っているベテランの付き添い婦人にも、同じような能力が備わっている。ただし、ルシンダには、この仕事を始めたころにスタナップ公爵の姪の付き添い役を務めたという強みもあった。今夜、イアン・ソーントンをひと目見たとたんに、公爵の血を引いていると判断したのはそのためだった。彼の顔は驚くほど公爵に似ていたのだ。ケンジントン侯爵がスコットランド娘と身分違いの結婚をしたために家族から縁を切られたというスキャンダルの記憶に、イアン・ソーントンの年齢を重ね合わせた結果、ルシンダはソーントンを目にして三十秒とたたないうちに、彼は公爵の孫息子だと断じていた。じつのところ、階下でソーントンに会ったとき、即座に結論が出せなかったのは、彼が婚外子かどうかという一点だけだったのだ。だがそれも、現場に居合わせなかったせいで、母親が彼を産んだのが三十数年前の禁断の結婚の前なのか後なのかがわからなかったからにすぎない。いずれにせよ、スタナップ公爵が彼を跡継ぎにしようとしているという噂は何度となく耳にしており、それが事実であれば、ソーントンの血筋には疑いの余地がないことになる。

そうしたことを勘案すると、検討すべきことはあとふたつしかなかった。ひとつは、未来の貴族と結婚することがエリザベスのためになるかどうかだ。貴族といっても、そこらの伯爵などではなく、いずれは最高の位である公爵位を継ごうという男性である。ルシンダの生きがいは、世話している娘にできるだけよい縁組みをさせることだったので、この問題は二秒考えただけで決着がついた。答えはもちろんイエスだ。

二番めの問題はいささか面倒だった。いまの状況からすると、この縁組みに乗り気なのはルシンダひとりということになる。おまけに時間の余裕もない。ルシンダの考えにまちがいがなければ――この種の問題で彼女がまちがうことはけしてないのだが――イアン・ソーントンは、じきに全ヨーロッパでもっとも人気のある花婿候補になるだろう。ヘイヴンハーストで不憫な娘とともに隠遁《いんとん》生活を送るあいだにも、ルシンダはほかの付き添い婦人ふたりと連絡を取り合っており、彼女たちの手紙には、さまざまな社交の場で小耳にはさんだソーントンの噂がつづられていることが多かった。ここしばらくは、彼が金持ちであることが知れわたるにつれて、人気の度合いも高まっているようで、父のものだった称号――ケンジントン侯爵――を継げば、その人気は百倍にもふくれあがりそうだった。その称号をソーントンが継ぐのは当然のことであり、エリザベスにあれだけ迷惑をかけた以上、彼は貴族のしるしである小冠と結婚指輪を一刻も早く彼女に与えるべきだろう。ルシンダはそのように感じた。

ふたつの問題に結論が出たことで、最後にもうひとつ問題が生じたが、それはルシンダにとっては道徳面でのジレンマになった。これまでは、未婚の男女をふたりきりにしないようにひたすら努めてきたのに、今回は逆のことをしなければならないのだ。ジェイク・ワイリーがエリザベスを評した最後のことばが頭に浮かぶ――〝あんなにきれいな娘だったら、どんな男もふたりきりで一時間もいればころりと参っちまうだろう〟。ルシンダの知るところでは、イアン・ソーントンは以前エリザベスに〝ころりと参った〟ことがある。いまのエリザベスはそのときほど若くはないが、美しさはむしろ増しているくらいだ。それに、前より賢くなってもいる。だから、しばらくのあいだソーントンとふたりきりになったとしても、彼が図に乗るのを許すような愚かなまねはしないだろう。それはわかっている。要するに、いまわかっていないのは、イアン・ソーントンがエリザベスにもはや魅力を感じていないのかどうか、ということだけだ。本人は感じていないと言っているが……それに、彼らをしばらくのあいだふたりきりにするためには、いったいどんな手を使えばいいのか。この最後のふたつの難問は、自分と同様に有能な万物の創造主におまかせすることにして、ルシンダはようやくいつもの平穏な眠りについた。

12

片目を開けたジェイクは、高窓から射しこむ日の光にとまどって目をしばたたいた。自分がどこにいるのか思い出せないまま、いつもと違うごつごつした寝床であおむけになって上を見ると、耳を寝かせ、歯をむき出しにした黒い巨大なけだものが、間仕切りの板のあいだから彼に嚙みつこうとしていた。「この人食い野郎!」ジェイクは気の荒い馬をののしった。「化け物め!」悪態のついでに、嚙みつきかけた馬に仕返しするつもりで板を思いきり蹴りつける。「いてっ、ちくしょうめ!」ブーツを脱いだ足をしたたかに板にぶつけて、また毒づいた。

手をついて体を起こすと、ジェイクはふさふさの赤毛をかきあげ、指についた干し草を見て顔をしかめた。ぶつけた足も痛いし、ゆうべワインを一本空けたのがたたって頭痛もする。よっこらしょと立ちあがり、ブーツをはいて、ウールのシャツのほこりを払うと、ジェイクは湿っぽい冷気に身ぶるいした。二十年ほど前にこの小さな農場で働きだしたころは、毎晩この納屋で眠ったものだった。その後は、イアンとともに海に出たとき稼いだ金を彼がうまく投資してくれたおかげで、羽毛のマットレスやサテンの上掛けの心地よさに慣れてしまったので、いまではそれがないとつらくてたまらなかった。

「きのうは御殿で今日は牛小屋か」ジェイクはぶつくさ言いながら、自分が寝ていた房を出た。アッティラの房の前を通ると、狙いすましたようにひづめが飛び出し、太腿をすれすれにかすめた。「よくもやったな、罰として朝めしはおあずけだ、この老いぼれめが」吐き捨てるように言ったあと、彼は黒馬の見ている前でほかの二頭に餌をやり、いい気味だとほくほくした。「おれの機嫌をそこねるようなまねをするからだ」二頭だけが餌をもらっているのはずるいと思ったのか、黒馬がじれたように動くのを見て、ジェイクは愉快になった。「あとで機嫌が直ったら、おまえにも餌をやってもいいが――」と言いかけ、はっとして口をつぐんだ。イアンの愛するすばらしい栗毛の去勢馬が、右前脚の膝を軽く曲げて、ひづめを浮かせているのに気づいたからだ。「よしよし、メイヘム」ジェイクは小声で優しく話しかけると、馬のすべすべした首を軽く叩いた。「そのひづめをちょっと見せてみろ」

レースに出たときは負け知らずで、ヒーストンで先日行なわれたレースの優勝馬の父親でもあるこの馬は、よく調教されていて、ジェイクがひづめを持ちあげてのぞきこんでも暴れることはなかった。「石がはさまってるぞ」と教えてやると、馬は聞き耳を立てるようにして、賢そうに光る茶色の目で彼をじっと見ていた。ジェイクはほじくる道具はないかとあたりを見回し、古い木の棚の上に使えそうなものを見つけた。「ずいぶんしっかり食いこんでやがる」とつぶやき、しゃがみこんでひづめを自分の膝に載せる。隣の房との間仕切りに背中を押しつけ、それを支えにして、力をこめてほじくった。「これでよし」ひづめから小石が落ち、満足げに言った瞬間、そのだみ声は苦痛の絶叫に変わった。隣の房から馬が顔を出し、大きな歯で彼のでっぷりした尻に食いついたのだ。「この痩せっぽちの根性曲がりめ」とわめいて飛びあがり、ジェイクは柵の向こうに猛然と身を乗り出してアッティラを殴りつけようとした。相手はその報復を予期していたかのように房の端に身を寄せ、横目でちらりとこちらを見た。その目つきはしてやったりと言っているようだった。ジェイクは「覚えてろよ」と凄んでこぶしを振りまわそうとしたが、畜生を脅してもしかたないと気づいてやめた。

痛む尻をさすりながらメイヘムのほうに向き直ると、ジェイクは尻を納屋の壁にそっと押しつけて身をかがめた。そして、ひづめを点検してもう問題がないことを確かめようとしたが、石がはさまっていた部分にふれると、栗毛はびくっと身をふるわせた。「痛むんだな、ええ？」ジェイクは気の毒そうに言った。「むりもない、あんなに大きな石ころがはさまってたんだもんな。だけど、きのうは痛そうな顔をちっとも見せなかったよなあ」声を大きくし、感心しきったような声音でわざとらしくメイヘムに話しかけながら、ジェイクは彼の横腹を軽く叩き、さげすむような目でアッティラをちらりと見た。「さすがだな、やっぱりおまえは本物の貴族で、勇敢な名馬だ——いじけた卑怯なロバ野郎とはわけが違う。おまえと同じ厩にあいつを入れておくのはもったいないってもんだ」

その意見をどう思ったにせよ、アッティラは気持ちを顔に出さないよう注意していたので、ジェイクとしては張り合いがなく、コテージにのしのしと入っていったときにはさらに機嫌が悪くなっていた。

イアンはテーブルにつき、湯気の立つコーヒーのカップを両手で包みこんでいた。「おはよう」彼は年長の男の険悪なしかめ面をじろじろながめた。

「あんたはご機嫌みたいだが、こっちはそうはいかねえ。なにしろ、ゆうべは凍えそうなところで寝たんだし、寝床の隣にゃおれをとって食おうとする馬がいて、けさ実際に、尻をかじりとって朝めしにしたんだからね」いまいましげにそこまで言うと、ジェイクはブリキのポットから陶製のマグにコーヒーをつぎ、おもしろがっている友人をじろりとにらんだ。「それに、あんたの馬は怪我してるしな！」イアンのそばの椅子にどさっと腰をおろして、彼はやけどしそうに熱いコーヒーをなにも考えずに勢いよく喉に流しこんだ。そのとたん、目玉が飛び出そうになり、額にはどっと汗が噴き出した。

イアンの顔から笑みが消えた。「馬がどうしたって？」

「右の前足のひづめに小石がはさまったんですよ。いまはそこをかばうようにしてます」

イアンは木の床に音を立てて椅子を押しやり、納屋に向かった。

「ほっといても大丈夫ですよ。たいした傷じゃないから」

体を洗いおえたとき、エリザベスは男たちが階下で話し合う不明瞭な声を耳にした。薄いタオルに身を包み、トランクが並んでいるところに行く。それは、けさ、この家のあるじがいやいや二階に運びあげ、ふたつの大型の水差しとともにドアの外に置いていったものだった。それらのトランクを部屋に運び入れる前から、彼女はそのなかのドレスはどれもこういう場所で着るにはいささか派手で華奢すぎることに気づいていた。

そこで、いちばんおとなしいドレスを着ることにした。白い紗のハイウエストのドレスで、ふわっとふくらんだ袖の先のぴったりしたカフスと裾の部分に、ピンクの薔薇と緑の葉が帯状にぐるりと刺繍されている。ドレスの上には、同じく薔薇の花と葉を刺繍した白いリボンが載っていたので、それを手にとってみた。しかし、このリボンを使うとしたら、どうやって身につけたらいいのだろう。

エリザベスはドレスに体を押しこみ、ウエストのしわを伸ばして、背中にずらりと並ぶ小さなボタンを四苦八苦して留めた。振り返って、洗面器の載った台の上の小さな鏡で自分の姿を点検し、いらいらと唇を噛む。丸みを帯びた身ごろは、以前はつつましやかに肌を覆っていたのに、いまはふくよかさを増した体にぴったり張りついている。顔をしかめて「最高だわ」とひとりごち、身ごろを引っぱりあげた。だが、どんなに強く引っぱりあげても、手を離すとすぐにずり落ちてしまう。エリザベスはとうとう降参した。「社交シーズンのあいだは、みんなこれ以上に肩の出たドレスを着てたわよ」と鏡に向かって言い訳する。それからベッドに近づき、ヘアリボンを手にとって、髪はどうしようかと悩んだ。ロンドンで最後にこのドレスを着たときは、バータが巻き毛のあいだから見えるようにしてリボンを結んでくれた。けれども、ヘイヴンハーストに戻ってからは、もう豊かな髪を上品な形に結いあげることはなく、ふさふさと波打つ髪をそのまま背中の半ばまで垂らしているだけだった。

エリザベスはため息とともに櫛《くし》を取りあげると、髪を真ん中で分けて後ろに流し、うなじのあたりでまとめて刺繍入りのリボンで束ね、リボンは単純な蝶結びにした。そして、優しい感じを出すために、顔の両脇に巻き毛をひと房ずつ垂らした。鏡の前に戻って自分の姿を確認し、観念してため息をつく。鏡のなかからこちらを見返している明るくつぶらな緑の瞳や、つやつやと輝く肌など、ジェイクに男たちが夢に見るような美女と言わしめた数々の長所にはなにひとつ気づかないまま、エリザベスはきわだった欠点を探して自分の姿をながめたが、目に余るほどの問題はないとわかると、もう容姿のことを考える気にはなれなかった。

鏡から離れてベッドに腰をおろし、けさ起きてから何度もそうしたように、ゆうべのことを思い返す。なにより気になっているのは、どちらかというと些細《ささい》な問題だった。イアンが彼女の手紙で温室に誘い出されたと言っていたことだ。もちろん、ミスター・ワイリーの手前嘘をついたということも考えられる。しかし、イアン・ソーントンのようにもともと失礼で無遠慮な男が、友人の前だからといってわざわざ事実を隠したりするだろうか。エリザベスは目をつぶり、彼があの晩温室に現われたときなんと言ったか正確に思い出そうとした。

〝あの手紙があるのに、だれが来ると思っていたんだ――英国皇太子か？〟たしか、そんなふうに言ったのではなかったか。

あのときは、手紙というのは、向こうがよこした手紙のことだと思っていた。けれども、彼は手紙をもらったのは自分のほうだと言っている。それに、彼はエリザベスの字をけなしたけれど、彼女の筆跡はこれまで教わった家庭教師たちに〝学識を感じさせる緻密《ちみつ》な〟もので〝オックスフォード出の紳士のような達筆〟だと評されているのだ。イアン・ソーントンが彼女の筆跡を知っているつもりでいるのは、自分が受けとった手紙は彼女がよこしたものだと本気で信じているからだろう。あるいは、ほんとうに頭がおかしいのかもしれないが、エリザベスにはそうは思えなかった。でも、イアンのこととなるとわたしはいつも目が曇ってしまう……彼女はそれを思い出してほぞを噛んだ。きのうのことがいい証拠だ。前に失敗したときよりは年をとったし、その分賢くなっていてもいいはずなのに、あの金色の目に見つめられると冷静に考えることができなくなってしまった。イアンはロバートが規則を破って彼を撃ったことを根に持っているのだろう。そうでも考えなければ、ゆうべの彼の態度はとうてい理解できない。きっとそういうことなのよ、と結論を出し、続いてより面倒な問題に取り組んだ。

自分とルシンダはここに囚《とら》われているようなものだ。そうと知らずにいるのはこの家のあるじだけだが、こんな恥ずかしいことを説明する気にはなれない。だったら、これからの一週間、なるべく波風を立てずにここにとどまる方法を考えよう。この試練を乗りきるためには、彼の不可解な敵意は無視し、来《こ》し方行く末を思いわずらうのはやめて、そのときどきの流れにまかせるしかなさそうだ。そうしてすべてが片づいたら、ルシンダといっしょに帰ればいい。ただし、今後数日間になにがおころうと、ゆうべのように挑発に乗って度を失うことだけはなんとしても避けねばならない。なにしろ、前に彼と顔を合わせたときには、相手に振りまわされて正邪の区別すらつかなくなってしまったのだ。

これからはそうはさせない、とエリザベスは心に誓った。向こうがどんなに無作法で恥知らずなことをしても、落ち着きを保って、悠然と折り目正しく対応しよう。わたしはもうのぼせあがった小娘じゃない。好き勝手に誘惑したり、傷つけたり、怒りをぶちまけたりすることはできないのよ。それをはっきり示すと同時に、育ちのよい人間はどのようにふるまうものか、お手本を見せてやりましょう。

そのように決意を固めると、エリザベスは腰を上げてルシンダの部屋に行った。

ルシンダはすでに着替えをすませていた。ほこりを払った黒いドレスにはきのうの汚れはあとかたもなく、白髪交じりの髪はきっちりとまげに結ってある。窓辺の椅子に腰かけたルシンダは、背もたれで支える必要もないほどぴんと背筋を伸ばし、もの思わしげな顔をしていた。エリザベスは「おはよう」と言いながら、ふたつの部屋の境のドアをそっと閉めた。

「は？　ああ、おはようございます、エリザベス」

「ちょっと聞いてほしいんだけど」エリザベスは早口で話しだした。「あなたをここまで引っぱってきたうえに、あんなふうに恥をかかせて、ほんとうに申し訳なく思っています。ミスター・ソーントンのふるまいは言語道断で、許しがたいものだったわ」

「それはたぶん……思いがけない客にびっくりしたからでしょう」

「びっくりした？」エリザベスはあきれてくり返した。「あの人は頭がおかしいのよ！　あなたはわたしのことも――だったらなぜそんな人と関わりあいになったのかと思っているでしょうね。わたし、あのときいったいなにを考えていたのか、自分でもよくわからないの」

「ああ、それはたいした謎じゃありません。彼は大変な美男子ですからね」

ルシンダがイアンを愛嬌の塊と評したとしても、エリザベスはこれほどのショックは受けなかっただろう。「美男子ですって!」と言って、彼女はぶるっと首を振り、頭をはっきりさせようとした。「あなたはこれまでのことを、心を広くしてすっかり赦そうとしているみたいね」

ルシンダは腰を上げ、値踏みするような目でエリザベスを見た。「べつに〝心を広くして〟いるわけではありません」考えながらゆっくり答える。「実際的になっている、というほうが近いでしょう。そのドレスの身ごろはかなり窮屈《きゅうくつ》そうですが、それでもすてきに見えますね。そろそろ下におりて、朝食をいただきましょうか」

13

「おはようございます！」エリザベスとルシンダが階下におりていくと、ジェイクが大きな声でふたりを迎えた。

「おはようございます、ミスター・ワイリー」エリザベスは愛想よくほほえんだ。挨拶のあとは特に言うことを思いつかなかったので、とっさに付け加えた。「いい匂いがしているけれど、なにかしら？」

「コーヒーだ」イアンが彼女のほうをさりげなく見ながらぶっきらぼうに答えた。つややかな蜂蜜色の長い髪をリボンで束ねたエリザベスは、このうえなく可憐で、しかもたいそう若く見えた。

「さあ、すわってすわって！」ジェイクが陽気な声でうながした。椅子はゆうべかけさのうちにだれかが拭いたようだったが、エリザベスが近づくと、彼はハンカチを出してもう一度椅子をぬぐった。

「ありがとう」エリザベスはジェイクにほほえみかけて言った。「この椅子は拭かなくても充分きれいだと思うけど」そして、向かいにいる仏頂面の男に悠然と目を向けて挨拶した。

　相手は挨拶を返すかわりに眉を上げた。エリザベスの態度が一変したのを不思議に思っているらしい。「よく眠れたようだな」

「ええ、とても」

「コーヒーはどうです？」ジェイクはポットをかけているこんろの前に飛んでいき、湯気の立つコーヒーの残りをマグについだ。が、マグを持ってテーブルのそばまで来ると、彼は足を止め、困ったようにルシンダとエリザベスを見くらべた。どちらに先に渡すのが礼儀になっているのかと迷っているらしい。

「コーヒーは野蛮人が飲むものであって」ジェイクが自分のほうへ足を踏み出したのを見て、ルシンダが突っぱねるように言った。「文明人にふさわしい飲み物ではありません。わたくしは紅茶にしてください」

「わたしはコーヒーをいただくわ」エリザベスは急いで言った。ジェイクは助かりましたというようにちらりと笑顔を向け、マグを彼女の前に置いてからこんろの前に戻った。コーヒーを飲むあいだ、エリザベスはイアンのほうには目を向けず、興味津々といった顔でジェイク・ワイリーの背中を見ていた。

　ジェイクはその場に立ちつくし、太腿の脇を手のひらでそわそわとこすりながら、卵やベーコンの塊や、すでに肘のあたりまで煙を上げている大きな鉄のフライパンを、不安げにきょろきょろ見回していた——いったいどこから手をつけたものかと途方にくれているように。

「ま、とにかくやってみるか」とつぶやき、両腕をまっすぐ前に伸ばすと、ジェイクは手を組んで指の関節をぼきぼき鳴らした。それからナイフを取りあげ、すごい勢いでベーコンをぶつ切りにしていった。

エリザベスがいぶかりながら見守っていると、ジェイクは大きく切ったベーコンをフライパンにどんどん放りこんで満杯にした。ほどなく、ベーコンの香ばしい匂いが部屋に漂いだし、エリザベスは口に唾が湧くのを感じながら、これから食べるおいしい朝食を思い浮かべた。彼女の頭のなかでその図が完成する前に、ジェイクは卵をふたつ取りあげ、こんろの端で叩いて割り、生焼けのベーコンでいっぱいのフライパンに投入した。さらに六個の卵を次々に割り入れると、ジェイクは首をねじって後ろを見た。「卵を入れる前に、もうちっとベーコンを焼いといたほうがよかったですかね、レディ・エリザベス？」

「わたし――わたしにはよくわからないわ」エリザベスはイアンの日焼けした顔がほくそ笑むのを気にしないように努めた。

「ちょっと様子を見て、意見を聞かせてくれませんか？」と頼みながら、ジェイクはパンの塊をざくざく切りはじめている。

不慣れな問題にアドバイスをするか、イアンの小ばかにしたような冷たい視線に耐えるか、道はふたつにひとつしかない。エリザベスは前者を選び、立ちあがってミスター・ワイリーに近づくと、後ろからフライパンをのぞきこんだ。

「どうです？」

見るからにまずそうなベーコンの脂身のあいだで固まりかけたいくつもの卵。それがエリザベスの目に映ったものだった。「おいしそうだわ」

ジェイクは満足げにうなり声をあげると、今度は刻んだパンを両手ですくいあげてフライパンのほうに向き直った。どうやら、それも加えるつもりらしい。「どうでしょうかね?」

半ば火が通ったベーコンと卵の山の上に手を浮かせて尋ねる。「こいつも入れたほうがいいかな?」

「だめよ!」エリザベスはあわてて大声をあげた。「パンは絶対にそのまま……というか……」

「それだけで出したほうがいい」イアン・ソーントンののんびりした愉快そうな声が聞こえた。エリザベスが反射的にそちらに目をやると、彼は椅子にかけたまま向きを変え、彼女をじろじろ見ていた。

「それだけで、ということはないわ」エリザベスは反論した。ほんとうは料理のことなどなにも知らないけれど、それを認めるのも癪だから、朝食の準備に関してもうすこし意見を言ったほうがいいだろう。「パンは――バターといっしょに出せばいいのよ!」

「まったくだ! そいつを早く思いつけばよかった」ジェイクは照れくさそうにエリザベスに笑いかけた。「ここに立ってこのフライパンをちょっと見ててくれませんか。樽《たる》に入れてあるバターをとってきますから」

「いいわよ。どうぞいってらっしゃい」エリザベスは自信たっぷりに言い、イアンの無慈悲な視線が背中に突き刺さるのを意地になって無視しようとした。だが、数分のうちにフライパンの中身に重大な変化がおきるとは考えにくいため、残念なことに、イアン・ソーントンを避けつづけるわけにはいかなくなった。なにしろ、規定の一週間はルシンダともどもここに泊めてもらうしかないのだ。家のあるじに追い出されないようにするためには、どうしても雰囲気をなごやかにしておく必要がある。

しぶしぶ背筋を伸ばすと、エリザベスはわざとのんきそうに部屋のなかを歩きまわり、腰の後ろで手を組んで、天井のすみの蜘蛛《くも》の巣を意味もなくながめながら、なにか言うことはないかと考えた。そこでふと、いいことを思いついた。その解決策は自分をおとしめるものだが現実的ではあり、上手にやれば、こちらが相手に情けをかけてやっているように見えそうだった。エリザベスはひとまず足を止め、思いやりと情熱を示した顔に見えますようにと願いながら表情を作ると、いきなりくるっと振り向いた。「ミスター・ソーントン！」その声が部屋に響きわたると同時に、琥珀色の目が驚いたようにエリザベスの顔をまじまじと見た。その視線は上半身に移り、豊満な体が描く曲線を遠慮なくなぞっていった。エリザベスはたじろぎながらも一歩も退かず、ふるえる声で懸命に話しかけた。「この家は長いこと留守だったようですわね」

「なかなか鋭い観察眼をお持ちのようだな」けだるい声で皮肉を言いながら、イアンは相手の緊張した顔にさまざまな表情が交錯するのを見守った。彼女がここでなにをしているのか、けさはなぜこんなに愛想よくふるまっているのか、イアンには見当もつかなかった。ゆうべジェイクに彼女の話をしたときは、事実に沿って説明しているつもりだった。だが、こうして彼女の顔を見ていると、そうした説明がどれも怪しげに思えてくる……だがそこで思い出した。エリザベス・キャメロンを前にすると、彼はまともな思考能力を失ってしまうのだ。

「家というのは、手入れをする人がいないと、どうしてもほこりがたまってしまうものですわ」エリザベスはほがらかに言った。

「その観察も当を得ている。なかなか目ざとい人だ」

「そんないやみな言い方をしなくてもいいでしょうに！」

「これは失礼」イアンはわざと重々しく言った。「どうぞ続けてください。なにをおっしゃりたいのかな？」

「つまり、こう思ったんです。わたしたちは――わたしとルシンダのことですが――ここを出るに出られず、なにもすることがなくて時間を持て余しているわけです。だったら、この家に必要な女手を提供してもいいのではないかと」

「そいつは名案だ！」バターを見つけ出すという任務を終えて戻ってきたジェイクが大声をあげ、一心に期待をこめてルシンダのほうを見た。

彼がそのお返しに受けたのは、岩をも砕くようなきついひとにらみだった。「この家に必要なのは、マスクをつけてシャベルをかついだ召使いの大軍です」付き添い婦人は無情に言い放った。

「あなたは手伝わなくていいのよ、ルシンダ」エリザベスはびっくりして言った。「あなたも手伝うべきだなんて言うつもりはないわ。ただ、わたしは手伝ってもいいと思ってるだけ。だって――」そのとき、イアン・ソーントンがさっと立ちあがり、優しいとはいいがたい手つきで彼女の肘をつかんで振り向かせた。

「エリザベス」と彼は言った。「わたしたちはほかの者がいないところで話し合う必要があるようだ。行こう」

イアンは開いていたドアをさし示し、エリザベスを自分の後ろに引きずるようにして連れだした。日の射す戸外に出ると、エリザベスを数歩歩かせてから、つかんでいた腕を放した。

「話を聞こう」

「話って?」エリザベスは緊張して言った。

「説明してくれ――わたしはほんとうのことが聞きたい。きみにそれを語る力があればだが。ゆうべわたしに銃を突きつけたきみが、けさはわたしの家を掃除できるかと思うとうれしくてならないという顔をしている。いったいどういうことなんだ」

「だって」エリザベスは銃を向けたことについて言い訳しようとした。「ゆうべのあなたは、おそろしく不愉快だったんですもの!」

「いまだって不愉快だろう」イアンはそっけなく指摘し、エリザベスが眉を上げたのには応えなかった。「わたしのほうは変わっていない。けさになっていきなり善意を振りまきだしたのはそっちだ」

エリザベスは小道のほうに顔を向け、屈辱的な事情は伏せたままでうまく説明する方法はないものかと必死に智恵をしぼった。

「いやにおとなしいじゃないか、エリザベス。きみともあろうものが。わたしの記憶では、この前会ったときのきみは、ためになる話をわたしに説き聞かせたくてしかたないようだったが」わたしが温室でヒヤシンスの由来についてひとりでしゃべりまくったことを言っているんだわ、とエリザベスは思った。「どこから話せばいいかわからないのよ」彼女は正直に言った。

「いちばん肝心なことを訊こう。きみはここへなにしにきたんだ?」

「それはちょっと説明しにくいんだけれど」ヒヤシンスの話に不意をつかれて頭のなかが真っ白になったエリザベスは、支離滅裂《しりめつれつ》な説明を始めた。「いまわたしは、叔父に後見人になってもらっているの。叔父には子供がいないので、財産はすべてわたしの子がゆずり受けることになる。でもわたしが未婚のままだと子供は生まれないから、叔父はその問題をいちばんお手軽――いえ、いちばん時間のかからない方法で解決しようとしているのよ」失言をあわてて訂正した。「叔父はせっかちな人で、わたしが――その、落ち着くのが待ちきれないの。何人か候補者を選んで、そのなかから当人に――つまりわたしに――選ばせればすむなんて、そんな簡単な話じゃないんだけど、叔父にはそれがよくわかっていないらしくて」

「ひとつ訊きたいんだが、叔父上はどうして、わたしがきみと結婚したがっているなどと考えたんだ?」

エリザベスは穴があったら入りたい気分になった。「それはたぶん」彼女は慎重にことばを選び、なけなしのプライドを守ろうとした。「あの決闘のせいでしょう。叔父は決闘の話を聞いて、それがおきた理由を誤解したのよ。あれはただの――週末の軽いたわむれだったんだって――実際そうだったでしょう――叔父に話したんだけど、耳を貸してくれなくて。叔父は結構頑固だし――年がいってるから」声が尻すぼみになった。「とにかく、ルシンダとわたしを招待するっていうあなたの手紙が届いたから、叔父はわたしをここに来させたのよ」

「ここまで来たのがむだ足になったのは気の毒だが、べつになげくほどのことじゃない。回れ右をして帰ればそれですむ」

エリザベスはかがみこんで小枝を拾い、それを熱心に観察するふりをした。「わたしとしては、もしご迷惑でなければ、決められた時間が過ぎるまで、ルシンダといっしょにここに泊めていただけたらと思っているんですけれど」

「それは論外だ」イアンはにべもなくはねつけ、エリザベスをがっかりさせた。「それに、わたしと出会った晩にはきみはもう婚約していたんじゃなかったのか――ほかでもない貴族様と」

腹立ちや恐れや気まずさにも負けず、エリザベスは精一杯あごを上げ、イアンの探るような視線を受けとめた。「あのかたは――わたしたちは、ふたりはうまくいかないという結論に達したんです」

「きみは彼がいないほうが幸せだろう」からかうような口ぶりだった。「森の奥のコテージや薄暗い温室に忍んでいって〝週末のたわむれ〟にふけるような妻は、夫につれなくされるかもしれない」

エリザベスは両手を握りしめ、緑の瞳に怒りの炎を燃やしてイアンをにらみつけた。「わたしはあなたを温室に呼び出したりはしていません。それはわかっているはずよ！」

イアンはうんざりしたように彼女をながめた。「いいだろう、この茶番劇を不快な結末まで演じることにしよう。手紙など出していないというなら、あそこでなにをしていたのか教えてもらえるだろうな」

「だから言ったでしょう、わたしは手紙をもらったのよ。それは友だちのヴァレリーからの手紙だと思ったから、温室に行って、なぜ会いたいと言ってきたのか確かめようとしたの。温室で会おうなんて手紙をあなたに出したりはしてないわ。わたしは手紙をもらっただけ。何度言えばわかるのよ！」イアンが相変わらずあからさまな不信の目でこちらを見ているので、エリザベスは地団駄を踏まんばかりにして叫んだ。「あの夜、わたしはあなたが怖くてたまらなかったんだから！」

胸を疼かせる思い出が、たったいまおきたことのように、イアンの心にあざやかによみがえった。魂を奪うような美貌の娘が、キスされるのを防ごうとして花の鉢をわたしの手に押しつけ……そのあと、この胸に身を寄せたのだった……

「どう、これで信じてくれた？」

いくら考えても、イアンはエリザベスを有罪とも無罪とも決められなかった。彼女が嘘をつき、なにかを隠していることは直感でわかる。それに、彼女がここに滞在させてもらおうとがんばっているさまには、当人の性格に反する、なんとも奇妙なところがある。とはいえ、絶望している人間は見ればわかるもので、エリザベス・キャメロンは他人にはわからないなんらかの理由で絶望の淵《ふち》に立たされているようだった。「わたしがなにを信じるかは問題じゃない」彼はふいに口をつぐんだ。開いた窓から庭に漂ってきた煙の匂いに、ふたりは同時に気がついた。「あれはいったい――」と言いながら、イアンは早くも家に向かっており、エリザベスも速足で彼に並んだ。

イアンが表口のドアを開けたそのとき、ジェイクが裏口から急ぎ足でコテージに入ってきた。

「牛乳をとってきまし――」と言いかけたジェイクは、鼻をつく異臭にはたと口を閉ざした。イアンに向けられた彼の視線が、家に飛びこんできたエリザベスへ、さらにルシンダへと移っていく。ルシンダはそれまでとまったく同じ場所にすわり、焦げたベーコンや炭化した卵の匂いなどどこ吹く風で、平然として黒い絹の扇を使っていた。「勝手ながら、こんろにかかっていたものをおろさせていただきました」彼女は一同に告げた。「それでも、中身を救うのには間に合いませんでしたが、そもそも救う価値があったかどうかははなはだ疑問です」

「焦げる前に火からおろすことはできなかったのか?」ジェイクがわめいた。

「おことばですが、わたくしは料理はできないのです」

「だとしても、匂いはわかるだろう?」イアンが詰め寄る。

「イアン、これはもうしょうがありませんよ――おれが村まで馬を飛ばして手伝いの女をふたり連れてきます。そのふたりに家のことをちゃんとやってもらわないと、おれたちは飢え死にしちまう」

「同感です!」すかさず賛同しながら、ルシンダは早くも腰を上げていた。「わたくしがお供しましょう」

「なんですって?」エリザベスが叫んだ。

「なんだって? どうしてだ?」冗談じゃないという顔でジェイクが言う。

「女性の召使いは女性が選ぶのがいちばんだからです。道のりはどれぐらいですか?」

これほど仰天していなければ、エリザベスはジェイク・ワイリーの表情を見て吹き出していただろう。「適当な女が村にいれば、夕方ごろには帰ってこられるだろう。だけど――」

「でしたら、すぐに出かけましょう」ルシンダはことばを切り、イアンのほうを向いて、なにごとかを計算するように彼をざっとながめたあと、エリザベスに目をやった。その顔は〝ここはわたしにまかせなさい〟と明瞭に告げていた。「エリザベス、すみませんが席をはずしてもらえますか。ミスター・ソーントンとふたりで話がしたいので」エリザベスはしかたなく命令に従い、表口から外に出ると、狐につままれた気分で木立ちをながめながら、ルシンダはこの難局を乗りきるためにどんな奇策をめぐらせているのだろうと考えた。

コテージのなかでは、半眼で相手をながめているイアンを、白髪交じりの頭をした鬼婆が射るような目で見据えていた。「ミスター・ソーントン」彼女はついに口を開いた。「わたくしは、あなたが紳士であると判断しました」

その口調は、女王が卑しい農民に、分不相応ともいえる士爵の位を授けているかのようだった。むっとしつつも興味を引かれたイアンは、テーブルの端に腰を載せて相手の出方を待った。エリザベスを付き添いなしでひとり残していくことには、どんな狙いがあるのか。

「じらさないで教えてほしい」彼は冷ややかに言った。「あなたからおほめにあずかるとは、わたしはいったいなにをしたんだろうか？」

「なにもしてはいません」ルシンダはきっぱりと答えた。「この判断は、わたくしの鋭い勘と、あなたが紳士に生まれついたという事実にもとづくものです」

「その考えはどこから湧いて出たんだ？」イアンはつまらなそうに尋ねた。

「わたくしの目はごまかせません。わたくしは、あなたのお祖父様であるスタナップ公爵と面識があります。ご両親の許されざる結婚が世間を騒がせていたとき、わたくしは公爵の姪御さんの家庭に身を置いていたのです。事情を知らないほかの者はただ勘ぐるだけでしょうが、わたくしは違います。あなたの血筋は、顔や身長や声や、さらにはちょっとした癖にもはっきり見てとれます。あなたは公爵のお孫さんでいらっしゃる」

イングランド人がイアンの容貌を念入りに観察するのは珍しいことではなく、まれには、ひとつふたつ質問をして探りを入れてくることもあった。彼らが仲間うちで憶測をめぐらせ、議論し、ひそひそ噂し合っているのは知っていたが、彼が何者であるかを面と向かって告げるほど厚かましい人物に会ったのはこれが初めてだった。イアンはつのる怒りを抑え、それはそちらの思い違いだとほのめかすような声音で答えた。「あなたが言うからには、きっとそうなんだろう」

「その人を見くだすようなものの言い方は、お祖父様そっくりです」ルシンダは勝ち誇ったように言った。「ですが、いま大事なのはそういうことではありません」

「だったら、なにが大事なのか聞かせてもらおう」イアンはいらいらして言った。

「わかりました」と言いながら、ルシンダは、エリザベスに対するかつての恋心をイアンに思い出させ、本心を目覚めさせるにはどうすればいいか、懸命に考えた。「大事なのは、あなたとエリザベスがこの前会ったとき、ふたりのあいだでなにがあったか、わたくしがすべて承知しているということです」彼女は尊大な口調で宣言した。「しかしながら、わたくしは、あなたがあのようなふるまいに及んだのは、品位の欠如というより、判断力の欠如のせいではないかと見ております」イアンは眉を上げたがなにも言わなかった。その沈黙を同意のしるしととらえ、ルシンダはここぞとばかりにたたみかけた。「判断力の欠如は、双方に見られたわけですが」

「そうなのか？」

「もちろんです」ルシンダは手を伸ばして椅子の背もたれのほこりをぬぐい、指をこすり合わせて眉をひそめた。「十七歳の娘が悪名高い博打打ちをいきなり擁護《ようご》してひんしゅくを買ったのですよ。それが判断力の欠如のせいでなかったら、ほかにどんな理由があるというのです？」

「まったくだ。どんな理由だったんだろうな？」イアンはいらだちをつのらせた。

ルシンダは手をぱんぱんとはたき、イアンの視線を避けた。「それを知っているのはあなたとエリザベスだけでしょう。木こりのコテージに行ったとき、彼女はあなたの姿を認めるやいなや立ち去ることはせず、その場にとどまりました。そんなことをしたのも、きっと同じ理由からにちがいありません」この件に関してはできるだけのことをしたと自信が持てたので、ルシンダはまたぶっきらぼうな口調に戻った。それは普段どおりの口調で、それだけに説得力もあった。「いずれにせよ、すんだことをとやかく言っても始まりません。エリザベスは判断力を欠いたことのつけをしっかり払わされましたが、それはしかたのないことです。そのためにいまなお大変な苦境におちいっているというのも、当然の報いといえるでしょう」

　イアンが目を細めたのを見て、ルシンダはひそかにほくそ笑んだ。その表情は、罪悪感とまではいわないが、少なくとも懸念を示すものではないかと期待したのだ。だが、彼が次に発したことばはその期待を打ち砕いた。「悪いが、わたしは無意味な会話に一日じゅうつきあうほどひまではないんだ。言いたいことがあるならさっさと言ってくれ」

「いいでしょう」ルシンダは歯を食いしばり、癇癪をおこしそうになるのをこらえた。「わたくしが言いたいのは、エリザベスに付き添うのもさることながら、彼女の健康に留意するのもわたくしの義務であり仕事であるということです。この住居の状態からして、現時点では、前者より後者のほうが差し迫った義務であると思われます。あなたと彼女に付き添って、あなたが不適切な行為に及ぶのを防ぐといったことはまったく不要だとわかっているのですから。あなたたちが殺し合うのを防ぐ仲裁者は必要かもしれませんが、付き添い婦人はどう見ても無用です。したがって、適当な召使いを早急に連れてくることこそが、いまのわたくしの義務であろうと思います。ということで、わたくしの留守中に彼女をことばで、あるいは肉体的に傷つけることはしないと、紳士として約束していただきたいのです。彼女はそれでなくても叔父に不当な扱いをうけています。人生のつらい時期にいるエリザベスをこれ以上苦しめる者がいたら、わたくしは容赦しません」

イアンは思わず尋ねていた。「〝つらい時期〟というのはどういう意味なんだ？」

「おわかりでしょうが、わたくしの口からそれを言うわけにはまいりません」ルシンダはしてやったりという思いが声ににじまないように注意した。「わたくしはただ、あなたが紳士らしくふるまうよう願っているだけです。そうすると約束してもらえますか？」

イアンのほうは、エリザベスに指一本ふれる気がなく、さらにいえば顔をつき合わせているつもりもなかったので、即座にうなずいた。「わたしに関するかぎり、彼女の身は絶対に安全だ」

「まさにそのことばを聞きたかったのです」ルシンダは平然と嘘をついた。

その数分後、エリザベスはコテージからイアンとルシンダが出てくるのを見ていたが、ふたりの表情は硬く、そこから話の内容を推察するのは不可能だった。

実際、感情をあらわにしているのは、二頭の馬を家の前に引いてきたジェイク・ワイリーだけだった。その表情の変わりように、エリザベスは首をひねった。馬に鞍をつけにいったときは険悪な顔をしていたのに、いまは頬をゆるめ、抑えきれない喜びを漂わせている。ジェイクは腕を大きく振ってお辞儀をすると、女性用の古い片鞍をつけた、背中のへこんだ黒馬をさし示した。「奥さん、これがあんたの乗る馬ですよ」彼はにやにやしながらルシンダに言った。「アッティラって名前だ」

ルシンダは小ばかにしたように馬を一瞥すると、傘を右手に持ち替えて黒い手袋をはめた。

「もっとましな馬はいないの?」

「それが、いないんですよ。イアンの馬は足を傷《いた》めてるもんで」

「しかたないわね」ルシンダはきびきびと前に進み出たが、彼女が近づくと、黒馬はいきなり歯をむき出して突っかかってきた。ルシンダは立ち止まりもせずに、馬の眉間を傘ではっしと打ちすえ、「おやめ!」と命じた。そして、驚いた馬が痛みにいななくのを尻目に、騎乗するために反対側に回った。ジェイクにアッティラの頭を押さえさせ、イアンの手を借りて鞍に横乗りしながら、ルシンダは馬に向かって言った。「いまのは自業自得です」アッティラは白目をむき、彼女が鞍に腰を落ち着けるのを不安げに見ていた。ジェイクがルシンダに手綱を渡したとたん、アッティラは横に飛びはね、じれたようにあたりをぐるぐる回りだした。「わたくしはわがままな動物には容赦しませんよ」ルシンダは身の縮むような厳しい声で馬に警告した。だが、馬は言うことを聞かず、おどかすように異様な動きを続けたので、ルシンダは手綱をぐいと引くと同時に、馬の脇腹を傘でひと突きした。アッティラは悲鳴をあげて抗議したものの、すぐに軽快な速足で走りだし、敷地内の小道をおとなしく進んでいった。

「なんだよ、ありゃ！」ジェイクは憤然として彼らの後ろ姿をにらみつけ、それからイアンに目を向けた。「あの馬は、忠誠心ってことばを知らないらしい」そう言うと、返事も待たずに自分の馬に飛び乗り、ルシンダのあとを追って駆け足で小道を遠ざかった。

けさはみんな、どうしてしまったんだろうといぶかりながら、エリザベスはかたわらに立つ無言の男を横目でちらっと見て、目を丸くした。不可解な心の動きを見せるその男は、ルシンダの姿を目で追いつつ、両手をポケットに突っこみ、白い歯で葉巻をくわえていたが、さっきとは打って変わって、満面の笑みを浮かべていたのだ。男たちがこういう奇妙な反応を示したのは、頑固な馬をみごとに御したルシンダの手綱さばきのせいとしか考えられなかったので、エリザベスはひとこと言った。「ルシンダの伯父さんは馬を育てる仕事をしていたんじゃなかったかしら」

ルシンダのぴんと伸びた背中をほれぼれと見ていたイアンは、名残り惜しそうにエリザベスに視線を移し、眉を上げて言った。「まったく、とんでもない女性だ。彼女がなにかにお手上げになってしまうことはあるんだろうか？」

「そんな場面は見たことないわ」エリザベスはくすくす笑ったが、すぐにばつが悪くなった。イアンが急に笑顔を引っこめて、よそよそしく冷ややかな態度を示すようになったからだ。

エリザベスは停戦を呼びかけようと決意し、大きく息を吸うと、ふるえる手を腰の後ろで組んだ。「ミスター・ソーントン」彼女は静かに切り出した。「わたしたち、いがみ合う必要があるんでしょうか？　ここに来たことで……ご迷惑をおかけしているのは承知しています。でも、わたしとルシンダがここに来ることになったのは、あなたのせ……そちらに手違いがあったからです」慎重に言い直す。「それに、あなたが困っている以上に、わたしたちも困っているのはおわかりでしょう」反論がないことに意を強くして、先を続けた。「ですから、問題解決のためには、双方ができるかぎり協力して仲良くやっていくのがいちばんなんじゃありませんか」

「問題解決のためには」イアンが言い返した。「わたしが〝迷惑をかけた〟ことを詫びて馬車か荷馬車を呼び寄せ、用意ができ次第、きみたちがここを去るのがいちばんだ」

「そんなことできないわ！」思わず叫んでから、エリザベスは懸命に冷静さを取り戻そうとした。

「どうしてできないんだ？」

「それは――つまり――うちの叔父は厳格な人で、命令を取り消したり変えたりするのを嫌うんです。わたしは丸一週間、ここにいるように言われていますから」

「こちらで手紙を書いて、事情を説明する」

「だめよ！」三人めの候補者にも早々に追い返されたと知ったら、ジュリアス叔父はなんと言うだろう。叔父の目はごまかせない。きっと怪しみだすはずだ。「そしたらわたしが怒られることになるわ」

　イアンはエリザベスがどんな問題を抱えていようが知らぬふりをするつもりだったが、彼女が見るからに怯えているので少々心配になってきた。〝厳格な〟叔父というのもひっかかる。一年半前のあのふるまいから察するに、エリザベス・キャメロンは不運な後見人に鞭打たれてもしかたないようなことをいろいろとやってきたのだろう。それでも、こちらの行動のせいで白くなめらかな肌に鞭がふるわれるのかと思うといい気はしない。イアンの目から見れば、彼女とのことは愚かなあやまちでしかなかったが、それはもうすんだことだった。イアンはもうじき、彼にふさわしい女性、彼を求めているあでやかな美女と結婚することになっている。エリザベスに対しては、もはや怒りはもちろんいかなる感情をも抱く必要はないのだから、もっと淡々と接すればいいのではないか。

　イアンの心がぐらついているのを見てとったエリザベスは、自分の持ち味をここぞとばかりに発揮し、おだやかに道理を説いた。「昔のことがあるからといって、いまおたがいに角《つの》突き合わせる必要はないわ。考えてみれば、わたしたちにとっては、あれは罪のない週末のたわむれにすぎなかったんですもの。そうでしょう？」

「そのようだな」

「どちらも傷つくことはなかったし」

「ああ」

「だったら、これからはおたがい愛想よくふるまってもいいんじゃない？」エリザベスはさわやかにほほえんだ。「考えてもみてよ、たわむれの恋がすべて憎み合いで終わるんだったら、上流社会の人たちはみんなおたがいに口をきかなくなってしまうわ！」

このとき、イアンはエリザベスにまんまと追いつめられ、提案に賛成するしかなくなっていた。反対すれば、エリザベスをたわむれの恋の対象以上のものと見ていることになってしまうからだ。彼はそのことに気づいていた。彼女の冷静な主張がなにを狙っているかは、途中で見当がついたものの、こちらの同意をとりつけるたくみな手腕にはくやしいが感心せざるをえなかった。「たわむれの恋は」イアンはさらりと急所を突いた。「ふつう、決闘で終わったりはしないものだが」

「たしかにそうね。ですから、兄があなたを撃ったことは、心から申し訳なく思っています」

緑色のつぶらな瞳に見つめられると、イアンはもうどうすることもできなかった。「もういい」やれやれとため息をつき、彼はエリザベスの求めにすべて応じることにした。「七日間、泊まっていきなさい」

エリザベスはほっとして跳ねまわりたくなるのを我慢して、イアンの目を見ながらほほえんだ。「じゃあ、ここにいるあいだは休戦にしてくれるのね？」

「それはことと次第による」

「というと？」

イアンはからかうように眉を上げ、やれるものならやってみろという顔をした。「きみにまともな朝食が作れるのなら、ということだ」

「家に入って、どんな材料があるか見てみましょう」

イアンが見守る前で、エリザベスは卵とチーズとパンを吟味し、こんろの状態を調べた。

「すぐになにか作るわ」と請け合って、不安を隠すためにほほえんだ。

「大仕事だが、大丈夫か？」とイアンは尋ねたが、やる気満々のエリザベスの笑顔があまりにさわやかだったので、彼女は料理ができるのだとあやうく信じそうになった。

「見ててごらんなさい。みごとやってみせるから」エリザベスは明るく言うと、幅広の布を細い腰に巻きつけて結んだ。

エリザベスの目が生き生きと輝いていたので、イアンは口もとがゆるむのを見せまいとして後ろを向いた。彼女がこんなに強い意欲と決意をもって仕事に取り組もうとしているのだから、こちらもそのやる気をくじくようなことはすまい。「頼んだよ」彼はエリザベスをこんろの前に残してその場を離れた。

一時間後、額に汗をにじませてフライパンの柄を握ったエリザベスは、手をやけどしてきゃっと悲鳴をあげ、ふきんをつかんで鍋つかみのかわりにした。焼けたベーコンを大皿に移す。次は鍋のなかのホットビスケットをどうするかだ。鍋をオーブンに入れたときは小さな四つの塊だったのに、いまではそれが直径二十五センチのホットビスケット一個に変わっている。これをちぎると大きさが不ぞろいになってしまうから、それはやめておこう。ベーコンの大皿の真ん中に、ビスケットを丸ごときちんと置いて、テーブルに運ぶ。イアンはちょうどテーブルについたところだった。エリザベスはこんろの前に戻り、フライパンから卵を出そうとしたが、くっついてとれないので、フライパンとへらをテーブルに持っていった。「あの——ご自分でよそいたければそうなさって」礼儀正しく勧めながら、彼女は自分が作ったものにどんどん自信がなくなっていくのを隠そうとした。

「わかりました」イアンは相手の態度に合わせて、与えられた栄誉をしかつめらしく受け入れると、期待に満ちた顔でフライパンをのぞきこんだ。「これはなんなのかな?」彼はにこやかに尋ねた。

用心深く目を伏せたまま、エリザベスは彼の向かいに腰をおろした。「卵よ」と答えながら、優美な手つきでうやうやしくナプキンを広げ、膝にかける。「黄身が崩れてしまったけれど」

「かまわないさ」

イアンがへらを手にすると、エリザベスは明るくのんきな笑みをむりに浮かべて彼の動きを見守った。最初のうち、彼は卵をすくいあげようとしていたが、やがてフライパンから卵を引きはがしはじめた。「くっついているのよ」エリザベスは無用の説明を加えた。

イアンは「いや、こびりついているんだ」と訂正したが、その声は特に怒っているようには聞こえなかった。やっとのことでひとかけらの卵を引きはがすと、彼はそれをエリザベスの皿によそった。それからまた同じくらい時間をかけて、もうひとかけらをこそげとり、自分の皿によそった。

停戦協定が合意に達していたので、ふたりは作法にのっとって、食事のときの手順をきちょうめんにひとつずつこなしはじめた。まず、ホットビスケットを真ん中に飾ったベーコンの大皿をイアンが取りあげ、エリザベスに勧める。エリザベスは「ありがとう」と言って、黒焦げのベーコンをふた切れ選びとった。

イアンはベーコンを三切れ取り、大皿の中央に鎮座《ちんざ》している平べったい茶色の物体をながめた。「ベーコンはわかるが」彼はあらたまった口調で言った。「これはなんだろう？」その茶色い物体に目をそそいで尋ねる。「きわめて珍しい料理なのだろうね」

「それは、ホットビスケットよ」

「ほんとうに？」イアンはまじめくさって訊き返した。「これだけ広がっていてもビスケットなのか？」

「わたしは――鍋型ビスケットと呼んでいるの」エリザベスはその場で名前をでっちあげた。

「なるほど。たしかに鍋の形に似ているな」

ふたりはそれぞれ自分の皿を検分し、いちばん食用に適する品はどれだろうと考え、同時に同じ結論に達した。両者はともにベーコンを口に入れ、嚙み切ろうとした。そのあとは、ものを咀嚼《そしゃく》する騒々しい音と、ばりばりいう音が響きわたった――大木がまっぷたつに折れて倒れたかのような音だった。おたがい目を合わせないように気をつけながら、ふたりはせっせと口を動かし、皿にとったベーコンをきれいに平らげた。それがすむと、エリザベスは勇気を奮って卵をひと口品よくかじった。

卵は塩をふった硬い壁紙のような味がしたが、エリザベスは雄々しく嚙みつづけた。そのうちに、屈辱感で胃がむかつき、喉の奥に涙がこみあげてきた。ともに食卓を囲んでいる相手がいつ辛辣な批評を口にするかとびくびくしていたが、彼は礼儀正しく食事を続けるばかり。いっそいつもの不愉快な彼に戻ってくれたほうが、こちらも怒って言い返せるだけましだわ――そんな思いがどんどん強まっていった。最近は恥をかくことばかりが続いて、自信とプライドはもうぼろぼろになっている。食べきれなかった卵を残してフォークを置き、エリザベスはホットビスケットに挑戦した。手でちぎろうとしばらくがんばったあと、ナイフを取りあげ、のこぎりを引くように動かした。そのうち、茶色い塊がやっと切りとれた。それを口に運び、嚙んでみた――が、あまりに堅くてほとんど歯が立たない。テーブルの向こうからイアンが見ているのを感じると、泣きたい気分は一段と強まった。「コーヒーはいかが？」喉を詰まらせ、消え入るような声で尋ねた。

「もらうよ。ありがとう」

このひまに気持ちを立て直せるとほっとしながら、エリザベスは席を立ってこんろに近づいたが、目に涙がにじんで、淹《い》れたてのコーヒーをマグカップにつぐあいだも手もとがぼやけて見えた。コーヒーをイアンの前に運ぶと、彼女はふたたび腰をおろした。

向かい側を一瞥したイアンは、しょげ返った娘が膝で手を組んでうなだれているのを見て、声をあげて笑うか、でなければ彼女をなぐさめてやりたいという衝動にかられたが、食べ物を嚙み砕くのに苦労していたので、そのどちらもできなかった。卵の最後のひとかけをのみこむと、ようやく口を開く余裕ができた。「なかなか……その……食べごたえのある料理だった」

わたしが感じたほどまずくはなかったのかしらと思い、エリザベスはおずおずと視線を上げてイアンと目を合わせた。「わたし、あまりお料理をしたことがなくて」小さな声で打ち明ける。彼女はイアンがコーヒーを口にし、ぎょっとしたように目をみはるのを見た。そのあと、彼はコーヒーを嚙むかのように口をもぐもぐさせだした。

エリザベスはよろよろと立ちあがり、肩をそびやかすと、かすれた声で言った。「朝食のあとは散歩する習慣なの。失礼するわ」

イアンはなおも口を動かしながら、エリザベスが逃げ出すのを見ていた。そして、彼女が家を出たのを見届けると、ほっとしたようにコーヒーのかすを吐き出した。

14

エリザベスの作った朝食のおかげで、イアンの飢えは治まった。実際、また食事をすることを考えただけで胃がむかついたのだ。彼はメイヘムの怪我の具合を見るために納屋に足を向けた。

道のりの途中で左のほうに目をやると、エリザベスが丘の中腹でブルーベルの群落のなかにすわりこみ、脚を抱えて膝がしらに額を押しつけているのが見えた。長い髪は精錬したての金のように輝いているものの、見るからに打ちしおれた様子をしている。ふさぎこんだ彼女をひとりにしておくために、イアンは向き直ってその場を離れようとした。が、すぐに気が変わり、いまいましげにため息をつくと、彼女のもとへ向かうべく丘をくだりはじめた。

あと数メートルというところで、エリザベスが肩をふるわせて嗚咽しているのに気づき、イアンは驚いて眉を寄せた。この期《ご》に及んで朝食がおいしかったようなふりをしてもしかたないので、彼は茶目っ気をのぞかせて言った。「きみの創意工夫の才には感心したよ——ゆうべわたしを撃ち殺してもよかったのに、それでは簡単すぎてもの足りなかったわけか」

エリザベスはその声にぎくっとした。はじかれたように頭を起こすと、涙に汚れた顔をイアンに見せないように、左側を向いて宙をにらんだ。「なにか用なの？」

「デザートはどうだい？」おどけた口調で提案すると、イアンはわずかに身を乗り出してエリザベスの顔をのぞいた。苦笑いが唇をかすめたのが見えたような気がしたので、さらに続けた。「クリームをすこし泡立てて、ビスケットに載せたらどうかと思ったんだ。それで、食べ残しが出たら、卵の残りと合わせて屋根の修理に使えばいい」

涙混じりの笑い声をもらすと、エリザベスはしゃくりあげるように息を吸ったが、やはり彼のほうを見ようとはしなかった。「驚いたわ、ずいぶん寛大なのね」

「焦げたベーコンのことをなげいてもしかたないさ」

「そのことで泣いてたわけじゃないわ」エリザベスはうろたえ、恥じ入った。目の前に真っ白なハンカチが現われたので、それを受けとって頬の涙をぬぐった。

「じゃあ、どうして泣いてたんだい？」

エリザベスはまっすぐ前を向き、ブルーベルやサンザシに彩られた近くの丘を見つめながらハンカチを握りしめた。「自分があんまりふつつかだから、それに人生を思うようにできないのがくやしくて泣いてたのよ」

イアンは〝ふつつか〟という語にはっとした。彼女は軽薄な尻軽女だと思っていたが、それにしてはずいぶん凝ったことばを使っているではないか。そう思ったとき、エリザベスが目を上げてこちらを見たので、イアンは濡れた青葉を思わせる美しい色の瞳をのぞきこむことになった。朽葉《くちば》色の長いまつげに光る涙、少女のように後ろで束ねた長い髪、ドレスの身ごろを押しあげている豊かな胸。それらが合わさった彼女の姿は、無邪気な愛らしさと匂いたつような色気を漂わせていた。イアンは彼女の胸からつと目をそらし、だしぬけに告げた。

「わたしはこれから、今夜暖炉にくべる薪を割ってくる。それがすんだら夕食用の魚を釣りにいくつもりだ。そのあいだ、なにか気晴らしを見つけてひまをつぶしていてくれ」

相手が急に無愛想になったのにとまどいながら、エリザベスはうなずいて立ちあがった。手を貸して立たせてはくれないのね、とぼんやり思う。すでに歩きだしていたイアンが、ふいに振り向いた。「家の掃除はしなくていい。夕方までには、ジェイクが掃除をしてくれる女性を連れて戻ってくるだろう」

イアンが行ってしまうと、エリザベスは家に入り、いまの苦境を忘れさせてくれ、鬱積《うっせき》したエネルギーのはけ口になるような活動はないかと考えた。料理で汚したところを片づけるぐらいはしたほうがいいと思い、さっそく仕事にとりかかった。黒焦げのフライパンから卵をこそげ落としていると、薪を割るリズミカルな音が聞こえてきた。額に落ちかかる髪をかきあげて窓の外を見やったエリザベスは、思わず目をみはり、顔を赤らめた。イアン・ソーントンはつつしみをかなぐり捨て、上半身裸になっていた。赤銅色の背中、引きしまった腰。腕と肩に走る筋肉の太い筋は、斧が正確に弧を描くたびに波打っている。男性の裸の上半身はおろか、むき出しの腕すら見たことがなかったエリザベスは、愕然としながらその姿に見とれてしまい、そんな自分にぞっとした。窓からむりに目をそらし、もう一度彼を盗み見たいという恥ずべき願いを断固としてしりぞける。それにしても、あんなに楽々と薪を割れるなんて、その技術はどこで身につけたのだろう。シャリーズのパーティに出ていたときの彼は、その場の雰囲気にしっくり溶けこみ、みごとな仕立ての夜会服も板についていた。だから、これまでの半生は、賭博で生計を立てながら社交界の周辺で暮らしてきたものとばかり思っていた。けれど、ここにいる彼はスコットランドの荒野にも同じくらいなじんでいるように見える。というより、こちらのほうが性に合っているようだ……屈強な身体に加え、イアン・ソーントンには荒々しい活力があり、全身から発するたくましさはこの野性的な土地によく似合っていた。

そこでふと、エリザベスは長らく忘れるように努めてきたあることを思い出した——東屋でワルツを踊ったときの、彼の優雅でしなやかな身のこなしを。どうやら、彼はそのときどきに身を置いた場所に溶けこむすべを心得ているらしい。そう思うと、なんとなく心が騒いだ。それは、イアンのその才能に感服してしまったからか、あるいは、以前は彼を正しく評価できていたという自信が急に揺らぎだしたためだろうか。決闘で締めくくられたあの悲惨な週末が過ぎて以来初めて、エリザベスはイアン・ソーントンと自分のあいだにおきたことを——事件そのものではなく、その原因を——再検証する気になった。これまでは、ロバートと同じように、全部イアンが悪いのだと決めつけていた。そうでもしなければ、事後にこうむった汚名に耐えられなかったからだ。

だが、ふたたび彼と向き合ったいまは、あのときより年をとり賢くなっているだけに、もうそういう考え方はできなかった。イアンの現在の態度は優しいとはいえないが、それでも、以前のように過去のできごとをなにもかも彼のせいにするのは許されないだろう。

時間をかけて皿を洗ううちに、エリザベスは当時の自分の真の姿に気づいた。彼女は愚かで、危険なほど浮かれていて、掟を破ったことについてはイアンと同罪だったのだ。

客観的になろうと心を決めて、エリザベスは一年半前の自分の行動と罪状をもう一度検討することにした。さらには、イアンの行動と罪状も。まず第一に、彼のことをあんなに必死に守ろうとしたのは……そして彼に守られたいと望んだのは、愚の骨頂だった。十七という年齢からすれば、あのコテージでイアンと会うことを考えただけで恐れおののくはずなのに、彼女が恐れたのは、彼の声やまなざしや手が心のなかに呼び覚ました、あの理屈抜きの名《めい》状《じょう》しがたい感覚に、自分が屈してしまうのではないかということだけだったのだ。

ほんとうならイアンを恐れねばならないときに、エリザベスは自分がロバートの将来やヘイヴンハーストをないがしろにするのではないかということだけを恐れていた。もうすこしでそうなるところだったわ、と苦い気持ちで考える。もしもあの週末に、あと一日、いえ、あと数時間でもイアン・ソーントンのそばにいたら、わたしは分別も用心もきれいに忘れて彼と結婚していただろう。あのときすでにそういう予感がしていた。だからロバートに早めに迎えにきてもらうよう使いを出したんだ。

そこまで考えて、いいえ、それは違うわ、と自分で訂正した。実際は、イアンと結婚する危険などなかったはず。あのときはわたしと結婚したいなんて言っていたけれど、彼の狙いは結婚ではなかった。ロバートが本人の口からそう聞いたと言ってたじゃないの。

それを思うとエリザベスは本気で腹が立ってきたが、そのときある記憶がよみがえり、それが不思議に心を落ち着かせてくれた。社交界デビューの前にルシンダから受けた注意を、ほぼ二年ぶりに思い出したのだ。ことに強く注意されたのは、女性は殿方に対し、自分の前では紳士らしくしてもらいたいと願っていることを、態度の端々《はしばし》に示さなければならない、ということだった。エリザベスが出会う男性はみないちおう〝紳士〟であるはずだが、ときには紳士らしからぬふるまいに及ぶこともあるだろう――ルシンダはそう考えていたにちがいない。

どちらの点に関してもルシンダの意見は正しいと認めると、エリザベスはあの週末の事件は自分に責任がなかったとは言いきれないような気がしてきた。初対面のときから、自分は品位ある若いレディで、あなたには最上のマナーを期待しているという印象を与えるべきだったのに、彼女がイアンに対してとった態度はそれとはまるで違っていた。なにしろ、ダンスを申しこんだのはイアンではなく彼女のほうだったのだから。

その点を突きつめていくと、イアンは社会の認める〝紳士〟たちと同じことをしただけではないかと思えてきた。彼はエリザベスが実際より世慣れていると思い、軽い遊びを求めたのだろう。彼女がもっと賢く、もっと世慣れていたら、相手の期待どおり、粋《いき》で気軽なあしらいができたはずなのだ。遅まきながら、いまこうしておとなの醒《さ》めた目で見ると、イアンは上流社会の遊び人たちほど社会的地位が高くはないが、行動面では似たようなことをしていたとわかる。エリザベスは舞踏会などで既婚女性が男性とたわむれるのを見たことがあった。一度か二度は、紳士が唇を奪う場面を目撃したことさえあるが、そんなときも、レディは扇で相手の腕をぴしゃりとやって、お行儀よくしなければだめよと笑いながらたしなめるだけだった。エリザベスは微笑した。イアン・ソーントンは扇でぴしゃりとやられるかわりに、腕に銃弾を受けたのだ。その微笑は、意地の悪い喜びから来たものではなく、ある種の皮肉なおかしみを感じたために生まれたものだった。そのあと、こんなことも思い浮かんだ。あの週末が過ぎたあとも、ことによれば、イアン・ソーントンに対する一時的な恋心の名残りで胸が疼く程度ですんでいたかもしれない——温室で彼といっしょにいるところを人に見られさえしなければ。

いま振り返ると、あの事件に関しては、自分自身の幼さが原因となっている部分が多いように思える。

そうしたことをつらつら考えるうち、エリザベスは久々になんとなく晴れやかな気分になった。一年半以上も胸にわだかまっていたやり場のない怒りが消えて、肩の荷がおりたような、なんともいえない身軽さを感じだしたのだ。

エリザベスはふきんを取りあげ、手を止めてじっと考えた。わたしは彼のために釈明してあげているんだろうか。でも、そんな義理はないのに……陶器の皿をのろのろ拭きながらなおも考えつづけ、次のような答えを出した。いまの自分は手に余るほどの問題を抱えており、イアン・ソーントンに対する敵意を捨てればほかの問題をもっとうまく片づけられると感じているだけなのだ。その答えはじつに合理的でじつにまっとうだったので、エリザベスはこれが正解なのだと判断した。

食器を全部拭いてもとの場所に戻し、鍋を外に持ち出してなかの水を捨てたあと、家のなかをうろついて、なにか気晴らしになることはないかと考えた。二階にあがって荷物から筆記用具を出し、それを持っておりて、台所のテーブルで親友のアレグザンドラに手紙を書きはじめた。けれども、すこしたつと、心がそわそわして、手紙を書いてはいられなくなった。おもては上天気だし、音がやんだところをみるとイアンはもう薪割りを終えたのだろう。エリザベスは鵞ペンを置くと、ふらりと外に出て納屋の馬を見にいき、そのあとは、コテージの裏手の荒れはてた庭で、懸命に育っている花を助け、あいだにはびこっている雑草をやっつけることにした。家に入り、男ものの手袋と、ひざまずくとき地面に敷くタオルを見つけて、外に戻った。

三色菫《さんしきすみれ》は空気と日光を求めてけなげに伸びようとしている。そのじゃまをする雑草を、エリザベスは容赦なく引き抜いていった。太陽がのんびり沈みだすころには、特にたちの悪い雑草はすべて片づけ、ブルーベルの一部を掘り起こすところまできた。これをきちんと数列に並べて植え直せば、いずれはその色合いがひときわ美しく見えるようになるはずだ。

ときおり、エリザベスはスコップを持つ手を止めて目の前の谷を見おろし、木立ちを縫ってきらめく細い青色のリボンに目を凝らした。なにかが動くのがちらっと見えることもあった――釣り糸を投げるイアンの腕だ。そのとき以外は、彼は軽く脚を開いてその場に立ちつくし、北側の絶壁を見上げていた。

夕方が近づいてくると、エリザベスはしゃがみこんで、移植したブルーベルの状態を調べはじめた。かたわらには、けさ淹れたコーヒーのかすと落ち葉を混ぜた小さな堆肥《たいひ》の山ができている。「もう大丈夫」エリザベスは励ますように花に話しかけた。「これで栄養も空気も充分よ。もうすこししたら、気持ちよく、かわいらしくなれるわ」

「花に話しかけているのか？」後ろからイアンの声がした。

エリザベスははっと振り向き、照れ笑いした。「話しかけてやると、花が喜ぶのよ」変に思われるのはわかっていたので、ことばを補《おぎな》った。「うちの庭師がよく言ってたの、生き物はみんな愛情が必要で、花もそうなんだって」前に向き直ると、エリザベスは残りの堆肥をスコップですくって花のまわりにまき、立ちあがって手をはたいた。さっき真剣に考えたおかげで、イアンに対する敵意はおおかた消えていたので、こうして向き合ってももう心が乱れることはない。とはいえ、家の客が下女のように草むしりをしているのはさぞかし妙に見えただろうと気づいた。「お節介をしてしまったけれど」庭のほうに頭を振ってみせた。「雑草がはびこって、花たちが息もできないようだったから。みんな、養分とスペースが欲しい欲しいって叫んでたわ」

なんとも形容しがたい表情がイアンの顔をかすめた。「きみには花の声が聞こえるのか？」

「まさか」エリザベスは小さく笑った。「でも、勝手ながら、彼女たちのために特別な食事を――まあ、ただの堆肥だけど――作らせてもらったわ。今年はあまり効き目は出ないと思うけど、来年になったら、いまよりずっと元気に……」

エリザベスの声は尻すぼみになった。〝食事〟と言ったとき、イアンが心配そうに花を見やったことに遅ればせながら気づいたのだ。「そんな顔しないでよ、この子たちはわたしの足もとにばたばた倒れたりはしないから」笑いながらいさめた。「彼女たちはけさのわたしたちよりはるかにおいしいものを食べてるはずよ。わたしは料理より園芸のほうがずっと得意なんだから」

イアンは花から目を離すと、考えこむような奇妙な顔をして彼女を見た。「わたし、なかに入って身づくろいさせてもらうわ」エリザベスは振り返らずに立ち去ったので、イアンがすこしだけ向きを変えて彼女の姿を目で追っているのに気づかなかった。

こんろの前で足を止め、沸かしていたお湯を水差しに移すと、エリザベスはそれを二階に運んだ。さらに四往復してお湯が充分たまったところで、風呂を浴びて髪を洗う。きのうの旅と今日の庭仕事で、体はかなり汚れたような気がしていた。

一時間後、洗い髪のまま、サーモンピンクのシンプルなドレスを着た。短いパフスリーブで、ハイウエストの切り替え部分に同色の細いリボンがついている。ベッドに腰かけ、ゆっくりと髪をとかして乾かしながら、自分の服がスコットランドのこのコテージにいかに不似合いであるかを考え、内心で苦笑する。そのあと、鏡の前に立って、乾いた髪をうなじでまとめて高く持ちあげ、シニョンに結ってみた。こんないいかげんな結い方では、すこし風が吹いただけで崩れてしまうだろう。小さく肩をすくめて手を離すと、髪はたちまち肩になだれ落ちた。これはもうこのままにしておこう。明るく楽しい気分はまだ続いていて、それは今後も変わらないだろうと彼女はひそかに確信していた。

エリザベスが階下におりていくと、イアンは毛布を持って裏口に向かうところだった。

「ふたりはまだ帰ってきてないから、なにか腹に入れようかと思ってね」と彼は言った。「外にパンとチーズが用意してある」

イアンは清潔な白いシャツと薄茶の膝丈ズボンに着替えていた。彼のあとから家を出たとき、エリザベスは首筋のあたりの黒髪がまだ湿っているのを目にした。

おもてに出ると、イアンが草地に毛布を広げてくれたので、エリザベスはその一方の端にすわって丘の向こうをながめやった。「いま何時ごろかしら」イアンがそばにすわったあと、しばらくしてから訊いてみた。

「たぶん、四時ごろだろう」

「もう帰ってきてもいいころじゃない？」

「家を離れてここまで仕事をしにこようという女性はあまりいないだろうから、探すのに手間どっているんじゃないか」

エリザベスはうなずき、目の前に広がるみごとな景色に見入った。コテージは高原の端に位置しているため、裏庭の奥は急角度で谷底に落ちこみ、下のほうでは木々を縫うように小川が流れている。谷の三方を見晴るかすと、折り重なるように連なった丘に野の花の絨毯が広がっていた。その風景があまりに美しく、自然のままに青々としているので、エリザベスはすっかり心を奪われ、不思議とおだやかな気分になって、長いことじっとしていた。しばらくして、別の思いが割りこんでくると、彼女は心細い顔でイアンを見た。「魚は釣れた？」

「何匹かね。もうはらわたは抜いてある」

「そう。でも、料理できるの？」エリザベスはにんまりして訊き返した。

イアンは唇をゆがめた。「できるよ」

「ああ、よかった。ほっとしたわ」

イアンは片膝を立て、膝がしらに手首を載せると、好奇心もあらわにエリザベスを見た。

「社交界デビューしたばかりの娘たちは、いったいいつから、泥のなかで這いまわるのを楽しむようになったんだ？」

「わたしはもう、社交界デビューしたばかりの娘とはいえないわ」相手が黙っているのはなんらかの説明を求めているからだと察して、エリザベスは静かに続けた。「母方の祖父は素人園芸家だったというから、草花を愛する心はその祖父から受け継いだんでしょう。ヘイヴンハーストの庭は祖父が造りあげたものなの。わたしはそれを広げて、新しい種類の木や花を加えつづけているのよ」

ヘイヴンハーストのことを口にすると、エリザベスの顔がなごみ、生き生きした大きな瞳が緑色の宝石のようにあざやかに輝いた。イアンは話題を変えるのを思いとどまり、彼女にとっては特別な意味を持つらしい話を続けさせた。「ヘイヴンハーストとは？」

「わたしのうちよ」エリザベスはそっとほほえんだ。「わたしの一族は七世紀にわたってそこを所有してきたの。初代の伯爵がそこにすばらしいお城を建てたので、それを乗っ取ろうとする者が十四人も現われて、それぞれ攻囲戦を仕掛けてきたんだけど、だれもお城を奪うことはできなかったんですって。それから数世紀あとに、別のご先祖様がギリシャ古典様式の屋敷を建てようと考えて、お城を取り壊したの。続く六人の伯爵がその屋敷を拡充して近代化していった結果、いまの形になったわけ。そのヘイヴンハーストの維持管理が自分の肩にかかってるんだと思うと、責任重大でときどきちょっと怖くなるくらい」

「その責任は、きみではなく、きみの叔父上か兄上が担うもののように思えるが」

「いいえ、その責任はわたしが負っているのよ」

「なぜそういうことになったんだい？」エリザベスがその屋敷のことを世界でいちばん大事なもののように話すので、イアンは好奇心をそそられていた。

「限定相続の取り決めで、ヘイヴンハーストは代々長男が受け継ぐことになっているの。男子がいない場合は女子が当主になって、さらにその子供があとを継ぐのよ。うちは父が長男だから、弟である叔父に相続権はないの。叔父がヘイヴンハーストをないがしろにして、維持費のことで文句ばかり言うのはそのせいだと思うわ」

「でも、きみにはお兄さんがいるじゃないか」

「ロバートとわたしは父親が違うのよ」美しい景色に心を癒されたのに加え、一年半前の事件の実相がのみこめてきたこともあって、エリザベスはイアンに気がねなく話ができるようになっていた。「母は二十一の若さで未亡人になったんだけど、そのときもう赤ん坊のロバートがいたの。母はロバートを連れて父と再婚したわけ。父は彼を正式に養子にしたけれど、それでも限定相続の規定は変わらないのよ。その規定では、相続人は無条件に地所を売却できるが、所有権を親族に譲渡することはできないとされている。そんな決まりがあるのは、家族や傍系血族が相続人に不当な圧力をかけて所有権を放棄させるのを防ぐためなの。十五世紀にわたしの祖先のある女性がそういう目にあって、そのあと彼女の要請でその条項が付け加えられたらしいわ。その女性の娘はウェールズ人の悪党と恋に落ちたんだけど」エリザベスはそこで微笑した。「彼が狙っていたのは娘じゃなくてヘイヴンハーストだったのね。それで、その男が目的を達するのを防ぐために、娘の両親は限定相続の規定に最後の補足条項を加えたの」

「その条項とは？」エリザベスのたくみな語り口のおかげで、イアンは彼女の一族の歴史にすっかり引きこまれていた。

「相続人が女性である場合は、後見人の同意がなければ結婚できないとする条項よ。そういう決まりができたから、女性の相続人がすぐに悪党とわかる者の餌食になることはもうない、といちおうは見られているわけ。わかるでしょう、女性が自分の領地を持つのはなかなか大変なことなのよ」

イアンにわかったのは、大胆にも部屋じゅうの男を敵に回して彼をかばおうとした美しい娘が、優しく情熱をこめて彼にキスした娘が、全身全霊で愛しているのは、人間の男性ではなく、積み重ねた石であるらしいということだけだった。一年半前に、社交界デビュー直後の彼女と出会い、この軽薄な娘が女伯爵で、すでに婚約しており――相手は気どった優男《やさおとこ》にちがいない――ベッドをともにしたときもっと燃えられそうな男を探しているだけだと知ったときには、腹が立ってしかたなかった。それなのに、いまのイアンは、彼女がその優男に嫁がなかったことが妙に気になっていた。なぜ独身のままでいるのかという身も蓋もない質問が喉まで出かかったとき、エリザベスがふたたび口を開いた。「スコットランドは、想像とはずいぶん違っていたわ」

「というと？」

「ここまで野性的で素朴なところだとは思っていなかった。殿方が狩猟用の小屋をスコットランドに構えているのは知っていたけれど、そこには文明の利器もあれば召使いもいるんだろうと思っていたのよ。あなたが育ったのはどんなうちだったの？」

「野性的で素朴なうちだった」エリザベスがその答えにとまどいながらイアンを見ていると、彼は軽食の残りをまとめてすっくと立ちあがった。「きみはいま、そのうちにいるんだよ」

ひょうきんな口ぶりで言う。

「どういうこと？」エリザベスも思わず立ちあがっていた。

「ここがわたしの育った家なんだ」

ふたりで向き合っているうちに、エリザベスのすべすべした頬は恥ずかしさでほてってきた。イアンは黒髪を風になびかせて立っている。気高さと誇りの刻まれた厳しくも美しい顔、荒々しい力を発散している筋肉質の体――その姿は彼の郷土の断崖と同じく峻厳《しゅんげん》で難攻不落に見えた。エリザベスは謝るつもりで口を開きながら、つい胸の内を明かしてしまった。「あなたによく似合った家ね」とつぶやいたのだ。

揺るがぬまなざしに見据えられながら、エリザベスは目をそらすことも赤面することもなく、ただじっと立っていた。黄金色の髪が吹きつのる風にあおられ、美しく繊細な顔を後光のように取り巻いている。自分よりずっと大きな男に対峙《たいじ》するその姿は、壊れ物のように華奢に見えた。光と闇、はかなさと強靭さ、かたくななプライドと鉄の意志――どこをとっても対照的なふたりは、かつてはその違いゆえに惹かれ合い、いまはその違いゆえに別れようとしていた。以前より年をとり賢くなったふたりは、こうして草むす丘の縁に立っていても、自分たちのあいだで徐々に高まっていく熱気を素知らぬふりでやりすごせる程度には強くなったと信じていた。「でも、きみには似合わないな」イアンが冗談めかして言った。

エリザベスはふたりを近づけていた魔法がそのことばで解けたように感じた。「そうね」あっさり同意したのは、非実用的なドレスに華奢な靴をはいた自分が温室育ちの花のように見えることを自覚していたからだった。

エリザベスが腰をかがめて毛布をたたんでいるあいだに、イアンは家に入り、あすの狩りに備えて点検と掃除をするために銃を集めだした。彼が炉棚の上の架台から銃をおろすのをながめたあと、エリザベスはアレグザンドラ宛ての書きかけの手紙に目をやった。帰宅するまで投函《とうかん》するすべがないのだから、べつに急いで書く必要はない。とはいえ、ほかにすることもないので、腰をおろして続きを書きはじめた。

手紙を書いている最中に、おもてで銃声が轟き、エリザベスはどきっとして立ちあがった。こんなに家に近いところでなにを撃っているのかと思い、開いた窓に歩み寄って外を見ると、イアンはきのうテーブルに置いてあったピストルに弾をこめているところだった。彼は銃を持ちあげ、なにとも知れない標的に狙いを定めて、発砲した。それから、また弾をこめ、発砲した。エリザベスはとうとう我慢できなくなって家を出た。なにを撃っているのか――弾が当たっていればだが――のぞいてみようと思ったのだ。

イアンはサーモンピンクのドレスが視界の端をかすめたのに気づいて振り返った。

「命中した？」のぞき見していたところを見つかってしまったので、エリザベスは幾分気おくれしながら尋ねた。

「ああ」彼女は田舎で立ち往生しているわけだし、射撃の心得があるらしい。イアンはそれを思い出し、こういうときは気晴らしを提供してやるのがせめてもの礼儀だろうと考えた。

「腕試しをしてみるか？」

「的がある程度大きければね」と答えながら、エリザベスは早くも前に進み出ていた。手紙を書く以外にすることができたのがなんだか妙にうれしい。機嫌がいいときのイアンを前にすると、自分がやたらにはしゃいでしまうのを疑問に思うことはなかった。仮に疑問に思ったとしても、それについて深く考えることは避けていただろう。

「射撃はだれに教わったんだ？」イアンは横に並んだエリザベスに尋ねた。

「うちの御者に教わったの」

「兄上より御者に教わるほうがよかったわけか」装塡《そうてん》ずみの銃を渡しながら、イアンは軽口を叩いた。「的はあそこの枝だ――真ん中に何枚か葉が残っているやつだ」

イアンがロバートとの決闘をあてこするようなことを口にしたので、エリザベスはきまり悪くなった。「あの決闘のことは、ほんとうに申し訳なく思っているわ」そう言ったあとは、全神経を集中して小枝に狙いを定めた。

木の幹に寄りかかったイアンは、エリザベスが重い銃を両手で構え、唇を嚙んで注意を集中するのをおもしろそうに見ていた。「きみの兄さんはじつに射撃がへただったな」

エリザベスの撃った弾は、枝についた葉の端に当たった。

「わたしは違うわ」エリザベスは横目を使いながら自信満々にほほえんだ。決闘のことがはっきり口に出され、イアンがそれを冗談の種にしようとしているのがわかったので、彼女もそれに倣《なら》うことにした。「わたしがその場にいたら、きっと――」

イアンは眉を上げた。「合図を待ってから撃ってくれたか？」

「そうね、それもあるわ」相手がなぐさめを言ってくれるのを待つうちに、エリザベスの顔から笑みが消えていった。

このときには、イアンも彼女なら合図を待っただろうと感じていた。エリザベスに対してはいろいろ思うことがあったものの、こうして見ると、彼女には覇気や若々しい勇気が感じられる。エリザベスが銃を返したので、イアンは装塡ずみの別の銃を渡した。「いまの一発はなかなかだった」彼はもう決闘の話はしなかった。「ただ、標的は葉じゃなくて枝のほうだ。枝の先端だよ」

「あなただって的をはずしたんでしょ」エリザベスは銃を持ちあげ、慎重に狙いを定めた。

「枝がまだあそこにあるってことは」

「それはそうだが、最初のころよりは短くなっている」

エリザベスは一瞬、自分のしていることを忘れ、目を丸くしてイアンを見た。「それは、あの枝の先を吹き飛ばしてるってこと？」

「一度にすこしずつね」イアンは彼女の次の射撃に目を凝らした。

二発めはさっきとは別の葉に当たり、エリザベスはイアンに銃を返した。

「結構やるじゃないか」イアンがほめた。

実際にはエリザベスの腕は抜群であり、イアンのほほえみはそれを認めていることを示していた。彼が新たに装塡した銃を差し出すと、エリザベスは首を振った。「次はあなたが撃つところを見たいわ」

「わたしの話が信じられないのか？」

「ちょっぴり疑問に思ってる、とだけ言っておくわ」

イアンは銃を受けとると、弧を描くようにすっと持ちあげ、手を止めて狙いを定めることもなくそのまま撃った。枝の先が五センチほどちぎれて、地面に飛んだ。エリザベスは感嘆し、思わず声を立てて笑ってしまった。「ほんとをいうと」賞賛の笑みを浮かべながら言う。「いまのいままで、あなたがロバートのブーツの房飾りを狙って命中させたとは信じきれずにいたの!」

イアンは愉快そうにエリザベスを見やると、ふたたび銃に弾をこめて渡した。「あのときは、ブーツの房飾りより傷つきやすいものを狙いたくてうずうずしていたんだ」

「でも、それは狙わなかったのよね」エリザベスは銃を受けとり、枝のほうを向いた。

「なぜそう言いきれる?」

「意見の食い違いで人を殺してもしかたないって、あなた自身が言ったからよ」エリザベスは銃を上げ、狙いをつけて撃ったが、的にはまったく当たらなかった。「わたし、記憶力はすごくいいの」

イアンはもう一挺《ちょう》の銃を取りあげた。「それは意外だな」のんびり言って、的のほうを向く。「われわれが出会ったとき、きみは自分が婚約していることを忘れていたじゃないか。ちなみに、相手の優男はだれだったんだ?」さりげなく尋ねると、イアンは狙いを定めて発砲し、今度も命中させた。

銃に弾をこめていたエリザベスは、ほんの一瞬手を止めてから、また仕事に戻った。イアンの気軽な問いかけのおかげで、けさ熟考の末に出した結論は正しかったことがはっきりした。たわむれの恋というのは、それを楽しめるほど成熟した人々にとっては、まじめに考えるようなものではないらしい。いまのように過ぎた恋を振り返るときには、おたがいそのことで冗談を言い合うのが一般的な慣習なのだろう。イアンがほかの二挺の銃に弾をこめているあいだも、エリザベスは考えつづけた。自分がしてきたように、暗闇のなかでまんじりともせずに横たわり、答えの出ない疑問や苦い後悔に悶々とするより、遊びの恋をあっけらかんと冗談にしてしまうほうがどんなに楽かしれない。わたしはほんとうにばかだった。いまここで、あのときのことをさばけた調子で口にしなかったら、やっぱりばかに見えるだろう。それでも、銃声を響かせながらそういう話をするのはちょっと変だし、なんだか滑稽でもある——そう思ってほほえんだとき、イアンに銃を渡された。「モンドヴェイル子爵は優男にはほど遠いわ」エリザベスはそう言って、標的のほうを向いた。

イアンは驚いたような顔をしたが、やはり淡々と言った。「ああ、モンドヴェイルだったのか」

「そう……」エリザベスは轟音とともに小枝の先端を吹き飛ばし、歓声をあげた。「当たった！　これで、命中したのはあなたが三発、わたしが一発ね」

「こっちは六発当ててるぞ」イアンがおどけたように言った。

「なんでもいいわ、すぐ追いつくから。油断は禁物よ！」イアンから銃を受けとると、エリザベスは目をすがめ、注意深く狙いを定めた。

「なぜ結婚を取りやめた？」

エリザベスはぎくっとした。が、すぐに、相手のからかうような軽い口調に合わせて答えた。「モンドヴェイル子爵は、すこしばかり鼻が高すぎて、自分の婚約者がコテージや温室であなたとじゃれ合ったりするのを許せないんだってわかったから」彼女は銃を撃ち、的をはずした。

「今シーズンは、競争者は何人いるんだ？」なにげない調子で訊きながら、イアンは的のほうに向き直り、足を止めて銃をぬぐった。

競争というのがエリザベスを勝ち取るための競争をさしているのはわかったが、彼女にもプライドがあり、そんな競争はもうないし、なくなって久しいなどとは口が裂けても言えなかった。「そうねえ……」キューピッドだらけの家に住む小太りの求婚者を思い出し、エリザベスは顔をしかめそうになるのをこらえた。イアンは社交界の中心のサークルには入っていないのだから、どちらの求婚者のこともたいして知らないだろう。彼が銃を構えるのを見ながら、エリザベスは言った。「まず、フランシス・ベルヘイヴン卿がいるわ」

今度は前と違って、イアンはすぐには発砲しなかった。どうやら狙いを定めるのに苦労しているらしい。「ベルヘイヴンは年寄りじゃないか」銃が火を噴き、小枝の先がはじけ飛んだ。

イアンはエリザベスに目を向けたが、そのまなざしは冷ややかで、彼女を見くだしているかのようだった。そう見えたのは気のせいだろうと思い、エリザベスは和気あいあいとした気楽な雰囲気を壊すまいと心に誓った。次は彼女の番なので、銃を取りあげて構えた。

「あとは？」

社交嫌いのスポーツマンの求婚者については、年齢に難癖をつけることはできないはずだ。エリザベスは安心し、ちょっと威張ってほほえんでみせた。「キャンフォード卿よ」と言ってから、銃を撃った。

イアンは銃声をかき消すほど大きな声をあげて笑った。「キャンフォードだって！　冗談だろう！」エリザベスは彼をにらみつけ、銃の台尻をお腹に突き刺さんばかりにして突き返した。

「あなたのせいで狙いがそれたわ」

「もう一回撃ってみろよ」軽蔑と不信とおかしさの入り混じった目がエリザベスのほうを見た。

「いやよ、あなたが笑ってたんじゃ撃てないわ。それと、その薄笑いもやめてもらえないかしら。キャンフォード卿はほんとにすてきな人よ」

「そうだろうとも」イアンは癇にさわるにやにや笑いをまだ続けている。「きみが射撃が好きでよかったよ。あの男は銃と釣り竿を抱いて寝るというからな。きみはこの先一生、小川のなかを歩きまわり森をうろつく暮らしを続けることになるんだ」

「あいにくだけど、わたしは釣りも好きよ」エリザベスは平静さを失うまいとがんばったが、うまくいかなかった。「それに、フランシス卿はちょっと年上かもしれないけど、年配の夫は若い夫より優しくて寛大だっていうじゃないの」

「彼は寛大になるしかないさ」イアンはすこし怒ったように答え、銃に注意を戻した。「まあ、射撃がうまければその必要はないが」

エリザベスは腹が立ってきた。せっかくこちらがいろいろ考えて、例の事件については粋で気軽な態度で話すよう求められているんだと気づいたのに、急に突っかかってくるなんてどういうことなの。「ひとつ言わせてもらうけど、いまのあなたはとってもおとなげないし、言ってることが支離滅裂だわ！」

イアンの黒い眉がつりあがり、停戦協定は崩壊しはじめた。「それはどういう意味だ？」

エリザベスは怒りを抑え、いかにも若い貴族らしく、気位の高さを漂わせてイアンを見つめた。そして、冷静かつ明快に話すよう超人的な努力をしながら告げた。「わたしがなにか悪いことをしたみたいに言われる筋合いはないってことよ。そっちだって、あれは——無意味なおふざけにすぎないと思ってたくせに。自分でそう言ったんだから、いまさら否定してもむだよ！」

イアンは銃に弾をこめおえてから、おもむろに口を開いた。けわしい表情とは裏腹に、その声はひどくおだやかだった。「わたしの記憶力はきみほどよくないらしい。わたしはだれにそんなことを言ったんだ？」

「たとえば、わたしの兄によ」エリザベスはイアンのしらじらしいもの言いにいらいらした。「ああ、なるほど。高潔なロバート君にか」イアンは〝高潔な〟というところにわざと力をこめて言った。それから、向き直って銃を撃ったが、弾は大きく的をはずれた。

「枝どころか木にも当たらなかったわね」エリザベスは驚いて言った。「あなた、銃の掃除をするんじゃなかったの」そう言ったときには、イアンは脇目もふらずに銃を革のケースに手際よく納めだしていた。

やがてイアンは目を上げてエリザベスを見たが、その顔は彼女がそこにいることすら忘れていたように見えた。「掃除はあすやることにした」そう言って家に入り、炉棚の上の架台に機械的に銃を戻した。それからテーブルに歩み寄り、マデイラ酒の壜をつかんでグラスにつぎながら、眉を寄せて考えこんだ。ああいうでたらめを兄に聞かされて、エリザベスがどう思ったか知らないが、それで事態が変わるわけではない、と自分に言い聞かせる。第一、エリザベスはあのときもう婚約していたわけだし、本人が認めたように、彼女はふたりの関係をただの遊びとしか思っていないのだ。プライドは傷ついたかもしれないが、それは完全に自業自得であり、痛い目にあったといってもそれだけですんでいる。それに……イアンはいらいらと考えた。それに、自分は法的には婚約中の身だ。婚約者である美しい女性には、エリザベス・キャメロンに対する妄執《もうしゅう》などではなく、ちゃんとした心づかいを示してやるべきではないのか。

〝モンドヴェイル子爵は、すこしばかり鼻が高すぎて、自分の婚約者がコテージや温室であなたとじゃれ合ったりするのを許せないんだってわかったから〟エリザベスはそう言っていた。

ということは、彼女のフィアンセが婚約を解消したのはイアンのせいなのだろう。そう思うと自責の念で胸が疼き、その心の乱れはなかなか治まらなかった。エリザベスにも一杯勧めてやろうかと思い、マデイラ酒の壜にぼんやりと手を伸ばす。壜のそばにはエリザベスの書きかけの手紙があった。〝愛しいアレックス……〟という書きだしの文句が見える。だが、イアンが奥歯を嚙みしめたのはその文句のせいではなく、筆跡のせいだった。教養をしのばせる、きちょうめんにそろった文字。修道僧が書きそうな字だ。温室に来てほしいという内容を解読するのがひと苦労だったあの手紙の、殴り書きしたような幼稚で汚い字ではない。手紙を取りあげて茫然と見つめるうちに、良心の呵責《かしゃく》がこれまでの報いとなってイアンを打ちのめした。彼女のあとを追うように温室に向かう自分の姿が脳裏に浮かび、罪悪感が身の内を焼きつつ広がっていった。

自己嫌悪を洗い流すかのようにマデイラ酒をあおると、イアンは向きを変えてのろのろと外に出た。エリザベスは、射撃の試合をした場所からすこし離れて、草むす高原の端に立っていた。息をのむほど美しい髪が梢《こずえ》を渡る風にひるがえり、きらきら光るベールのように肩を覆っている。イアンは数歩離れたところで立ち止まり、エリザベスを見つめたが、目に映ったのはかつて見た彼女だった。ロイヤルブルーのドレスをまとい、犯しがたい気品を漂わせて階段をおりてきた若き女神。カード室で部屋じゅうの男に闘いを挑んだ怒れる天使。木こりのコテージの暖炉の前で濡れた髪をかきあげている、男を惑わす小悪魔。最後に目に浮かんだのは、キスされるのを避けようとして花の鉢を彼の手に押しつけた、怯える娘の姿だった。イアンは深呼吸をひとつして、彼女に手を伸ばさないよう両手をポケットに突っこんだ。

「すばらしいながめね」エリザベスが彼のほうをちらりと見て感想を述べた。

返事をするかわりに、イアンは大きく息を吸い、そっけなく言った。「あの最後の晩になにがあったのか、もう一度聞かせてほしい。きみはなぜ温室にいたんだ?」

エリザベスはいらだちを押し殺した。「そんなことわかってるくせに。あなたはわたしに手紙をよこした。その手紙をくれたのはヴァレリー——つまりシャリーズの妹だと思ったから、温室に行ったのよ」

「エリザベス、わたしは手紙をやったのではなく、手紙をもらったんだ」

やりきれないといいたげにため息をつくと、エリザベスは後ろの木に寄りかかった。「あの件を蒸し返してもしかたないわ。あなたはわたしの話を信じようとしないし、わたしにはあなたの話が信じられないんだもの」彼女は相手がかっとなって怒鳴りだすものと思っていた。ところが、彼はこう言った。「きみの話は信じているよ。コテージのテーブルにあった手紙を見たんだ。きみはきれいな字を書くんだな」

その重々しい口調とさりげないほめことばに不意をつかれ、エリザベスはまじまじと彼を見た。「ありがとう」おずおずと言う。

「きみがもらったという手紙だが、筆跡はどうだった？」

「ひどかったわ」エリザベスは眉を上げて言い添えた。「あなた、〝温室（greenhouse）〟のつづりをまちがえてたわよ」

イアンは唇をゆがめ、形だけの笑みを浮かべた。「わたしだってそのくらいは正しくつづれるさ。それに、わたしの書く字は、きみの字には及ばないとしても、汚くてほとんど読めないなどということはない。信じられないというなら、いますぐうちに入って証明してみせよう」

その瞬間、エリザベスは彼のことばが嘘ではないことをさとった。すると、自分は裏切られたのではないかという恐ろしい疑念がじわじわと胸に広がってきた。イアンはさらに続けた。「われわれはどちらも、おたがいが書いたのではない手紙を受けとったわけだ。つまり、だれかがきみとわたしを温室におびきよせ、おそらくは、出会ったところを見つかるように仕組んだんだろう」

「そんな残酷な人がいるわけないわ!」エリザベスは首を振り、頭では事実とわかっていることを心で否定しようとした。

「でも、いたんだよ」

エリザベスは「もうやめて」と叫んだ。自分の人生にまたひとつ裏切りが加わることに耐えられなかった。「そんな話、信じないわ! きっとなにかのまちがいよ」と食ってかかったが、そのときにはあの週末に目にしたさまざまな光景が頭のなかを駆けめぐっていた。イアン・ソーントンの気を引いてダンスを申しこませるのはエリザベスの役目だと言いはるヴァレリー……木こりのコテージから帰ってきたエリザベスに意味ありげな質問をするヴァレリー……ヴァレリーからだと言って手紙を渡してくれた召使い。友だちだと思っていたヴァレリー。美しい顔と油断のない目を持つヴァレリー……

裏切りを知ったエリザベスは身もだえせんばかりに苦しみ、ばらばらになりそうなわが身を抱きしめた。「ヴァレリーだったのね」声を詰まらせて言った。「手紙を持ってきた召使いに、だれから預かったのって訊いたら、ヴァレリーだって言ってた」その行為の裏に言い知れぬ悪意を感じて、エリザベスは身ぶるいした。「あとで考えたときには、あなたがヴァレリーに手紙を託して、彼女がそれを召使いに渡したんだろうと思ったけど」

「わたしはそんなことはしていない」イアンはぶっきらぼうに言った。「それでなくても、きみはわたしとのことがばれるのではないかと恐れていたんだから」

真相を知ったイアンの怒りは、状況をいっそうひどいものに感じさせるだけだった。さすがの彼も、こんなたくらみまでさらりと小粋に受け流すというわけにはいかなかったからだ。エリザベスはごくりと唾をのみ、目をつぶった。公園でモンドヴェイル子爵といっしょに馬車に乗っていたヴァレリーの姿がまぶたに浮かぶ。エリザベスの人生は台なしになった――しかもその原因は、友人だと思っていた女性が彼女の婚約者に横恋慕《よこれんぼ》したことにあったのだ。涙で鼻の奥がつんとする。彼女はとぎれとぎれに言った。「罠だったんだわ。わたしは罠にかかって破滅させられたのよ」

「なぜだ？」イアンが訊いた。「彼女はなぜきみをそんな目にあわせたんだ？」

「たぶん、モンドヴェイル子爵を自分のものにしたかったんでしょう。それに――」それ以上話せば泣いてしまうとわかっていたので、エリザベスは首を振って横を向き、ひとりで心ゆくまで泣ける場所を探しにいこうとした。

彼女を行かせるならその前にせめてなぐさめてやりたい。イアンはエリザベスの肩をつかんで抱き寄せ、身を振りほどこうとする彼女をさらに強く抱きしめた。「頼む」彼女の髪に唇を寄せてささやく。「行かないでくれ。あの女のために泣いても涙がむだになるだけだ」

ふたたび彼の腕に抱かれたという驚きは、みじめな気分と同じぐらい強かった。ふたつの思いが入りみだれ、エリザベスはすくんだように動けなくなった。うなだれたまま、黙って彼に抱かれていると、涙があとからあとから流れ落ち、嗚咽をこらえているせいで体がふるえた。

抱き寄せれば心の痛みを吸いとってやれるというように、イアンは腕に力をこめたが、それでもエリザベスの涙が止まらないので、とうとう捨て鉢になって彼女をからかいだした。「きみがどんなに射撃がうまいか知っていたら」喉がふさがるなじみのない感覚に抗してささやいた。「ヴァレリーもあんなことは怖くてできなかっただろう」イアンはエリザベスの濡れた頬に手を添え、彼の胸に顔を押しつけさせた。「そうさ、彼女に決闘を申しこめばいいんだ」細い肩のひきつるようなふるえが治まってくると、イアンはわざと硬い声で言った。「いや、きみのかわりにロバートに決闘をしてもらったほうがいいな。弾を的中させる技術はきみに劣るが、銃を構えるのは彼のほうがずっと速いわけだから……」

腕のなかの娘は涙混じりの笑い声をもらし、イアンはさらに続けた。「といっても、銃を構えたらいくつか決めなきゃならないことがある。それが結構面倒なんだ……」

イアンが黙ってしまうと、エリザベスはふるえる息を吸いこんだ。「なにを決めるの？」しばらくして、彼の胸に顔を押しつけたままささやいた。

「まずは、なにを撃つかだ」イアンは彼女の背中をなでながら軽口を叩いた。「ロバートはヘッセン・ブーツをはいていた。あのブーツは膝のところに房がついているから、それを的にできた。まあ、きみの場合は、ヴァレリーのドレスの蝶リボンを吹き飛ばせばいいさ」

エリザベスの肩がぐらりと揺れ、押し殺した笑い声が聞こえた。

ほっと胸をなでおろすと、イアンは左腕で彼女を抱いたまま、右手の指でそっとあごをつまんであおむかせた。うるわしい瞳はまだ涙にうるんでいるが、薔薇色の唇はふるえながらほほえんでいる。彼はおどけた口調で続けた。「蝶リボンが的では、きみのような射撃の名手にはもの足りないだろうな。だったら、イヤリングを指でつまんで掲げてもらって、それを撃つという手もある」

頭に浮かんだその光景があまりに滑稽だったので、エリザベスはくすくす笑った。

知らず知らずのうちに、イアンはあごに添えていた親指を上にすべらせ、下唇の誘うようなふくらみを軽くなでていた。やがて、はっとわれに返り、なでるのをやめた。

エリザベスはイアンが歯を食いしばったのに気づいた。キスをしようとして直前で思いとどまったのだろう。そう察して、ふるえる息を吸いこんだ。裏切りを知って愕然としたあとは、もうだれが敵でだれが味方なのかわからなくなっていた。わかったのは、彼の腕のなかにいれば安心できるということだけだ。だがそのときには、イアンはもう腕をゆるめかけていて、その表情はよそよそしいものに変わろうとしていた。自分がなにを言おうとしているのか、なにを求めているのかもはっきりしないまま、エリザベスは彼の目を探るように見つめ、とまどいと、わかってほしいという祈りをこめて、ふるえる声でひとことささやいた。

「お願い――」

イアンは彼女の望みをさとったが、ただ問いかけるように眉を上げただけだった。

「わたし――」と言いかけたとき、エリザベスは彼の目にすべてお見通しだという表情が浮かんでいるのに気づいてたじろいだ。

「なんだい？」イアンがうながす。

「よくわからないわ――なんと言ったらいいのか」わかっているのは、もうすこし彼の腕のなかにいたいということだけだった。

「エリザベス、キスしてほしいなら、唇をわたしの唇に重ねるだけでいいんだよ」

「なんですって！」

「言ったとおりさ」

「よくもそんな図々しいことが――」

イアンはだめだよというように首を振った。「乙女の恥じらいは無用だ。いま振り返って感じるほどわたしときみが親密だったのかどうか、わたしはそれが知りたい。きみも急に知りたくなったというなら、素直にそう言えばいいんだ」彼はそんなことを言った自分に驚いていたが、もう言ってしまったのだから、相手が望むなら何度かキスを交わしても悪くはないだろうと思った。

エリザベスのほうは、〝わたしときみが親密だった〟と言われて怒りが解けたものの、同時にとまどいも感じた。茫然としてイアンを見つめたとき、彼女の両腕を握っている彼の手にすこしだけ力がこめられた。どぎまぎして目を伏せ、彼の形のよい唇に注目すると、その唇の両端が上がり、挑むような笑みがうっすらと浮かんだ。それとともに、イアンの手がじりじりと彼女を引き寄せはじめた。

「知るのが怖いか？」その声のハスキーな響きは記憶にあるとおりだった。あのときと同じように、その響きはエリザベスの心に魔法をかけた。イアンの手が下におり、腰のくびれに添えられた。「覚悟を決めるんだ」心細さと恋しさが胸のなかで入りみだれ、エリザベスは彼の顔が近づいてきても逆らわなかった。唇が重なった瞬間、エリザベスの体に戦慄が走った。彼の唇が、優しく誘うように、そっと前後に動く。エリザベスは茫然と立ちつくし、彼がかつて示したあの嵐のような情熱を待ち受けた――あのときは自分が積極性を示したことで彼の欲望に火をつけたのだとは気づかずに。身を硬くしたまま、彼女はあのえもいわれぬ禁断の歓びに襲われるのを待っていた。あの歓びを、もう一度だけ、一瞬でもいいから味わいたい……なのに、彼のキスは羽根のように軽く、かすかに唇をなぶるだけ……遊んでいるみたいに！

エリザベスが体をこわばらせてわずかに身を引くと、彼女の唇を見ていたイアンはものうげに視線を上げ、目と目を合わせた。「前のときとはすこし違っていたな」さらりと皮肉を言う。

「わたしもそう思うわ」イアンはエリザベスの受け身な態度のことを言ったのだが、彼女はそれに気づかなかった。

「もう一度やってみるか？」もうしばらく、おたがいに情熱をぶつけ合って楽しんでもいい。

イアンのほうはそう思っていた。そのためには、どちらも醒めたふりをするのはやめること、それにこちらが主導権を握りつづけることが必要だ。

どことなくおもしろがっているようなイアンの声を聞いて、エリザベスは初めて疑いを抱いた。この人はこれを楽しいゲームか、あるいは挑戦のように見ているのではないか。彼女は愕然としてイアンを見た。「これは――試合なの？」

「きみはこれを試合にしたいのか？」

エリザベスは首を振った。そのとき、優しさと激情の秘めやかな記憶がいきなりよみがえって彼女を圧倒した。イアンについてはいままでもいろいろな幻想を抱いてきたが、あのときの彼もやはり真の姿を見せてはいなかったのだ。いらだちと悲しみが混じり合った目で、エリザベスは彼を見つめた。「そんなこと望んでないわ」

「どうして？」

「あなたはゲームをしようとしてる」もう降参だわ、と心のなかで手を上げて、エリザベスは正直に言った。「でも、わたしにはルールがわからないのよ」

「ルールは変わっていない。これは前にやったのと同じゲームだ――わたしがキスをしたら、きみもキスをする」イアンは〝きみも〟という部分を思わせぶりに強調した。

受け身でいることを手厳しく批判されたエリザベスは、いたたまれない気分になると同時に、彼のすねを蹴飛ばしてやりたいという衝動にかられた。彼女のそんな気持ちをよそに、イアンは腰を抱いた片腕に力をこめると、もう一方の手で彼女の背中をゆっくりとなであげ、首筋をたくみに愛撫した。

「きみの記憶ではどんなふうだった？」イアンが唇を寄せながらからかった。「やってみてくれ」彼の唇がエリザベスの唇をかすめ、軽くなぶる。口調こそおどけていたが、今回のじゃれるような口づけには、挑戦だけでなく渇望《かつぼう》もこめられていた。エリザベスはそれにすこしずつ応えはじめた。彼の胸に身を寄せ、シルクのシャツを優しくなであげると、その下の筋肉がこわばるのがわかり、腰に回された腕にも反射的に力がこめられた。イアンは唇を重ねたまま口を開き、エリザベスの胸の鼓動は痛いほど激しくなった。誘うように、じらすように、舌で唇をなぞられると、エリザベスはわれを忘れ、自分の知る唯一の方法で報復に出た。両手をイアンの肩にすべらせて、はにかみながら熱烈なキスを返し、求められるままに唇を開いたのだ。口のなかに忍びこんできた舌を、彼女は喜んで受け入れた。

エリザベスは相手がはっと息をのんだのを感じ、それと同時にイアンの血管のなかで欲望が脈打ちはじめた。イアンは彼女を放せと自分に命じ、必死に努力した。が、エリザベスの指は彼の後ろ髪にからみ、唇は彼の熱いキスにせつないほど優しく応えようとしている。イアンはどうにかこうにか顔を上げたが、ふるいつきたくなるような唇からは数センチしか離れることができなかった。くそっ、とつぶやきながらも、すでに彼の腕は、硬くなりかけた部分に彼女の体をきつく引き寄せていた。

籠のなかの野鳥のように心臓が暴れるのを感じながら、エリザベスは欲情のにじむふたつの目をのぞきこんだ。すると、イアンが彼女の髪に指を差し入れ、頭が動かないように押さえてから、いきなり顔を寄せてきた。彼がむしゃぶりつくように唇を重ね、角度を変えて攻めたてると、いつのまにかエリザベスの体は激しく熱いその口づけに応えだした。腕をイアンの首に巻きつけ、彼の体にぴったり寄り添ってキスを返す。イアンは唇を乱暴に押しつけて彼女の唇を開かせ、舌で口のなかをまさぐって抵抗を誘った。けれども、エリザベスは抵抗しなかった。逆に、イアンの舌をみずから口に引き入れつつ、彼のあごに手を添え、羽根のように軽くさりげないタッチで、こめかみへと指をすべらせた。イアンの身内で欲望が津波のようにふくれあがった。彼は片手を広げてエリザベスの背筋にあてがうと、硬くいきりたつものに彼女の体をぐいと引きつけながら、抑えがたい荒々しい欲求にまかせてむさぼるようにキスをした。エリザベスが執拗に押しつけられてくる彼の欲情のしるしに気づかずに――あるいは無頓着に――さらに身を寄せてくると、彼女の体を優しく愛撫していた手は急にぐっと握りしめられた。

イアンの手は反射的に上がってエリザベスの胸に向かったが、自分がしようとしていることに気づくと、彼は重ねていた唇をにわかに離し、彼女の頭越しに宙をにらみながら、もう一度キスするか、それとも一切をただの冗談のようにやりすごそうかと迷った。たった数回のキスで彼のなかに純粋な欲望をかきたて、われを忘れさせた女は、彼女が初めてだったのだ。

「いまのは、わたしが覚えていたとおりだったわ」エリザベスのささやき声には、あきらめと困惑と絶望感がにじんでいた。

イアンのほうは、前よりよかったと感じていた。あのときより激しく、スリリングだ……彼女がそうと気づかないのは、彼がまだ誘惑に屈していないからにすぎない。これでもう一度キスしたら……イアンがその考えを狂気の沙汰だとしりぞけたとき、突然、ふたりの後ろで男の声が響いた。

「はてさて！　いったいなにごとだ！」

さっと目を上げ、聖職者用カラーをつけた年配の男が庭を突っ切ってくるのを認めると、エリザベスはあわてふためいてイアンの胸から身を引いた。イアンの片手に腰をしっかりととらえられていたので、茫然と身をこわばらせてそこに立っていた。

「銃声が聞こえたんだ――」白髪交じりの頭をした男は、息もたえだえに手近な木に寄りかかると、心臓を手で押さえて胸を波打たせた。「谷の上まで響いてきたから、てっきり――」

男はふいにことばを切り、エリザベスの赤い顔や乱れた髪から、彼女の腰に添えられたイアンの手へと、鋭く視線を走らせた。

「てっきり、なんだと思ったんです？」イアンのその声は、エリザベスには驚くほど落ち着いて聞こえた。あられもない抱擁の現場を、スコットランド人牧師という厳格さの権化のような相手に見とがめられたばかりだというのに。

彼女が千々に乱れた心でそんなことを思いかけたとき、状況を察したのか、男の顔がけわしくなった。「わたしはてっきり」男は皮肉たっぷりに言いながら、木にもたれるのをやめて背筋を伸ばし、黒い袖についた樹皮のかけらを払って前に出た。「おまえたちが殺し合いをしているものと思ったよ」エリザベスの前で足を止めると、彼は声を和らげて続けた。「わたしを送り出したとき、ミス・スロックモートン＝ジョーンズは、そうなっても不思議はないと思っていたようだ」

「ルシンダが？」エリザベスは息をのんだ。世界がひっくり返ってしまったような気がする。「ルシンダがあなたをここによこしたんですか？」

「そのとおり」牧師はエリザベスの腰に回されているイアンの手をとがめるように見た。自分が男と抱き合うような格好で立っているのに気づいたエリザベスは、顔から火が出そうになり、イアンの手をあわてて払いのけると、横に一歩動いて彼から離れた。こんな罪深いことをした以上は、当然雷を落とされるものと覚悟したが、牧師はもじゃもじゃした灰色の眉を上げ、黙ってイアンを見るばかりだ。重い沈黙から逃れたくなって、エリザベスはイアンにすがるような目を向けた。ところが、そのイアンは恥じたり詫びたりするような気配もなく、苦笑いしながら牧師を見ている。

「どうだ？」イアンを見ながら、牧師がようやく口を開いた。「なにか言うことはあるか？」

「ごきげんよう、ですかね？」イアンはおどけたように答えた。「伯父上がお見えになるのはあしただと思っていましたよ」

「そうだろうとも」牧師はあてつけがましく言い返した。

「伯父上ですって！」エリザベスは大声をあげ、ぽかんと口を開けてイアンを見た——彼女と出会ったその夜のうちに熱いキスを浴びせて求婚するといった具合に、彼が道徳的なルールを臆面《おくめん》もなく破ってきたことを思い出しながら。

エリザベスの思いを見抜いたかのように、牧師は彼女を見て愉快そうに眉を上げた。「なんともあきれた話じゃないか？　この男のすることを見ていると、神がユーモアのセンスをお持ちだということがよくわかるよ」

イアンの伯父であるためにこうむった数々の災難を牧師がすらすら数えあげていくと、イアンの超然とした表情が揺らぎだし、それを見たエリザベスは笑いの発作をおこしそうになった。「イアンが待ち構えていると信じて誘いをかけた娘さんが失恋に泣くたびに、わたしは彼女たちをなぐさめなきゃならなかったが、それがどんなに大変だったことか。それでも、イアンが持ち馬をレースに出したとき、うちの教区民に、賭けの予想はわたしに訊くのがいちばんだと思われたのにくらべればまだましだったがね！」エリザベスが吹き出すと、楽の音にも似た笑い声が谷間に響きわたった。牧師は困惑顔のイアンをよそに嬉々として話しつづけた。「わたしは何時間も、何週間も、何カ月も、膝がすり減るまで祈りつづけたものだ。わが甥《おい》にも永遠の魂が与えられますようにと――」

「わたしの罪を数えあげるのがすんだのなら」イアンがさえぎった。「ダンカン、あなたを連れに紹介したいのだが」

牧師はイアンの口のきき方に気色ばむこともなく、おっとり構えていた。「それはありがたい」彼は愛想よく言った。「どんなときでも礼儀はしっかり守る、これが大事だ」エリザベスははっとした。さっき牧師と顔を合わせたときには身の縮むようなお説教をされるものと思っていたが、気がついてみれば、たしかに彼はお説教をしていたのだ——遠回しな、気のきいたやり方で。予想していた叱責との唯一の違いは、心優しい牧師がエリザベスを赦免《しゃめん》してイアンひとりに的をしぼり、彼女がこれ以上恥をかかずにすむようにしてくれたことだった。

イアンもそれに気づいたのだろう。伯父に向かって握手の手を差し出し、さらりと言った。

「お元気そうですね、ダンカン——膝がすり減っているわりには。それに、聞き手が立っていてもすわっていても、あなたの流暢《りゅうちょう》なお説教に変わりはないようだ」

「それはおまえに、説教が始まるとどのみち船をこぎだすというなげかわしい癖があるからだろう」牧師はいくらかむっとしたように答え、イアンの手を握った。

イアンは向き直ってエリザベスを紹介した。「こちらはレディ・ヘイヴンハースト、わが家の招待客です」

エリザベスにとって、その説明はイアンとキスしているのを見られたこと以上にきまり悪いものだったので、彼女は急いで首を振った。「それはちょっと違うわ。わたしは、どちらかというと、その——」エリザベスが絶句すると、またしても牧師が助け舟を出してくれた。

「足留めを食った旅人、というところですか」と言って、牧師はほほえみながら彼女の手をとった。「事情はわかっていますよ。ミス・スロックモートン＝ジョーンズにお目にかかりましたからな。さっき言ったとおり、わたしは彼女に大至急ここに行くようにと頼まれたんです。彼女の帰りはあすかあさってになりそうなので、わたしはそれまでここにいると約束しました」

「あすかあさって？　でも、あのふたりは今日のうちに帰ってくる予定だったのに」

「不幸な事故があったんです」と言ってから、牧師はあわてて言い添えた。「いや、たいしたことではありませんが。ジェイクの話によると、ミス・スロックモートン＝ジョーンズが乗っていた気の荒い馬は、人を蹴る癖があるんだそうで」

「ルシンダの怪我はひどいんですか？」そう訊きながら、エリザベスは早くも、彼女のところに行くにはどうすればいいかと考えはじめていた。

「蹴られたのはミスター・ワイリーです」牧師が正した。「傷ついたのは、彼のプライドと、えー……その……臀部《でんぶ》だけですみました。しかし、当然ながら、ミス・スロックモートン＝ジョーンズは、あの馬はなんらかのしつけが必要であると考えて、そのとき可能だった唯一の方法に訴えました。ご本人の話では、間《ま》の悪いことに傘は地面に置いていたとかで。早い話が、自分で馬を蹴飛ばしたわけです。その結果、あの立派な婦人は、不幸にも足首をひどく傷めてしまいました。いまはアヘンチンキを与えられていて、怪我のほうはうちの家政婦が手当てをしています。遅くとも一両日中には、あぶみに足をかけられる程度に回復されるでしょう」

　牧師はイアンのほうに向き直った。「おまえを驚かせてしまったのはよくわかっているよ、イアン。だが、しっぺ返しのために、あの上等のマデイラを一杯ふるまうのをやめるというなら、わたしは、ミス・スロックモートン＝ジョーンズが戻ってきたあとも、ここにずっと居すわってやるからな」

「わたし、なかに入って……グラスを用意しますわ」自分はしばらく席をはずすのが礼儀だろうと思い、エリザベスはそう言った。ふたりに背を向けて家に入ろうとしたとき、イアンが話す声が聞こえた。「うまい食事が目あてだったら、ここに来たのはまちがいですよ。レディ・ヘイヴンハーストはけさすでに、家事仕事という祭壇にわが身を捧げていますが、彼女のその努力によって、われわれふたりはあやうく命を落とすところでした。夕食はわたしが作りますが、味は朝食と大差ないかもしれません」

「あすの朝食は、わたしが作ってみよう」牧師が親切に申し出た。

エリザベスが声の届かないところに行ってしまうと、イアンは静かに言った。「あの婦人の怪我はどの程度のものなんです？」

「それはなんとも言えない。なにしろ彼女は怒り狂っていたから、話が支離滅裂だったんだ。あるいは、アヘンチンキのせいかもしれないが」

「どういうことです？」

牧師は黙りこみ、頭上の枝にとまった小鳥が葉ずれの音をさせて跳ねまわるのをながめてから、また口を開いた。「彼女は異常な状態にあった。相当混乱し、腹を立ててもいたんだ。まず、一方では、おまえがレディ・ヘイヴンハーストに〝温かい思いやり〟を示そうとするのではないかと恐れていた。それは、わたしがここに来たときおまえがしていたようなことをさしているにちがいない」そんな皮肉を言っても、甥は動じる様子もなく、眉をひょいと上げただけだったので、ダンカンはため息をついて続けた。「だが他方では、あの娘がおまえの銃でおまえを撃つのではという懸念も、同じぐらい大きかったようだ。すでに一度、そうしようとしたということだから、その懸念は充分理解できる。わたしが銃声を聞いたときに危惧《きぐ》したのもそのことだった。だからあわてて飛んできたんだ」

「ふたりで射撃の練習をしていたんです」

牧師はうなずいたものの、あとはむずかしい顔をしてイアンをじっと見ていた。

「まだなにか気になることがあるんですか？」相手の表情を見て、イアンは尋ねた。

牧師は一瞬ためらったあと、なにごとかを心から払いのけるように小さく首を振った。

「ミス・スロックモートン＝ジョーンズはほかにもいろいろ言っていたが、内容はあまり信じられない」

「きっとアヘンチンキのせいですよ」イアンは肩をすくめてその件を片づけようとした。

「そうかもしれん」牧師はまた渋い顔になった。「だが、わたしはアヘンチンキをのんではいない。そのわたしの目には、おまえがクリスティーナ・テイラーという娘と婚約しようとしているように見えていたんだが」

「そのとおりですよ」

牧師の顔がけわしくなった。「それなら、わたしがいまさっき目にしたことについて、どう言い訳するんだ？」

イアンは歯切れよく答えた。「正気をなくしたんです」

ふたりは家に戻っていった。牧師は黙ってもの思いにふけりながら、イアンは不機嫌な顔をして。伯父の思いがけない登場に臆することはなかったが、こうしてほとぼりが冷めてみると、イアンはエリザベス・キャメロンに対して体が勝手に反応してしまったのがくやしくてならなかった。唇を重ねたその瞬間に、脳が動きを止めてしまったかのようだ。エリザベスの正体はちゃんとわかっていたのに、腕に抱いたとたん、彼女は魅惑的な天使に変身した。彼女が今日涙を流したのは友人にだまされたせいだが、一年半前には、同じ女が、哀れなモンドヴェイルをあっさり裏切るようなまねをしたのだ。今日、エリザベスはベルヘイヴンのじいさんやジョン・マーチマンに求婚されていることを平然と口にした。なのに、それから一時間もしないうちに、このわたしに身をすり寄せ、身も世もあらぬ体《てい》で唇を求めてきたではないか。イアンの怒りは嫌悪感に変わった。彼女はベルヘイヴンと結婚すべきだ、と皮肉な気分で考える。あの好色なじいさんは彼女にぴったりだ。年齢を別にすれば、あのふたりはあらゆる点で似合いの夫婦になる。マーチマンのほうは、他人の手垢がついた無節操な体などではなく、もっとましなものを得る資格があるはずだ。エリザベスといっしょになれば、あの男は生き地獄に落ちるだろう。

天使のような顔をしていても、エリザベス・キャメロンの本質は昔と変わっていない。彼女は甘やかされたわがまま娘、分別より情熱のまさった男たらしなのだ。

星のまたたく漆黒の空のもと、スコッチのグラスを片手に、イアンは自分がおこした小さな焚き火で魚が焼けるのを見守っていた。夜の静けさが酒の力とあいまって、心を落ち着かせてくれる。楽しげに揺れる小さな炎をながめながら、ただひとつ残念に思うのは、彼がここに来たとき求めていた心の平安が、なにより必要としていた安らぎが、エリザベスの訪問によって奪われてしまったことだった。これまで一年近くがむしゃらに働いてきた彼は、ここに戻るたびに見いだしていた安らぎを、今回も見いだせるものと思っていたのだ。

ここで育つあいだ、イアンはずっと、自分はいつかこの家を離れて世のなかに出ていき、そこで道を切り開くのだと自覚していたし、事実そのとおりになった。だがそのあとも、何度もここに戻ってきて、まだ見つけていないなにか、騒ぐ心を鎮めてくれる、口では説明できないなにかを探しつづけている。いまのイアンは富と力をほしいままにしており、その生活にほぼなじんでいた。こんなに遠くまで行き、こんなに多くを見て、こんなに変わってしまったあとでは、もうここで暮らそうという気にはなれない。そうさとったとき、彼はクリスティーナと結婚することにした。彼女がここを気に入ることはなさそうだが、ほかの土地にある屋敷なら、どれも威厳と優雅さをもって管理してくれることだろう。

クリスティーナは美人で品のよい情熱的な女性だ。彼女とならきっとうまくいく。そうでなければ求婚したりはしなかった。実際に求婚する前に、イアンはビジネスの決断をくだすときと同じように、冷静な論理力とたしかな勘を組み合わせてその件を検討した。成功の見こみを計算し、すばやく決断して、それから動いたのだ。実際、ここ数年のあいだに、彼が重要な問題を前に早まって浅はかなことをしてしまったのは、エリザベスに出会ったあの週末だけだった。

「けさのあなたは卑怯千万だったわね」夕食のあと食器を片づけながら、エリザベスは微笑して言った。「こんなに料理がうまいくせに、わたしに朝食を作らせるなんて」

「そうでもないよ」イアンは謙虚に答え、ブランデーをふたつのグラスについで暖炉のそばの椅子のほうへ運んだ。「わたしが料理できるのは魚だけだ――しかも、さっき食べたようなものしか作れない」ダンカンに片方のグラスを渡すと、イアンは腰をおろし、そばのテーブルに置いてあった箱の蓋《ふた》を開けて、ロンドンの煙草屋で特別に作らせた細い両切り葉巻を一本取り出した。そして、エリザベスを見やると、お義理に尋ねた。「かまわないかな?」

エリザベスは葉巻を見てほほえみ、うなずきかけて、ふいに動きを止めた。二年近く前に、庭で出会ったときのイアンの姿を思い出して動揺したのだ。彼はいまと同じ葉巻に火をつけようとして、そばで見ていたわたしに気づいたのだった……その記憶はいまもあざやかに残っていて、彼が葉巻を手で囲って火をつけたとき、金色の炎に照らし出された彫りの深い顔が目に浮かぶ。そのせつない思い出にエリザベスの微笑がふと揺らいだ。彼女はまだ火がついていない葉巻からイアンの顔に視線を移し、彼もあのときのことを覚えているだろうかと思った。

エリザベスと目が合うと、イアンは慇懃に尋ねるように、火のついていない葉巻に目を落としてから、ふたたび彼女の顔を見た。やっぱり覚えていないんだわ……「どうぞ、ご遠慮なく」エリザベスは失望をほほえみの陰に押し隠した。

ふたりのやりとりを見ていた牧師は、エリザベスの明るすぎるほほえみに気づき、食事の席で彼女に対するイアンの扱いを見たときと同じように不思議に思った。ブランデーグラスを口に運びながら、牧師はひそかにエリザベスを観察し、それから、葉巻に火をつけようとしているイアンに目をやった。

ダンカンがなにより奇妙に感じたのは、イアンの態度だった。女性がイアンをどうしようもなく魅力的だと思うのは珍しいことではない。また、イアンが道徳的観点から据え膳は拒まねばならないなどと思ってはいないことも、よくわかっていた。けれども、これまでのイアンは、胸に身を投げてきた女性に対しては、苦笑混じりの忍耐と、甘やかすような寛大さをもって接するのが常だった。それに、彼の美点は、当の女性への関心を失ったあとでも、変わらぬ優しさと礼儀を示しつづけるところにある。その点は、相手が村の女中でも伯爵令嬢でも同じだった。

そうしたことを考え合わせると、二時間前にはエリザベス・キャメロンをもう放さないとばかりに抱きしめていたイアンが、いまは彼女を無視していることを、ダンカンが意外に思い、疑いすら抱いたのもむりはなかった。もちろん、無視するといってもそんなにひどい態度ではないが、それでも無視していることに変わりはない。

イアンがエリザベスのほうを盗み見るのではないかと半ば期待しながら、ダンカンは観察を続けたが、書類を手にした甥は、エリザベス・キャメロンのことなどすっかり忘れたように読みふけっている。牧師は会話の糸口を探し、イアンに声をかけた。「今年は、いろいろなことがうまくいっているようだな?」

イアンは目を上げ、わずかに微笑した。「思ったほどではないが、それなりの成果はあがっています」

「賭けはすべてが当たったというわけではないのか?」

「はずれたものもあります」

エリザベスは一瞬動きを止めたあと、ふきんを取りあげて皿を拭きだしたが、いま耳にしたことについて考えずにはいられなかった。一年半前、イアンは、思いどおりにことが運べば彼女を養ってやれると言っていた。けれども、そのもくろみははずれたようだ。だからこそ、ここで侘《わ》び住まいをしているのだろう。彼がどんなに壮大な夢を描いていたのかは想像するしかないが、その夢が実らなかったのだと思うと、エリザベスは心の底から気の毒になった。でも、彼は自分で思うほどひどい暮らしをしているわけじゃない。そう考えたのは、このあたりの野趣《やしゅ》に富んだ美しい丘や、谷を見おろす大きな窓のあるコテージの居心地のよさを思ったからだった。

いかに想像をたくましくしてもここがヘイヴンハーストになるわけではないが、この家にはこの家なりの野性的な魅力がある。それに、ヘイヴンハーストとは違って、ここでは家の管理や召使いに莫大な費用がかかることはない。それは大きな利点だった。エリザベスは、じつのところ、ヘイヴンハーストを所有してはいなかった。ヘイヴンハーストのほうが彼女を所有しているのだ。古めかしい藁ぶき屋根と、広々とした少数の部屋を備えたこの美しい小さなコテージは、そういう意味では理想的に見えた。なにしろ、ここの住人は、夜中に目を覚まして、石壁をつなぐ漆喰《しっくい》が崩れかけていることや、十一本ある煙突の修理代のことを心配しなくても、雨露をしのいでぬくぬくしていられるのだ。

イアンは自分の運のよさを自覚していないようだ。でなければ、紳士のつどうクラブで時間をむだにしたり、どこであれひと財産築くつもりで賭博にうつつを抜かしたりするはずはない。自覚があれば、この荒々しく美しい土地を離れたりはしないだろう。彼がこんなにもくつろいで見える場所を、彼のふるさとを……そうやってイアンのことばかり考えていたので、彼女は自分自身がここに住めたらと願いかけていることに気づかなかった。

食器をすべて拭いて片づけてしまうと、エリザベスは二階に上がることにした。イアンが伯父と長らく会っていなかったことを夕食のときに知ったので、ふたりきりで話せるようにしてあげたほうがよいと思ったのだ。

ふきんを釘にかけ、エプロンがわりに腰に巻いていた布をはずしてから、彼女はふたりにおやすみの挨拶をしにいった。牧師はにっこりして、楽しい夢を見るようにと言ってくれた。イアンはちらりと目を上げ、気のない声で「おやすみ」と言った。

エリザベスが二階に上がってしまうと、ダンカンは書類を読みつづける甥を見ながら、子供時代のイアンに牧師館で勉強を教えてやったことを思い出していた。イアンの父と同じく、ダンカンも大学教育を受けた知的な人物だが、イアンは十三歳になるころには父と伯父の大学の教科書をすべてマスターしてしまい、さらなる答えを求めていた。知識に対するその飢えが治まることはなかった。彼があまりに聡明なので、父親とダンカンは畏怖《いふ》の念を感じたほどだった。イアンは鵞ペンや羊皮紙を使わなくても、確率や方程式など複雑な数学の問題を頭のなかで解くことができ、ダンカンが解き方すらわからずにいるうちにさっさと答えを出していた。

イアンがギャンブルによって財を築けたのは、そのたぐいまれなる数学の才のおかげといってもよかった。彼は特定の手札が勝つ確率と負ける確率や、ルーレット・ゲームの勝率を、恐るべき正確さで計算することができたのだ。牧師は以前からそれを天賦《てんぷ》の才の悪用だとさんざん非難してきたが、その非難はなんの役にも立たなかった。イアンはイングランド貴族の祖先ゆずりの悠然とした不遜さと、スコットランドの祖先ゆずりの癇癪と頑固なプライドを併《あわ》せもっている。その組み合わせが、みずから意思決定し、こうと決めたらだれがなんと言おうとゆずらない、頭脳明晰な男を造りあげたのだ。そうだ、イアンが節《せつ》を曲げるはずはない——甥と話し合わねばならない問題について考えるうちに、牧師は暗く不吉な予感にとらわれた。たいていの場合、イアンの判断は人間わざとは思えないほど的確で、本人もその判断を信じているので、他人の意見に頼ろうとはしないのだ。

ダンカンの見るところ、イアンの判断の目が曇る唯一の分野は、イングランド人の祖父が関わる部分だった。スタナップ公爵の名を出すだけで烈火のごとく怒りだすので、ダンカンとしては、長年の懸案について話し合いたいのは山々ながら、その微妙な問題を口にすることにはためらいがあった。イアンは伯父を心から愛し、尊敬している。とはいえ、一線を越えた相手や、自分の心をあまりにも深く傷つけた問題に対しては、完全に背を向けて二度と顧《かえり》みないという、恐ろしいほどの能力が甥にあることを、ダンカンはよく知っていた。

十九歳のイアンが初航海から帰国した日のことを思い出すと、当時の無力感と胸の痛みが新たによみがえり、牧師の顔がゆがんだ。あのとき、イアンの両親と妹ははやる心を抑えきれず、船が着くヘルンロッホまで彼を迎えにいき、驚かせてやろうとしていた。

イアンの船が港に入る二日前に、幸せな家族が泊まっていた宿は火事にあって全焼し、三人ともその火災で亡くなった。馬で家路を急いだイアンは宿屋の黒焦げの残骸のそばを通りかかったが、そこが家族の火葬の場だったとは知るよしもなかった。

胸をえぐる悲しい知らせを甥に伝えるために、ダンカンはコテージで待っていた。イアンは帰宅するいなや、「みんなはどこだい？」と尋ね、満面に笑みをたたえて荷物を床におろすと、家のなかを足早に歩きまわり、からっぽの部屋をのぞいていった。イアンを出迎えたのは愛犬のラブラドールだけだった。コテージに飛びこんできた犬は興奮して大声で吠え、床の上をすべって彼のブーツをはいた足の前で止まった。彼女にシャドウという名がついたのは、真っ黒な毛並みのためではなく、子犬のころから敬愛してきた主人にこよなく忠実で、いつも影のように寄り添っていたためだ。そのシャドウは、主人の帰宅を喜んではしゃぎまわっていた。「ぼくもおまえに会いたかったよ」イアンはしゃがみこんでシャドウのなめらかな黒い毛をくしゃくしゃとかき乱した。「お土産があるんだ」と言うと、シャドウは体をすり寄せるのをすぐにやめ、小首をかしげて、賢そうな目で彼の顔をじっと見ながら話の続きを待っていた。彼らの間柄はいつもそうだった。人間の主人と彼を崇《あが》める賢い犬は、このように、不思議な、神秘的ともいえる形で意志の疎通をしていたのだ。

「イアン」牧師が沈んだ声で呼びかけると、そのひとことで伯父の苦悩を感じとったかのように、イアンの手が止まった。彼はのろのろと立ちあがって振り向いた。シャドウは彼の足もとにぴたりと寄り添い、主人と同じくにわかに緊張の表情を浮かべて牧師を見つめていた。

ダンカンは家族の死の知らせをできるだけおだやかにイアンに伝えた。遺族をなぐさめることについては多くの経験を積んでいたダンカンだが、それでも、このときのイアンのように悲しみを固く心に封じこめる相手に接したのは初めてだったので、どうしてよいかわからず途方にくれた。イアンは泣きもせず怒り狂いもしなかった。全身を硬くして耐えがたい苦しみをはね返そうとしていたのは、その苦しみがわが身を滅ぼすことを察していたからだった。その夜、ずっと残っていたダンカンが帰ろうとしたとき、イアンはかたわらに愛犬を従え、窓辺に立っておもての闇を凝視していた。「こいつを村に連れていって、だれかにやってください」イアンは人生の幕切れを連想させるせっぱつまった声で言った。

ダンカンはとまどい、ドアの把手にかけた手を止めた。「だれを連れていけというんだ?」

「この犬です」

「しかし、家の整理があるから半年はここに残ると言っていたじゃないか」

「連れていってください」イアンはきっぱりと言った。その瞬間、ダンカンはイアンの意図をさとってうろたえた。

「イアン、後生《ごしょう》だ。その犬はおまえを慕っているじゃないか。それに、犬がいればここでひとりきりにならずにすむ」

「カルゴリンのマクマーティ家にやってください」イアンはとりつくしまもなく、ダンカンはやむなくいやがる犬を連れていった。ラブラドールを主人から引き離すためには、文字どおり、首に縄をつけねばならなかった。

その翌週、シャドウは果敢にも野山を越えて家路をたどり、コテージにふたたび姿を現わした。その場に居合わせたダンカンは、イアンがまごつく犬を断固として無視しつづけるのを見て、胸が詰まる思いがした。翌日、イアンはダンカンに同行を頼んで、みずからシャドウをカルゴリンへ連れていった。マクマーティ一家と食事をともにしたあと、イアンが前庭で馬の背にまたがるあいだ、シャドウはじっと待っていた。だが、彼女が馬のあとを追おうとすると、イアンは振り向いて、厳しい声でそこにいろと命じた。

シャドウはその場にとどまった。彼女はイアンの命令には一度としてそむいたことがなかったのだ。

あとに残ったダンカンが、数時間後にマクマーティ家を辞そうとしたときも、シャドウはまだ庭にすわっていて、道が曲がって消えていくあたりをじっと見ながら、小首をかしげて待っていた。主人が本気で自分を置き去りにしたなどとは信じないというように。

だが、イアンは彼女を連れ戻しにはこなかった。イアンはおそろしく意志が強く、その気になればあらゆる感情を完全に押し殺せるのだということを、ダンカンはこのとき初めて知った。イアンは冷静に考えたうえで、これ以上悲しまずにすむように、失ったときつらくなるものをそばに置くのはよそうと固く心に決めたのだ。両親と妹が描かれた絵は、三人の身のまわりの品とともに注意深くトランクにしまいこまれ、最後にはコテージだけが残った。コテージと、それに心のなかの思い出だけが。

家族を亡くしてまもなく、イアンのもとに祖父のスタナップ公爵から手紙が届いた。イアンの母と結ばれた息子を勘当した二十年後に、公爵は和解を求めて孫に便りを出したのだ。それが届いたのは火事の三日後のことだった。イアンは手紙を読み、投げ捨てた。公爵がイアンに宛てた手紙は、それから十一年のあいだに数十通送られてきたが、すべて同様に処分した。不当な扱いを受けたときのイアンは、自分を生んだけわしい丘や荒々しい原野と同じように、近寄りがたいほど厳しく、無情になるのだった。

イアンはダンカンの知るいちばん頑固な人間でもあった。子供のころのイアンは、静かな自信と、聡明な頭脳と、手に負えない強情さを見せつけて、両親を困惑させた。イアンの父は才能豊かな息子についてこんな冗談を言ったことがある。「イアンがわたしたち夫婦に自分を育てることを許しているのは、親を愛しているからであって、自分より頭がいいと思っているからじゃない。親が自分より頭が悪いのは承知しているけれど、そう言ったら傷つくと思って言わないだけなんだ」

そうしたもろもろの事情に加え、イアンが自分を不当に扱った相手を容赦なく見放せることを思うと、彼がいまさら祖父に対する態度を和らげるなどとはほとんど期待できなかった。その問題に関しては、知にも情にも訴えることができない。しかも、イアンはスタナップ公爵のことを、あのラブラドールほどにも気にかけていないのだ。

もの思いにふけるダンカンが暖炉の火をむっつりとながめているあいだに、向かい側のイアンは書類を脇に置き、相手の心を推しはかるように無言で伯父を見つめた。しばらくして、イアンが口を開いた。「わたしの料理はいつもどおりだったのだから、そのしかめ面にはなにかほかにわけがあるのでしょうね」

ダンカンはうなずき、先行きに相当の不安を覚えながら、立ちあがって火のそばに行き、用意した冒頭陳述を心のなかでなぞった。「イアン、おまえのお祖父さんから手紙をもらったよ」と切り出し、様子をうかがうと、イアンのにこやかな笑みが消え去り、石の彫刻のような硬い表情になった。「おまえに面会の件を考え直してもらうように、わたしから口添えしてほしいと頼んできたんだ」

「説得は時間のむだですよ」イアンの声は鋼《はがね》のようだった。

「公爵はおまえの家族じゃないか」ダンカンは食いさがった。

「わたしの家族は、いまこの部屋にいる人だけです」イアンが吐き捨てるように言った。

「ほかにはいません」

「公爵の跡を継げる者はもうおまえしかいないんだ」ダンカンは踏んばった。

「それは向こうの問題であって、わたしには関係ありません」

「公爵は死にかけているんだ、イアン」

「そんな話は信じない」

「わたしは彼のことばを信じている。それに、おまえの母親が生きていたら、公爵と仲直りしてくれとおまえにすがりつくことだろう。自分と結婚したせいでおまえの父親が勘当されたことを、彼女は死ぬまで悲しんでいた。いうまでもないことだが、おまえの母親はわたしにとってはたったひとりの妹だ。わたしは妹を愛していた。そのわたしに彼女の心を傷つけた男が赦せるのなら、同じことがおまえにできないはずはない」

「赦すのは伯父上の仕事でしょう」イアンがゆっくりと、いやみたっぷりに言った。「わたしは違う。わたしは、目には目を、という主義です」

「言っただろう、公爵は死にかけているんだぞ」

「ならばわたしはこう言いましょう」イアンはひとことひとこと区切るようにして、明確に発言した。「そんなのは知ったことじゃない」

「爵位を引き継ぐのは自分のためではなく、父親のためだと考えればいい。爵位を継ぐのはおまえの父親にとっては当然の権利だったし、今後生まれるおまえの息子にとってもそうだ。折れるならいましかないぞ、イアン。公爵はおまえの説得に二週間の猶予をくださった。それでだめなら別の者を跡継ぎに指名するとおっしゃっている。おまえは予定より丸二週間遅れてここに着いた。だからもう手遅れかもしれないが――」

「十三年前から、すでに手遅れだったんですよ」イアンは冷ややかな声で平然と答えた。と、牧師の目の前で、イアンの表情が突如として劇的に変化した。引きしめていたあごから力が抜け、イアンは書類をもとの箱に納めはじめた。それがすむと、ダンカンを一瞥して、ゆったりと楽しげに言った。「グラスが空《あ》いてますね、伯父上。もう一杯いかがです?」

ダンカンは嘆息して首を振った。もうおしまいだ——こうなるのではないかと恐れていたとおりになってしまった。イアンは心のなかでぴしゃりと扉を閉じて祖父を締め出した。もはやなにがあろうとその態度は変わらないだろう。イアンがこのように愛想よくおだやかになったときには、どうあがいても彼の心を動かすことはできない。ダンカンはそのことを経験から知っていた。甥と過ごす最初の夜はどうせもう台なしになっているのだから、もうひとつ気になっている微妙な問題をだめもとで持ち出してみようか。「イアン、エリザベス・キャメロンのことだが、彼女の付き添い婦人が言うには——」

異様に楽しげで、そのくせよそよそしい笑みが、またイアンの顔に浮かんだ。「話すだけむだですよ、ダンカン。もう終わったことだ」

「終わったというのは、話し合いのことか、それとも——」

「なにもかも、全部がです」

「わたしには終わったようには見えなかったぞ!」イアンが憎らしいほど落ち着き払っているので、ダンカンは業を煮やして声を荒らげた。「わたしが目にしたあの場面は——」

「伯父上が目にされたのは終幕です」

イアンのその口調には、祖父のことを話したときと同様に、これで終わりだというきっぱりした雰囲気と、余裕たっぷりに楽しんでいるような感じがあった。彼の胸の内ではその問題はすっかり片づいていて、それが片づけられた場所には、なにごとも何者も入りこめないかのようだ。エリザベス・キャメロンの件に対して彼がたったいま示した反応からすると、彼女もスタナップ公爵と同じ場所に放りこまれてしまったらしい。ダンカンは歯嚙みし、イアンの手もとに置かれていたブランデーの壜をつかむと、中身を勢いよくグラスについだ。

「おまえに言ってないことがある」彼は嚙みつくように言った。

「なんです？」

「おまえがそうやって愛想のいい楽しそうな顔になると、こっちはげんなりする。怒ってくれたほうがまだましだ！　おまえが怒っていれば、少なくとも説得のチャンスは残っているとわかるからな」

イアンはなにも答えずに本を取りあげて読みはじめ、ダンカンのいらだちはつのるばかりだった。

15

「イアン、納屋に行って、エリザベスがなにに手間どっているのか見てきてくれないか？」牧師はフライパンで焼いているベーコンを器用に裏返した。「卵をとってきてくれと頼んでから、もう十五分もたっているんだ」

イアンは腕に抱えた薪を暖炉のそばにおろすと、手のほこりを払い、招待客を捜しにいった。納屋の入口まで来ると、驚くべき光景と物音に迎えられ、思わず足を止めた。手を腰にあてて、巣ごもり中のめんどりたちをにらみつけているエリザベス。鶏のほうは羽根をばたつかせて威嚇するように鳴いている。「わたしに怒らないでよ！」エリザベスは大声をあげた。「わたしは卵なんて好きじゃないわ。鶏の匂いを嗅ぐのだっていやなんだから」話しながらじりじりと忍び足で前進する。声の調子は泣きつくような、詫びるようなものに変わった。「ねえ、四個だけもらえればいいのよ。わたしは一個も食べないわ」騒ぎたてる鶏のほうへ手を伸ばして続けた。「ほんとに、すぐすむから。ちょっと下に手を入れさせてもら——あいたっ！」手首を激しくつつかれ、エリザベスは悲鳴をあげた。

急いで手を引っこめたとき、イアンの小ばかにしたような声が聞こえ、エリザベスは狼狽してさっと振り向いた。「べつに鶏に許可を求めることはないさ」イアンは前に進み出た。「だれがご主人様かわからせてやるだけでいいんだ。こうやって近づいて……」

イアンはめんどりの下から二個の卵を無造作に抜きとったが、相手は逆らうそぶりさえ見せなかった。そのあと、彼は別の二羽からも同じように卵を奪った。髪を振り乱し顔を怒りで紅潮させているエリザベス・キャメロンはじつに愛らしく見えるものだ、と冷静かつ客観的に考えながら、彼は尋ねた。「いままで鶏小屋に入ったことはなかったのか?」

「ええ」エリザベスはそっけなく答えた。「一度もないわ。鶏って臭いんですもの」

イアンは小さく笑った。「じゃあ、そのせいだ。めんどりたちはきみに嫌われているのを感じたんだよ——動物にはそういうことがわかるんだ」

すばやい一瞥で相手を観察したエリザベスは、説明のつかない不穏な変化に気づいた。イアンは笑顔を見せ、冗談さえ言っているのに、目にはなんの表情も浮かんでいないのだ。これまで、ふたりきりになったときは、その金色の目に情熱や怒り、あるいは冷ややかさが浮かぶのを見てきた。けれども、まったくの無表情というのは初めてだ。

エリザベスは彼になにを感じてほしいのか、もはやわからなくなっていた。それでも、見知らぬ他人におもしろそうに見られたくはない。それだけははっきりわかった。

「やっと来たか!」家に入ってきたふたりを見て、牧師が言った。「黒焦げのベーコンがいいというなら別だが、そうでなければさっさとテーブルにつくことだ。わたしは卵を料理してしまおう」

「エリザベスもわたしも、ベーコンは黒焦げのほうが好きなんですよ」イアンがとぼけて言った。

イアンのけだるい微笑にエリザベスもほほえみを返したが、胸騒ぎはつのるばかりだった。

「ひょっとして、カードゲームはお好きかな？」朝食が終わりかけたころ、牧師がエリザベスに尋ねた。

「ゲームのやり方ならいくつか知っていますわ」

「それなら、ミス・スロックモートン＝ジョーンズとジェイクが帰ってきたら、そのうち、夜にホイストでもやりましょうか。イアン、おまえもやるか？」

こんろの前でコーヒーをついでいたイアンは、ちょっと振り返ってにやりとした。「ごめんですね」エリザベスに視線を移し、説明を加える。「ダンカンはいかさまをやるんだ」

牧師がカードゲームでいかさまをするという滑稽な話に、エリザベスの口から軽やかな笑い声がもれた。「伯父様がそんなことなさるはずないでしょう」

「いや、イアンの言うとおりですよ」牧師は恥ずかしそうにほほえんだ。「ただし、人と対戦するときはいかさまなどしませんよ。わたしがいかさまをするのは、ひとり遊びのときだけだ――セントヘレナ島に流されたナポレオンも相手はいなかったでしょう」

「ああ、そういうことですか」マグを持って通りすぎるイアンの顔を見上げて、エリザベスは笑い声を立てた。「それならわたしも同じですわ！」

「でも、ホイストはやるでしょう？」

エリザベスはうなずいた。「十二のとき、アーロンにやり方を教わりました。彼にはいまだにこてんぱんに負かされることが多いんですけど」

「アーロンとは？」牧師がほほえみながら尋ねた。

「うちの御者です」ヘイヴンハーストの〝家族〟の話をすると、いつもながら幸せな気持ちになった。「ただ、わたしはチェスのほうが得意なんです。チェスはベントナーに習ったんですが」

「そのベントナーは？」

「うちの執事です」

「なるほど」牧師はなぜかこの話題にこだわった。「では、もしかして、ドミノなどもなさるのかな？」

「それはミセス・ボドリーの十八番ですわ」エリザベスはにっこりした。「うちの家政婦の。いっしょに何度も遊びましたけど、彼女はすごく真剣になるし、ちゃんと作戦を練ってきますの。わたしは、点々のついた平たい象牙の駒にはあまり興味が湧かなくて。ほら、チェスの駒のほうがおもしろいでしょう。ああいう駒を動かしていると、つい本気になってしまいます」

そこでようやくイアンが話に加わった。伯父をおもしろそうに見やりながら、彼はこう解説した。「想像しにくいかもしれないが、レディ・ヘイヴンハーストは大金持ちの女伯爵なんですよ、ダンカン」彼女はじつはなんでもやりたい放題のわがまま娘で、召使いの大軍にあらゆる望みをかなえてもらっているのだ、とほのめかすような口ぶりだった。

エリザベスは身をこわばらせた。いまのことばは侮辱に聞こえたが、彼がそれをわざと口にしたのかどうかは判然としない。あるいは、本気ですらなかったのだろうか。牧師のほうは、内容はともかく、その言い方はよくないというように、イアンを非難の目で見つめていた。

イアンは平然として伯父を見返したが、内心では自分自身の舌鋒《ぜっぽう》に驚き、そんな発言をしてしまったことを本気で悔やんでいた。ゆうべ自分は、エリザベスに対してはもういかなる感情も抱かないと決めた。その決断は最終的なものだ。であれば、彼女が甘やかされた軽薄な貴族であっても、自分にとってはどうでもいいはずだ。それなのに、たったいま、わざと彼女をけなしてしまった。しかも、相手はけなされるようなことはなにもしていない。単に、テーブルで向かい側にすわっていて、ドレスと同じ明るい黄色のリボンで髪を束ねた姿が許しがたいほど魅力的に見えるというだけだ……自分に腹を立てたイアンは、気づいたときには会話から取り残されていた。

「ごきょうだいとはどんなゲームをされましたか?」ダンカンが彼女に尋ねている。

「きょうだいは兄がひとりだけですが、兄は学校にいるか、ロンドンに出かけているかで、うちにはいないことが多かったんです」

「まあ、近所にはほかのお子さんたちもいたでしょう」牧師が気をつかって言った。

エリザベスは首を振り、紅茶をひと口飲んだ。「近所には小作人が数人しかいなくて、彼らのうちにわたしと同い年の子供はひとりもいなかったんです。ヘイヴンハーストは、灌漑《かんがい》施設をきちんと整えたことがなかったんですよ。父が、施設整備は費用のわりに効果が少ないと考えていたので。それで、小作人たちはみんな、もっと肥沃な土地に移ってしまったんです」

「すると、遊び相手は？」

「だいたい召使いばかりでした。それでも、とても楽しく過ごしましたが」

「で、いまはどうです？　おうちでは、どんな気晴らしをなさっているんですか」

牧師が次々にくり出すたくみな質問にすっかり乗せられてしまい、エリザベスは相手があとでどんな結論を出すか考えもせずに、ことばを選ぶこともなく答えていた。「たいていの時間は、家の切り盛りに精を出していますの」

「その仕事を楽しんでおられるようだ」ダンカンが微笑した。

「そのとおりです。とっても楽しいの。そうだわ、なにがいちばん楽しいか、おわかりになる？」

「見当もつきませんよ」

「食料品などの必需品を買うときに、値段の交渉をすること。それがいちばんわくわくするんだけれど、ベントナーが——うちの執事が言うには、わたしはそういうことにかけては天才的なんですって」

「値段の交渉にかけては、ですか？」ダンカンが返事に困ってくり返した。

「わたしにとっては、値段の交渉というのは、筋道を立てて、相手にその筋道をわからせることなんです」話に熱が入ってきたエリザベスは、思ったままを口にした。「たとえば、村のパン屋さんがひとつのタルトを作るのに、そうね、一時間かかるとしましょう。それで、そのうち三十分は、道具をそろえて、それぞれの材料を量ったりするのと、後片づけにかかるとします」

　牧師があやふやにうなずくと、エリザベスは先を続けた。「そのパン屋さんがタルトを十二個作ったら、十二倍の時間がかかるかというと、そんなことはないですよね——だって、道具を出すのも材料を量るのも、一度ですむんですもの」

「そうですな、十二倍もの時間がかかったりはしないでしょう」

「そこなのよ！」エリザベスは喜んだ。「十二個作っても十二倍の時間はかからないんだったら、十二個買うとき十二倍の代金を請求されるのはおかしいでしょう？　つまり、考えるまでもなくわかるのは、一度にたくさん作られたものをたくさん買えば、単価は安くなるってこと。少なくとも、安くなるべきだとは言えるわ——売る側に道理がわかっているなら」

「すばらしい」牧師は心から言った。「わたしはそんなふうに考えたことはなかった」

「残念なことに、村のパン屋さんもそうだったの」エリザベスはくすくす笑った。「でも、彼は考えが変わってきたみたい。わたしがお店に入っていっても、もう小麦粉の袋の後ろに隠れたりはしなくなったから」この牧師のように勘のいい人にこんな話をしたら、いろいろなことをすぐに見抜かれてしまうだろう。遅まきながらそう気づいたエリザベスは、あわてて付け加えた。「でも、実際は値段の問題じゃないんです。それだけってことはない。大事なのは原則なんです、おわかりでしょう？」

「もちろんですとも」牧師は如才なく言った。「ご自宅はよほどすばらしいところなんでしょうな。あなたはさっきから、おうちの話をするたびにほほえんでいる」

「ええ、すてきなところです」エリザベスの顔に温かな笑みが広がり、牧師とイアンを包みこんだ。「夢のような場所で、どこを見ても美しいものが目に入るんですよ。丘もあれば、気持ちのいい緑地もあり、みごとな造りの庭もありますし」彼女が説明しているあいだに、イアンが自分の皿とマグを手にして立ちあがった。

「広さはどれぐらいあるんです？」牧師が愛想よく尋ねた。

「部屋は四十一ありますの」

皿とマグを洗い桶《おけ》のそばに置いて、イアンがすかさず口をはさんだ。「その部屋はみんな、毛皮の敷物に覆われていて、手のひらほどもある宝石があふれ返ってるんだろう」彼は急に立ち止まり、窓に映る自分の姿をにらみつけた。

「そのとおりよ」エリザベスはいわれのない攻撃にひるむまいとして、イアンのこわばった背中をにらみながらわざと明るく答えた。「ルーベンスやゲインズバラの絵もあれば、建築家のロバート・アダムがデザインした炉棚もあるわ。それにペルシャ絨毯も」自分の嘘に良心のとがめを感じた彼女は、心のなかで言い訳をした。昔はほんとうにそうだったもの——去年、借金返済のために家財をすべて売り払うまでは。

ところが、なんとも意外なことに、イアン・ソーントンは攻撃を続けることはなく、くるりと振り向いて、エリザベスの火を噴くような視線を受けとめた。彼の端正な顔には奇妙な表情が浮かんでいた。「すまなかった、エリザベス」彼は神妙に謝った。「いまの発言は余計だった」この驚くべき急展開のあと、イアンはすぐに立ち去った。今日は一日狩りをする予定だと言い残して。

去っていく男の背中を茫然と見ていたエリザベスはむりやり目をそらしたが、牧師はそのあともしばらくイアンを目で追っていた。それから、向き直ってエリザベスを見た。彼女を見つめるうちに、牧師の顔に意味ありげな笑みがじわじわと広がり、茶色の目が輝きを帯びてきた。「あの——なにかあったんですか?」エリザベスは尋ねた。

牧師の笑みがさらに広がった。彼は椅子の背にもたれかかり、なにか考えるような顔でエリザベスに笑いかけた。「そのようですな」牧師は妙にうれしそうだった。「わたしとしては、満足このうえない」

エリザベスは、この人たちの家系にはわずかながら狂気の血が流れているのではないかと疑いだしたが、さすがにそう口にするのははばかられた。そこで、なにも言わずに席を立ち、皿洗いを始めた。

皿を全部洗って片づけてしまうと、エリザベスは牧師が止めるのも聞かずに、コテージの一階の部屋をきれいにして家具を磨く仕事にとりかかった。牧師との昼食をあいだにはさんで、掃除は午後の半ばに終わった。大仕事をなしとげたと感じて浮き浮きしながら、彼女はコテージの真ん中に立ち、自分の努力の成果にうっとりと見惚《みほ》れた。

「あなたのおかげで、見違えるようにきれいになった」牧師がエリザベスに言った。「でも、仕事は片づいたのだから、あとはぜひともこの気持ちのよい日を楽しんでください」ほんとうは熱い風呂を浴びたかったが、それはむずかしいので、エリザベスは次善の策として牧師の勧めに従った。おもてに出ると、空は抜けるように青く、風は心地よくさわやかだった。エリザベスは眼下を流れる小川にものほしげに目をやった。イアンが帰ってきたら、さっそくあそこにおりていって水浴びをしよう。ひとりきりの自室以外の場所で水浴するのは初めてだ。とにかく、水浴びしているところにイアンがやってきたりしたら大変だから、まだしばらく待たなくては。

エリザベスは庭をぶらつき、景色を楽しんだが、イアンがいないとなんだか気抜けしたようでつまらなかった。イアンが近くにいるときはその存在感が波のように伝わってきて、いつも心をかき乱されてしまう。けさ彼の家を掃除したのは、退屈をまぎらすためでもあり感謝の念を示すためでもあったが、手を動かすうちにそれがなにか親密な行為のように感じられていた。

自分の体を抱くようにして高原の端に立ち、遠く一点を見つめていると、イアンの彫りの深いハンサムな顔と琥珀色の瞳が目に浮かび、ゆうべ抱きしめられたときの感触や豊かな声の優しい響きが思い出された。結婚をして、このコテージのように、すばらしい景色を望める居心地のいい家に暮らしたら、どんな感じがするだろう。イアンはここにどんな奥さんを連れてくるのだろうか……エリザベスは、イアンとその女性が暖炉の前のソファに寄り添ってすわり、ともに夢見たり語り合ったりするところを想像した。

そして、心のなかで自分を叱りつけた。こんなことを考えるなんて、まったく——正気とは思えないわ！　空想のなかでイアンと並んでソファにすわっていたのは、エリザベス自身だったのだ。その途方もない妄想を頭から払いのけると、彼女はあたりを見回して、ひまつぶしに気をまぎらしてくれるようなものはないかと探した。その場で一回、あてもなくぐるっと回って、さやさやと音を立てる木の葉を見上げる……あった！　巨木の古い枝にほとんど隠れてしまっていたが、大きなツリーハウスが目に入った。目をきらきらさせてその小屋を見つめると、エリザベスは家の外に出ていた牧師に呼びかけた。「この木の上にツリーハウスがあるみたいですけど」相手がその存在を知らないかもしれないので、前置きをした。「ちょっと見せてもらってもかまわないでしょうか？　あそこに上がったらすばらしい景色が見えると思うんです」

牧師は庭を横切ってきて、不ぞろいに並んだ〝踏み段〟を調べた。古い板切れを木の幹に釘で留めて作ったものだ。「これを足がかりにするのは危ないかもしれないな」

「ご心配なく」エリザベスは楽しげに答えた。「いつもエルバートに、まるで猿みたいだって言われてましたから」

「エルバートとは？」

「うちの馬丁のひとりです。うちにもツリーハウスがありますが、それはエルバートがうちのなじみの大工ふたりと協力して、わたしのために作ってくれたものなんです」

牧師はエリザベスが顔を輝かせているのを見て、このささやかな楽しみを禁じるのは忍びないと思った。「まあ、大丈夫でしょう。ただし、気をつけると約束してくださいよ」

「ええ、もちろん。約束しますわ」

ダンカンが見守るなか、エリザベスは靴を脱ぎ捨てて木のまわりを回っていたが、やがて、裏側の、踏み段のないほうに姿を消した。黄水仙色のスカートがちらりとのぞいたのを見て、ダンカンはぎょっとした。エリザベスは踏み段を使わずに木のぼりを始めたのだ。彼は大丈夫かと声をかけようとしたが、その必要はないとすぐに気づいた。身軽に楽々とのぼっていったエリザベスは、すでに幹の中間部に達し、枝をつたってツリーハウスにじわじわと近づきだしていたからだ。

ツリーハウスの前まで来たエリザベスは、なかに入るために身をかがめた。だが、いったん入ってしまうと、天井は充分に高く、腰を伸ばして立つことができた。どうやら、イアン・ソーントンは子供のころから背が高かったようだ。彼女はきょろきょろとあたりを見回し、古びたテーブルと椅子、そして大きな平たい木の箱に目を向けた。このツリーハウスの家具はそれだけだった。手のほこりを払うと、家の側面の窓から外をのぞき、サンザシや桜やブルーベルに色あざやかに覆われた谷や丘のみごとなながめを堪能《たんのう》する。それから向き直って、小部屋の内部を検分した。白塗りの箱に目をとめ、しゃがみこんで、蓋にこびりついた汚れを手でぬぐった。そこにはこんな文句が刻まれていた。〝イアン・ソーントンの私有物。蓋を開ければ命の保証はない！〟その警告文だけでは足りないと思ったのか、少年は文字の下に恐ろしげな髑髏《どくろ》マークを刻んでいた。

箱を見ながら、エリザベスは自宅のツリーハウスを思い出していた。あそこでは、お人形に囲まれて、豪勢なお茶会をひとり寂しく開いたものだ。エリザベスも自分の〝宝箱〟を持っていたが、髑髏マークを刻もうとは思わなかった。ぴかぴか光る真鍮《しんちゆう》の蝶つがいと留め金がついたあの大きな箱に、わたしはなにを入れていただろう。思い出すうちに、唇にほのかな笑みが浮かんだ。六つのときに父からもらったネックレス……七つのとき両親がくれた、お人形さん用のミニチュアの磁器のティーセット……それに、お人形の髪につけるリボンも……

卓上の古ぼけた箱にふたたび目がいったとき、エリザベスは、自分の知る精悍で剛毅《ごうき》な男が、子供のころには秘密の宝物を持ち、おそらくは彼女と同じようにごっこ遊びをしていたという証拠を見たように思った。良心の声が止めるのも聞かず、エリザベスはふらふらと留め金に手を伸ばした。たぶんなかはからっぽだろう。だから、のぞき見にはならないわ……

箱の蓋を開けたエリザベスは、なかをのぞきこみ、とまどい気味にほほえんだ。いちばん上にあったのは、あざやかな緑色の羽根だった。きっと鸚鵡《おうむ》の羽根だろう。そして、なんの変哲もない灰色の石が三つ。いずれも丹念に磨きこまれているところを見ると、イアン少年にとってはなにか特別な意味を持つ石だったにちがいない。石のそばには、なかがつややかなピンク色をしている大きな貝殻があった。両親がお土産にこんな貝殻をくれたことがあったと思いながら、エリザベスはその貝殻を耳にあて、くぐもった潮騒に聞き入った。それから、貝殻をそっと置き、箱いっぱいに散らばっていた図画用鉛筆を拾い集めた。鉛筆の下に、小型のスケッチブックのようなものが見えたのだ。その帳面を手にとり、表紙を開くと、エリザベスははっと目をみはった。目に飛びこんできたのは、海を背にして長い髪を風になびかせている美しい少女をたくみな筆致で描いた鉛筆画だった。少女は砂浜に脚を折ってすわり、箱にあるのとそっくりな貝殻をうつむいて観察している。次のスケッチに描かれているのも同じ少女だ。今度は画家のほうを横目で見ながら、ふたりのあいだになにか楽しい秘密でもあるかのようにほほえんでいる。エリザベスはイアンが鉛筆でとらえた生命感のきらめきに心を打たれた。ディテールもみごとで、少女が首からさげたロケットまで細かく描きこまれている。

スケッチはほかにもあったが、モデルは少女だけではなく、イアンの両親とおぼしき男女を描いたものもあった。それ以外に船や山を写生したものや、犬の絵もある。ひと目でラブラドール・レトリーバーとわかるその犬を見ながら、エリザベスはまた微笑していた。耳を前に向けて、首をかしげ、目を輝かせた犬は、いまにも主人の足もとに飛んでいきそうだ。

スケッチに示された繊細な感性と高度な技巧に驚嘆したエリザベスは、身じろぎもせずに立ちつくし、イアンのこの意外な一面について思いをめぐらせた。しばらくして、はっとわれに返り、箱に残る最後の品をしげしげと見た。小さな革の袋だ。ここを探索することについては牧師に許可を得たとはいえ、エリザベスはすでにイアンの私生活を侵《おか》したように感じており、この袋を開けてさらに罪を重ねるのは避けるべきだと自覚していた。けれども、その一方で、ずっと前にひと目見たときから彼女の人生を狂わすことになった謎めいた男のことをもっと知りたいという気持ちも強く、それには逆らえなかった。

口紐をゆるめて革袋をさかさにすると、大きな指輪が手のひらに転がり落ちた。エリザベスはわが目を疑う思いでそれをあらためた。どっしりした金の指輪。中央には四角くカットされた巨大なエメラルドが嵌《は》めこまれ、きらきら輝いている。さらにそのエメラルドにも、棹立《さおだ》ちになったライオンをかたどる金製の精緻な紋章が埋めこまれていた。宝石の専門家ではない彼女にも、これほどまでに技巧を凝らしたこの指輪が、本物であり、なおかつ途方もない価値を持っていることはすぐにわかった。紋章を見直して、社交界デビュー前に覚えさせられたさまざまな紋章の図柄のなかに一致するものはないか、頭のなかで捜してみる。だが、なんとなく見覚えはあるものの、どの家の紋章か正確にはわからなかった。本物の紋章というよりは、飾りに近いのかもしれない。エリザベスは指輪を革袋に戻して口紐を締め、心を決めた。子供時代のイアンはこの指輪に石ころや貝殻と同程度の価値しか認めていなかったようだ。でも、わたしにはもうすこし目がある。この指輪をいま彼が見れば、真の値打ちに気づき、きちんと保管すべきだと思うにちがいない。私物をのぞき見られたと知れば彼はかんかんになるだろうと思い、エリザベスは内心で顔をしかめた。それでも、指輪に注意を向けさせるぐらいはしておきたい。彼女はスケッチブックも持ち出すことにした。こんなにみごとなスケッチを、戸外で朽ちるにまかせるのはもったいない。額に入れて飾ってもおかしくないくらいなのだから。

エリザベスは箱を閉じると、もとあった壁ぎわの場所に戻し、蓋の髑髏マークを見て微笑した。夢のかけらをこの樹上の家に持ちこみ、宝箱に隠した少年に対して、エリザベスは自分でも気づかぬうちにどんどん優しい気持ちになっていた。その少年が成長して、しばしば冷ややかでよそよそしい態度をとる男になったことを思っても、和らいだ心にはほとんど変化がなかった。エリザベスは髪を覆っていたスカーフをはずして腰に結び、その急ごしらえのベルトにスケッチブックをはさんだ。指輪は、木をおりるあいだしまっておくところがないので、親指にはめた。

西側の森から庭のほうに戻るあいだに、イアンはエリザベスが木を回りこんで姿を消したのを目にしていた。しとめた獲物を納屋にしまうと、彼は家のほうへ歩きだしたが、途中で方向転換してさっきの木のところへ行った。

手を腰にあてて木の下に立ち、小川の手前の苔《こけ》むす斜面を見おろしながら、イアンはいぶかしむように額にしわを寄せた。もう姿が見えないということは、彼女はこの斜面を駆けおりたのだろうか。頭上で木の枝がざわざわ揺れだしたので、イアンはそちらを見上げた。最初は枝しか見えなかったが、次の瞬間、彼はわが目を疑った。枝のなかから、形のよい長い脚が片方だけ、むき出しのままにゅっと伸び、爪先で足がかりになる太い枝を探している。

やがてもう一方の脚も出てきて、二本の脚は宙に浮いたままぶらぶらしていた。

上のほうの葉叢《はむら》には、その脚につながる腰が隠れているはずなので、イアンはその腰を抱きとめようと手を伸ばしかけたが、すぐに考え直した。エリザベスは自力でおりられそうだと気づいたのだ。「そんなところで、いったいなにをやっているんだ?」

「見ればわかるでしょ、木からおりようとしてるのよ」エリザベスの声が葉叢のなかから降ってきた。右足の爪先が板切れの踏み段を探してさまよい、ついにそれをとらえた。イアンは彼女が落ちてきたら受けとめようと身構えながら、さらに見守った。枝にぶらさがっているエリザベスは身をよじって位置をずらし、左足の爪先も同じ踏み段にかけた。

この身軽さもすごいが、それにしてもこの大胆さはどうだ。イアンが舌を巻きつつ後ろにさがって、彼女が自力で地面に降り立つのを見届けようとしたとき、腐っていた踏み段が人の重みで崩れ落ちた。「助けて!」と叫んで墜落したエリザベスの腰を、がっしりした二本の腕が受けとめた。

イアンに背を向ける格好で抱きとめられたエリザベスは、自分の体が、彼の硬い胸から平たいお腹、そして太腿へとずり落ちていくのを感じた。ぶざまな着地、ツリーハウスでのぞき見をして少年の宝物を見つけたこと、それに彼とぴったりくっついたときに体を駆け抜けた不思議な戦慄。そうしたことにいいようもない気恥ずかしさを感じて、彼女はふるえる息を吸いこむと、おずおずと振り向いて彼と向き合った。「あなたの持ち物をのぞき見していたの」エリザベスは緑の目を上げてイアンと目を合わせた。「怒らないでくれるかしら」

「なにかわたしを怒らせるようなことをしたのか?」

「あなたのスケッチを見たのよ」と彼女は打ち明けた。宝物を見たとき優しい気持ちになったのがまだ続いていたので、感嘆のほほえみを浮かべて話しつづけた。「すばらしい絵だわ、ほんとに！　あなた、博打なんかやらないで、画家になればよかったのに！」相手が不思議そうに目を細めたのを見たエリザベスは、自分が本気で言っていることを示さねばと意気ごんで、スケッチブックを腰から抜くと、身をかがめて、草の上でていねいにそれを広げ、丸まったページを手で伸ばした。「これを見てよ！」彼女はスケッチブックのそばにすわりこみ、笑顔でイアンを見上げた。

一瞬ためらってから、イアンはエリザベスのかたわらにしゃがみこんだ。その目はスケッチではなく、人を引きこまずにはおかない彼女のほほえみに向けられていた。「こっちを見なきゃだめでしょ」エリザベスは優しく叱りながら、最初のページの少女のスケッチを先細の指で軽く叩いてみせた。「ほんとに、すごい才能だわ！　どんな細かいところも見逃さずにしっかり描いてある。髪をなびかせてる風まで感じられそう。それに彼女の目、笑ってるわ」こちらの目を見つめていたイアンがスケッチブックに視線を移し、エリザベスははっとした。少女のスケッチを目にした瞬間、日焼けした顔に苦しみの色が走ったのだ。

少女が亡くなっていることは、彼のその表情でなんとなく察しがついた。「だれなの？」エリザベスはそっと尋ねた。イアンがこちらを見たときには、さっき見えたと思った苦痛の色はすでに消えうせ、完全に冷静な表情に戻っていた。

「妹だ」彼は静かに答えた。そのあと、一瞬迷うような顔をしたので、エリザベスはこれで黙ってしまうのだろうと思ったが、彼はふたたび口を開いた。深みのあるその声には奇妙なためらいが感じられた。まるで、この話を口にできるかどうか試しているようだった。「十一のときに火事で死んでしまった」

「お気の毒に」エリザベスはささやくように言った。彼女の同情と思いやりの心はそのまま目に表われていた。「ほんとうにお気の毒だわ」そう言いながら、笑うような目をした美しい少女に思いをはせた。イアンの目から心ならずも目をそらすと、エリザベスはなんとか場を明るくしたいという思いでスケッチブックをめくり、生き生きした喜びに満ちあふれているページを開いた。海辺で大きな岩に腰かけ、女の肩を抱き寄せている男。男は自分を見上げる女に笑いかけている。女は男の腕に手をかけていて、そのしぐさは豊かな愛情を物語っているように見えた。「この人たちはだれ?」エリザベスはほほえみながらスケッチを指さした。

「父と母だ」その声にある気配を感じて、エリザベスはすばやくイアンを見た。「同じ火事で亡くなった」彼は静かに言った。

エリザベスは悲しみに胸が詰まり、顔をそむけた。

「ずいぶん前の話だ」短い間のあとにそう言うと、イアンはゆっくり手を伸ばし、スケッチブックをめくった。開いたページから、黒いラブラドールが彼を見ている。ふたたび口を開いたとき、イアンの声はかすかな笑みを含んでいた。「わたしが獲物を撃つと、彼女が必ず見つけてきた」

エリザベスも心が落ち着いたので、スケッチに目をやった。「あなたには、描こうとするものの本質をとらえるすばらしい力があるわ。わかってる？」

イアンはどうかなというように眉を上げ、さらにページをめくっていったが、四本マストの帆船の精密なスケッチが現われるとそこで手を止めた。「いずれこの船を造ろうと思っていた。これはわたしがデザインしたんだ」

「ほんとに？」エリザベスは感嘆の念を素直に顔に表わした。

「ほんとさ」イアンは彼女に笑みを返した。ほほえみ合うふたりの顔は驚くほど近くにあった。と、イアンの視線が口もとまで下がり、エリザベスは思わず胸がときめいた。イアンの頭がごくわずかに下を向く。キスされるんだわ――そう思ったとき、彼女の腕はひとりでに持ちあがり、彼を引き寄せるかのようにうなじに手をかけていた。が、張りつめた空気は唐突に破られた。イアンはさっと頭を起こすと、歯を食いしばり、一気に立ちあがった。愕然としたエリザベスはそそくさとスケッチブックに向き直り、ていねいにページを閉じた。それから、自分も立ちあがった。「のんびりしてはいられないわ」そう言って、どぎまぎしたのをごまかした。「風が冷たくならないうちに、川で水浴びしてきたいの。あ、待って」エリザベスは親指にはめていた指輪をそっと抜いて差し出した。「これもスケッチブックと同じ箱に入ってたのよ」イアンが手を出したので、その上に指輪を置いた。

「子供のとき、父にもらったんだ」彼はそっけなく言った。長い指が指輪を包みこんでポケットに納める。

「値打ちのあるものなんじゃないかと思って」彼がその指輪を売ると決めれば、家屋や土地をいろいろ改修できそうだとエリザベスは思った。

「じつのところ」イアンが淡々と言った。「これはただのがらくただ」

16

牧師を交えての夕食の時間は、エリザベスにとっては謎めいた拷問に等しかった。イアンはなにごともなかったように伯父と話しこみ、エリザベスはといえば、理解することも抑えつけることもできない不思議な感情に悩まされていた。イアンの琥珀色の目がこちらを向くたびに、胸がどきどきする。イアンが見ていないときには、彼女の視線はふらふらと彼の口もとに吸い寄せられ、きのうしっかりと重ねられた唇の感触を思い出していた。イアンがワイングラスを口に運ぶと、長く力強い指に目がいった。せつないほど優しく彼女の頬をなで、髪にからんできた指に。

一年半前には、わたしは彼の魅力に負け、そのとりこになった。でも、いまのわたしはそのときより賢くなっている。彼は放蕩者なのだ……だが、頭ではわかっていても、心はそれを信じるのを拒んでいた。きのう、イアンの腕に抱かれたとき、エリザベスは彼にとって自分は特別な存在なのだと感じていた——単にそばにいるだけでなく、心の支えになってほしいと思われているのだと。

うぬぼれてはだめよ、エリザベス。ばかなことを考えるものじゃないわ。彼女は自分を厳しくいましめた。手だれの放蕩者や女たらしの名人は、どの女にも自分は特別だと思わせているにちがいない。そういう男は、むさぼるような激しいキスをしておいて、情熱が冷めてしまえば、相手の女が生きていることすら忘れてしまうのだ。昔、こんな話を聞いたことがある。放蕩者は狙った獲物に猛烈な興味を示してみせ、興味が薄れだすやいなや、平然と彼女を捨て去るのだと。イアンがいまやっているのはまさにそういうことではないか。それはけして心休まる考えではなく、エリザベスは夕食をとりながら泣きたいような気持ちになってきた。黄昏《たそがれ》が夜に変わっても食事は延々と続き、イアンは彼女の存在を忘れているように見えた。そのうちに、ようやく夕食が終わった。後片づけを買って出ようとしたエリザベスは、ふとイアンに目をやり、ぎくっとして身をすくめた。イアンの視線は彼女の頬やあごをさまよったあと、口もとに移り、そこにとどまったのだ。それから、彼は急に目をそらし、エリザベスはテーブルを片づけようと立ちあがった。

「わたしも手伝うよ」牧師が申し出た。「ほかのことはあなたとイアンが全部やってくれたのだから、そのくらいはしないと」

「だめですよ、そんなの」エリザベスはからかうように言って、人生で四度めにタオルを腰に巻き、皿を洗いだした。その後ろで、テーブルに残ったふたりが、イアンの長年の知り合いとおぼしき人々の話を始めた。ふたりともエリザベスがそこにいるのを忘れているようだったが、彼女は不思議なほど幸せな気分で、話に耳を傾けるだけで満足していた。

皿洗いがすむと、エリザベスはふきんをドアの把手にかけ、ぶらぶら歩いていって暖炉の近くの椅子に腰をおろした。その位置からは、だれにも気づかれずにイアンの姿をはっきり見ることができた。ほかにあてがないので、彼女はまたアレックスに手紙を書きはじめたが、イアンに見られるおそれのある手紙にうっかりしたことは書けないので、スコットランドとコテージのことだけを書くようにした。けれども、筆はなかなか進まなかった。頭のなかは、手紙ではなく、イアンのことでいっぱいだったからだ。彼がいま、この寂しい場所に暮らしているのは、ある意味ではまちがったことのように思える。つねにとはいわないまでも、ときには、あの極上の仕立ての黒い夜会服姿で舞踏室に現われたり庭を散歩したりして、女性たちの胸の鼓動を三倍に速めてやるべきだ。客観的になりきれない自分に内心苦笑しながら、エリザベスはさらに考えた。イアン・ソーントンのような男性は上流社会におおいに貢献しているといえそうだ——彼がいれば、人々には見とれたり賛美したり、さらには恐れたりする対象ができるのだから。彼のような男性がいなければ、レディたちには夢見る相手がいなくなってしまう。そのかわり、あとで悔やむことも少なくなるけれど。

イアンはエリザベスのほうに目を向けもしなかったので、彼がそっぽを向いたまま話しかけてきたとき、彼女がぎくりとしたのはむりもなかった。「エリザベス、今夜は気持ちのいい夜だ。手紙がひと段落ついたら、散歩に行かないか」

「散歩に?」自分がイアンを意識していたのと同じように、テーブルの前にすわっていた彼のほうもこちらを意識していたらしいと知って、エリザベスはショックを受けた。「外は暗いわ」茫然としてつぶやくと、腰を上げて近づいてきたイアンの平静な顔を探るように見た。

イアンは彼女を見おろすようにそばに立った。そのハンサムな顔に、彼女と出かけたいと本気で思っていることを示すものは露ほども見あたらなかった。エリザベスがおずおずと牧師を見ると、彼はイアンの提案を支持した。「散歩とはいい考えだ」ダンカンは立ちあがった。「腹ごなしにちょうどいい」

エリザベスは降参し、髪に白いものが交じっている男にほほえみかけた。「上に行って、ショールをとってきますわ。あなたにもなにかお持ちしましょうか？」

「わたしはいい」ダンカンは眉間にしわを寄せた。「夜に歩きまわるのは好きじゃないんだ」言ってしまったあとで、これではエリザベスのお目付け役としての責務を露骨に放棄したことになると気づき、急いで付け加えた。「それに、近ごろは目が悪くなってきているのでね」だが、その言い訳はすぐに無意味なものになってしまった。彼は読みさしの本を取りあげると、椅子に腰かけ、ろうそくの明かりで読書を始めたのだ――眼鏡を捜すふりすらせずに。

ひんやりした夜気に、エリザベスはウールのショールをしっかりとかき合わせた。家の裏手に向かってゆっくり歩いていくあいだ、イアンはずっと黙っていた。

「満月ね」すこしたってから、エリザベスは大きな黄色い天体を見上げて言った。返事がないので、ほかに言うことはないかと考え、思いついたことをついそのまま口にしてしまった。「自分がほんとにスコットランドにいるってことが、いまだに信じられないわ」

「わたしもだ」ふたりは丘を回りこむように続く小道をおりていくところで、イアンは道筋が勘でわかっているようだった。コテージの窓の明かりは背後に遠ざかり、ついにはまったく届かなくなった。

沈黙のときがしばらく続いたあと、気づいたときには丘の裏側に出ていた。目の前一面が真っ暗な谷で、その闇がはるか下まで続いている。後ろはなだらかな斜面で、左手に小さく開けた場所があり、頭上には星の天幕が広がっていた。イアンは立ち止まって両手をポケットに突っこみ、谷の向こうに目を凝らしている。彼の気分を測りかねたエリザベスは、ほかに行くところもないので、左にすこし歩いて小道の行き止まりまで行った。ここのほうが寒いようだ。肩にかけたショールをうわの空で引き寄せ、イアンのほうを盗み見た。月明かりのなかに厳しい横顔が浮かんでいる。彼は片手を上げ、緊張を感じているかのように首筋を揉んだ。

何分かが過ぎ、沈黙に耐えきれなくなって、エリザベスは言った。「もう戻ったほうがいいんじゃないかしら」

イアンは答えるかわりに顔をあおむけて目を閉じた。その姿は、心の奥底のせめぎ合いに苦しむ男のようだった。「どうして?」彼はその姿勢のまま尋ねた。

「もう歩くところがないんですもの」エリザベスはわかりきったことを指摘した。

「今夜は散歩をしにきたわけじゃない」イアンが硬い声で言った。

エリザベスが抱いていた安心感はもろくも崩れはじめた。「散歩じゃなかったの?」

「それはわかっているだろう」

「だったら――わたしたちはなぜここに来たの？」

「ふたりきりになりたかったからさ」

もしかして、食事のときにあれこれ思いめぐらしていたことを見抜かれてしまったのだろうか。エリザベスはおののきながら尋ねた。「わたしがあなたとふたりきりになりたがっているって、どうして思うの？」

イアンの顔がこちらを向き、揺るぎないまなざしが彼女の目をとらえた。「こっちへおいで。答えを教えてあげよう」

衝撃と欲望と恐れが胸のなかで交錯し、エリザベスは全身がふるえだしたが、なぜか頭は冷静さを保っていた。牧師が近くにいるときにコテージで彼にキスされたいと思うのと、こんなふうに完全にふたりきりになって、彼が人目を気にせず好き勝手にふるまえる場所でそう思うのとでは、まったく話が違う。こちらのほうがはるかに危険で、はるかに恐ろしい。しかも、イングランドであのような態度を見せてしまったのだから、ここでもその気でいると思われたとしても、イアンを責めることはできない。女性を肉体的に惹きつける彼の力を意識すまいと必死に努力しながら、エリザベスはふるえる息を長々と吐き、口を開いた。

「ミスター・ソーントン」

「イアンだ」彼がさえぎった。「これだけ長いつきあいなのだから――ふたりのあいだになにがあったかはいうに及ばず――いまさらわたしをミスター・ソーントンと呼ぶのは少々ばかげているとは思わないか？」

エリザベスは相手の口調にはかまわず、自分は感情を交えずに話すよう心がけた。「以前のわたしは、あの週末にいっしょにいたときおきたことを、すべてあなたのせいにしていました」彼女はおだやかに言った。「でも、いまでは事実がはっきり見えるようになったんです」果敢な演説を中断してごくりと唾をのみ、勇気を奮ってことばを継いだ。「つまり、最初の晩に庭であなたに出会ったとき、ダンスに誘ってと頼んだのは、愚かしい――いえ、恥知らずなことでした」エリザベスはそこで口をつぐんだ。あれはただ、友人が賭けに負けてお金を失うのを防ぐためにやったことだと話せば、多少は罪が軽くなるかもしれない。でも、イアンはきっと、自分も軽く見られたものだと思い、屈辱を感じるだろう。わたしがいま望んでいるのは、ふたりのあいだの問題を丸く治めることであって、問題をこじらせることではない。そう思って、口ごもりながら続けた。「あのあとは、顔を合わせるたびに、恥を知らないふしだらな女のようにふるまってしまいました。だから、ほんとうにそういう女なのだと思われたとしても、ある意味ではしかたないのかもしれません」

「わたしがきみのことをそのように思ったと？　そう言いたいのか、エリザベス？」イアンが皮肉たっぷりに言った。

彼女の名を呼ぶイアンの低い声が闇のなかに響くと、いくばくかの距離にへだてられた場所からこちらに向けられた奇妙なまなざしを意識したときと同じくらい、心が揺れ動いた。

「ほかに――ほかにどう思えたというの？」

イアンはポケットに手を入れたまま振り向き、彼女と向き合った。「わたしは、きみが美しいばかりか、どうしようもなく純情だと思った」彼は歯ぎしりするように言った。「あの庭できみに声をかけられたとき、わたしのような年齢と評判の男に言い寄ってきたからには、この女性は自分の望みを自覚しているはずだと考えていたら、わたしはきみの望みをかなえ、われわれはふたりで踊る機会を逃していただろう」

エリザベスはぽかんと口を開けた。「そんなこと信じないわ」

「それはどっちの話だ――わたしがあの場ですぐにきみを生け垣の陰に引っぱりこみ、抱きしめて骨抜きにしたいと思っていたなどとは信じない？　それとも、その下劣な衝動を黙殺するぐらいの良心がわたしにあったとは信じないというのか？」

意志とは無関係に腕や脚がじわじわと熱くなってきたのを感じて、エリザベスは崩れ落ちそうな自分を必死に叱咤した。「それなら、木こりのコテージにいたときは、あなたのその良心はどこに行っていたの？　わたしはあの小屋に入ったとき、あなたはもういないものと思っていたのよ。それはわかっていたはず」

「じゃあ、わたしがいると知っても帰らなかったのはなぜなんだ？」イアンがすかさず訊き返した。

エリザベスは答えに窮《きゅう》し、前髪をそわそわとかきあげた。「帰らなきゃいけないとは思ったのよ。なぜそうしなかったのか、自分でもわからない」

「きみもわたしも、あそこにとどまった理由は同じだ」イアンがずばりと言った。「われわれはたがいに求め合っていたんだ」

「それがまちがいだったのよ」エリザベスはすこしむきになって言い返した。「そんなのは危険で――愚かしいことだわ！」

「愚かしくてもなんでも、わたしはきみが欲しかった」イアンがきっぱりと言った。「いまもそうだ。いますぐに、きみが欲しい」エリザベスはそこで彼の目を見るというあやまちを犯した。琥珀色の目にとらえられると、もうどうあがいても目をそらすことはできなかった。命綱のように握りしめていたショールが感覚を失った手からすべり落ち、足もとにわだかまったが、それにも気づかなかった。

「こんなふうに、イングランドでのあの週末はもう終わったことで忘れてしまったというふりを続けても、どちらにとっても得るものはない」イアンはぶっきらぼうに言った。「きのう一日で、とにかくそれがまだ終わっていないことは証明された。それに忘れたわけでもない――きみのことはずっと頭にあったし、きみがわたしを覚えていたのもちゃんとわかっている」

エリザベスは、そんなことはないと言おうとした。そう言えば、イアンは彼女の不正直さにうんざりし、踵を返して立ち去ってくれるだろう。視線をとらえられたまま、エリザベスはあごを上げたが、彼の告白に胸を打たれて、嘘をつくのが急にいやになった。「わかったわ」ふるえる声で言う。「わたしの負けね。わたしはあなたのことも、あの週末のことも、忘れてはいなかった。そうよ、忘れられるわけがないわ」言い訳のように付け加えた。

イアンはエリザベスの捨て鉢な返事に微笑し、粗いベルベットを思わせる、やわらかみを帯びた声で言った。「こっちへおいで、エリザベス」

「どういうこと？」ふるえる声がささやいた。

「あの週末に始めたことを最後までやるんだ」

エリザベスは胸に昂りを覚えながら茫然としてイアンを見つめ、首を激しく横に振った。

「むり強《じ》いする気はない」イアンは静かに言った。「きみを腕に抱いたときに、きみが望まないことをさせるつもりもない。よく考えることだ。いまわたしのそばに来たら、朝になったとき、ゆうべはいやなことをむりにさせられたのだと自分に言い訳することはできなくなる。なにがおきるかわからなかったという言い訳もできない。きのうはふたりとも、なにがおきるかわかっていなかったが、いまはわかっているんだから」

エリザベスの心のなかで、ひそやかな声が、彼の誘いに乗ってしまえとそそのかした。前のときに世間の制裁に耐えたのだから、もし望むなら、人目を盗んで何度か熱いキスを交わすぐらいの資格はあると。けれども別の声は、もうルールを破ってはいけないと警告していた。「わたし――できないわ」エリザベスは小声で必死に言った。

「われわれをへだてているのは四歩分の距離にすぎないが、おたがいを引き寄せているのは一年半分の思いなんだ」

エリザベスは唾をのんだ。「あなたとわたしと、両方から近づくのではだめ？」

そのほほえましい提案にイアンはもうすこしで折れそうになったが、かろうじて踏みとどまり、首を振った。「今回はだめだ。わたしはきみが欲しいが、朝になったときにけだものを見るような目で見られたくはない。わたしが欲しいなら、この胸に身を寄せるだけでいいんだ」

「なにが欲しいのか、自分でもわからないのよ」エリザベスは声をあげ、身投げしようかというように、せっぱつまった顔で谷底のほうを見た。

「こっちへおいで」イアンがハスキーな声で誘った。「教えてあげよう」

エリザベスを屈服させたのは、ことばの内容ではなく、その声音だった。自分の意志よりも強い意志に引き寄せられるかのように、彼女は足を踏み出し、そのままイアンの胸に身を寄せた。迎え入れた腕は、驚くほどの強さで彼女を抱きしめた。「きみにはこうする気はないのかと思ったよ」イアンは彼女の髪に唇を寄せ、かすれた声でささやいた。

エリザベスの勇気を称《たた》えるようなその声に励まされ、彼女は頭を起こしてイアンを見上げた。欲望を秘めたイアンの目が口もとに向けられ、唇を凝視する。彼の唇がすばやく近づき、むさぼるようなキスにとらえられた瞬間、エリザベスの体に火がついた。イアンの指が彼女の背中に食いこみ、しなやかな肢体を自分の硬質な体の線に沿わせようとする。エリザベスの動きは彼の飢えを煽りたてた。彼女はせつなげなうめき声をもらしながら、イアンの胸にあてた手を首筋にすべらせ、やわらかな後ろ髪に指を差し入れると、背中を弓なりにして彼の体に体を押しつけたのだ。ふたりの体がぴったり合わさると、イアンの屈強な体におののきが走り、彼は猛然と唇を重ねて彼女の口を開かせると、飢えに駆りたてられるように舌を入れてきた。眠っていた欲求が目覚め、一気にはじける。自分が差し出したやむにやまれぬ熱情へのお返しを求めるかのように、イアンは無我夢中で舌を差し入れ、エリザベスも野蛮なキスに応えだした。熱に浮かされたようになって、彼女が舌でイアンの唇にふれると、彼の口がはっと息をのむのがわかった。これでよかったのかしら……とまどうエリザベスの唇に、彼の唇がさらに激しく押しつけられた。「そうだ」イアンがかすれた声でささやく。エリザベスがもう一度同じことをすると、彼は満足げにうめいた。

イアンがさらに口づけをくり返すうちに、エリザベスは彼の背中に爪を立て、乱れた息が彼の息に混じり合うようになったが、それでも彼はやめなかった。一年半前に感じた、彼女をわがものにしたいという狂おしい衝動にふたたび襲われ、ひたすらにキスを続けると、腕のなかの女はあえぎながら身もだえし、イアンの身内で欲望が熱い津波のようにふくれあがった。重ねていた唇を乱暴に頬へすべらせ、耳のなかを舌でまさぐりながら片手を彼女の胸に伸ばす。陶然としていたエリザベスは深まった愛撫にびくっと身をふるわせ、その初々《ういうい》しい反応にイアンは思わず笑い声をもらしたが、それと同時に純粋な欲望の波が新たに押し寄せ、膝の力が抜けそうになった。自衛の本能が胸をなでる手を止めさせ、悦楽の責め苦は終わったが、イアンの唇はふたたび彼女の唇を捜しあて、開いた唇を何度もついばんだ。今度は前より優しく、なだめるように。自身の気持ちを鎮めるように……それから振り出しに戻り、また始めた。

永遠とも思える時間が過ぎ去ったあと、イアンは頭を起こした。耳のなかで血が鳴り騒ぎ、心臓が暴れ、息をするのが苦しい。エリザベスはまだ腕のなかにいて、熱い頬を胸に寄せ、豊満な肢体を彼の体に押しつけながら、ことの余韻に身をふるわせている。イアンにとっても、理性を忘れてこれほど激しく愛欲に溺れたのは初めてだった。

イアンはこれまで、一年半前にふたりを揺さぶった情熱の記憶は、事実とは異なる誇張された記憶だと自分に信じこませていた。しかし、今夜のことは夢や想像をも超えていた。過去に味わったどんな感覚にも勝る経験だった。腕のなかのエリザベスの感触を意識しないように努めながら、イアンは彼女の頭越しに暗闇を凝視した。

エリザベスの耳は、彼の胸の鼓動が正常に戻り、息の乱れが治まったのを感じた。すると、夜の気配が麻痺《まひ》した五感にしみわたってきた。長く伸びた草をすり抜け、林のなかでささやく風の声。背中を優しくなでている彼の手の感触。純粋な困惑の涙が目の奥に湧き、エリザベスは彼の硬い胸に頰をすり寄せてその涙を追い払おうとした。イアンには、そのしぐさがせつないほど優しい愛撫に感じられた。エリザベスはふるえる息を吸いこみ、自分はなぜこうなってしまったのか、イアンに尋ねようとした。「なぜなの?」彼の胸に顔をうずめたまま つぶやいた。

イアンは彼女の声に苦しげな響きを聞きとり、質問の意味を理解した。それと同じ質問を、彼自身、何度も反芻《はんすう》してきたのだ。エリザベスにふれるたびに、なぜこういう激しい感情が湧きおこるのだろう? このイングランド娘の前に立つと、自分はなぜ理性を失ってしまうのか? 「わからない」その声は彼自身の耳にもそっけなく不自然に響いた。「ときにはこういうこともおきるんだ」——しかも、間の悪いときに、そうなってはならないふたりのあいだで、と心のなかで付け加える。イングランドで出会ったとき、彼はすっかりのぼせあがって、一日のうちに二度も結婚の話を持ち出したのだった。そのときの彼女の返事は正確に覚えている。エリザベスが彼の胸にすがりつき、今夜と同じく、思いのたけをぶつけるように激しくキスしてきたとき、彼はすぐにこう言った。〝わたしがきみを養えて、きみの将来を保証できるとわかっても、お父上は反対なさるかもしれない〟

するとエリザベスはふたたび彼の胸に身を寄せ、ほほえみながら楽しげに言ったのだ。〝でも、わたしを養うって、どんなことをしてくれるのかしら？　モンドヴェイル子爵みたいに、手のひらほどもあるルビーをあげようと約束する？　それともシーベリー卿みたいに、黒貂の毛皮でわたしの肩を覆い、ミンクの毛皮を床に敷きつめると約束してくれるの？〟

〝それがきみの望みなのか？〟と彼は訊いた。いちばん高価な宝石を、あるいはいちばん豪華な毛皮をくれる人と結婚しようと考えるほどエリザベスが欲深いとは、どうしても信じられなかったのだ。

〝あたりまえでしょ〟と彼女は答えた。〝女性はだれだってそう望むし、男性はだれだってそう約束してくれる。そういうものじゃない？〟

その態度はあっぱれと言うべきだ。イアンは自分にそう言い聞かせて、湧きあがる嫌悪感を抑えた。少なくとも、エリザベスは自分がなにを大事に思うか、正直に話したのだから。いま振り返ると、彼女の価値観はともかく、その勇気には感服するしかなかった。

エリザベスを見おろすと、彼女は彼の顔を見つめていた。緑の瞳は心もとなげで、一見純真そうに見える。「心配することはない」イアンは軽く言って、彼女の腕をとり、家に戻る道を歩きだした。「前のときのように、型どおりにプロポーズしたりはしないから。結婚などとても考えられない。第一、今シーズンは、大粒のルビーも高価な毛皮も切らしてしまっているんだ」

彼は冗談めかした言い方をしていたが、最後のことばがいかに悪趣味に聞こえるかを思い知って、エリザベスは心が沈んだ。彼女自身がそのことばを口にしたのはわけあってのことで、宝石や毛皮がほんとうに欲しかったわけではないのだが。でも、彼は立派だわ、とエリザベスはみじめな気分で考えた。そんなことを言ったわたしに気を悪くしたそぶりも見せなかったのだから。なにごとも本気にはとらないこと、それが洗練された恋愛遊戯のルールということらしい。

「いまの競争者のなかでは、だれが有力なんだ?」コテージが見えてくると、イアンはさっきと同じ気軽な口調で尋ねた。「ベルヘイヴンやマーチマンだけじゃなくて、もっとほかにもいるだろう」

熱い抱擁が浮ついたじゃれ合いに変わったのを知って、エリザベスもそれに合わせようとけなげに努力した。そのように気持ちを切り替えるのは彼にとってはたやすいことらしいが、エリザベスにはそうはいかず、彼女の口調は気軽といってもどこか困惑気味だった。「叔父の目から見れば、いちばん有力なのはもっとも高い爵位を持つ人で、次がもっともお金を持っている人かしら」

「なるほど」イアンがさらりと言った。「そうすると、幸運な勝利者はマーチマンということになりそうだな」

あまりにも無造作なその言い方に、エリザベスはなぜか胸がきりきりと痛んだ。彼女は身を守るかのようにあごを上げた。「実際には、わたしは花婿を募集しているわけじゃないのよ」相手に負けじと楽しげな声であっさり告げた。「いまみたいに叔父を出し抜くことができなくなったら、あきらめて結婚するかもしれないけど、そのときはうんと年上の人にするって決めたの」

「目が節穴だとなおいい」イアンがいやみを言った。「たまにちょっと浮気をしても気づかないような男なら」

エリザベスは彼をじろりと見た。「わたしが言いたいのは、自由が欲しいってこと。独立していたいの。若い夫はそういうものを与えてくれそうにないけど、年配の夫なら見こみがあるわ」

「年寄りならだれでもきみの権利を尊重してくれると思うのはまちがいだ」イアンがぶしつけに言った。

「もううんざり」とエリザベスは言った。「わたしの人生に関わる男の人たちに、ああしろこうしろって命令ばかりされるのにはほんとに飽き飽きしているの。わたしはヘイヴンハーストの面倒を見ていきたい。それも、自分の思うようなやり方で」

「年寄りと結婚したら」イアンがすかさず横槍を入れた。「きみはキャメロン家の最後の人間になるかもしれないぞ」

エリザベスはぽかんとしてイアンを見た。

「相手が老人では子供ができないだろう」

「ああ、そのこと」エリザベスはどぎまぎし、すこし自信をなくした。「その問題はまだ解決できてないけど」

「解決法がわかったら教えてくれ」おもしろがったり感心したりする余裕が消えうせ、イアンはあからさまに皮肉を言った。「そういう発見は、大儲けの種になる」

エリザベスは彼のことばを聞き流した。その問題が解決できていないのは、老人を夫にするというとっぴな決断をくだしたのが、ついさっきのことだったからだ。イアン・ソーントンの腕にいま優しく抱かれたと思ったら、次の瞬間には、どういうわけかおふざけの相手のように扱われ、そのあとは卑しむべき人間のようにあしらわれた、その直後に決心したのだ。彼のそうした態度はエリザベスを翻弄《ほんろう》し、苦しめ、当惑させた。男性経験の少ない彼女には、男というものが、なにをしでかすかわからない、あてにできない種族に思えていた。父にしろ兄にしろ、彼女と結婚したがったモンドヴェイル子爵にしろ、彼女と結婚したがらないイアン・ソーントンにしろ、その点はみんな同じだ。態度が変わらないという意味で信頼できるのは、叔父のジュリアンだけだった。叔父の場合は、少なくとも、いつ会っても無情で冷淡であることに変わりはない。

一刻も早く部屋でひとりになりたくて、エリザベスはコテージの敷居をまたぐやいなや、イアンにおやすみなさいと冷たく挨拶し、牧師のすわっている背の高い袖椅子のそばを通ったときも、彼が困惑顔で気遣わしげにこちらを見ていることには気づきもしなかった。エリザベスが二階で部屋の戸を閉めた音を聞いてから、牧師は口を開いた。「散歩は楽しめたんだろうな、イアン」

残り物のコーヒーをマグについでいたイアンは、かすかに身をこわばらせ、肩越しに伯父を見やった。エリザベスを散歩に連れ出したのは新鮮な空気を吸いたかったからではなく、欲望を抱いたからだと見抜かれていることは、伯父の表情をひと目見ただけでわかった。

「どう思います？」イアンはいらいらして尋ねた。

「わたしには、おまえが彼女をわざとくり返し怒らせているように思える。女性に対する普段の態度とは違っているようだ」

「エリザベス・キャメロンが相手では、普段どおりというわけにはいきませんよ」

「それはそうだ」牧師は微笑を含んだ声で言い、本を閉じて脇に置いた。「それに、彼女とおまえはおたがいに強く惹かれているとも思う。そこまではとっきりしている」

「でしたら、伯父上のような慧眼《けいがん》の持ち主にはこれもはっきりとおわかりでしょう」イアンは低い声で冷ややかに言い放った。「わたしと彼女はまるで水と油だ。それに、いずれにしても、この問題は論じる意味がありません。わたしはもうじき結婚するのですから」

ダンカンはそれについて意見を述べようとしたが、イアンの表情を見ると、開きかけた口を閉じてしまった。

ザ・ミステリ・コレクション

あなたの心《こころ》につづく道《みち》〈上〉

著者　ジュディス・マクノート

訳者　宮内《みやうち》もと子《こ》

発行所　株式会社 二見書房
東京都千代田区神田神保町1-5-10
電話 03(3219)2311［営業］
03(3219)2315［編集］
振替 00170-4-2639

印刷　株式会社 堀内印刷所
製本　村上製本

ISBN978-4-576-07247-0
http://www.futami.co.jp/

ただもう一度の夢
ジル・マリー・ランディス
橋本夕子［訳］

霧雨の夜、廃屋同然で改装中の〈ハートブレイク・ホテル〉にやってきた傷心の作家と、若き女主人との短いが濃密な恋の行方！哀切なラブロマンスの最高傑作！

夜の炎
キャサリン・コールター
高橋佳奈子［訳］

若き未亡人アリエルは、かつて淡い恋心を抱いた伯爵と再会するが、夫との辛い過去から心を開けず…。全米ヒストリカルロマンスファンを魅了した「夜《ナイト》トリロジー」、第一弾！

ゴージャスナイト
リンダ・ハワード
加藤洋子［訳］

絵に描いたようなブロンド美女だが、外見より賢く計算高く芯の強いブレア。結婚式を控えた彼女に、ふたたび危険が迫る！好評既刊「チアガール　ブルース」続編

エンジェルの怒り
ナンシー・テイラー・ローゼンバーグ
中西和美［訳］

保護監察官キャロリンは大量殺人犯モレノを担当する。事件の背後で暗躍する組織の狙う赤いフェラーリをめぐり、死の危機が彼女に迫る！ノンストップ・サスペンス

まだ見ぬ恋人
スーザン・エリザベス・フィリップス
宮崎槙［訳］

VIP専用の結婚相談所を始めたアナベルの最初の依頼人はアメフトの大物代理人ヒース。彼に相手を紹介していくうちに、二人はたがいに惹かれあうようになるが…。

再会
カレン・ケリー
米山裕子［訳］

かつて父を殺した伯父に命を狙われる女性警官ジョデイと、スクープに賭ける新聞記者ローガンの恋。異国情緒あふれるニューオリンズを舞台にしたラブ・ロマンス！

青き騎士との誓い
アイリス・ジョハンセン
酒井裕美［訳］

12世紀中東。脱走した奴隷のお針子ティーアはテンプル騎士団に追われる騎士ウェアに命を救われた。終わりなき逃亡の旅路に、燃え上がる愛を描くヒストリカルロマンス

誘惑のトレモロ
アイリス・ジョハンセン
坂本あおい［訳］

若き天才作曲家に見いだされ、スターの座と恋人を同時に手に入れたミュージカル女優・デイジー。だが知られざる男の悲しい過去が、二人の愛に影を落としはじめて……

星に永遠の願いを
アイリス・ジョハンセン
酒井裕美［訳］

戦乱続くイングランドに攻め入ったノルウェー王の庶子で勇猛な戦士ゲージと、奴隷の身分ながら優れた医術を持つブリンとの激しい愛。ヒストリカル・ロマンスの最高傑作！

いま炎のように
アイリス・ジョハンセン
阿尾正子［訳］

ロシア青年貴族と奔放な19歳の美少女によってミシシッピ流域にくり広げられる殺人の謎をめぐるロマンスの旅路。全米の女性が夢中になったディレイニィ・シリーズ刊行！

氷の宮殿
アイリス・ジョハンセン
阿尾正子［訳］

公爵ニコラスとの愛の結晶を宿したシルヴァー。だが、白夜の都サンクトペテルブルクで誰も予想しえなかった悲運が彼女を襲う。恋愛と陰謀渦巻くディレイニィ・シリーズ続刊

鏡のなかの予感
アイリス・ジョハンセン他
阿尾正子［訳］

ディレイニィ家に代々受け継がれてきた過去、現在、未来を映す魔法の鏡……。三人のベストセラー作家が紡ぎあげる三つの時代に生きる女性に起きた愛の奇跡の物語！

虹の彼方に
アイリス・ジョハンセン
酒井裕美［訳］
ナポレオンの猛威吹き荒れる19世紀初頭。幻のステンドグラスに秘められた謎が、恐るべき死の罠と宿命の愛を呼ぶ…魅惑のアドベンチャーロマンス！

光の旅路（上・下）
アイリス・ジョハンセン
酒井裕美［訳］
宿命の愛は、あの日悲劇によって復讐へと名を変えた…インドからスコットランド、そして絶海の孤島へ！ゴールドラッシュに沸く19世紀を描いた感動巨篇！

風の踊り子
アイリス・ジョハンセン
酒井裕美［訳］
16世紀イタリア。奴隷の娘サンチアは、粗暴な豪族、リオンに身を売られる。彼が命じたのは、幻の彫像ウインドダンサー奪取のための鍵を盗むことだった。

眠れぬ楽園
アイリス・ジョハンセン
林　啓恵［訳］
男は復讐に、そして女は決死の攻防に身を焦がした…美しき楽園ハワイから遙かイングランド、革命後のパリへ！19世紀初頭、海を越え燃える宿命の愛！

女王の娘
アイリス・ジョハンセン
葉月陽子［訳］
スコットランド女王の隠し子と囁かれるケイトは、一年限りの愛のない結婚のため、見果てぬ地へと人生を賭けた旅に出る。だがそこには驚愕の運命が！

女神たちの嵐（上・下）
アイリス・ジョハンセン
酒井裕美［訳］
少女たちは見た。血と狂気と憎悪、そして残された真実を…。18世紀末、激動のフランス革命を舞台に、幻の至宝をめぐる謀略と壮大な愛のドラマが始まる。